21世纪高职高专财政金融专业"十二五"规划教材

证券投资基础

主　编◎李　宁　姚　倩

副主编◎刘　丽　刘　芳

参　编◎姜东起

天津大学出版社

TIANJIN UNIVERSITY PRESS

内 容 提 要

本书由浅入深地介绍了证券市场的股票、债券、证券投资基金、金融衍生工具等投资品种，以及证券交易所、证券公司、证券登记结算公司、证券服务机构在证券市场中的作用，最后介绍了证券投资过程中需要分析的各种因素以及分析过程中所用的分析方法和分析技巧。本书将最新证券知识的内容如创业板、股指期货等充实于各章节。每章后面附有相应的思考题、练习题和案例，集金融理论、操作、应用、案例为一体，满足了教师精讲、学生多练、"能力本位"的新型教学方式的需要。

本书既可作为高职高专财政金融专业的教学用书，也可作为证券投资者和证券行业从业人员的参考用书，还可作为证券从业资格考试人员的辅助教材。

图书在版编目（CIP）数据

证券投资基础/李宁，姚倩主编. —天津:天津大学出版社，2011.3
21世纪高职高专财政金融专业"十二五"规划教材
ISBN 978-7-5618-3854-9

Ⅰ.①证…　Ⅱ.①李…　②姚…　Ⅲ.①证券投资−高等学校：技术学校−教材　Ⅳ.①F830.91

中国版本图书馆 CIP 数据核字（2011）第 015536 号

出版发行	天津大学出版社
出 版 人	杨欢
地　　址	天津市卫津路 92 号天津大学内（邮编：300072）
电　　话	发行部：022-27403647　邮购部：022-27402742
网　　址	www.tjup.com
印　　刷	北京市通州京华印刷制版厂
经　　销	全国各地新华书店
开　　本	185mm×260mm
印　　张	15
字　　数	365 千
版　　次	2011 年 3 月第 1 版
印　　次	2011 年 3 月第 1 次
定　　价	28.00 元

21 世纪高职高专财政金融专业"十二五"规划教材

编审委员会

［出版说明］

我国的高等职业教育按照"以服务为宗旨，以就业为导向，以能力培养为主线"的高职教育理念，已经走出一条产学结合、有中国特色的高职教育发展之路。高等职业教育已成为我国培养高技能型人才的主要形式。高等职业教育的全面深化改革，急需高质量、彰显高职特色、真正实现高职人才培养目标的新型系列优秀教材。

天津大学出版社为适应社会对高技能型经济管理类人才的迫切需求，贯彻落实《教育规划纲要》（2010—2020 年）的精神，按照教育部要求，组织一批知名专家学者编写了 21 世纪高职高专经济管理类"十二五"规划教材，覆盖财务会计、市场营销、电子商务、物流管理、连锁经营、财政金融、经济贸易、旅游管理、餐饮管理与服务等专业。

为确保高质量教材进课堂，天津大学出版社积极践行先进的高职教育理念，努力提升教材开发的科学性、针对性和实效性，重在学生专业技能及职业素质的培养，提升学生的职场竞争力。本套教材有以下特点：

1. 定位准确，理念先进

根据高职教育培养目标准确进行教材定位，以学生为中心，体现"够用为度、注重实践"的原则，秉承围绕工作过程、以就业为导向、以能力本位为核心、注重校企合作的高职教材开发理念，以"突出实用性"作为本套教材的编写宗旨。

2. 内容实用，课证融合

以职业能力需求主导教材内容的选择，最大限度地创设职场环境，实现教学和专业工作的近距离对接；与时俱进，吸收专业领域的最新知识、技术和方法，注重学生的可持续发展；紧密结合国家职业资格考试和职业技能等级认定对知识、技能的要求，与学生顺利获得相应的专业等级技能证书有效衔接。

3. 体例新颖，形式活泼

以目标、任务、问题为驱动，以流程图、实际案例、实训及活动设计相结合的方式组织教材的编写，图文并茂、版式灵活，集实用性、科学性、易学性为一体。

4. 校企合作，打造精品

院校专业带头人及骨干教师基于对实际工作岗位的调研分析，与企业一线专家共同研编教材。重点支持品牌专业、特色专业以及国家示范院校教材的建设，争创精品教材。

本套教材适用于高职高专院校经济管理类相关专业。我们竭诚希望广大读者给予支持和指导，以使其日臻完善，共同为繁荣我国的高职教育事业尽绵薄之力。

天津大学出版社

　　我国证券市场经过多年的发展取得了举世瞩目的成就，从最早的"老八股"发展到了今天的1 700多家上市公司，由单一的市场品种发展到了涵盖主板、中小板、创业板、代办股份转让系统的多层次资本市场，股票、债券、基金、权证、股指期货等都成为公众投资的品种。截至2010年3月，我国证券开户数量已经突破1.4亿，证券投资已经成为我国经济生活的一个重要组成部分。

　　本书结合近几年我国证券市场的最新发展，系统地介绍了证券投资的相关理论。同时，紧贴国家证券业从业人员资格考试的考试大纲，并列举大量的案例，既能满足高等职业教学的要求，又能满足学生适应工作岗位的要求。本书以帮助学生树立理性的投资观念和形成基本的证券交易能力、证券投资分析与决策能力为目标，从满足学生完成证券交易和证券投资分析与决策需要的角度出发，在广泛的市场调研和充分听取行业专家意见的基础上，设计和组织了内容。总体来看，本书内容通俗易懂、实用性较强，既可作为高职高专财政金融专业的教学用书，也可作为证券投资者和证券行业从业人员的参考用书，还可作为证券从业资格考试人员的辅助教材。

　　本书按照分栏式的思路进行编写，每章除正文外分四个分栏。其中，"学习目标"分栏提出了每章的学习目的与要求，提示了本章学习中应重点注意和加强学习的知识点；"案例导入"分栏提供了与本章知识有关的事件与案例，可以激发学生学习的主动性，提高学生的独立分析能力；"思考题"与"练习题"分栏，可以帮助学生复习巩固本章中应重点注意和加强学习的知识点。全书共分为九章，第一章至第五章是投资品种的相关内容，主要介绍股票、债券、证券投资基金、金融衍生工具的含义、特点和功能；第六、七章是证券市场与证券市场中介的相关内容，分别介绍了证券发行市场、证券交易市场、证券公司、证券登记结算公司、证券服务机构等内容；第八、九章介绍了常用的证券投资分析方法，即基本分析法和技术分析法。

　　全书由辽宁经济职业技术学院李宁、姚倩担任主编，沈阳农业大学高等职业技术学院刘丽、沈阳市装备制造工程学校刘芳担任副主编，哈尔滨银行天津蓟县支行姜东起担任参编。

具体分工如下：第一章、第二章、第三章、第四章由李宁编写；第五章、第六章、第七章、第九章由姚倩编写；第八章由刘丽、刘芳共同编写并对全书进行了校对；姜东起负责资料的收集工作；最后全书由李宁统稿。

本书在编写过程中，参阅了大量文献与网站资料，在此对有关资料的编辑和著作者致以诚挚的谢意！

由于编者水平有限，加之成书时间仓促，书中难免存在错误和疏漏，恳请各位同仁和读者批评指正。

编　者

目 录
CONTENTS

CONTENTS

第一章　证券及证券市场概述·

学习目标

了解证券的定义、特点和功能，掌握证券的类型；理解证券市场的定义与功能，掌握证券市场的类型与参与主体，了解证券市场的形成与发展和我国证券市场的发展历程及趋势。

案例导入

新中国第一只股票诞生记

1986 年 11 月 14 日，当邓小平将"飞乐音响"股票赠予美国纽约证券交易所的约翰·凡尔霖后，俗称"小飞乐"的"中国第一股"让世界为之轰动。如今，凡尔霖的这一股"小飞乐"通过多年的送配，一股变成了 3 181 股，市值由 50 元变成最高时的 10.76 万元。这只"中国第一股"的诞生具有传奇色彩。

1984 年上半年的某天，上海电声总厂厂长秦其斌参加了上海市长宁区的一次工商联会议。会议上，他听到一些工商业的前辈聊起旧上海很多企业用股票集资的事情。秦其斌后来回忆说："这是我第一次听说股票这个东西，当时的理解是这是一种集资的凭证。"不过，偶然中得到的这点股票知识，让他提出了自己的股份制构想，一方面企业拿出一元钱，另一方面再向企业内部职工集资一元钱，这样，既解决了资金问题，又能把职工的利益和企业的命运捆绑在一起，是件一举两得的好事。

于是，1984 年 11 月 14 日，经人民银行上海分行批准，由上海飞乐电声总厂、飞乐电声总厂三分厂、上海电子元件工业公司、工商银行上海市分行信托公司静安分部发起成立上海飞乐音响股份有限公司，向社会公众及职工发行股票。总股本 1 万股，每股面值 50 元，共筹集 50 万元股金，其中 35％由法人认购，65％向社会公众公开发行。

上海飞乐音响股份有限公司成为上海市第一家股份制企业，而且飞乐音响公司这次发行的股票没有期限限制，不能退股，可以流通转让，也可以说是我国改革开放时期第一张真正意义上的股票。人们习惯亲切地昵称其为"小飞乐"。

与蛤蟆镜、喇叭裤一夜之间就风靡全国相比，中国股市的开场似乎要低调落寞得多。但是"小飞乐"却见证了新中国的多个第一：它是新中国第一只名副其实的股票，第一张被外国人拥有的股票，上海第一批柜台交易的股票，上海证券交易所第一批上市流通的股票。

"小飞乐"召开成立大会之前，必须走一道必不可少的关键程序——去工商部门注册登记，孰料，却遭遇了意想不到的麻烦和尴尬。工商局工作人员用疑惑的口气问道："你们是什么所有制的？""我们是股份制的。"秦其斌回答。"股份制？所有制中没有股份制！"原来，当时工商部门登记的表格上只有三种选择：国营、集体和私营。秦其斌想，我们肯定不是国营的，也不是私营的，那就"集体"吧，于是便拿起笔选择了"集体"这一隶属关系。秦其斌没有想到，"集体"为后来第一次的分红带来了困扰和代价。1986年初，"小飞乐"进行第一次分红。经股东大会一致同意，每股分红35元，而后，股东自己出15元，配售一股，分红和扩股结合起来操作。然而不久后，前来查账审核的税务局稽查大队却毫不客气地说："你们这是私分国有财产！"秦其斌据理力争："我们不是国营的。""集体的也是国家的！"稽查大队认为公积金、公益金是不能私分到个人的。秦其斌因此写检讨掏罚款，着实忙碌了一段时间。

无论如何，"小飞乐"还是按照股份制的形态运作起来了，是中国A股历史上浓墨重彩的一笔。

分析：通过我国第一只股票"飞乐音响"的诞生分析证券及证券市场对经济发展的作用。

第一节　证券概述

一、证券的定义

证券是商品经济和社会化大生产发展的产物，其含义非常广泛。从法律意义上说，证券是指各类记载并代表一定权利的法律凭证的统称，用以证明持券人有权依其所持证券记载的内容而取得应有的权益。

有价证券上标有票面金额，证明持券人有权按期取得一定收入并可自由转让和买卖所有权或债权凭证。这类证券本身没有价值，但由于它代表着一定量的财产权利，持有者可凭其直接取得一定量的商品、货币，或是取得利息、股息等收入，因而可以在证券市场上买卖和流通，客观上具有了交易价格。股票、债券、国库券、商业本票、承兑汇票、银行定期存单等都是有价证券。

有价证券有广义和狭义两种含义。

广义的有价证券包括商品证券、货币证券和资本证券。商品证券是表明对物质资料具有某种权利的有价证券，如提货单、运货单、仓库栈单等。货币证券是指可与货币相互转化的有价证券，如汇票、支票等。资本证券是表明投资的事实，表明投资者的权利和义务的有价证券，最常见的有股票、债券、投资基金等。在证券市场上市交易的证券，基本上就是资本证券。资本证券是有价证券的主要形式。

狭义的有价证券指资本证券。在日常生活中，人们通常把狭义的有价证券——资本证券直接称为有价证券乃至证券。本书中的证券即指狭义的有价证券。

二、证券的类型

1. 公司证券、金融证券和政府证券

按证券发行主体的不同，证券可分为公司证券、金融证券和政府证券。

（1）公司证券是指公司、企业等经济法人为筹集投资资金或与筹集投资资金直接相关的行为而发行的证券，主要包括股票、公司债券、优先认股权证和认股证书等。

（2）金融证券是指银行、保险公司、信用社、投资公司等金融机构为筹集经营资金而发行的证券，主要包括金融机构股票、金融债券、定期存款单、可转让大额存款单和其他储蓄证券等。

（3）政府证券是指政府财政部门或其他代理机构为筹集资金以政府名义发行的证券，主要包括国库券和公债券两大类。

2. 上市证券和非上市证券

按证券是否在证券交易所挂牌上市交易，证券可分为上市证券和非上市证券。

（1）上市证券又称挂牌证券，是指经证券主管机关批准，并向证券交易所注册登记，获得在交易所内公开买卖资格的证券。

（2）非上市证券也称非挂牌证券、场外证券，是指未申请上市或不符合在证券交易所挂牌交易条件的证券。

3. 固定收益证券和变动收益证券

按证券收益是否固定，证券可分为固定收益证券和变动收益证券。

（1）固定收益证券是指持券人可以在特定的时间内取得固定的收益并预先知道取得收益的数量和时间。固定利率债券和优先股股票即属此类证券。

（2）变动收益证券是指因客观条件的变化其收益也随之变化的证券。

4. 国内证券和国际证券

按证券发行的地域和国家不同，证券可分为国内证券和国际证券。

（1）国内证券是一国国内的金融机构、公司企业等经济组织或该国政府在国内资本市场上以本国货币为面值所发行的证券。

（2）国际证券是指由一国政府、金融机构、公司企业或国际经济机构在国际证券市场上以其他国家的货币为面值所发行的证券。

5. 公募证券和私募证券

按证券募集方式不同，证券可分为公募证券和私募证券。

（1）公募证券是指向不特定的社会公众投资者公开发行的证券，其审批较严格，并采取公示制度。

（2）私募证券是指向事先确定的少数投资者发行以募集资金的证券，其审查条件相对较松，投资者也较少，不采取公示制度。

6. 股票、债券和其他证券

证券按经济性质不同可分为股票、债券和其他证券三大类。

（1）股票是指股份有限公司依照公司法的规定，为筹集公司资本而发行的表示其股东按其持有的股份享受权益和承担义务的可转让的书面凭证。

（2）债券是发行人依照法定程序发行的、约定在一定期限还本付息的有价证券。

（3）其他证券包括基金证券、证券衍生品，如金融期货、可转换证券等。

三、证券的特点

1. 产权性

证券的产权性是指证券记载着权利人的财产权内容，代表着一定的财产所有权，拥有证券就意味着享有财产的占有、使用、收益和处分的权利。在现代经济社会里，财产权利和证券已密不可分，财产权利与证券两者融合为一体，权利证券化。虽然证券持有人并不实际占有财产，但可以通过持有证券在法律上拥有有关财产的所有权或债权。

2. 收益性

收益性是指持有证券本身可以获得一定数额的收益，这是投资者转让资本使用权的回报。证券代表的是对一定数额的某种特定资产的所有权或债权，而资产是一种特殊的价值，它要在社会经济运行中不断运动，不断增值，最终形成高于原始投入价值的价值。由于这种资产的所有权或债权属于证券投资者，投资者持有证券也就同时拥有取得这部分资产增值收益的权利，因而证券本身具有收益性。有价证券的收益表现为利息收入、红利收入和买卖证券的差价。收益的多少通常取决于该资产增值数额的多少和证券市场的供求状况。

3. 期限性

债券一般有明确的还本付息期限，以满足不同投资者和筹资者对融资期限以及与此相关的收益率需求。债券的期限具有法律的约束力，是对双方的融资权权益的保护。股票没有期限，可视为无期证券。

4. 风险性

证券的风险性是指证券持有者面临着预期投资收益不能实现，甚至使本金也受到损失的可能，这是由证券的期限性和未来经济状况的不确定性所决定的。在现有的社会生产条件下，未来经济的发展变化有些是投资者可以预测的，而有些则无法预测，因此，投资者难以确定他所持有的证券将来能否取得收益和能获得多少收益，从而就使持有证券具有风险。

5. 流通性

证券的流通性又称变现性，是指证券持有人可按自己的需要灵活地转让证券以换取现金。流通性是证券的生命力所在。证券的期限性约束了投资者的灵活偏好，但其流通性以变通的方式满足了投资者对资金的随机需求。证券的流通是通过承兑、贴现、交易实现的。证券流通性的强弱，受证券期限、利率水平及计息方式、信用度、知名度、市场便利程度等多种因素的制约。

四、证券的功能

证券是资本的运动载体，它具有以下两个基本功能。

（1）筹资功能，即为经济的发展筹措资本。证券筹措资本的范围很广，社会经济活动的各个层次和方面都可以利用证券来筹措资本。如企业通过发行证券来筹集资本，国家通过发行国债来筹措财政资金等。

（2）配置资本的功能，即通过证券的发行与交易，按利润最大化的要求对资本进行分配。资本是一种稀缺资源，有效地分配资本是经济运行的根本目的。证券的发行与交易起着自发地分配资本的作用。通过证券的发行，可以吸收社会上闲置的货币资本，使其重新进入经济系统的再生产过程而发挥效用。证券的交易是在价格的诱导下进行的，而价格的高低取决于证券的价值。证券的价值又取决于其所代表的资本的实际使用效益，所以，资本的使用效益越高，就越能从市场上筹集资本，使资本的流动服从于效益最大化的原则，最终实现资本的优化配置。

有价证券的出现可以加速资本集中，从而适应商品生产和商品交换规模扩大的需要。此外，有价证券供求关系的变化、政局的稳定与否、政策的变化、国家财政状况以及市场银根松紧程度等因素都会引起有价证券价格的波动。

第二节　证券市场概述

一、证券市场的定义

证券市场是股票、债券、投资基金份额等有价证券发行和交易的场所。证券市场是市场经济发展到一定阶段的产物，是为解决资本供求矛盾和流动性而产生的市场。证券市场以证券发行与交易的方式实现了筹资与投资的对接，有效地化解了资本的供求矛盾和资本结构调整的难题。

二、证券市场的形成与发展

1. 证券市场的形成

证券的产生已有悠久的历史，但证券的出现并不标志着证券市场同时产生，只有当证券的发行与转让公开通过市场的时候，证券市场才随之出现。因此，证券市场的形成必须具备一定的社会条件和经济基础。证券市场形成于自由资本主义时期，股份制公司的产生和信用制度的深化是证券市场形成的基础。

首先，证券市场是商品经济和社会化大生产发展的必然产物。随着生产力的进一步发展和商品经济的日益社会化，资本主义从自由竞争阶段过渡到垄断阶段，资本家依靠原有的银行借贷资本已不能满足巨额资金增长的需要。为满足社会化大生产对资本扩张的需求，客观上需要有一种新的筹集资金的手段，以适应经济进一步发展的需要。在这种情况下，证券与证券市场就应运而生了。

　　其次，股份制公司的建立为证券市场的形成提供了必要的条件。随着生产力的进一步发展和生产规模的日益扩大，传统的独资经营方式和封建家族企业已经不能满足资本扩张的需要。于是产生了合伙经营的组织，随后又由单纯的合伙经营组织演变成股份制企业——股份制公司。股份制公司通过发行股票、债券向社会公众募集资金，实现资本的集中，满足扩大再生产对资金急剧增长的需要。因此，股份制公司的建立和公司股票、债券的发行，为证券市场的产生和发展提供了坚实的基础。

　　最后，信用制度的发展促进了证券市场的形成和发展。由于近代信用制度的发展，使信用机构由单一的中介信用发展为直接信用，即直接对企业进行投资。于是，金融资本逐步渗透到证券市场，成为证券市场的重要支柱。信用工具一般都具有流通变现的要求，股票、债券等有价证券具有较强的变现性，证券市场恰好为有价证券的流通和转让创造了条件。由此可见，信用制度越发展，就越有可能动员更多的社会公众的货币收入转化为货币资本，投入到证券市场中去。证券业的崛起也为近代信用制度的发展开辟了广阔的前景。

2. 证券市场的发展

　　第二次世界大战结束后，随着资本主义各国经济的恢复和发展，证券市场也迅速恢复和发展。20世纪70年代以后，证券市场出现了高度繁荣的局面，证券市场的规模不断扩大，证券交易也日益活跃。这一时期证券市场的运行机制发生了深刻的变化，出现了一些明显的新特点。

　　(1) 金融证券化。证券在整个金融市场上所占的比例急剧上升，地位越来越突出。尤其在美国，随着新的金融工具的纷纷出现，证券投资活动广泛而卓有成效地进行。同时，居民储蓄结构也出现了证券化倾向。由于保持和增加收益的需要，人们将储蓄从银行存款转向证券投资。

　　(2) 证券市场多样化。各种有价证券的发行种类、数量及其范围不断扩大，交易方式日趋多样化，除了证券现货交易外，还出现了期货交易、期权交易、股票价格指数期货交易、信用交易等多种交易方式。

　　(3) 证券投资法人化。第二次世界大战后，证券投资有所变化。除了社会公众个人认购证券外，法人进行证券投资的比重日益上升。尤其是20世纪70年代后随着养老基金、保险基金、投资基金的大规模入市，证券投资者法人化、机构化速度进一步加快。法人投资者从过去主要是金融机构扩大到各个行业。

　　(4) 证券市场法制化。第二次世界大战后，西方国家更加重视证券市场的法制化管理，不断制定和修订证券法律、法规，不断推进证券市场的规范化运行。同时，还通过各种技术监督和管理活动，严格证券市场法规的执行，证券市场行情趋于稳定，证券市场的投机、操纵、欺诈行为逐渐减少。

　　(5) 证券市场网络化。在以计算机为基础的网络技术的推动下，证券市场的网络化迅速发展，这主要体现在网上交易的突飞猛进上。与传统交易方式相比，网上交易的优势是：第一，突破了时空限制，投资者可以随时随地地进行交易；第二，直观方便，网上不但可以浏览实时交易行情和查阅历史资料（公告、年报、经营信息等），而且还可以进行在线咨询；第三，成本低，无论是证券公司还是投资者，其成本都可以大大降低。毫无疑问，证券市场的网络化将是证券市场最基本的发展趋势之一。

　　(6) 证券市场国际化。现代证券交易越来越趋向于全球性交易。计算机系统装置被运用于证券业务中，世界上主要证券市场的经纪人可以通过设在本国的电子计算机系统与国外的业务机构进行 24 小时业务活动联系。世界上各主要的证券交易所都成为国际性证券交易所，它们不仅在本国大量上市外国公司的证券，而且还在国外设立分支机构，从事国际性的股票委托交易。证券投资国际化和全球一体化已成为证券市场发展的一个主要趋势。

（7）金融创新不断深化。在第二次世界大战之前，证券品种一般仅有股票、公司债券和政府公债券，而在二战后，西方发达国家的证券融资技术日新月异，证券品种不断创新。浮动利率债券、可转换债券、认股权证、分期债券、复合证券等新的证券品种陆续涌现，特别是在 20 世纪的后 20 年，金融创新获得了极大的发展，金融期货与期权交易等衍生品种的迅速发展使证券市场进入了一个全新的阶段。融资技术和证券种类的创新，增强了证券市场的活力和对投资者的吸引力，加速了证券市场的发展。

三、证券市场的特征

1. 证券市场是价值直接交换的场所

有价证券都是价值的直接代表，它们本质上只是价值的一种直接表现形式。虽然证券交易的对象是各种各样的有价证券，但由于它们是价值的直接表现形式，所以证券市场本质上是价值的直接交换场所。

2. 证券市场是财产权利直接交换的场所

证券市场上的交易对象是作为经济权益凭证的股票、债券、投资基金等有价证券，它们本身仅是一定量的财产权利的代表，所以，证券市场实际上是财产权利的直接交换场所。

3. 证券市场是风险直接交换的场所

有价证券既是一定收益权利的代表，同时也是一定风险的代表。有价证券的交换在转让出一定收益权的同时，也把该有价证券所特有的风险转让出去。所以，从风险的角度分析，证券市场也是风险的直接交换场所。

四、证券市场的分类

1. 按照证券进入市场的顺序分

按照证券进入市场的顺序可以将证券市场分为初级市场和次级市场。初级市场也称为一级市场，是证券发行人以筹集资金为目的，按照一定的法律规定和发行程序，向投资者出售新证券所形成的市场。次级市场又称为二级市场，是已发行证券通过买卖交易实现流通转让的市场。

2. 按照证券的品种分

按照证券品种的不同可以将证券市场分为股票市场、债券市场、基金市场等。股票市场是股票发行和买卖交易的市场，其发行人为股份有限公司。债券市场是债券发行和买卖交易的场所。债券的发行人有中央政府、地方政府、金融机构、公司和企业。基金市场则是证券投资基金份额发行和交易的市场。

3. 按照市场组织形式的不同分

按照市场组织形式的不同可以将证券市场分为场内交易市场和场外交易市场。场内交易市场是指证券交易所内的证券交易市场。该市场是有组织、制度化的市场，其设立和运作需要符合法律法规的规定，如我国的上海证券交易所和深圳证券交易所。一般而言，证券必须达到证券交易所规定的上市标准才能够在场内交易。场外交易市场是指在证券交易所以外进行证券交易的市场，如柜台市场。在柜台市场中，开办柜台交易的证券经营机构既是交易的组织者，又是交易的参与者。

五、证券市场的功能

1. 筹资功能

证券市场的筹资功能是指证券市场为资金需求者筹集资金的功能。这一功能的另一作用是为资金供给者提供投资对象。在证券市场上交易的任何证券，既是筹资的工具，也是投资的工具。在经济运行过程中，既有资金盈余者，又有资金短缺者。资金盈余者为了使自己的资金价值增值，就必须寻找投资对象。在证券市场上，资金盈余者可以通过买入证券而实现投资；而资金短缺者为了发展自己的业务，就要向社会寻找资金。为了筹集资金，资金短缺者就可以通过发行各种证券来达到筹资的目的。

2. 使资本定价合理化

证券市场的第二个基本功能就是为资本决定价格。证券是资本的存在形式，所以，证券的价格实际上是证券所代表的资本的价格。证券的价格是证券市场上证券供求双方共同作用的结果。证券市场的运行形成了证券需求者竞争和证券供给者竞争的关系，这种竞争的结果是：能产生高投资回报的资本，市场的需求就大，其相应的证券价格就高；反之，证券的价格就低。因此，证券市场能使资本的定价合理化。

3. 资本配置

证券市场的资本配置功能是指通过证券价格引导资本的流动而实现资本的合理配置。在证券市场上，证券价格的高低是由该证券所能提供的预期报酬率的高低来决定的。证券价格的高低实际上是该证券筹资能力的反映。而能提供高报酬率的证券一般来自于经营好、发展潜力巨大的企业，或者是来自于新兴行业的企业。由于这些证券的预期报酬率高，因而其市场价格也就相应高，从而其筹资能力就强。这样，证券市场就引导资本流向其能产生高报酬率的企业或行业，从而使资本产生尽可能高的效率，进而实现资本的合理配置。

六、证券市场的参与主体

证券市场的参与主体可以分为证券发行人、证券投资人、证券市场中介机构、自律性组织和证券监管机构五类。

（一）证券发行人

证券发行人是指为筹措资金而发行债券、股票等证券的发行主体。它包括企业、政府和政府机构、金融机构。

1. 企业

企业的组织形式可分为独资制、合伙制和公司制。公司制企业包括股份有限公司和有限责任公司两种形式。公司制企业可以通过发行债券、发行股票筹集资金，其中，只有股份有限公司可以发行股票。公司制企业发行股票所筹集的资本属于自有资本，而通过发行债券筹集的资本是借入资本。企业对资本的需求越来越大，企业作为证券发行的主体地位有不断上升的趋势。

2. 政府和政府机构

随着国家干预经济理论的兴起，政府（中央政府和地方政府）和中央政府直属机构已成为证券发行的重要主体之一，但政府发行证券的品种仅限于债券。由于中央政府拥有税收、货币发行等特权，通常情况下，中央政府债券不存在违约风险，因此，这类证券被视为"无风险证券"，相对应的证券收益率被称为"无风险利率"，是金融市场上最重要的价格指标。

中央银行作为证券发行主体，主要涉及两类证券：一类是中央银行股票，一类是中央银行出于调控货币供给量目的而发行的特殊债券。中国人民银行从 2003 年起发行中央银行票据。

3. 金融机构

金融机构作为证券市场的发行主体，既发行债券，也发行股票。欧美等西方国家能够发行证券的金融机构一般都是股份制公司，所以将金融机构发行的证券归入公司证券；而我国和日本则把金融机构发行的债券定义为金融债券，从而突出了金融机构作为证券市场发行主体的地位，但股份制的金融机构发行的股票并没有定义为金融债券，而是归类于一般的公司股票。

（二）证券投资人

证券投资人是指通过证券而进行投资的各类机构法人和自然人，相应地，证券投资人可分为机构投资者和个人投资者两大类。

1. 机构投资者

机构投资者主要有政府机构、企业和事业法人、金融机构、各类基金性质的机构投资者以及合格境外机构投资者等。

（1）政府机构。政府机构参与证券投资的目的主要是调剂资金余缺和进行宏观调控。中央银行以公开市场操作作为政策手段，通过买卖政府债券或金融债券，影响货币供应量进行宏观调控。我国国有资产管理部门或其授权部门持有国有股，履行国有资产的保值增值和通过国家控股、参股来支配更多社会资源的职责。从各国的具体实践来看，出于维护金融稳定的需要，政府还可成立或指定专门机构参与证券市场交易，减少非理性的市场震荡。

（2）企业和事业法人。企业可以用自己的积累资金或暂时不用的闲置资金进行证券投资。企业可以通过股票投资实现对其他企业的控股或参股，也可以将暂时闲置的资金通过自营或委托专业机构进行证券投资以获取收益。我国现行的规定是：国有企业、国有资产控股企业、上市公司可参与股票配售，也可投资于股票二级市场；事业法人可用自有资金和有权自行支配的预算外资金进行证券投资。

（3）金融机构。参与证券投资的金融机构包括证券经营机构、商业银行、保险公司等。

①证券经营机构。证券经营机构是证券市场上主要的投资者，以其自有资本和营运资金进行证券投资。

②商业银行。商业银行受其自身业务特点和政府法令的制约，一般仅限于政府债券和地方政府债券，而且通常以短期国债作为其超额储备。

③保险公司。各国政府对保险公司的证券投资都加以严格管理，对投资政府债券一般不加限制，但对投资地方政府债券、公司债券均以高等级为限，通常禁止和限制投资于股票。

我国有关政策规定，包括银行、财务公司、信用合作社等在内的金融机构可用自有资金及人民银行规定的可用于投资的资金进行证券投资，但仅限于投资于国债；信托投资公司可以受托经营资金信托业务和投资基金业务；而保险公司则允许通过购买证券投资基金进行间接的股票投资。2004年2月1日发布的《国务院关于推进资本市场改革开放和稳定发展若干意见》中指出，"支持保险资金以多种方式直接投资资本市场，逐步提高社会保障基金、企业补充养老基金、商业保险资金等投入资本市场的比例"，"使基金管理公司和保险公司为主的机构投资者成为资本市场的主导力量"。

（4）各类基金性质的机构投资者。基金性质的机构投资者包括证券投资基金、社保基金和社会公益基金。

①证券投资基金。证券投资基金是指通过公开发售基金份额筹集资金，由基金管理人管理，基金托管人托管，为了基金份额持有人的利益，以资产组合方式进行证券投资活动的基金。《中华人民共和国证券投资基金法》（以下简称《基金法》）规定我国的证券投资基金可投资于股票、债券和国务院证券监督管理机构规定的其他证券品种。

②社保基金。在一般国家，社保基金分为两个层次：一是国家以社会保障税等形式征收的全国性基金；二是由企业定期向员工支付并委托基金公司管理的企业年金。由于资金来源不一样，且最终用途不一样，这两种形式的社保基金管理方式亦完全不同。全国性社会保障基金属于国家控制的财政收入，主要用于支付失业救济和退休金，是社会福利网的最后一道防线，对资金的安全性和流动性要求非常高。这部分资金的投资方向有严格限制，主要投向国债市场。而由企业控制的企业年金，资金运作周期长，对账户资产增值有较高要求，但对投资范围限制不多。在我国，社保基金也主要由两部分组成：一部分是社会保障基金，另一部分是社会保险基金。

③社会公益基金。社会公益基金是指将收益用于指定的社会公益事业的基金，如福利基金、科技发展基金、教育发展基金、文学奖励基金等。我国有关政策规定，各种社会公益基金可用于证券投资，以求保值增值。

（5）合格境外机构投资者（QFⅡ）。QFⅡ制度是一国（地区）在货币没有实现完全可自由兑换、资本项目尚未完全开放的情况下，有限度地引进外资、开放资本市场的一项过渡性的制度。

合格境外机构投资者的境内股票投资，应当遵守中国证监会规定的持股比例限制和国家其他有关规定，如单个境外投资者通过合格境外机构投资者持有一家上市公司股票的，持股比例不得超过该公司股份总数的10%；所有境外投资者对单个上市公司A股的持股比例总和，不超过该上市公司股份总数的20％等。同时，境外投资者根据《外国投资者对上市公司战略投资管理办法》对上市公司战略投资的，其战略投资的持股不受上述比例限制。

2. 个人投资者

个人投资者是指从事证券投资的社会自然人，他们是证券市场最广泛的投资者。个人进行证券投资应具备一些基本条件，这些条件包括国家有关法律、法规关于个人投资者投资资格的规定和个人投资者必须具备的经济实力。

（三）证券市场中介机构

证券市场中介机构是指为证券的发行与交易提供服务的、起中介作用的各类机构。在证券市场起中介作用的机构是证券公司和证券服务机构。

1. 证券公司

证券公司又称证券商，是指依照《中华人民共和国公司法》（以下简称《公司法》）的规定和经国务院监督管理机构批准从事证券经营业务的有限责任公司或股份有限公司。证券公司的主要业务有证券承销、经纪、自营、投资咨询以及购并、受托资产管理和基金管理等。证券公司一般分为综合类证券公司和经纪类证券公司。

2004年根据《国务院关于推进资本市场改革和稳定发展的若干意见》的精神，中国证监会进一步推出创新试点类公司评审办法及规范类证券公司评审办法，对于获得创新试点资格的证券公司允许开展相应的创新活动。

2. 证券服务机构

证券服务机构是指依法设立的从事证券服务业务的法人机构，主要包括证券登记结算公司、证券投资咨询公司、会计师事务所、资产评估机构、律师事务所和证券信用评级机构等。

（四）自律性组织

自律性组织是指行业为协调内部相关成员关系而成立的自我约束的"公约性"组织。证券业的自律性组织包括证券交易所和证券业协会。

1. 证券交易所

根据《中华人民共和国证券法》（以下简称《证券法》）的规定，证券交易所是提供证券集中竞价交易场所、不以营利为目的的法人。其主要职责有：提供交易场所与设施；制定交易规则；监管在该交易所上市的证券以及会员交易行为的合规性、合法性，确保市场的公开、公平和公正。

2. 证券业协会

证券业协会是社会团体法人。证券业协会的权力机构为由全体会员组成的会员大会。根据我国《证券法》的规定，证券公司应当加入证券业协会。证券业协会应当履行协助证券监督管理机构组织会员执行有关法律，维护会员的合法权益，为会员提供信息服务、制定规则、组织培训和开展业务交流，调解纠纷，就证券业的发展开展研究，监督、检查会员行为及证券监督管理机构赋予的其他职责。

（五）证券监管机构

在我国，证券监管机构是指中国证券监督管理委员会（以下简称"中国证监会"）及其派出机构。中国证监会是国务院直属的证券管理监督机构，按照国务院授权和依照相关法律法规对证券市场进行集中、统一监管。它的主要职责是负责行业性法规的起草，负责监督有关法律法规的执行，负责保护投资者的合法权益，对全国的证券发行、证券交易、中介机构的行为等依法实施全面监管，维持公平而有序的证券市场。

七、证券市场与一般商品市场的区别

证券市场与一般商品市场的区别主要表现在以下方面。

1. 交易对象不同

一般商品市场的交易对象是各种具有不同使用价值、能满足人们某种特定需要的商品，而证券市场的交易对象是作为经济权益凭证的股票、债券、投资基金券等有价证券。

2. 交易目的不同

证券交易的目的是为了实现投资收益，或为了筹集资金。而购买商品的目的主要是为了满足某种消费的需要。

3. 交易对象的价格决定不同

商品市场的价格，其实质是商品价值的货币表现，取决于生产商品的社会必要劳动时间。而证券市场的证券价格实质上是利润的分割，是预期收益的市场表现，与市场利率的关系密切。

4. 市场风险不同

一般商品市场由于实行的是等价交换原则，价格波动较小，市场前景的可预测性较强，因而风险较小。而证券市场的影响因素复杂多变，价格波动性大且具有不可预测性，投资者的投资能否取得预期收益具有较大的不确定性，所以风险较大。

第三节　我国的证券市场

一、我国证券的产生

证券产生的历史，在我国最早可追溯到春秋战国时期。当时国家向大户的举贷和王侯给平民的放债，形成了最早的债券。汉唐以后，国家因军事需要临时向富商举借巨款的事已不再是偶然现象。随着商业的发展，飞钱、会票、当票等商业票据出现，证券的品种更加丰富。特别值得一提的是，明末清初，在一些投资大、收益高且又具有一定风险的行业，如上海的沙船业、四川的井盐业、云南和广东的矿冶业以及山西的金融业，已经较多地采用"招商集资、合股经营"的经营组织形式。这种组织形式明显地具有资本主义的股份制特征，而"集资合股"的参与者之间签订的载明权利责任的契约，则是中国最早的股票雏形。

在我国，真正具有现代意义的证券的出现则是在19世纪40年代以后。1840年鸦片战争后，广州、厦门、福州、宁波、上海五口岸相继对外开埠通商，有价证券及其交易就跟

着第一批最先进入所开商埠的外国洋行在我国出现。外资在华设立的各类股份制公司企业，把西方国家已普遍采用的股份制公司的生产经营形式和集股筹资的方法带到了我国。1872 年，筹建了上海轮船招商局，随着该局的成立和第一期股本的认定和筹集，中国第一家近代意义的股份制企业和我国独自发行的第一张股票诞生。1917 年北洋政府批准上海证券交易所开设证券经营业务。1918 年夏天成立的北平证券交易所是我国人民自己创办的第一家证券交易所。1920 年 7 月，上海证券物品交易所得到批准成立，是当时规模最大的证券交易所。此后，相继出现了上海华商证券交易所、青岛市物品证券交易所、天津市企业交易所等，逐渐形成了旧中国的证券市场。

二、我国证券市场的产生（旧中国的证券市场）

旧中国的证券市场有着悠久的历史，其间几经波折，几起几落，大致可分为以下几个阶段。

1. 萌芽阶段（唐代—清代）

我国在没有证券市场和现代银行业以前，有钱庄和票号，这是封建社会证券和证券市场的萌芽形式。

据史料记载，早在一千多年前的唐代，就出现了邸店、质库等；到了宋代，已有了专营银、钱、钞行交易的钱馆、钱铺。明代中叶以后，由于政治上相对安定，商品生产有了较快的发展，特别是江浙一带，出现了市镇勃兴、商业繁荣、金融业兴盛的景象，产生了证券市场的早期形态——钱业市场，其操作制度严格，业务内容繁多。从清代开始，随着帝国主义的入侵，大量银元从国外涌进，各地开始使用银元、银两、制钱和铜元等多种货币，于是以银元、银两兑换制钱、铜元成为当时钱庄的主要业务之一。后来，由于各种外国纸币的侵入，市场流通货币进一步增加，货币兑换和买卖业务更加繁忙。这种原始的证券活动开始没有固定的场所，后来随着交易额的扩大，交易场所逐渐固定，逐渐形成了有形的交易市场。到清代中叶，这种钱业市场在江浙两省各地普遍发展起来。其中上海、杭州、宁波和苏州等地发展很快，逐渐成为全国早期钱业市场的中心。这些市场同当地民族工商业有着极为密切的关系，生命力很强，它们不仅是我国证券市场的最初形态，而且是旧中国金融市场的重要组成部分。

2. 形成阶段（清末—1920 年）

旧中国证券市场的形成，同世界上许多国家一样，是以股份企业的成立和政府发行公债为基础的。

鸦片战争以后，中国迅速沦为半殖民地半封建社会。外国列强与中国签订了一系列不平等条约，取得了许多特权。在这些特权的保护下，外国列强不仅向中国输出商品，而且逐渐增加了对中国的殖民地投资。外商在中国开辟商埠，建立了大量的企业，这些企业大多采用股份制公司的形式，并把外国股份集资的方法带入中国，大量发行股票。同时，来华投资的外国人，为了筹集现代大工业所需的巨额资本，迫切要求华商的"合作"，于是，在外商企业中的华商附股活动成为一个显著的现象，轮船、保险、银行以及纺纱、煤气、电灯等各个行业都离不开中国人的附股。据统计，19 世纪华商附股的外国企业资本累计在 4 000 万银两以上。19 世纪 70 年代以后，清政府洋务派兴办了一些官办、官商合办的民用工业，如 1872 年李鸿章、盛宣怀筹办轮船招商总局，之后的中兴煤矿公司、汉冶萍煤铁厂矿公司、大生纱厂等也都采用了募股集资的方法。随着这些股份制企业的出现，在中国出现了股票这种新的投资工具。

我国最早发行的债券始于 1894 年，为了筹集甲午战争的费用，清政府发行了"息债商款"债券，此后，政府公债大量发行。北洋军阀统治时期，袁世凯为巩固权势，加上连年混战、军阀割据，耗资巨大，政府又多次发行了公债。据统计，北洋政府统治的 16 年内，发行各种公债达 5.2 亿元。

随着股票、债券发行的增加，证券交易市场也发展起来。1869 年上海已有买卖外国公司股票的外国商号，当时称为"捐客总会"。1891 年外商在上海成立了上海股份公所，1905 年，该公所定名为"上海众业公所"，这是外商经营的，也是旧中国最早的一家证券交易所。该交易所的主要交易对象是外国企业股票、公司债券、外国在上海的行政机构发行的债券、中国政府的金币公债以及南洋一带的橡皮股票等。中国自己的证券交易始于辛亥革命前后。1895 年至 1913 年是中国资本主义初步发展时期，民族工商业肇兴，股票发行增多，流通渐广。1913 年，上海一些钱商、茶商等兼营证券买卖的大商号成立了"上海股票商业公会"。1914 年，北洋政府颁布《证券交易所法》，证券交易开始走上正轨。1918 年，经北洋政府批准，成立了"北京证券交易所"，这是全国第一家由中国人创办的证券交易所。1920 年，经北洋政府批准，"上海股票商业公会"正式改组为"上海华商证券交易所"；1921 年，北洋政府又批准成立了"天津证券物品交易所"。这些证券交易所成立后，业务兴隆、盈利丰厚，使投资于证券交易所者蜂拥而至，仅上海市在 1921 年的半年多时间内，证券交易所就增加到 140 多家。

但是，由于这些交易所经营的对象除少数国内债券外，多数经营本交易所的股票，而且又是套用银钱业的临时拆借放款，以期货买卖为主，大量进行股票买空卖空。到 1921 年秋，由于银根紧缩，许多交易所难以维持，纷纷倒闭，从而发生了历史上有名的"信交风潮"。到了 1922 年，全国仅剩下十几家证券交易所，使证券交易从此转入萧条和衰落。

3. "复苏"与短暂"繁荣"阶段（1937—1949 年）

抗日战争爆发后，随着国民党军队的节节败退，公债交易骤降，公债交易市场日渐萧条。而相反地，股票市场在沉寂了十几年以后，出现了"复苏"的现象。当时，由于日伪当局禁止一切公债、外股、金银、外汇以及棉花、棉纱等物资的集中交易和暗中交易，大量游资集中到华股上，使华股交易逐渐兴盛起来，专门经营股票交易的公司猛增，仅上海一地的股票公司、证券贸易行就由十几家猛增到 1940 年的七十多家，天津的证券交易行最多时达到一百多家，日伪当局曾查禁股票交易，但未能奏效，从而改为疏导利用。1943 年 9 月，下令上海华商证券交易所复业，专做华股买卖，上市公司先后增至 199 种。自证券交易所复业后，股票投机频繁，股市动荡不安，股价剧烈波动。

抗日战争胜利后，国民党政府对证券交易先是明令禁止，1945 年 8 月上海华商证券交易所被停业解散，但是，黑市交易并未停止。于是，国民党政府转而筹划建立官方证券市场。1946 年 5 月，国民党政府决定设立上海证券交易所，资本额定为 10 亿元，由原上海华商证券交易所股东认购 6/10 的股份，其余由中国银行、交通银行、农业银行及中央信托局、中央邮政储金汇业局认购。当年 9 月，该交易所正式开业，分股票、债券两个市场。1948年2月，挽津证券交易所开业，该交易所的股本为10亿元，交易一度十分兴旺，场外交易也十分活跃。

1948年，国民党政府宣布实行币制改革，通令全国各交易所暂行停业，使短暂"繁荣"的股市走向了衰亡。

三、新中国成立初期的证券市场

新中国成立初期经济体制改革前的证券市场主要围绕两条线索来展开：

一是解放初期鉴于证券市场仍有一定的存在基础，先后在接收官僚资本的基础上，于1949年6月1日成立了天津证券交易所，1950年2月1日成立了北京证券交易所。其中，天津交易所的经纪人有39家，总计资本845万元；北京证券交易所经审查合格的法人经纪人有5家，个人经纪人有17家。这为我国今天证券市场的发展提供了宝贵的经验，即要发展我国的证券市场必须首先发展商品经济、股份制和信用制度。

二是鉴于经济建设的需要，利用国债市场筹措了一定数量的财政资金。此间利用国债市场筹措资金又大体上分为两个阶段：第一阶段是1950—1958年，发行了人民胜利折实公债和国家建设公债；第二阶段是1959—1978年，全国性的公债停止发行，但允许省、自治区、直辖市在必要的时候发行地方建设公债。

随着国家财政形势的好转，币值开始稳定，交易量下降，不久，随着"三反""五反"运动的开展，证券投资活动受到控制，证券交易所业务逐渐萧条。新中国成立初期的证券市场，不仅时间短暂，而且更重要的是，它是旧中国的证券交易活动在新中国成立初期被消灭前的一种过渡形式。到1952年，人民政府宣布所有的证券交易所关闭停业；1958年国家停止向外借款；1959年终止了国内政府债券的发行；此后的20多年中，我国不再存在证券市场。

四、改革开放后的证券市场

十一届三中全会以后，随着我国经济体制改革的深入和商品经济的发展，人民收入水平不断提高，社会闲散资金日益增多，而由于经济建设所需资金的不断扩大，资金不足问题十分突出。在这种经济背景下，各方面要求建立长期资金市场，恢复和发展证券市场的呼声越来越高，我国的证券市场便在改革中应运而生。

1. 股份制改革和改革开放同时孕育

我国改革的最初切入点并取得最大成功的是农村改革。而早在1979年，我国农村就有了以集资入股的社队企业，因此，我国股份经济的萌芽实际上是始于农村改革。这期间，我国的农村企业和城市的小企业有了股份制的雏形，其特征是从浅层次的集资入股型到深层次的合股经营、股份合作型发展。

1984年10月，中共十二届三中全会通过了《关于经济体制改革的决定》，确立了"社会主义经济是以公有制为基础的有计划的商品经济"这样的政治共识，并阐明了以城市为重点的整个经济体制改革的必要性，股份制也由此开始进入了正式试点阶段。1984年8月，上海市政府批准发布《关于发行股票的暂行管理办法》。1984—1986年，北京、广州、上海等城市选择了少数大中型企业进行股份制试点。例如，1984年北京天桥百货股份制试点，1985 年上海延中实业股份制试点，1985 年广州市政府批准了广州绢麻厂、明兴制药厂、侨光制革厂三家国有中小型企业的股份制试点。1985 年，我国企业横向联合迅速发展，从而强有力地促进了股份制的发展，而股份制的发展也更有利于企业的横向联合趋于完善。这一年，股份制不仅在农村得到了发展，而且在商业、金融业、轻工业、水产业等各个方面都得到了初步发展。1986 年后，随着国家政策的进一步开放，越来越多的企业，包括一些大型国有企业纷纷进行股份制试点，半公开或公开发行股票，股票的一级市场开始出现。

从 1979 年到 20 世纪 80 年代中期，我国改革的起步遵循的是一条"放权让利"的思路。这就是当时采取的"将更多的决策权下放给地方政府和生产单位，同时给予地方、企业和个人以更多的利益，允许一部分人先富起来"的"经济民主化"的政策。随之我国出现了国债、企业债和金融债。1981 年 7 月国务院决定恢复发行国债，开启了改革开放后中国债券市场的发展进程。从 1982 年开始，少量企业开始自发地向社会或企业内部集资并支付利息，到 1986 年底，这种没有法规约束的企业债总量达 100 多亿元。1984 年为治理严重的通货膨胀，中国实行了紧缩的货币政策。一些银行开始发行金融债券以支持在建项目的完成，此后，金融债券成为银行的一种常规性融资渠道。

2. 证券流通的需求推动证券市场的形成和证券交易所的出现

随着证券发行的增多和投资者队伍的逐步扩大，证券流通的需求日益强烈，股票和债券的柜台交易陆续在全国各地区出现。1986 年 8 月，沈阳市信托投资公司率先开办了代客买卖股票和债券及企业债券抵押业务。同年 9 月，中国工商银行上海市信托投资公司静安业务部率先对其代理发行的飞乐音响公司和延中实业公司的股票开展柜台挂牌交易，标志着股票二级市场的初步形成。

从 1988 年 4 月起，沈阳等 7 城市开始开展个人持有的国库券的转让业务；同年 6 月，这种转让市场扩大到全国 28 个省的 54 个大中城市；1991 年初国库券转让市场在全国范围内出现。这些采用柜台交易方式的国库券转让市场是债券二级市场的雏形。

在以上背景下，1990 年 12 月，上海证券交易所、深圳证券交易所相继成立。1991 年，上海证券交易所共有 8 只上市股票，25 家会员；深圳证券交易所共有 6 只上市股票，15 家会员。在证券市场形成初期，由于一些股票的分红派息方案优厚，远高于银行利息，投资者积极介入，加上当时股份制企业数量较少、股票发行数量有限，供求关系由冷转热，大量的投资者涌向深圳和上海购买股票。地方政府虽然采取了一系列措施，试图缓解这种过热现象，但仍不能改变股票供不应求的局面。由于深圳限量发售的认购证严重供不应求，并出现内部交易和私自截留行为，最终导致了投资者抗议舞弊行为的"八一〇事件"。

1992 年，邓小平南方讲话后，中国掀起了新一轮改革开放的高潮，同年，中共十四大确立了"建立社会主义市场经济体制"的经济体制改革的目标，股份制成为国有企业改革的方向，更多的国有企业实行股份制改革并试图在证券市场融资。1993 年，股票发行试点正式在全国推广。

3. 全国统一监管体制的建立

"八一〇事件"促使中央政府下决心在证券市场设立专门监管机构。因此，国务院于 1992 年 10 月设立国务院证券管理委员会和中国证监会；同年 12 月，国务院发布《关于进一步加强证券市场宏观管理的通知》，明确了中央政府对证券市场的统一管理体制。1992年，中国证监会的成立标志着中国证券市场开始逐步纳入全国统一监管框架，全国性市场由此开始发展。中国证券市场在监管部门的推动下，建立了一系列的规章制度，初步形成了证券市场的法规体系。

1997年11月的全国金融工作会议进一步确定了银行业、证券业、保险业分业经营、分业管理的原则。1998年4月，国务院证券委撤销，其全部职能及中国人民银行对证券经营机构的监管职能同时划归中国证监会。中国证监会成为全国证券期货市场的监管部门，并在全国设立了36个派出机构，建立起了集中统一的证券期货市场监管体制。

中国证监会成立后，股票发行试点走向全国。在市场创建初期，各方对证券市场的规则、自身权利和义务的认识不足。为了防止一哄而上、由股票发行引起投资过热，监管机构采取了额度指标管理的审批制度。具体做法是将额度指标下达至省级政府或行业主管部门，由其在指标限度内推荐企业，再由证监会审批企业发行股票。

在1997年亚洲金融危机后，为防范金融风险，中央政府对各地方设立的交易所场外股票市场和柜台交易中心进行清理，并对证券经营机构、证券投资基金和期货市场中的违规行为进行整顿，化解了潜在的风险。同时，国有企业的股份制改革和发行上市逐步推进，市场规模、中介机构数量和投资者队伍稳步扩大。

1999年7月《证券法》实施，以法律形式确认了证券市场的地位。2005年11月，修订后的《证券法》发布。在这期间，随着国企改革的深入，国有和非国有股份制公司不断进入证券市场，成为证券市场新的组成部分，中国股票市场得到了较快发展，上市公司数量快速增长。但是，证券市场发展过程中积累的遗留问题、制度性缺陷和结构性矛盾也逐步显现。

为了积极推进证券市场的改革开放和稳定发展，国务院于2004年1月发布了《关于推进证券市场改革开放和稳定发展的若干意见》（以下简称《若干意见》），此后，中国证券市场推行了一系列的改革措施以完善证券市场基础性制度，主要包括实施股权分置改革、提高上市公司质量、对证券公司综合治理、改革发行制度、大力发展机构投资者等。经过这些改革，投资者信心得到恢复，证券市场出现转折性变化。

4. 证券市场发展的新趋势

（1）证券市场的发行量在逐渐上升，其投资和筹资作用在不断扩大。截至2009年12月31日，A股上市公司股票：上证A股为860只，深证A股和中小板为781只，创业板为36只，总共1 677只。我国的证券市场已经逐渐受到广大投资者的承认和信赖，已经成为广大投资者良好的投资选择，其筹资、融资作用得到了显现。

（2）证券市场的投资品种在不断增加，市场竞争激烈。1991年的深圳和上海股市起步没多久，上市股票的品种都还屈指可数。深圳正式上市交易的有"发展"、"万科"、"安达"、"原野"共四种股票。上海正式上市交易的有"延中"、"真空"、"音响"、"爱使"、"申华"、"飞乐"、"豫园"、"凤凰"共八种股票。在债券市场上，仅有国债，其他方式并不允许存在。现在股票市场上股票数量远远超过当初上市这几只股票，上市企业的成分已经从单纯的国有企业到允许其他所有制企业上市筹资；债券市场上不但允许国债参与流通，各种地方政府债券和企业债券也开始参与市场交易。我国目前证券市场上的证券品种主要有A股、B股、国债、基金等，投资者的选择余地增加，证券发行人为了获得投资者的资金注入，在证券种类上不断创新，不断挖掘市场潜力。

（3）形成了国内权威的证券交易场所和我国特色的证券交易程序。我国股票市场是以上海证券交易所和深圳证券交易所为核心的股票交易市场，上海证券交易所的上证综合指数和深圳证券交易所的深证成分指数已经成为国内证券市场走势的"晴雨表"。我国的证券交易是通过证券交易所来完成的，也就形成了适合我国国情的证券交易程序：开设交易账户或者股东账户，开设资金账户；委托买卖；竞价成交；清算、交割和过户；分红派息。每一步程序之中都有国家相关的法律法规加以约束限制，形成了我国国内的证券交易程序要求，建立了完善的证券交易体系。

（4）我国电子化交易网络正在形成。自20世纪90年代以来，信息技术的飞速发展促进了国内证券交易的网络化，并且逐渐实现了与国际证券市场接轨。股指期货交易与国内分散在各地的证券交易所实现互联，证券网上交易已经成为国内普遍的交易手段。交易地点已经从各地的证券交易大厅，发展到各个投资者的网络终端（手机、计算机终端、电话等），逐渐实现了交易的远程化与实时化。这主要是得益于国内的证券交易系统以及网络互联技术的发展，这些系统都可容许交易者从一个终端进行多个市场的期货交易，促进了股指期货全球电子化交易网络的形成。

思考题

1. 有价证券包括哪几类？
2. 证券市场的参与主体有哪些？
3. 证券市场在现代信用经济发展中的作用是什么？
4. 为什么说股份制公司的产生和信用制度的发展是证券市场形成的基础？
5. 我国证券市场的发展有哪些新趋势？

练习题

● 单项选择题

1. 证券是指各类记载并代表一定权利的（   ）。
   A. 书面凭证　　　　B. 法律凭证　　　　C. 货币凭证　　　　D. 资本凭证
2. 资本证券是指与（   ）有关的活动而产生的证券。
   A. 商业投资　　　　B. 金融投资　　　　C. 房地产投资　　　　D. 项目投资
3. 以下不属于货币证券的是（   ）。
   A. 商业本票　　　　B. 银行本票　　　　C. 银行股票　　　　D. 银行汇票
4. 按是否在证券交易所挂牌交易，有价证券可分为（   ）。
   A. 上市证券和非上市证券　　　　　　　B. 场内证券和场外证券
   C. 公募证券和私募证券　　　　　　　　D. 上市证券和挂牌证券
5. 按证券募集方式分类，有价证券可分为（   ）。

A. 上市证券和非上市证券　　　　　　B. 场内证券和场外证券

C. 公募证券和私募证券　　　　　　　D. 上市证券和挂牌证券

6. 证券持有人面临预期收益不能实现的可能，这体现了证券的（　　）特征。

A. 期限性　　　　B. 收益性　　　　C. 流通性　　　　D. 风险性

7. 中央银行在证券市场上买卖有价证券是在开展它的（　　）业务。

A. 政策性　　　　B. 公开市场操作　　C. 投融资　　　　D. 保值

8. 证券登记结算公司性质上属于（　　）。

A. 证券服务机构　　　　　　　　　　B. 证券经营机构

C. 证券管理机构　　　　　　　　　　D. 自律性组织

9. 社会保障基金投资于银行存款和国债的比例不得低于（　　）。

A. 20%　　　　　B. 30%　　　　　C. 40%　　　　　D. 50%

10. 美国的第一个证券交易所是（　　）。

A. 费城证券交易所　　　　　　　　　B. 芝加哥证券交易所

C. 华尔街交易所　　　　　　　　　　D. 纽约证券交易所

二 多项选择题

1. 下列选项中既可以是证券发行人，也可以是证券投资者的有（　　）。

A. 工商企业　　　　　　　　　　　　B. 金融机构

C. 个人　　　　　　　　　　　　　　D. 政府及其机构

2. 公募证券与私募证券的不同之处在于（　　）。

A. 审核的严格程度不同　　　　　　　B. 发行对象特定与否

C. 采取公示制度与否　　　　　　　　D. 上市与否

3. 债券的发行人有（　　）。

A. 政府　　　　　B. 金融机构　　　C. 企业　　　　　D. 个人

4. 基金性质的机构投资者包括（　　）。

A. 证券投资基金　　　　　　　　　　B. 社保基金

C. 社会公益基金　　　　　　　　　　D. 外国机构投资者

5. 证券服务机构主要包括（　　）。

A. 证券登记结算公司　　　　　　　　B. 证券投资咨询公司

C. 会计师事务所　　　　　　　　　　D. 资产评估和证券信用评级机构

三 判断题

1. 证券发行人是资金的供应者。（　　）

2. 我国禁止民营企业作为机构投资者参与证券市场投资。（　　）

3. 政府发行证券的品种仅限于债券。（　　）

4. 股份制的金融机构发行的股票并没有定义为一般的公司股票，而是归类于金融债券。（　　）

5. 我国现行的证券监管机构包括国务院证券委及其领导下的中国证监会。（　　）

案例分析

从郑百文事件看中国证券市场

曾被誉为中国"国企改革一面红旗"的郑州百文股份有限公司（简称"郑百文"）在中国证券行业经历了两次"声名大噪"：第一次是作为国企的"先进典型"隆重上市，第二次是作为"世界上最烂的垃圾股"而差点成为中国首家破产的上市企业。

郑百文一度号称中国商业批发行业"龙头老大"。1996 年 4 月，郑百文成为郑州市的第一家上市企业和河南省首家商业股票上市公司。1999 郑百文的亏损超过 15 亿元人民币，拖欠银行债务达 25 亿元人民币。

就在中国媒体纷纷报道郑百文很可能成为中国首家破产的上市企业之时，经过有关方面的"协调"，山东三联集团宣布将对郑百文进行战略重组，从而使郑百文逃过了破产的命运，也暂时维持了中国证券市场上还没有破产企业的记录。

郑百文的前身是一个国有百货文化用品批发站。郑百文曾经自称：1986 到 1996 年的 10 年间，它的销售收入增长了 45 倍，1996 年实现年销售收入 41 亿元人民币，1997 年其主营规模和资产收益率等指标在深圳和上海上市的所有商业公司中都排名第一，进入了中国国内上市企业 100 强。

郑百文上市后红极一时，成为当地企业界耀眼的改革新星和率先建立现代企业制度的典型。各级领导频频造访，各种荣誉纷至沓来。河南省有关部门把它定为全省商业企业学习的榜样。公司领导也相继获得全国劳动模范、全国优秀企业家等一系列殊荣。然而，在被推举为改革典型的第二年，郑百文就在中国股市创下每股净亏 2.54 元人民币的最高纪录，而上一年它还宣称每股盈利 0.448 元人民币。

新华社的报道披露了郑百文上市的真相，报道引用郑百文一位财务经理的回忆说，"郑百文其实根本不具备上市资格，为了达到上市募集资金的目的，公司硬是把亏损做成盈利报上去，最后蒙混过关。"

分析：郑百文事件在中国证券业和整个经济界引起了轩然大波，媒体和专家纷纷呼吁规范证券市场和政府在企业上市中的角色。那么，郑百文事件是如何产生的？它暴露了中国证券市场的哪些弊端？

第二章 股 票

学习目标

  了解股份制公司的产生与发展，以及股份制公司的类型；掌握股票的定义、特点、价值、价格，以及影响股票价格的基本因素；掌握股票的类型；熟悉我国股权分置改革的情况。

案例导入

"万科模式"的股份制改造

  深圳万科企业股份有限公司成立于 1984 年 5 月，其前身深圳现代企业有限公司是深圳经济特区发展公司所属的一家全民所有制企业，早期专门从事科教仪器的进口业务。在没有国家投资的情况下，企业依靠员工的艰苦奋斗和特区的优惠政策，逐渐扩大规模并形成了一定的资产积累。随着万科业务的不断发展，原有国营体制僵化落后的管理模式与企业按照市场规律运作两者之间出现了越来越尖锐的矛盾，特别是原有的自我积累和银行贷款的资金来源渠道越来越不适应企业的发展。

  在这种突破原有体制和满足企业扩展冲动的要求下，万科于 1986 年提出了股份制改造的计划。经过两年时间的准备，万科于 1988 年 12 月实行股份制改造，公开向社会发行股票并成为上市公司，这是新中国第一家按照国际规范公开上市的工商企业。万科企业股份有限公司在股份制改造过程中形成了比较鲜明的操作特色，后来被称为股份制改造的"万科模式"，一些做法经常被以后的上市公司所运用。

  万科在股份制改造过程中，在操作上以国际惯例和香港上市公司的经验为参照系，聘请了有经验的香港证券公司做顾问公司，参照香港上市公司在营业记录、营业环境、发展潜力、业务依赖性、公众心理、管理制度、预测盈利水平等方面的基本标准，建立和完善本公司的各项经营管理指标。在上市方式上，万科采用了国际上市公司募集股金的规范做法，在《深圳特区报》上全文刊登了国内第一份规范的《招股通函》，把有关的各项信息公之于众，使公众在对公司有所了解的基础上做出投资决策。同时，万科还举办了系列咨询周、新闻发布会、公众对话等活动，加深公众对企业的了解，为其后来的上市运作打下了良好的基础。

在股权结构上，万科注意引进多元投资主体并保持股权的适度分散。在股份制改造中，万科把原有资产的清产核算和折股界定与向社会公众发售新股结合起来同步进行。企业原有净资产 1 325 万元，折成股份 1 325 万股，其中国家股 795 万股，企业集体股 530 万股。在此基础上，万科向社会公众公开发售新股 2 805 万股，其中国内公众认购 1 729 万股，外商认购 1 076 万股。最终形成的股权结构为：国家股 19.2%，集体企业股 12.8%，法人股 24.4%，个人股 17.5%，外资股 26.1%。其中最大股东即国家持股不足 20%，万科可流通股份达 68%，基本上形成了一个多元投资主体并存的复合产权结构。

在公司内部建设上，万科注意构造上市公司的完善框架，率先开展产业结构的调整，把经营范围从单一的进出口贸易扩大到工业和房地产领域，建立起多元化经营的基本框架，然后对企业原有的财务管理、人事管理、业务管理以及工资福利等制度进行了系统的改进和完善，形成了一套规范的财务和会计管理制度。

在企业形象的策划与宣传方面，万科在筹备过程中进行了建立 CI 系统的工作，公司名称由"深圳现代企业有限公司"改为"深圳万科企业股份有限公司"，英文简称为 VANKE。同时，公司还进行了一系列宣传活动，突出了公司的独特风格。

另外，在公司的运作上，形成了所有权与经营权进一步分离的格局。上市公司的运作体系主要包括股东大会、董事会和公司行政管理层三个层次。股份制改造使企业的经营管理层相对独立于产权的所有者即股东，客观上已经构成了所有权与经营权的第一次分离，但董事会作为产权所有者的代表仍然对公司的重大经营管理决策发挥重要影响。万科第一届董事会有 9 名董事，其中产权代表 6 名，公司行政管理人员 3 名，后来这种结构逐渐发生了变化。由于企业在经营管理过程中遇到的问题相当复杂，客观上要求决策者必须充分掌握信息并具备相关的专业知识和实践经验，但产权代表并不一定具备这些条件，故在董事会中，特定的产权代表的比重逐渐下降，而以各种专业身份出现的成员比例逐渐增大。现在万科的 10 名董事中，特定产权的代表为 5 名，只占 1/2。而且，在实际运作中，特定产权的代表往往不直接参与决策。

万科公司改制为上市公司后万科得到了迅速的发展，业绩迅速增长，每年利润的平均增长率达到 76.43%，上市后国有股增值 365%，改制三年分得股息 131 万元，获得红股 350 万股。经过几年的发展，万科已经形成了一个跨地域、多元化经营的综合性业务架构，业务领域日益扩大，公司发展良好。

分析： 实施股份制上市对企业发展能起到哪些作用？

第一节 股份制公司

一、股份制公司的定义、特征及优势

1. 股份制公司的定义

股份制公司就是通过发行股票及其他证券，把分散的资本集中起来经营的一种企业组织形式。

2. 股份制公司的特征

股份制公司属于合资公司，它具有以下特征：

（1）股份制公司的资本不是由一人独自出资形成的，而是划分为若干个股份，由许多人共同出资认股组成的。

（2）股份制公司的所有权不属于一个人，而是属于所有出资认购公司股份的人。

3. 股份制公司的优势

股份制公司的特征使它具备了其他形式的企业组织所没有的优势。

（1）股份制公司可以迅速地实现资本集中。股份制公司的资本划分为若干股份，由出资人认股，出资人可以根据自己的资金能力认购一股或若干股。这样，较大的投资额化整为零，使更多的人有能力投资，大大加快了投资速度。

（2）股份制公司能够满足现代化社会大生产对企业组织形式的要求。社会化大生产对企业组织形式有较高的要求，而股份制公司则能够满足这些要求，这是因为，股份制公司通过招股集资的方法能够集中巨额资本，满足大生产对资本的需求；同时股份制公司的所有权属于所有的股东，设置了股东大会、董事会、监事会等各种管理机构，实行所有权和经营权的分离，所以股份制公司成为现代经济中最主要的企业组织形式。

二、股份制公司的产生与发展

股份制度是随着商品经济发展而产生的一种企业制度。古罗马帝国时期的股份委托公司就是现代股份制公司的最初形式。

17世纪的荷兰东印度公司公开发行的股票可以说是世界上出现得最早的股票。大约在1600年，当时荷兰的海洋运输非常繁荣，仅荷兰一个国家的商船数量就相当于英、法两国商船数量的总和。荷兰的船队把别国市场上缺少的东西运过去，再把本国市场缺少的东西运回来，这其中的利润是十分可观的。但是航海面临的风险很大，随时可能会出现风暴、海难、疾病等情况，远航带来的超额利润是所有人都希望得到的，而获取它所必须承担的巨大风险又是所有人都无法逃避的，那么，有没有一种办法既能够获得足够的利润，又能够把风险控制在一定程度呢？于是，股份制的公司、股票以及股票市场就在人们这种分散投资的需求中诞生了。股份制度就是由许多投资者共同投资，使每一个人只分担很小的一部分风险。

1602年荷兰在全国以集资入股的形式筹集资金，成立了荷兰东印度公司，它是世界上第一家公开发行股票的公司，当时它发行了价值 650 万荷兰盾的股票。它在荷兰的 6 个海港城市设立了办事处，其中最重要的一个就是阿姆斯特丹，在这里发行的股票数量占总发行量的 50％以上。当时，几乎每一个荷兰人都去购买这家公司的股票，东印度公司从此进入了繁荣时期。

股份制公司这种企业组织形态出现以后，很快被资本主义国家广泛利用，成为资本主义国家企业组织的重要形式之一。伴随着股份制公司的诞生和发展，以股票形式集资入股的方式也得到了发展，并且产生了买卖交易转让股票的需求。这样，就带动了股票市场的出现和形成，并促使股票市场不断完善和发展。

三、股份制公司的类型

由于各股份制公司有其不同的特征，因而可以划分为以下不同的类型。

1. 无限责任公司

简单地说，无限责任公司就是全体股东对公司债务承担连带无限责任的公司。所谓连带无限责任，包括两层含义。

（1）股东对公司债务负无限责任。这是指股东要以自己的全部资产对公司债务负责。当公司资不抵债时，不管股东出资多少，都要拿出自己的全部资产去抵债。

（2）股东对公司债务负连带责任。这是指全体股东共同对公司债务负责，且每一个股东都承担全部债务的责任，在公司资不抵债时，债权人可以要求股东偿债，他既可要求全体股东共同偿债，也可只对其中一个股东提出偿债要求，股东不得拒绝。当一个股东偿还了公司的全部债务后，其他股东就可解除债务。除此之外，连带责任还包括：股东对其加入公司前公司所发生的债务也要负责；在退股登记后，股东对退股时公司所发生的债务在退股后二年内仍负有连带责任；在公司解散后的 3 年至 5 年内，股东对公司债务仍负有偿还责任。

无限责任公司的股东至少要有两个，公司资本是在股东相互熟悉、相互信任的基础上出资形成的。在这里，人身信任因素起着决定性作用，非至亲好友难以成为公司股东。所以，无限责任公司也被称为"人合公司"。

由于公司股东对债务负无限责任，保证了债权人的利益，因此，公司信誉较高；同时公司组建简单，只要两个股东相互信任就可组成公司，免去了繁杂的法律登记手续。而对股东来说，则无须向公众公开业务内幕，保密性强，有利于竞争。但是，无限责任公司的弊端也是显而易见的：由于股东要对公司债务负连带无限责任，所以投资风险太大；股东又不能自由转让股份，要转让股份，必须得到全体股东的同意，这无疑加大了公司集资的难度。

2. 有限责任公司

有限责任公司指股东仅以自己的出资额为限对公司债务负责。同无限责任公司相比，有限责任公司的股东较少，许多国家的公司法对有限责任公司的股东人数都有严格规定。例如，英、法等国规定，有限责任公司的股东人数应在 2 至 50 人之间，如果超过 50 人，必须向法院申请特许或转为股份有限公司。同时，有限责任公司资本并不必分为等额股份，也不公开发行股票，股东持有的公司股票可以在公司内部股东之间自由转让，若向公司以外的人转让，须经过公司股东的同意。由于股东少，所以公司设立手续非常简便，而且公司也无须向社会公开公司营业状况，增强了公司的竞争能力。

3. 两合公司

两合公司即公司是由无限责任股东和有限责任股东共同组成的。在公司股东中，既有无限责任股东，又有有限责任股东。无限责任股东对公司债务负连带无限责任，有限责任股东对公司债务的责任仅以其出资额为限。由于公司股东的责任不同，在公司中的地位和作用也不同。无限责任股东在公司中享有控制权，管理公司的业务活动；而有限责任股东不能管理公司业务，也不能对外代表公司，若要转让股份，还必须得到半数以上无限责任股东的同意。

4. 股份有限公司

股份有限公司是西方国家最主要的一种公司形式。股份有限公司具有以下特征：

（1）股份有限公司是独立的经济法人；

（2）股份有限公司的股东人数不得少于法律规定的数目，如法国规定，股东人数最少为7人；

（3）股份有限公司的股东对公司债务负有限责任，其限度是股东应交付的股金额；

（4）股份有限公司的全部资本划分为等额的股份，通过向社会公开发行的办法筹集资金，任何人在缴纳了股款之后，都可以成为公司股东，没有资格限制；

（5）公司股份可以自由转让，但不能退股；

（6）公司账目须向社会公开，以便于投资人了解公司情况，进行选择；

（7）公司设立和解散有严格的法律程序，手续复杂。

由此可以看出，股份有限公司是典型的"资合公司"。一个人能否成为公司股东决定于他是否缴纳了股款、购买了股票，而不取决于他与其他股东的人身关系，因此，股份有限公司能够迅速、广泛、大量地集中资金。同时，虽然无限责任公司、有限责任公司、两合公司的资本也都划分为股份，但是这些公司并不公开发行股票，股份也不能自由转让，证券市场上发行和流通的股票都是由股份有限公司发行的，因此，狭义地讲，股份制公司指的就是股份有限公司。

5. 股份两合公司

股份两合公司是无限责任股东和有限责任股东共同组成的公司。其中有限责任部分的资本划分为若干等份，由各有限责任股东认缴，这是与两合公司的区别所在。股份两合公司具有以下几方面的特征：

（1）无限责任股东对公司债务负有连带清偿责任，有限责任股东以其出资额为限对公司债务负责；

（2）有限责任股东必须得到超过半数的无限责任股东的许可，才能将其全部或部分股份转让给他人；

（3）有限责任股东一般不能代表公司执行业务以及对外代表公司。

四、股份制公司的盈利分配

在每一营业年度结束之后，股份制公司都要进行盈利分配。公司盈利是指公司所得收入与所花费用的差额。就股份制公司而言，其盈利主要来自两个方面：一是营业性盈利收入；二是非营业性盈利收入，包括超过票面金额发行股票所得的收入、由于资产估价增值所获得的收入、出售资产获得的溢价收入以及馈赠收入等。

根据公司法规定，股份制公司的盈利应按照一定的顺序和比例进行分配：

首先，应从公司盈利中提取一部分公积金。公积金主要用于弥补公司意外亏损，扩大生产规模和经营范围，巩固公司财政基础。公积金又可分为法定公积金和任意公积金。法定公积金是根据法律规定而强制提取的公积金，各国对法定公积金的提取比例都有明确规定，公司章程和股东大会无权予以变更。任意公积金是指除法定公积金外，由公司章程规定或股东大会决定而提取的公积金，是公司为应付以后的不时之需而准备的，如用于维持亏损年度的股息水平等，它的提取比例由公司在公司章程中自行规定。

提取公积金之后，剩下的盈利部分则用于支付债权人的利息和股东的股利。由于公司对债权人必须按期定额支付利息，所以这部分提取比例由利息率决定，比较固定。在公司盈利中用于支付股东股利的部分则不固定，它是由公司盈利总额及上述扣除款项的多少决定的，盈利多，股利就可多分，否则就会减少，有时甚至没有。

第二节 股票的特点与价格

一、股票的定义

股票是一种有价证券，是股份制公司在筹集资本时向出资人公开或私下发行的、用以证明出资人的股本身份和权利，并根据持有人所持有的股份数享有权益和承担义务的凭证。

股份有限公司的资本划分为股份，每股股份的金额相等，每股都代表股东对企业拥有一个基本单位的所有权。股票作为一种所有权凭证，有一定的格式。股票应载明的事项主要有：公司名称、公司成立的日期、股票种类、票面金额及代表的股份数、股票的编号。股票由法定代表人签名，公司盖章。发起人的股票，应当标明"发起人股票"字样。

二、股票的特点

1. 收益性

收益性是股票最基本的特点。股票的收益来源可分成两类：一是股份制公司，二是股票流通。股东凭其持有的股票，有权从公司领取股息或红利，获取投资的收益。股息或红利的大小，主要取决于公司的盈利水平和公司的盈利分配政策。股票的收益性还表现在股票投资者可以获得价差收入或实现资产保值增值。通过低价买入和高价卖出股票，投资者可以赚取价差利润。

2. 风险性

股票风险性的内涵是股票投资收益的不确定性，或者说实际收益与预期收益之间的偏离程度。风险不等于损失。股票在交易市场上作为交易对象，同商品一样，有自己的市场行情和市场价格。由于股票价格要受到诸如公司经营状况、供求关系、银行利率、大众心理等多种因素的影响，其波动有很大的不确定性。正是这种不确定性，有可能使股票投资者遭受损失。价格波动的不确定性越大，投资风险也就越大。因此，股票是一种高风险的金融产品。

3. 流通性

股票的流通性是指股票在不同投资者之间的可交易性。流通性通常以可流通的股票数量、股票成交量以及股价对交易量的敏感程度来衡量。可流通股数越多，成交量越大，价格对成交量越不敏感（价格不会随着成交量一同变化），股票的流通性就越好；反之就越差。股票的流通，使投资者可以在市场上卖出所持有的股票，取得现金。通过股票的流通和股价的变动，可以看出人们对于相关行业和上市公司的发展前景和盈利潜力的判断。那些在流通市场上吸引大量投资者、股价不断上涨的行业和公司，可以通过增发股票、不断吸收大量资本进入生产经营活动来达到优化资源配置的目的。

4. 永久性

投资者认购了股票后，就不能再要求退股，只能到二级市场卖给第三者。股票的转让只意味着公司股东的改变，并不减少公司资本。从期限上看，只要公司存在，它所发行的股票就存在，所以股票的期限等于公司存续的期限。

5. 参与性

参与性是指股票持有人有权参与公司重大决策的特性。股东有权出席股东大会，选举公司董事会，参与公司重大决策。股票持有者的投资意志和享有的经济利益通常是通过行使股东参与权来实现的。股东参与公司决策的权利大小，取决于其所持有的股份的多少。从实践来看，只要股东持有的股票数量达到左右决策结果所需的实际多数时，就能掌握公司的决策控制权。

三、股票的价值

1. 股票的票面价值

股票的票面价值又称面值，即在股票票面上标明的金额。该种股票被称为有面额股票。面值是股份制公司在所发行的股票票面上标明的票面金额，它以元/股为单位，其作用是表明每一张股票所包含的资本数额。如果以面值作为发行价，称为平价发行，此时公司发行股票募集的资金等于股本的总和，也等于面值总和。发行价值高于面值称为溢价发行，募集的资金中等于面值总和的部分计入资本账户，以超过股票票面金额的发行价值发行股份所得的溢价款列为公司资本公积金。一般来说，股票的发行价格都会高于其面值。当股票进入流通市场后，股票的面值就与股票的价格没有什么关系了。股票的市场价格有时高于其票面价格，有时低于其票面价格。但是，不论股票市场价格发生什么变化，其面值都是不变的，尽管每一股份实际代表的价值可能发生了很大变化。

2. 股票的账面价值

股票的账面价值又称股票净值或每股净资产。在没有优先股的条件下，每股账面价值等于公司资产的净值除以发行在外的普通股票的股数。在有优先股的条件下，股票的账面价值可用下列公式计算：

$$V_a = \frac{T-P}{N_c}$$

式中　V_a——股票的账面价值；

T——公司资产的净值；

P——优先股股票的总面值；

N_c——普通股股票的总股数。

公司资产的净值是指公司的资本额（股票面值总额）加上公积金与未分配利润的数额。其中，各种公积金和未分配利润尽管没有以股利的形式分派出来，但仍属于股东。因此，公司资产的净值也称为股东权益。

3. 股票的清算价值

股票的清算价值是指公司撤销或解散时，资产经过清算后，每一股份所代表的实际价值。在理论上，股票的清算价值等于清算时的账面价值，但由于公司的大多数资产只以低价售出，再扣除清算费用后，股票的清算价值往往小于账面价值。

4. 股票的内在价值

股票的内在价值即理论价值，也即股票未来收益的现值，取决于股息收入和市场收益率。股票的内在价值决定股票的市场价格，但市场价格又不完全等于其内在价值。受供求关系等多种因素的影响，当市场步入调整的时候，市场资金偏紧，股票的价格一般会低于股票内在价值；当市场处于上升期的时候，市场资金充裕，股票的价格一般高于其内在价值。总之，股市中股票的价格是围绕股票的内在价值上下波动的。

四、股票的价格

1. 股票的理论价格

股票代表的是持有者的股东权。这种股东权的直接经济利益表现为股息、红利收入。股票的理论价格，就是为获得这种股息、红利收入的请求权而付出的代价，是股息资本化的表现。

静态地看，股息收入与利息收入具有同样的意义。投资者是把资金投资于股票还是存于银行，这首先取决于哪一种投资的收益率高。按照等量资本获得等量收入的理论，如果股息率高于利息率，人们对股票的需求就会增加，股票价格就会上涨，从而股息率就会下降，一直降到股息率与市场利率大体一致为止。按照这种分析，可以得出股票的理论价格公式为：

股票理论价格＝股息红利收益÷市场利率

2. 股票的市场价格

股票的市场价格即股票在股票市场上买卖的价格。股票市场可分为发行市场和流通市场，因而，股票的市场价格也就有发行价格和流通价格的区分。

（1）股票的发行价格就是发行公司与证券承销商议定的价格。股票发行价格的确定有三种情况：

①股票的发行价格就是股票的票面价值；

②股票的发行价格以股票在流通市场上的价格为基准来确定；

③股票的发行价格在股票面值与市场流通价格之间,通常是对原有股东有偿配股时采用这种价格。

(2) 股票的流通价格才是完全意义上的股票的市场价格,一般称为股票市价或股票行市。股票市价表现为开盘价、收盘价、最高价、最低价等形式。其中收盘价最重要,是分析股市行情时所采用的基本数据。

3. 股票的理论价格与市场价格的联系与区别

股票的理论价格不等于股票的市场价格,两者甚至有相当大的差距。但是,股票的理论价格为预测股票市场价格的变动趋势提供了重要的依据,也是股票市场价格形成的一个基础性因素。

五、影响股票价格的基本因素

在自由竞价的股票市场中,股票价格不断变动。引起股票价格变动的直接原因是供求关系的变化。在供求关系的背后还有一系列更深层次的原因,除股份制公司本身的经营状况以外,任何经济、政治、军事、社会因素的变动都会影响股票市场的供求关系,进而影响股票价格的涨跌。

1. 公司经营状况

公司经营状况即上市公司的运营对股票价格有极大的影响。上市公司是发行股票筹集资金的运用者,也是资金使用的投资收益的实现者,因而其经营状况的好坏对股票价格的影响极大。而其经营管理水平、科技开发能力、产业内的竞争实力与竞争地位、财务状况等无不关系着其运营状况,所以从各个不同的方面影响着股票的市场价格。由于产权边界明确,公司因素一般只对本公司的股票市场价格产生深刻的影响,是一种典型的微观影响因素。

2. 产业和区域因素

产业发展前景和区域经济发展状况对股票市场价格也有很大的影响。它是介于宏观和微观之间的一种中观影响因素,因而它对股票市场价格的影响主要是结构性的。

在产业方面,每一种产业都会经历一个由成长到衰退的发展过程,这个过程称为产业的生命周期。产业的生命周期通常分为 4 个阶段,即初创期、成长期、稳定期、衰退期。处于不同发展阶段的产业在经营状况及发展前景方面有较大差异,这必然会反映在股票价格上。蒸蒸日上的产业股票价格呈上升趋势,日渐衰落的产业股票价格则呈下降趋势。

在区域方面,由于区域经济发展状况、区域对外交通与信息沟通的便利程度、区域内的投资活跃程度等的不同,分属于各区域的股票价格自然也会存在差异,即便是相同产业的股票也是如此。经济发展较快、交通便利、信息化程度高的地区,投资活跃,股票投资有较好的预期;相反,经济发展迟缓、交通不便、信息闭塞的地区,其股票价格总体上呈平淡下跌趋势。

3. 宏观经济因素

宏观经济发展水平和状况是影响股价的重要因素。宏观经济影响股价的特点是波及范围广、干扰程度深、作用机制复杂和股价波动幅度较大。

(1) 经济增长。一个国家或地区的社会经济能否持续稳定地保持一定的增长速度,是影响股价能否稳定上升的重要因素。当一国或地区的经济运行态势良好时，一般说来，大多数企业的经营状况也较好，它们的股价会上升；反之，股价会下降。

（2）经济周期循环。社会经济运行经常表现为扩张与收缩的周期性交替，每个周期一般都要经过繁荣、危机、萧条、复苏四个阶段。一般情况下，股价总是伴随着经济周期的变化而升降。

①在经济复苏阶段，投资逐步回升，资本周转开始加速，利润逐渐增加，股价呈上升趋势。

②在繁荣阶段，生产继续发展，设备扩充、更新加速，就业机会不断增多，工资持续上升并引起消费上涨；同时企业盈利不断上升，投资活动趋于活跃，股价进入大幅度上升。

③在危机阶段，由于有支付能力的需求减少，造成整个社会的生产过剩，企业经营规模缩小，产量下降，失业人数迅速增加，企业盈利能力急剧下降，股价随之下跌；同时，由于危机的到来，企业倒闭增加，投资者纷纷抛售股票，股价亦急剧下跌。

④在萧条阶段，生产严重过剩并处于停滞状态，商品价格低落且销售困难，而在危机阶段中残存的资本流入股票市场，股价不再继续下跌并渐趋于稳定状态。

不难看出，股价不仅是伴随着经济周期的循环波动而起伏的，而且其变动往往在经济循环变化之前出现。正因为如此，股价水平已成为经济周期变动的灵敏信号或称先导性指标。两者间相互依存的关系为：复苏阶段股价回升，繁荣阶段股价上升，危机阶段股价下跌，萧条阶段股价稳定。

（3）货币政策。中央银行一旦实行宽松的货币政策，资金面就会宽松，可持资金就会增加，股票需求上升，股价趋于上涨。相反，中央银行收紧银根，减少货币供应，资金普遍吃紧，股票需求减少，股价下降。中央银行主要通过以下途径影响货币供应量。

①中央银行提高法定存款准备金率，商业银行可贷资金减少，市场资金趋紧，股价下降；中央银行降低法定存款准备金率，商业银行可贷资金增加，市场资金趋松，股价上升。

②中央银行通过采取再贴现政策手段，提高再贴现率，收紧银根，使商业银行得到的中央银行贷款减少，市场资金趋紧；再贴现率又是基准利率，它的提高必定使市场利率随之提高。

③中央银行通过公开市场业务大量出售证券，收紧银根，在收回中央银行供应的基础货币的同时又增加证券的供应，使证券价格下降。

（4）财政政策。财政政策对股票价格的影响包括四个方面：其一，通过扩大财政赤字、发行国债筹集资金，增加财政支出，刺激经济发展；其二，通过调节税率影响企业利润和股息；其三，干预资本市场各类交易适用的税率，如利息税、资本利得税、印花税等；其四，国债发行量会改变证券市场的证券供应和资金需求，从而间接影响股价。

（5）市场利率。

①绝大部分公司都负有债务，利率提高，利息负担加重，公司净利润和股息相应减少，股价下降；利率下降，利息负担减轻，公司净盈利和股息增加，股价上升。

②利率提高，其他投资工具收益相应增加，一部分资金会流向储蓄、债券等其他收益固定的金融工具，对股票需求减少，股价下降。若利率下降，对固定收益证券的需求减

少，资金流向股票市场，对股票的需求增加，股价上升。

③利率提高，一部分投资者要负担较高的利息才能借到所需资金进行证券投资。

（6）通货膨胀。通货膨胀对股票价格的影响较复杂，它既有刺激股票市场价格的作用，又有抑制股票市场价格的作用。

（7）汇率变化。传统理论认为，汇率下降，即本币升值，不利于出口而有利于进口；汇率上升，即本币贬值，不利于进口而有利于出口。汇率变化对股价的影响要看对整个经济的影响而定。

（8）国际收支状况。一般地说，若一国国际收支连续出现逆差，政府为平衡国际收支会采取提高国内利率和提高汇率的措施，以鼓励出口、减少进口，股价就会下跌；反之，股价会上涨。

第三节　股票的类型

一、普通股票和优先股票

按股东享有权利的不同，股票可以分为普通股票和优先股票。

1. 普通股票

普通股票是最基本、最常见的一种股票，其持有者享有股东的基本权利和义务。它构成公司资本的基础，是股票的一种基本形式，也是发行量最大、最为重要的股票。目前在上海和深圳证券交易所上市交易的股票都是普通股票。

普通股票的股东是股份有限公司的基本业主类别，享有以下权利。

（1）对企业的经营参与权。普通股的股东一般有出席股东会议权、表决权、选举权，可以选出公司的董事会或监事会，从而对公司的经营有一定的发言权。

（2）盈余分配权和资产分配权。普通股的股东在把公司红利分派给优先股的股东之后，有权享有公司分派的红利；在公司解散或清算时，有权在公司的财产偿还其他债权人之后，参与分配公司的财产。

（3）优先认股权和股份转让权。在优先认股权制度下，现有的股东有权保持对企业所有权的现有百分比。如果公司增发普通股票，现有股东有权优先购买新发行的股票，以维持其在公司的权益比例，等等。同时，普通股股东对公司经营状况承担的风险较其他种类股票的股东大。一个典型的股份有限公司通常只有一种普通股，如果有两种以上普通股，并在选举权、盈利和资产分配权、认股权等方面有所差别，则实际上其中一部分普通股已等同于优先股。

2. 优先股票

优先股票是一种特殊股票，在其股东权利、义务中附加了某些特别条件。优先股票的股息率是固定的；其持有者的股东权利受到一定限制，一般无表决权；但在公司盈利和剩余财产的分配上比普通股票的股东享有优先权。

如果将优先股股票细分，它还可分为以下几种。

（1）累积优先股股票和非累积优先股股票。累积优先股股票是指在上一营业年度内未支付的股息可以累积起来，由以后财会年度的盈利一起付清。非累积优先股股票是指只能按当年盈利分取股息的优先股股票，如果当年公司经营不善而不能分取股息，未分的股息不能予以累积，以后也不能补付。

（2）参加分配优先股股票和不参加分配优先股股票。参加分配优先股股票是指其股票持有人不仅可按规定分取当年的定额股息，还有权与普通股股东一同参加利润分配的优先股股票。不参加分配优先股股票，就是只能按规定分取定额股息而不再参加其他形式分红的优先股股票。

（3）可转换优先股股票和不可转换优先股股票。可转换优先股股票是指股票持有人可以在特定条件下按公司条款把优先股股票转换成普通股股票或公司债券的股票，而不可转换优先股股票是指不具有转换为其他金融工具功能的优先股股票。

（4）可赎回优先股股票和不可赎回优先股股票。可赎回优先股股票是指股份有限公司可以一定价格收回的优先股股票，又称可收回优先股股票；而不附加有赎回条件的优先股股票就是不可赎回优先股股票。

（5）股息可调整优先股股票。它是指股息率可以调整变化的优先股股票，其特点是优先股股票的股息率可随相应的条件进行变更而不再事先予以固定。

二、记名股票和无记名股票

按是否记载股东姓名，股票可以分为记名股票和无记名股票。

1. 记名股票

记名股票是指在股票票面和股份制公司的股东名册上记载股东姓名的股票。很多国家的公司法都对记名股票的有关事项作出了具体规定。一般来说，如果股票是归某人单独所有，则应记载持有人的姓名；如果股票是归国家授权投资的机构或者法人所有，则应记载国家授权投资的机构或者法人的名称；如果股票持有者因故改换姓名或者名称，就应到公司办理变更姓名或者名称的手续。我国《公司法》规定，公司发行的股票可以为记名股票，也可以为无记名股票。股份有限公司向发起人、法人发行的股票，应当为记名股票，并应当记载该发起人、法人的名称或者姓名，不得另立户名或者以代表人姓名记名。公司发行记名股票的，应当置备股东名册，记载下列事项：股东的姓名或者名称及住所、各股东所持股份数、各股东所持股票的编号、各股东取得股份的日期。记名股票有如下特点。

（1）股东权利归属于记名股东。对于记名股票来说，只有记名股东或其正式委托授权的代理人才能行使股东权。除了记名股东以外，其他持有者（非经记名股东转让和经股份制公司过户的）不具有股东资格。

（2）可以一次或分次缴纳出资。缴纳股款是股东基于认购股票而承担的义务。一般来说，股东应在认购时一次缴足股款。但是，基于记名股票所确定的股份制公司与记名股东之间的特定关系，有些国家也规定允许记名股东在认购股票时不需一次缴足股款。我国《公司法》规定，设立股份有限公司的条件之一是发起人认购和募集的股本达到法定资本最低限额。采取发起设立方式设立股份有限公司的，注册资本为在公司登记机关登记的全体发起人认购的股本总额。发起人应当书面认足公司章程规定其认购的股份；一次缴纳的，应当缴纳全部出资；分期缴纳的，应当缴纳首期出资。全体发起人首次出资额不得低于注册资本的20％，其余部分由发起人自公司成立之日起两年内缴足。以募集方式设立股份有限公司的，发起人认购的股份不得少于公司股份总数的35％。

（3）转让相对复杂或受限制。记名股票的转让必须依据法律和公司章程规定的程序进行，而且要服从规定的转让条件。一般来说，记名股票的转让都必须由股份制公司将受让人的姓名或名称、住所记载于公司的股东名册，办理股票过户登记手续，这样受让人才能取得股东的资格和权利。而且，为了维护股份制公司和其他股东的利益，法律对于记名股票的转让有时会规定一定的限制条件，如有的国家规定记名股票只能转让给特定的人。我国《公司法》规定，记名股票由股东以背书方式或者法律、行政法规规定的其他方式转让；转让后由公司将受让人的姓名或名称及住所记载于股东名册。

（4）便于挂失，相对安全。记名股票与记名股东的关系是特定的，因此，如果股票遗失，记名股东的资格和权利并不消失，并可依据法定程序向股份制公司挂失，要求公司补发新的股票。我国《公司法》对此的具体规定是：记名股票被盗、遗失或者灭失，股东可以依照《中华人民共和国民事诉讼法》规定的公示催告程序，请求人民法院宣告该股票失效。依照公示催告程序，人民法院宣告该股票失效后，股东可以向公司申请补发股票。

2. 无记名股票

所谓无记名股票，是指在股票票面和股份制公司股东名册上均不记载股东姓名的股票。无记名股票也称不记名股票，与记名股票的差别不是在股东权利等方面，而是在股票的记载方式上。无记名股票发行时一般留有存根联，它在形式上分为两部分：一部分是股票的主体，记载了有关公司的事项，如公司名称、股票所代表的股数等；另一部分是股息票，用于进行股息结算和行使增资权利。我国《公司法》规定，发行无记名股票的，公司应当记载其股票数量、编号及发行日期。无记名股票有如下特征。

（1）股东权利归属股票的持有人。确认无记名股票的股东资格不以特定的姓名记载为根据，因为这一点，为了防止假冒、舞弊等行为，无记名股票的印制特别精细，其印刷技术、颜色、纸张、水印、号码等均须符合严格的标准。为保护无记名股票股东的合法权益，我国《公司法》规定，发行无记名股票的公司应当于股东大会会议召开前30日公告会议召开的时间、地点和审议事项。无记名股票持有人出席股东大会会议的，应当于会议召开5日前至股东大会闭幕时将股票交存于公司。

（2）认购股票时要求一次缴纳出资。无记名股票上不记载股东姓名，若允许股东缴纳部分出资即发给股票，以后实际上无法催缴未缴纳的出资，所以认购者必须缴足出资后才能领取股票。

（3）转让相对简便。与记名股票相比，无记名股票的转让较为简单与方便，原持有者只要向受让人交付股票便发生转让的法律效力，受让人取得股东资格不需要办理过户手续。我国《公司法》规定，无记名股票的转让，由股东将该股票交付给受让人后即发生转让的效力。

（4）安全性较差。因无记载股东姓名的法律依据，无记名股票一旦遗失，原股票持有者便丧失股东权利，且无法挂失。

三、有面额股票和无面额股票

按是否在股票票面上标明金额，股票可以分为有面额股票和无面额股票。

1. 有面额股票

有面额股票是指在股票票面上记载一定金额的股票。这一记载的金额也称为票面金额、票面价值或股票面值。股票票面金额的计算方法是用资本总额除以股份数求得，但实际上很多国家是通过法规予以直接规定，而且一般是限定了这类股票的最低票面金额。另外，同次发行的有面额股票的每股票面金额是相等的。票面金额一般以国家主币为单位。大多数国家的股票都是有面额股票。我国《公司法》规定，股份有限公司的资本划分为股份，每一股的金额相等。有面额股票具有如下特征。

（1）可以明确表示每一股所代表的股权比例。例如，某股份制公司发行 1 000 万元的股票，每股面额为 1 元，则每股代表着公司净资产千万分之一的所有权。

（2）为股票发行价格的确定提供依据。我国《公司法》规定股票发行价格可以按票面金额，也可以超过票面金额，但不得低于票面金额。这样，有面额股票的票面金额就成为股票发行价格的最低界限。

2. 无面额股票

无面额股票是指在股票票面上不记载股票面额，只注明它在公司总股本中所占比例的股票。无面额股票也称为比例股票或份额股票。无面额股票的价值随股份制公司资产的净值和预期未来收益的增减而相应增减。公司资产的净值和预期未来收益增加，每股价值上升；反之，公司资产的净值和预期未来收益减少，每股价值下降。无面额股票淡化了票面价值的概念，但仍然有内在价值，它与有面额股票的差别仅在表现形式上。也就是说，它们都代表着股东对公司资本总额的投资比例，股东享有同等的股东权利。20 世纪早期，美国纽约州最先通过法律，允许发行无面额股票，以后美国其他州和其他一些国家也相继仿效。但目前世界上很多国家（包括中国）的公司法规定不允许发行这种股票。无面额股票有如下特征：

（1）发行或转让价格较灵活。由于没有票面金额，因而发行价格不受票面金额的限制。在转让时，投资者也不易受股票票面金额影响，而更注重分析每股的实际价值。

（2）便于股票分割。如果股票有面额，分割时就需要办理面额变更手续。由于无面额股票不受票面金额的约束，发行该股票的公司能比较容易地进行股票分割。

第四节　我国现行股票的分类及股权分置改革

一、我国现行股票的分类

（一）按投资主体的不同性质分类

我国按投资主体的不同性质，将股票划分为国家股、法人股、社会公众股、外资股和红筹股等不同的类型。

1. 国家股

国家股是指有权代表国家投资的部门或机构以国有资产向公司投资形成的股份，包括公司现有国有资产折算成的股份。在我国企业的股份制改造中，原来一些全民所有制企业改组为股份制公司，从性质上讲，这些全民所有制企业的资产属于国家所有，因此在改组为股份制公司时，就折成国家股。另外，国家对新组建的股份制公司进行投资，也构成了国家股。国家股由国务院授权的部门或机构持有，或根据国务院决定，由地方人民政府授权的部门或机构持有。

国家股的资金来源主要有三个方面：第一，现有国有企业改组为股份制公司时所拥有的资产净值；第二，现阶段有权代表国家投资的政府部门向新组建的股份制公司的投资；第三，经授权代表国家投资的投资公司、资产经营公司、经济实体性总公司等机构向新组建股份制公司的投资。如以国有资产折价入股的，须按国务院及国家国有资产管理部门的有关规定办理资产评估、确认、验证等手续。

2. 法人股

法人股是指企业法人或具有法人资格的事业单位和社会团体，以其依法可支配的资产投入公司形成的股份。法人股股票以法人记名。

如果是具有法人资格的国有企业、事业及其他单位，以其依法占用的法人资产向独立于自己的股份制公司出资形成或依法定程序取得的股份，可称为国有法人股。国有法人股属于国有股权。

作为发起人的企业法人或具有法人资格的事业单位和社会团体，在认购股份时，可以用货币出资，也可以用其他形式的资产，如实物、工业产权、非专利技术、土地使用权等作价出资。但对其他形式的资产必须进行评估作价，核实财产，不得高估或者低估作价。

3. 社会公众股

社会公众股指我国境内个人和机构以其合法财产向公司可上市流通股权部分投资所形成的股份。在社会募集方式下，股份制公司发行的股份，除了由发起人认购一部分外，其余部分应该向社会公众公开发行。我国《公司法》规定，社会募集公司向社会公众发行的股份，不得少于公司股份总数的25%。公司股本总额超过人民币4亿元的，向社会公开发行股份的比例应在10%以上。

4. 外资股

外资股是指股份制公司向外国和我国香港、澳门、台湾地区投资者发行的股票。它是我国股份制公司吸收外资的一种方式。外资股按上市地域可以分为境内上市外资股和境外上市外资股。

（1）境内上市外资股。境内上市外资股原来是指股份有限公司向境外投资者募集并在我国境内上市的股份，投资者限于：外国的自然人、法人和其他组织；中国香港、澳门、台湾地区的自然人、法人和其他组织；定居在国外的中国公民等。这类股票称为B股，B股采取记名股票形式，以人民币标明股票面值，以外币认购、买卖，在境内证券交易所上市交易。

但从2001年2月对境内居民个人开放B股市场之后，境内投资者逐渐成为B股市场的重要投资主体，B股的"外资股"性质也发生了变化。境内居民个人可以用现汇存款和外币现钞存款以及从境外汇入的外汇资金从事 B 股交易，但不允许使用外币现钞。境内居民个人与非居民之间不得进行 B 股协议转让。境内居民个人所购 B 股不得向境外转托管。经有关部门批准，境内上市外资股或者其派生形式如认股权凭证和境外存股凭证可以在境外流通转让。公司向境内上市外资股股东支付股利及其他款项，以人民币计价和宣布，以外币支付。

（2）境外上市外资股。境外上市外资股是指股份有限公司向境外投资者募集并在境外上市的股份，它也采取记名股票形式，以人民币标明面值，以外币认购。在境外上市时，可以采取境外存股证形式或者股票的其他派生形式。在境外上市的外资股除了应符合我国的有关法规外，还须符合上市所在地国家或者地区证券交易所制定的上市条件。依法持有境外上市外资股、其姓名或者名称登记在公司股东名册上的境外投资人，为公司的境外上市外资股股东。公司向境外上市外资股股东支付股利及其他款项，以人民币计价和宣布，以外币支付。

境外上市外资股主要由 H 股、N 股、S 股等构成。H 股是指注册地在内地、上市地在香港的外资股。香港的英文是 Hong Kong，取其首字母，在港上市外资股就叫做 H 股。依此类推，纽约的英文首字母是 N，新加坡的英文首字母是 S，伦敦的英文首字母是 L，在纽约、新加坡、伦敦上市的外资股就分别称为 N 股、S 股、L 股。

5. 红筹股

红筹股是指在中国境外注册、在香港上市但主要业务在中国内地或大部分股东权益来自中国内地的股票。早期的红筹股主要是一些中资公司收购香港的中小型上市公司后重组而形成的。此后出现的红筹股，主要是内地一些省市或中央部委将其在香港的窗口公司改组并在香港上市后形成的。红筹股已经成为内地企业进入国际资本市场筹资的一条重要渠道，但红筹股不属于外资股。

（二）按流通受限与否分类

1. 已完成股权分置改革的公司股份的划分

已完成股权分置改革的公司，其股份按流通受限与否可分为以下类别。

（1）有限售条件股份。有限售条件股份是指股份持有人依照法律、法规规定或按承诺有转让限制的股份，包括因股权分置改革暂时锁定的股份，内部职工股，董事、监事、高级管理人员持有的股份等。具体包括以下几种。

①国家持股。国家持股是指有权代表国家投资的机构或部门（如国有资产授权投资机构）持有的上市公司股份。

②国有法人持股。国有法人持股是指国有企业、国有独资公司、事业单位以及第一大股东为国有及国有控股企业且国有股权比例合计超过 50%的有限责任公司或股份有限公司持有的上市公司股份。

③其他内资持股。其他内资持股是指境内非国有及国有控股单位（包括民营企业、中外合资企业、外商独资企业等）及境内自然人持有的上市公司股份，又分为境内法人持股和境内自然人持股两类。

④外资持股。外资持股是指境外股东持有的上市公司股份，又分为境外法人持股和境外自然人持股两类。

（2）无限售条件股份。无限售条件股份是指流通转让不受限制的股份。

2. 未完成股权分置改革的公司股份的划分

未完成股权分置改革的公司，其股份按流通受限与否可分为以下类别。

（1）未上市流通股份。未上市流通股份是指尚未在证券交易所上市交易的股份。具体包括以下四种。

①发起人股份，包括国家持有股份、境内法人持有股份、境外法人持有股份及其他股份。其中，国家持有股份指按照《股份有限公司规范意见》设立的公司所设的国家股及其增量；境内法人持有股份指发起人为境内法人时持有的股份；境外法人持有股份指按照《股份有限公司规范意见》设立的公司，其发起人为适用外资法律的法人（外商，我国港、澳、台商等）所持有的股份；其他股份指个别公司发起人与以上分类有区别的特殊情况。

②募集法人股份，指在《公司法》实施之前成立的定向募集公司所发行的、发起人以外的法人认购的股份。

③内部职工股，指在《公司法》实施之前成立的定向募集公司所发行的、在报告时尚未上市的内部职工股。

④优先股或其他，指上市公司发行的优先股或无法计入其他类别的股份。

（2）已上市流通股份。已上市流通股份是指已在证券交易所上市交易的股份。

二、我国的股权分置改革

上市公司股东所持向社会公开发行的股份在证券交易所上市交易，称为流通股；而公开发行前股份暂不上市交易（大多为国有股和法人股），称为非流通股。这种同一上市公司股份分为流通股和非流通股的股权分置状况，为中国内地证券市场所独有。中国 A 股市场的上市公司内部普遍形成了"两种不同性质的股票"（非流通股和社会流通股），这两类股票形成了"不同股不同价不同权"的市场制度与结构。股权分置问题被普遍认为是困扰中国股市发展的头号难题。由于历史原因，中国股市上有 2/3 的股权不能流通。同股不同权、同股不同利等"股权分置"的弊端严重影响着股市的发展。

例如，2000 年 12 月，某上市公司以每股 46 元的价格增发 2 000 万股股票，由于是溢价发行，增发后每股资产净值由 5.07 元增加到 6.72 元。也就是说，通过增发，该公司大股东不花一分钱就使自己的资产增值超过 30%。其后该公司股价一直下跌，大股东却毫发无损。可见，正是由于股权分置，使得上市公司大股东有着"圈钱"的冲动，却不会关心公司股价的表现。上市公司的治理缺乏共同利益基础，股权分置也扭曲了证券市场的定价机制。股权分置格局下，股票定价除公司基本因素外，还包括 2/3 股份暂不上市流通的预期。2/3 的股份不能上市流通，导致单一上市公司流通股本规模相对较小，股市投机性强，股价波动较大。另外，股权分置使国有股权不能实现市场化的动态估值，不能形成对企业强化内部管理和增强资产增值能力的激励机制，资本市场国际化进程和产品创新也颇受制约。

2005 年 4 月 29 日，证监会发布了《关于上市公司股权分置改革试点有关问题的通知》，提出了对价并轨的改革思路，并启动了这场处于新兴的尚未转轨时期的中国股市所特有的股权分置改革。

公司股权分置改革的动议，原则上应当由全体非流通股股东一致同意提出。相关股东会议投票表决改革方案，需经参加表决的股东所持表决权的 2/3 以上通过，并经参加表决的流通股股东所持表决权的 2/3 以上通过。改革方案获得相关股东会议表决通过，公司股票复牌后，市场称这类股票为"G 股"。改革后公司原非流通股股份的出售，应当遵守以下规定：自改革方案实施之日起，在 12 个月内不得上市交易或转让；持有上市公司股份总数 5％以上的原非流通股股东在上述规定期满后，通过证券交易所挂牌交易出售原非流通股股份，出售数量占该公司股份总数的比例在 12 个月内不得超过 5％，在 24 个月内不得超过 10％。

股权分置改革是为解决 A 股市场相关股东之间的利益平衡问题而采取的措施，对于同时存在 H 股或 B 股的 A 股上市公司，由 A 股市场相关股东协商解决股权分置问题。

证券监督管理机构将根据股权分置改革进程和市场整体情况择机实行"新老划断"，即对首次公开发行公司不再区分流通股和非流通股。股权分置改革基本完成和其他市场化改革措施的实施，解决了长期影响我国资本市场健康发展的重大历史遗留问题，理顺了市场机制，释放了市场潜能，使资本市场融资和资源配置功能得以恢复，并引领资本市场活跃向上。更为重要的是，资本市场已经开始对中国经济社会产生重要影响，不仅中国社会的各个层面感受到资本市场给经济发展带来的活力，而且中国的资本市场已成为全球投资者关注的焦点。

思考题

1. 股份制公司有哪些特征？
2. 为什么在我国要进行股权分置改革？
3. 在我国，影响股价的基本因素有哪些？
4. 优先股比普通股的风险小，在分派股息时也比普通股优先，所以要比普通股好。这种说法对吗？为什么？
5. 记名股票与无记名股票各有哪些特点？

练习题

● 单项选择题

1. 股票最基本的特点是（　　）。

    A. 流通性　　　　B. 收益性　　　　C. 参与性　　　　D. 风险性

2. 以下关于股票的说法不正确的是（　　）。

    A. 股票是一种无期限的法律凭证

    B. 股票独立于真实资本之外，在股票市场上进行着独立的价值运动

    C. 股票属于物权证券

    D. 股票是证权证券

3. 记名股票的特点不包括（　　）。

    A. 股东权利归属于记名股东   B. 转让相对复杂或受限制

    C. 便于挂失，相对安全   D. 认购股票时要求一次缴纳出资

4. 股票投资者经常性收入的主要来源是（　　）。

    A. 分红派息   B. 发放红股   C. 配股   D. 资本利得

5. 股票未来收益的现值是（　　）。

    A. 股票的票面价值   B. 股票的账面价值

    C. 股票的内在价值   D. 股票的清算价值

6. 引起股价变动的直接原因是（　　）。

    A. 公司的经营情况   B. 宏观经济发展水平和状况

    C. 证券市场运行状况   D. 供求关系的变化

7. 下面属于财政政策手段的是（　　）。

    A. 公开市场业务   B. 再贴现政策

    C. 干预资本市场各类交易适用的税率   D. 存款准备金制度

8. 普通股股东要求分配公司资产的权利不是任意的，普通股股东行使剩余资产分配权的先决条件是（　　）。

    A. 公司解散清算

    B. 公司连续 3 年亏损

    C. 股东大会作出减少公司注册资本的决议

    D. 出席股东大会的股东所持表决权的 2/3 以上通过

9. 优先股票的特征不包括（　　）。

    A. 一般无表决权   B. 股息率不固定

    C. 剩余资产分配优先   D. 股息分派优先

10. 考察影响股票价格的因素，下列推论正确的是（　　）。

    A. 股价的变动与实际经济的繁荣或衰退是同步的，即在经济高涨时股价也随之上涨，在经济萧条时股价也随之下跌

    B. 利率下降，股票价格上升

    C. 中央银行提高法定存款准备金率，股价上升

    D. 扩大财政赤字、发行国债筹集资金、增加财政支出的财政政策使股价下降

多项选择题

1. 股票的特点包括（　　）。

    A. 风险性   B. 收益性   C. 永久性   D. 流通性

2. 按照股东享有权利的不同，股票可以分为（　　）。

    A. 记名股票   B. 无记名股票   C. 普通股票   D. 优先股票

3. 影响股票价格变动的基本因素包括（　　）。

    A. 宏观经济状况   B. 政治及其他不可抗力因素

    C. 公司经营状况   D. 证券市场运行状况

4. 赋予股东优先认股权的主要目的是（　　）。

    A. 增加公司的募集资金

    B. 保证普通股股东在股份制公司保持原有的持股比例

    C. 保护原有普通股股东的利益和持股价值

    D. 确保公司股份能足额认购

  5. 境外上市外资股包括（　　　）。

    A. H股　　　　　　B. N股　　　　　　C. S股　　　　　　D. B股

■ 判断题

  1. 若一国国际收支连续出现逆差，则股价会上涨。（　　　）

  2. 境外上市外资股是以外币表明面值，以人民币认购。（　　　）

  3. 红筹股是指在中国境外注册，在我国香港、澳门和台湾地区上市但主要业务在中国内地或大部分股东权益来自中国内地的股票。（　　　）

  4. 股票的市场价格通常是指股票在一级市场上的价格。（　　　）

案例分析

三一重工、清华同方和紫江企业三家股权分置改革试点方案

    股权分置改革实施，三一重工、清华同方和紫江企业三家试点方案虽然在具体设计上各有不同，但毫无例外地采用了非流通股股东向流通股股东支付对价的方式。

    三一重工非流通股股东将向流通股股东支付 2 100 万股公司股票和 4 800 万元现金，如果股票部分按照每股 16.95 元的市价（方案公布前最后一个交易日 2005 年 4 月 29 日收盘价）计算，则非流通股股东支付的流通权对价总价达到了 40 395 万元。按照非流通股股东送股之后剩余的 15 900 万股计算，非流通股为获得流通权，每股支付了约 2.54 元的对价。

    紫江企业非流通股股东将向流通股股东支付 17 899 万股公司股票，相当于流通股股东每 10 股获送 3 股，以市价每股 2.78 元计，流通权对价价值约为 49 759 万元，按照非流通股股东送股后剩余的 66 112.02 万股计算，相当于非流通股每股支付了 0.75 元的对价。

    清华同方流通股股东每 10 股获转增 10 股，非流通股股东以放弃本次转增权利为对价换取流通权。虽然非流通股股东表面上没有付出股票或现金，但由于其在公司占有股权比例的下降，以股权稀释的角度考虑，非流通股股东实际支付了价值 5.04 亿元净资产的股权给流通股股东。

    按照改革方案，三家公司流通股对应的股东权益均有所增加。不过，其来源却各有不同：三一重工和紫江企业的流通权对价来源于非流通股股东，而清华同方的流通权对价来源于公积金。

    另外，三家公司在方案设计中，还各自采用了一些不同的特色安排，成为

方案中的亮点所在。三一重工宣布，公司将在本次股权改革方案通过并实施后，再实行 2004 年度利润分配方案。由于其 2004 年度还有 10 转增 5 派 1 的优厚分配预案，所以持股比例大幅上升的流通股股东因而就享有更多的利润分配权。

紫江企业的亮点是，非流通股股东除了送股外，还作出了两项额外承诺：一是对紫江企业拥有实际控制权的紫江集团承诺，在其持有的非流通股股份获得上市流通权后的 12 个月期满后的 36 个月内，通过上证所挂牌交易出售股份数量将不超过紫江企业股份总额的 10%，这较证监会《关于上市公司股权分置改革试点有关问题的通知》中规定的时间有所延长；二是在非流通股的出售价格方面，紫江集团承诺，在其持有的非流通股股份获得上市流通权后的 12 个月禁售期满后，在 12 个月内，通过上证所挂牌交易出售股份的价格将不低于 2005 年 4 月 29 日前 30 个交易日收盘价平均价格的 110%，即 3.08 元。无疑，这些个性化条款是保荐机构和非流通股股东共同协商的结果，对出售股份股价下限的限制和非流通股分步上市期限的延长在一定程度上减缓了这部分股份流通给市场带来的压力，也反映出大股东对公司长期发展的信心。

分析：通过以上案例分析，对流通股股东和非流通股股东而言，都在哪些方面取得了相应的利益。

第三章 债 券

学习目标

　　了解债券的含义和特点，掌握债券的种类及债券票面的内容要素，掌握政府债券、金融债券、公司债券及国际债券的相关知识。

案例导入

国家公债溯渊源

　　国库券是国家财政当局为弥补国库收支不平衡而发行的一种短期政府债券，是中央政府年度预算在执行过程中发生赤字时的一种经常性弥补手段。自世界上第一张国库券面世，迄今已经有100多年的历史。

　　19世纪，为解决政府短期资金的不足，英国经济学家沃尔特·巴佐特提出，应采用与商业票据相似的工具。于是，1877年英国首次发行了国库券。随后许多国家都纷纷效仿，以发行国库券的方式满足政府短期资金的困难。

　　第二次国内革命战争时期，为发展苏区的经济、改良群众生活、充实战争力量，1933年7月22日中华苏维埃共和国执行委员会作出《发行经济建设公债的决定》，同时颁布《经济建设公债条例》。当时无论交谷、交银都能购买公债，交谷者谷价照当地县政府公布的价格计算。中央苏区经济建设公债的推销工作，除中央政府所在地瑞金县外，遍及江西、福建、闽赣、粤赣。

　　中华人民共和国成立后，为安定民生，尽快恢复和发展经济，1950年我国发行了国家公债，当时叫人民胜利折实公债。公债背面有时任财政部长薄一波签署的《1950年第一期人民胜利折实公债条例》全文和"中央人民政府财政部"的红色大印。为避免受物价波动影响，这次公债募集和还本付息均以实物为计算标准。

　　1954年到1958年，为加速经济建设，提高人民物质和文化生活水平，又先后几次发行国家经济建设公债。

　　改革开放以后，为适应国家经济快速发展的需要，1981年我国再次发行国债实物券，并借鉴了美国国债的名字，正式定名为"国库券"。最初几年，我国基本延续19世纪50年代的做法，后来借鉴国外经验，允许国库券在市场流通、自由买卖。

1988年，我国先后分两批在61个城市进行国债流通转让试点，形成了国债的场外交易市场；1990年后国债开始在交易所交易，形成国债的场内交易市场，当年国债的交易额就占证券交易总额80%以上。

到1995年，国债二级市场交易异常活跃，特别是期货交易量屡创纪录。年初，市场盛传财政部将对"327"国债加息的消息。2月23日，提高"327"国债利率的传言得到证实，上证所"327"合约空方主力在148.50价位封盘失败、行情飙升后蓄意违规。16点22分之后，空方主力大量透支交易，以千万手的巨量空单，将价格打压至147.50元收盘，使"327"合约暴跌38元，并使当日开仓的多头全线爆仓，造成了传媒所称的"中国的巴林事件"。"327"风波之后，中国证监会于5月17日做出了暂停国债期货交易试点的决定。至此，中国第一个金融期货品种宣告夭折。

1981年我国开始发行"中华人民共和国国库券"实物券，到1998年取消实物券，代之以凭证式和记账式债券，前后经历了17年，共发行了80多个品种，金额高达数千亿元人民币。面值有1元、5元、10元、50元、100元、1 000元、1万元、10万元、100万元等。

分析：我国的国家公债对经济发展起到了哪些作用？

第一节 债券概述

一、债券的含义及债券票面的内容要素

（一）债券的含义

债券是国家政府、金融机构、企业等直接向社会借债筹措资金时，向投资者发行，并且承诺按规定利率支付利息并按约定条件偿还本金的债权债务凭证。由此，债券包含了以下四层含义。

（1）债券的发行人（政府、金融机构、企业等机构）是资金的借入者。

（2）购买债券的投资者是资金的借出者。

（3）发行人（借入者）需要在一定时期还本付息。

（4）债券是债的证明书，具有法律效力。债券购买者与发行者之间是一种债权债务关系，债券发行人即债务人，投资者（或债券持有人）即债权人。

（二）债券票面的内容要素

债券作为证明债权债务关系的凭证，一般用具有一定格式的票面形式来表现。通常，债券票面上标明的内容要素有基本要素和其他要素两部分。

1. 债券票面的基本要素

（1）票面金额。债券的票面金额包括以下两点。

①币种，即以何种货币作为债券价值的计量标准，若在境内发行，其币种自然就是本国货币；若到国际市场上筹资，则一般以债券发行地国家的货币或国际通用货币（如美元、英镑等币种）为其计量标准。

②票面金额的数量，根据发行时的具体情况而定。

票面金额的不同，对于债券的发行成本、发行数额和持有者的分布都有影响。票面金额较小，就方便收入低的小额投资者购买，市场就广阔一些，但票券印刷及发行工作量大，有可能增加发行费用；票面金额过大，就会超过小额投资者的能力范围，销售面就窄，购买者就仅只能局限于少数大投资者，一旦这些投资者积极性不高不予认购，就可能导致发行失败。另外，票面金额对于发行者来说具有较为重要的意义，因为发行者是以它来计算所支付的利息和偿还本金的，它直接决定发行者筹资成本的高低。

（2）到期期限。到期期限指债券从发行之日起至偿清本息之日止的时间。各种债券有不同的偿还期限，有短期债券、中期债券和长期债券之分。期限在一年以内的为短期债券，期限在一年以上、五年以下的为中期债券，期限在五年以上的为长期债券。

（3）债券利率。债券利率是债券利息与债券票面价值的比率，通常年利率用百分比表示。例如，投资者持有面值 10 000 元的债券，债券利率是 5%，该投资者每年可以获得500（10 000×5%）元的利息。

（4）发行人名称。发行人名称指明债券的债务主体，为债权人到期追回本金和利息提供依据。

上述 4 个要素是债券票面的基本要素，但在发行时并不一定全都在票面上印制出来。例如，在很多情况下，债券发行者是以公告或条例形式向社会公布债券的期限和利率的。

2. 债券票面的其他要素

（1）发行价格。发行价格主要取决于债券期限、票面利率和市场利率水平。发行价格高于票面金额为溢价发行，等于票面金额为平价发行，低于票面金额为折价发行。

（2）偿还方式。分为到期偿还和期中偿还两种。到期偿还也叫满期偿还，是指按发行债券时规定的还本时间，在债券到期时一次全部偿还本金的偿债方式。期中偿还也叫中途偿还，是指在债券最终到期日之前，偿还部分或全部本金的偿债方式。

（3）信用评级。这是指测定因债券发行人不履约而造成债券本息不能偿还的可能性。其目的是把债券的可靠程度公之于投资者，以保护投资者的利益。

此外，一些债券还包含有如还本付息方式等要素。还本付息方式分为一次性付息与分期付息两大类。一次性付息有单利计息、复利计息、贴现计息三种形式；分期付息一般有按年付息、半年付息和按季付息三种方式。

二、债券的分类

债券的种类繁多，且随着人们对融资和证券投资的需要又不断创造出新的债券形式。

在现今的金融市场上，债券可按发行主体、偿还与付息方式、票面的形态、有无担保、发生区域、发行方式、是否记名、是否可转换等分类。

1. 按发行主体分类

根据发行主体的不同，债券可分为政府债券、金融债券和公司债券三大类。

（1）政府债券。由政府发行的债券称为政府债券。政府债券的发行主体是政府，它是指政府财政部门或其他代理机构为筹集资金，以政府名义发行的债券，主要包括国库券和公债两大类。一般国库券是由财政部发行，用以弥补财政收支不平衡；公债是指为筹集建设资金而发行的一种债券。有时也将两者统称为公债。中央政府发行的称中央政府债券（国家公债又称国债），地方政府发行的称地方政府债券（地方公债）。早在17世纪，英国政府经议会批准，开始发行以税收保证支付本息的政府公债，该公债信誉度很高。当时发行的英国政府公债带有金黄边，因此被称为"金边债券"。后来，"金边债券"一词泛指所有中央政府发行的债券，即国债。中央政府是国家的权力象征，它以该国的征税能力作为国债还本付息的保证，投资者一般不用担心"金边债券"的偿还能力。大多数国家都规定国债投资者可以享受国债利息收入方面的税收优惠，甚至免税。因此，"金边债券"为投资者所热衷，流动性很强，并被广泛地用作抵押和担保。不过，由于国债的风险低、安全性和流动性好，它的利率一般也低于其他类型的债券。国务院1992年颁布实施的《中华人民共和国国库券条例》明确规定："购买国债的利息收入享受免税待遇。"

（2）金融债券。由银行或其他金融机构发行的债券称为金融债券。由于银行等金融机构在一国经济中占有较特殊的地位，政府对它们的运营又有严格的监管，所以，金融债券的资信通常高于其他非金融机构债券，违约风险相对较小，具有较高的安全性。因而金融债券的利率通常低于一般的企业债券，但高于风险更小的国债和银行储蓄存款利率。

（3）公司债券。公司债券是由非金融性质的企业发行的，其发行目的是筹集长期建设资金，一般都有特定用途。按有关规定，企业要发行债券必须先参加信用评级，级别达到一定标准才可发行。因为企业的资信水平比不上金融机构和政府，所以公司债券的风险相对较大，因而其利率一般也较高。

2. 按偿还与付息方式分类

根据债券偿还与付息方式的不同，债券一般可分为附息债券、贴现债券、浮动利率债券、一次还本付息债券。

（1）附息债券指债券券面上附有各种息票的债券。息票上标明利息额、支付利息的期限和债券号码等内容，息票一般以六个月为一期。息票到期时，从债券上剪下来凭此领取本期利息。附息债券一般限于中长期债券。

（2）贴现债券也称零息债券，指券面上不附息票，发行时按规定的折扣率（贴水率）以低于券面价值的价格发行，到期时按券面价值偿还本金的债券。其发行价格与券面价值的差价即为利息。

（3）浮动利率债券指发行时规定债券利率随市场利率定期浮动的债券，即该种债券的利率在偿还期内可以进行变动和调整。浮动利率债券往往是中长期债券。浮动利率债券的利率通常根据市场基准利率加上一定的利差来确定。

（4）一次还本付息债券指在债务期间不支付利息，只在债券到期后按规定的利率一次性向持有者支付利息并还本的债券。

3. 按债券票面的形态分类

债券有不同的形式,根据债券票面形态可以分为实物债券、凭证式债券和记账式债券。

(1)实物债券。实物债券是一种具有标准格式实物券面的债券。在标准格式的债券券面上,一般印有票面金额、债券利率、到期限、发行人名称、偿还方式等各种债券票面要素。有时债券利率、偿还期限等要素也可以通过公告向社会公布,而不在债券票面上注明。无记名国债就属于这种实物债券,它以实物债券的形式记录债权、面值等,不记名、不挂失,可上市流通。实物债券是一般意义上的债券,很多国家通过法律或者法规对实物债券的格式予以明确规定。

(2)凭证式债券。凭证式债券的形式是一种债权人认购债券的收款凭证,而不是债券发行人制定的标准格式的债券。我国近年通过银行系统发行的凭证式国债,券面上不印制票面金额,而是根据认购者的认购额填写实际的缴款金额,是一种国家储蓄债,可记名、挂失,以"凭证式国债收款凭证"记录债权,不能上市流通,从购买之日起计息。在持有期内,持券人如果遇到特殊情况需要提取现金,可以到购买网点提前兑取。提前兑取时,除偿还本金外,利息按实际持有天数及相应的利率档次计算,经办机构按兑付本金的0.2%收取手续费。

(3)记账式债券。记账式债券是没有实物形态的票券,利用账户通过计算机系统完成国债发行、交易及兑付的全过程。在我国,上海证券交易所和深圳证券交易所已为证券投资者建立计算机证券账户,因此,可以利用证券交易所的系统来发行债券。我国近年来通过上海、深圳交易所的交易系统发行和交易的记账式国债就是这方面的实例。记账式国债是指如果投资者进行记账式债券的买卖,就必须在证券交易所设立账户,将投资者持有的国债登记于证券账户中,投资者仅取得收据或对账单以证实其所有权的一种国债。我国于1994年推出记账式国债这一品种。记账式国债的券面特点是国债无纸化、投资者购买时并没有得到纸券或凭证,而是在其债券账户上记上一笔。以无券形式发行可以防止证券的遗失、被盗与伪造,安全性好;通过交易所计算机网络发行,可降低证券的发行成本。可见,记账式债券具有成本低、收益好、安全性好、流通性强的特点。记账式债券可以记名、挂失,安全性较高,同时由于记账式债券的发行和交易均无纸化,所以发行时间短、发行效率高,交易手续简便,成本低,交易安全。

4. 按发行时有无担保分类

按发行时有无担保,债券可分为信用债券、抵押债券和担保债券。

(1)信用债券是指发行无担保、一般靠单位的信誉发行的债券,主要是公债和金融债券。少数信用良好、资本雄厚的公司也可发行信用债券,但一般附有一些限制条件,以保证投资者的利益。

(2)抵押债券是指债券发行者以不动产(如土地、房屋、机器设备等)或有价证券(如股票、国债)作为抵押品而发行的债券。如果债务人到期不能按规定条件还本付息,债权人可行使抵押权,占有或拍卖抵押品作补偿。

(3)担保债券是指由第三者担保偿还本息的债券。这种债券的担保人一般为银行或非银行金融机构，或公司的主管部门，少数由政府担保。如果债务人到期不能偿还债务，持券人有权向担保人追讨债务。

5. 按发行区域分类

按发行区域，债券可分为国内债券和国际债券。

(1) 国内债券是指由本国的发行主体以本国货币为单位在国内金融市场上发行的债券。

(2) 国际债券是指本国的发行主体到别国或国际金融组织等以外国货币为单位在国际金融市场上发行的债券。例如，最近几年我国的一些公司在日本或新加坡发行的债券都可称为国际债券。由于国际债券属于国家的对外负债，所以本国的企业如到国外发行债券需事先征得政府主管部门的同意。

6. 按发行方式分类

按是否公开发行，债券可分为公募债券和私募债券。

(1) 公募债券是指按法定手续、经证券主管机构批准在市场上公开发行的债券，其发行对象是不限定的。这种债券由于发行对象是广大的投资者，因而要求发行主体必须遵守信息公开制度，向投资者提供多种财务报表和资料，以保护投资者的利益，防止欺诈行为的发生。

(2) 私募债券是发行者以与其有特定关系的少数投资者为募集对象而发行的债券。该债券的发行范围很小，其投资者大多数为银行或保险公司等金融机构。它不采用公开呈报制度，债券的转让也受到一定程度的限制，流动性较差，但其利率水平一般较公募债券要高。

7. 按在券面上是否记名分类

根据在券面上是否记名，可以将债券分为记名债券和无记名债券。

(1) 记名债券是指在券面上注明债权人姓名，同时在发行公司的账簿上作同样登记的债券。转让记名债券时，除要交付票券外，还要在债券上背书和在公司账簿上更换债权人姓名。

(2) 无记名债券是指券面未注明债权人姓名，也不在公司账簿上登记其姓名的债券。现在市面上流通的一般都是无记名债券。

8. 按是否可转换分类

按是否可转换，债券可分为可转换债券与不可转换债券。

(1) 可转换债券是指能按一定条件转换为其他金融工具的债券。可转换债券一般都是指的可转换公司债券，这种债券的持有者可按一定的条件根据自己的意愿将持有的债券转换成股票。

(2) 不可转换债券就是不能转化为其他金融工具的债券。

三、债券的特点

1. 偿还性

偿还性是指债券有规定的偿还期限，债务人必须按期向债权人支付利息和偿还本金。

债券的偿还性使资金筹措者不能无限期地占用债券购买者的资金，换言之，他们之间的借贷经济关系将随偿还期结束、还本付息手续完毕而不复存在。这一特征与股票的永久性有很大的区别。在历史上，债券的偿还性也有例外，曾有国家发行过无期公债或永久性公债。这种公债无固定偿还期，持券者不能要求政府清偿，只能按期取息。当然，这只是个别现象，不能因此而否定债券具有偿还性的一般特性。

2. 流动性

流动性是指债券持有人可按自己的需要和市场的实际状况灵活地转让债券，以提前收回本金和实现投资收益。流动性首先取决于市场为转让所提供的便利程度；其次还表现为债券在迅速转变为货币时，是否在以货币计算的价值上蒙受损失。

3. 安全性

安全性是指债券持有人的收益相对固定，不随发行者经营收益的变动而变动，并且可按期收回本金。一般来说，具有高度流动性的债券同时也是较安全的，因为它不但可以迅速地转换为货币，而且还可以按一个较稳定的价格转换。债券投资不能收回有两种情况。

（1）债务人不履行债务，即债务人不能按时足额履行约定的利息支付或者偿还本金。不同的债务人不履行债务的风险程度是不一样的，一般政府债券不履行债务的风险最低。

（2）流通市场风险，即债券在市场上转让时因价格下跌而承受损失。许多因素会影响债券的转让价格，其中较重要的是市场利率水平。

4. 收益性

收益性是指债券能为投资者带来一定的收入，即债券投资的报酬。在实际经济活动中，债券收益可以表现为两种形式：一种是利息收入，即债权人在持有债券期间按约定的条件分期、分次取得利息或者到期一次取得利息；另一种是资本损益，即债权人到期收回的本金与买入债券或中途卖出债券与买入债券之间的价差收入。从理论上讲，如果利率水平一直不变，这一价差就是自买入债券或是自上次付息至卖出债券这段时间的利息收益表现形式。但是，由于市场利率会不断变化，债券在市场上的转让价格将随市场利率的升降而上下波动。债券持有者能否获得转让价差或转让价差的多少，要视市场情况而定。

第二节　政府债券

一、政府债券的定义及特点

政府债券是政府为筹措财政资金，凭其信誉按照一定程序向投资者出具的、承诺在一定时期支付利息和到期偿还本金的一种格式化的债权债务凭证。

政府举借债务由来已久。我国东周末期，周赧王曾高筑债台以躲避商人索债。在中世纪的欧洲，王室借贷的事情也屡见不鲜。但那时候的借贷，还只是君主的私人信用，与近代的公债是有区别的。近代的公债是信用制度发达的产物，是以国家的信用为依据的。随着资本主义经济的发展，社会上大量的闲置资金通过信用制度和金融市场进行融通调剂，这时候才有大量募集公债的可能性。与此同时，政府公共支出迅速膨胀，执政者为避免过多增加税收引起纳税者不满，往往采取举债办法，又有了大量募集公债的必要性，由此使国家信用不断发展。

政府债券与其他债券相比，显示了四个方面的特点。

（1）安全性高。政府债券是政府发行的债券，由政府承担还本付息的责任，是国家信用的体现。在各类债券中，政府债券的信用等级是最高的，通常被称为"金边债券"。

（2）流通性强。政府债券的发行量一般都非常大，由于政府债券的信用好，所以其流通市场十分发达。发达的流通市场为政府债券的转让提供了方便，使其流通性大大增强。

（3）收益稳定。政府债券的付息由政府保证，对于投资者来说，投资公债的收益是比较稳定的。另外，政府债券的本息大多数固定且有保障，所以其交易价格一般不会出现大的波动。

（4）免税待遇。大多数国家规定对于购买公债所获得的收益，可以享受税收上的免税待遇。我国的个人所得税法规定，个人的利息、股息、红利所得应纳个人所得税，但国债和国家发行的金融债券的利息收入可免缴个人所得税。因此，在政府债券与其他证券名义收益率相等的情况下，如果考虑税收因素，投资者可以获得更多的实际投资收益。

由于政府债券有较高的安全性与流动性，政府债券被广泛地用于各种抵押和担保中。此外，中央银行通过政府债券的公开市场交易对货币供应量进行调节，进而对经济进行调控。

二、政府债券的类型

一般把中央政府发行的债券称为中央政府债券（国家债券），地方政府发行的债券称为地方政府债券（地方债券）。

（一）国家债券

国家债券简称国债，是国家信用的主要表现形式。国债是由国家发行的债券，是中央政府为筹集财政资金而发行的一种政府债券。由于国债以中央政府的税收作为还本付息的保证，所以风险小，流动性强，利率也较其他债券低。

1. 国债的作用

（1）弥补财政赤字。弥补财政赤字是国债的最基本功能。就一般情况而言，造成政府财政赤字的原因大体上有两个：一是经济衰退，二是自然灾害。政府财政赤字一旦发生，就必须想办法予以弥补。在市场经济体制下，其弥补的方式主要有三种措施，即增加税收、增发货币和举借国债。第一种方式不仅不能迅速筹集大量资金，而且重税会影响生产者的生产积极性，进而会使国民经济趋于收缩，税基减少，赤字有可能会更大。第二种方式则会大幅增加社会的货币供应量，因而会导致无度的通货膨胀并打乱整个国民经济的运行秩序。第三种方式则是最可行的办法，因为发行国债筹资仅是社会资金使用权的暂时转移，在正常情况下，一般不会招致无度的通货膨胀，同时还可迅速、灵活和有效地弥补财政赤字，所以举借国债是当今世界各国政府作为弥补财政赤字的一种最基本也是最通用的方式。

（2）对财政预算进行季节性资金余缺的调剂。利用国债，政府还可以灵活调剂财政收支过程中所发生的季节性资金余缺。政府财政收入在一年中往往不是以均衡的速率流入国库的，而财政支出则往往以较为均衡的速率进行。这就意味着即使从全年来说政府财政预算是平衡的，在个别月份也会发生一定的赤字。为保证政府职能的履行，许多国家都会把发行期限在一年之内（一般几个月，最长不超过 52 周）的短期国债作为一种季性的资金调剂手段，以求解决暂时的资金不平衡。

（3）对国民经济运行进行宏观调控。一国的经济运行不可能都永远处在稳定和不断增长的状态之下。相反，由于种种因素的影响（如宏观政策的失误、国际经济的影响等），经济运行常常会偏离人们期望的理想轨道，从而出现经济过度膨胀（通货膨胀严重）和经济萎缩（通货紧缩）现象，这时候，政府必须采取相应的政策措施进行经济干预，以使经济运行重新回到较理想或预期的轨道。自凯恩斯宏观经济理论建立以来，运用经济政策对宏观经济运行进行调控已成为普遍现象，其中国债扮演着十分重要的角色。这也使国债的宏观调控功能逐渐成为国债主要的功能。

2. 国债的分类

国债可以按不同的标准和口径，采取不同的方法分类。

1）按照国债发行的区域，可以将国债分为国内国债和国外国债。凡属在国内发行的国债称为国内国债，简称"内债"；凡属在国外发行的国债称为国外国债，简称"外债"。依此标准分类，目的在于考察内外债的资金来源及还本付息对本国经济的影响，探索合理的国内外债务的比例。

2）按照偿还期限，可以将国债分为短期国债、中期国债和长期国债。偿还期限较短的称短期国债，通常把一年以内还本付息的国债称为短期国债；偿还期限较长的称为长期国债，通常将十年以上还本付息的国债叫做长期国债；介于两者之间即一年以上 10 年以下的国债称为中期国债。按照这种标准分类的目的在于：依据债券期限的长短对财政收入和支出的影响不同确定合理的期限结构，以便国家高效率地运用所筹措的资金。

3）按照债券是否流通，可以将国债分为可转让国债和不可转让国债。可以在金融市场上自由流通买卖的国债，称为可转让国债；不能在金融市场上自由流通转让的国债称为不可转让国债。按此标准分类的目的是利用二者对货币流通的不同影响，确定合理的上市债券比例，配合国家的金融政策，实施对货币流通的调控。

4）按照国债的计量单位，可以将国债分为货币国债、实物国债和折实国债。

①货币国债即以货币为计量单位发行的国债，又分为本币国债、外币国债、黄金国债三种。

②实物国债是以实物为计量单位发行并以实物还本付息的国债。其实物一般为关系国计民生或实际处于硬通货地位的物品。这种国债的发行，一般是在商品经济不发达时期或政局不稳、物价飞涨、难以稳定币值的时期。

③折实国债是介于货币国债和实物国债之间的一种形式。一般以若干种类和数量的实

物作为综合计量单位，折合市价发行国债并归还本息。国家得到的是相当于一定数量实物市价的货币，还本付息时也按相当数量实物的市价归还货币。其目的是保护债权人的利益。

在现代社会，绝大多数国债属于货币国债，实物国债和折实国债已经很少了。

5）按使用用途不同，国债可分为赤字国债、建设国债和特种国债。赤字国债是指用于弥补财政赤字的国债。建设国债是指用于增加国家对经济领域投资的国债。国家要进行基础设施和公共设施建设，为此需要大量的中长期资金，通过发行中长期国债，可以将一部分短期资金转化为中长期资金，用于建设国家的大型项目，以促进经济的发展。特种国债是指为实施某种特殊政策在特定范围内或为特定用途而发行的国债。

6）从债券形式来看，我国发行的国债可分为无记名（实物）国债、凭证式国债和记账式国债三种。

（1）无记名国债。

①无记名国债的定义。无记名国债为实物国债，又称实物券，是一种票面上不记载债权人姓名或单位名称，以实物票面形式（票面上印有发行年度、票面金额等内容）记录债权而发行的国债。

无记名国债是我国发行历史最长的一种国债。根据券面形式划分，我国20世纪50年代发行的经济建设公债和从1981年起发行的国库券实质上都可以归入无记名国债范畴。历年来发行的无记名国债面值有1元、5元、10元、100元、500元、1 000元、5 000元、10 000元等。

②无记名国债的特点。

a. 不记名、不挂失，可以上市流通。由于不记名、不挂失，其持有的安全性不如储蓄式国债和记账式国债，但购买手续简便。由于可上市转让，流动性较强。

b. 无记名国债到期一次还本付息，发行对象为企业、政府机关、团体、部队、事业单位和个人。无记名国债发行时通过各银行储蓄网点、财政部门国债服务部以及国债经营网点面向社会公开销售，投资者也可以利用证券账户委托经营机构在证券交易所场内购买。无记名国债的兑付由银行、邮政系统储蓄网点和财政国债中介机构办理，或实行交易场所场内兑付。

（2）凭证式国债。

①凭证式国债的定义。凭证式国债是指国家采取不印刷实物券，而用填制国库券收款凭证的方式发行的国债。它以国债收款凭单的形式来作为债权证明，不可上市流通转让，从购买之日起计息。在持有期内，持券人如遇特殊情况需要提取现金，可以到购买网点提前兑取。提前兑取时，除偿还本金外，利息按实际持有天数及相应的利率档次计算，经办机构按兑付本金的0.2%收取手续费。

②凭证式国债的种类。

凭证式国债主要包括纸质和电子记账两种类型。

a. 纸质凭证式国债是指面向城乡居民和社会各类投资者发行，以"中华人民共和国凭证式国债收款凭证"记录债权的储蓄国债。纸质凭证式国债的票面形式类似于银行定期存单，利率通常比同期银行存款利率高，是一种纸质凭证形式的储蓄国债。

b. 电子记账凭证式国债。电子记账凭证式国债源于传统的凭证式国债，发行基本条款大体相似，只是电子记账凭证式国债应用了计算机技术，以电子记账形式取代纸质凭证用于记录。

③凭证式国债的特点。

与储蓄相比，凭证式国债的主要特点是安全、方便，收益适中，主要表现为以下几个方面。

a. 国债发售网点多，购买和兑取方便，手续简便。

b. 可以记名挂失，持有的安全性较好。

c. 利率比银行同期存款利率高 1～2 个百分点，但低于无记名式国债和记账式国债，提前兑取时按持有时间采取累进利率计息。

d. 凭证式国债虽不能上市交易，但可提前兑取，变现灵活，地点就近，投资者如遇特殊需要，可以随时到原购买点兑取现金。

e. 利息风险小。提前兑取按持有期限长短取相应档次利率计息，各档次利率均高于或等于银行同期存款利率，没有定期储蓄存款提前支取只能计活期计息的风险。

f. 没有市场风险。凭证式国债不能上市，提前兑取时的价格（本金和利息）不随市场利率的变动而变动，可以避免市场价格风险。购买凭证式国债不失为一种既安全又灵活、收益适中的理想的投资方式，是集国债和储蓄的优点于一体的投资品种。凭证式国债可就近到银行各储蓄网点购买。

（3）记账式国债。

①记账式国债的定义。记账式国债又名无纸化国债，是由财政部通过无纸化方式发行的、以计算机记账方式记录债权并可以上市交易的债券。记账式国债以记账形式记录债权，通过证券交易所的交易系统发行和交易，可以记名、挂失。投资者进行记账式证券买卖，必须在证券交易所设立账户。由于记账式国债的发行和交易均无纸化，所以效率高、成本低、交易安全。

在我国，上海证券交易所和深圳证券交易所已为证券投资者建立计算机证券账户，因此，可以利用证券交易所的系统来发行债券。我国近年来通过这两个交易所的交易系统发行和交易的记账式国债就是这方面的实例。

②记账式国债的特点。

记账式国债是目前我国财政部发行国债的两种方式之一。记账式国债具有下列特点。

a. 资金安全。国债是以国家信誉为担保的，投资者在购入记账式国债后，持有到期由财政部兑付本金。

b. 免征利息税。按国家相应规定，认购国债利息免税。因此持有记账式国债的投资者在享受高利率的同时还可以免缴利息税。

c. 收益高。目前交易所国债的收益率普遍高于同期储蓄存款利率，也高于同期发行的凭证式国债。

d. 购买方便。投资者开立国债投资专户后，在交易日随时可以办理国债的认购。

e. 品种多，选择性强。目前已经上市交易的记账式国债共有 29 只，期限从 1～20 年不等。

f. 流动性好。记账式国债上市后随时可以通过证券市场进行买卖。

③记账式国债与凭证式国债的区别。

a. 债权记录方式不同。记账式国债通过债券托管系统记录债权，投资者购买记账式国债必须开设账户；购买凭证式国债则不需开设账户，由发售银行向投资者出示凭证式国债收款单作为债权记录的证明。

b. 票面利率确定机制不同。记账式国债的票面利率是由国债承购包销团成员投标确定的；凭证式国债的利率是财政部和中国人民银行参照同期银行存款利率及市场供求情况等因素确定的。

c. 流通或变现方式不同。记账式国债可以上市流通；凭证式国债不可以上市流通，但可以提前兑取。

d. 到期前卖出收益预知程度不同。记账式国债二级市场交易价格是由市场决定的，买卖价格（净价）有可能高于或低于发行面值。当卖出价格高于买入价格时，表明卖出者不仅获得了持有期间的国债利息，同时还获得了部分价差收益；当卖出价格低于买入价格时，表明卖出者虽然获得了持有期间的国债利息，但同时也付出了部分价差损失。因此，投资者购买记账式国债于到期前卖出，其收益是不能提前预知的。而凭证式国债在发行时就将持有不同时间提前兑取的分档利率做了规定，投资者提前兑取凭证式国债，按其实际持有时间及相应的利率档次计付利息。也就是说，投资者提前兑取凭证式国债所能获得的收益是提前预知的，不会随市场利率的变动而变动。

④记账式国债的上市。记账式国债一般分为交易所市场发行、银行间债券市场发行以及同时在银行间债券市场和交易所市场发行（又称为跨市场发行）三大情况。一般来说，交易所市场发行和跨市场发行的记账式国债散户投资者都可以购买，而银行间债券市场发行的多是针对机构投资者的，个人投资者并不是可以购买所有品种。

3. 我国的国债

在我国历史上，第一次发行的国债是 1898 年发行的"昭信股票"，其后北洋军阀时期共发行国债 27 种，国民党统治时期共发行国债 45 亿元（不包括抗日战争时期国民党政府发行的 90 亿元国债）。我国新民主主义革命过程中，为了弥补财政收入的不足，各根据地人民政府也发行过几十种国债。

（1）新中国成立后，我国国债的发展可以分为两个主要阶段。

第一个阶段（1950—1958 年）：新中国成立后于 1950 年发行了"人民胜利折实公债"，成为新中国历史上第一种国债。在此后的"一五"计划期间，又于 1954—1958 年间每年发行了一期"国家经济建设公债"，发行总额为 35.44 亿元，相当于同期国家预算经济建设支出总额 862.24 亿元的 4.11%。1958 年后，由于历史原因，国债的发行被终止。

第二个阶段（1981 年以后）：我国于 1981 年恢复了国债的发行，时至今日国债市场的发展又可细分为几个具体的阶段。

①1981—1987 年，国债年均发行规模仅为 59.5 亿元，且发行日也集中在每年的 1 月1 日。这一期间尚不存在国债的一、二级市场，国债发行采取行政摊派形式，面向国营单位和个人，且存在利率差别，个人认购的国债年利率比单位认购的国债年利率高四个百分点。券种比较单一，除 1987 年发行了 54 亿元 3 年期重点建设债券外，均为 5～9 年的中

长期国债。

②1988—1993 年，国债年发行规模扩大到 284 亿元，增设了国家建设债券、财政债券、特种国债、保值公债等新品种。1988 年国家分两批在 61 个城市进行国债流通转让试点，初步形成了国债的场外交易市场。1990 年后国债开始在交易所交易，形成国债的场内交易市场，当年国债交易额占证券交易总额 120 亿元的 80% 以上。1993 年 10 月和 12 月，上海证券交易所正式推出了国债期货和回购两个创新品种。

③1996 年，国债市场出现了一些新变化：第一，财政部改革以往国债集中发行为按月滚动发行，增加了国债发行的频度；第二，国债品种多样化，对短期国债首次实行了贴现发行，并新增了最短期限为 3 个月的国债，还首次发行了按年付息的 10 年期和 7 年期附息国债；第三，在承购包销的基础上，对可上市的 8 期国债采取了以价格（收益率）或划款期为标的的招标发行方式；第四，当年发行的国债以记账式国库券为主，逐步使国债走向无纸化。

④1996 年以后，国债市场出现了托管走向集中和银行间债券市场与非银行间债券市场相分离的变化，呈现出"三足鼎立"之势，即全国银行间债券交易市场、深沪证交所国债市场和场外国债市场。

⑤1998 年，为了应对 1997 年的亚洲金融危机对我国的影响，我国政府实施积极的财政政策，开始发行长期国债。

（2）经过发展，我国的国债市场有了翻天覆地的变化，具体表现在以下几个方面。

①发行规模迅速增大。这些年来，我国国债的发行规模快速增加。进入 1998 年，我国经济运行出现不景气状况，为了抑制通货紧缩，中央政府采取了扩大国债发行以增加财政投资的积极财政政策，导致国债年发行额连创新高，2002 年就已突破 5 000 亿元。

②发行种类较多。我国国债的发行种类包括凭证式和记账式两种，前者针对社会公众，后者主要针对机构投资者。前者流动性较差，而后者可以在银行间债券市场或者交易所市场买卖。从期限上讲，1 年以下的国债在 2005 年以前是没有的，从 2006 年开始发行了真正意义上的短期国债。长期国债的发行也很少，如在 2001 年 7 月 31 日，财政部发行了 2001 年第七期记账式国债，期限为 20 年。

③国债发行方式越来越合理。1981—1990 年，我国国债的发行基本上是依靠行政摊派的办法完成的。1991 年，财政部第一次组织国债发行的承购包销，这标志着国债一级市场初步建立了起来。承销制是一种协议性的市场发行制度，这种发行方式有两个特点：一是由承销合同确定发行人与承销人的权利义务关系；二是承销人向投资人分销，而分销不出去的部分由承销人自己认购。

自 1999 年第九期记账式国债开始，我国的国债市场发行基本上采用招标机制。从招标的标的物来看，经历了交款期招标、价格招标和收益率招标的方式；从竞标规则来看，财政部先后在短期贴现国债发行中采用了"荷兰式"单一价格拍卖方式，在中长期国债和附息债券的发行中采用了多重价格拍卖方式。2004 年总共 14 期记账式国债中，只有 4 期按照单一价格拍卖方式，而剩余 10 期都是多价竞价。在我国，只有国债承购包销团成员才有权参加记账式国债拍卖活动，包括竞争性投标和非竞争性投标。其他机构投资者或个人只能够参加凭证式国债的购买，或向参与国债投标的承销商认购国债。

④国债交易市场活跃，交易手段灵活。在 1997 年之前，国债交易基本上都是现货交易。1997 年银行间债券开展质押式回购业务。在国债市场上，质押式回购量一直大于现券买卖量，质押式回购为投资者短期融资提供了一个很好的途径。2004 年，我国又推出买断式回购。这一方式有助于债券的流通，也有助于在市场中实现套利，进而利于债券的定价。我国债券交易市场包括银行间市场和交易所市场。这两个市场的交易规模都有了长足的发展。以银行间市场为例，2006 年全年的交易规模为 382 053 亿元，而 2001 年仅40 940 亿元。

⑤中央银行的公开市场业务得以开展。1998 年 5 月，中国人民银行恢复了公开市场业务，有力地促进了银行间债券市场的发展。央行通过公开市场操作，来调控和引导一级交易商在市场的交易，并传递和影响银行间债券市场债券交易结算业务；央行公开市场操作的债券回购利率，成为银行同业间债券回购利率的指导性利率。

⑥交易机制更加完善，市场交易主体扩大，参与者增多。2000 年 4 月，全国银行间债券市场债券交易管理办法出台，下列机构可成为全国银行间债券市场参与者，从事债券交易业务：在中国境内具有法人资格的商业银行及其授权分支机构；在中国境内具有法人资格的非银行金融机构和非金融机构；经中国人民银行批准经营人民币业务的外国银行分行。

⑦2002 年 4 月 15 日将银行间债券的准入制度由审批制改为备案制。实行准入备案制，向所有可以投资国债和金融债的金融机构以及各类投资资金开放了全国银行间债券市场，在一定程度上解决了银行间债券交易主体成分不够的问题。2002 年 6 月 17 日起，商业银行柜台记账式国债交易开始试点，将个人投资者纳入银行间市场。2002 年 10 月 29 日，银行间债券市场向非金融机构开放。2004 年 2 月 16 日，银行间债券市场向外资银行开放。2006 年，在中央国债公司直接或间接开立一级托管账户的投资者共 6 439 个。从总体上看，投资者的类别相当广泛，基本覆盖了几乎所有种类的投资者群体。在交易机制上，由过去的单边报价过渡到双边报价。双边报价实际上就是国外的做市商制度，这一制度对于活跃债券交易、更好地发现债券价格非常有利。

（二）地方债券

地方债券即"地方政府债券"，也被称为"市政债券"。凡属地方政府发行的公债称为地方公债，简称"地方债"，它是作为地方政府筹措财政收入的一种形式而发行的，其收入列入地方政府预算，由地方政府安排调度。地方政府债券一般用于交通、通信、住宅、教育、医院和污水处理系统等地方性公共设施的建设。地方政府债券一般也是以当地政府的税收能力作为还本付息的担保。地方政府债券是地方政府根据信用原则、以承担还本付息责任为前提而筹集资金的债务凭证，是指有财政收入的地方政府及地方公共机构发行的债券。

地方政府债券按资金用途和偿还资金来源不同，通常可以分为一般债券（普通债券）和专项债券（收益债券）。前者是指地方政府为缓解资金紧张或解决临时经费不足而发行的债券，后者是指为筹集资金建设某项具体工程而发行的债券。对于一般债券的偿还，地方政府通常以本地区的财政收入作担保，而对专项债券，地方政府往往以项目建成后取得的收入作保证。

　　我国的地方债券是相对国债而言的，以地方政府为发债主体。不过我国债券业内也往往把地方企业发行的债券列为地方债券范畴。20 世纪 80 年代末至 90 年代初，许多地方政府为了筹集资金修路建桥，都曾经发行过地方债券。有的甚至是无息的，以支援国家建设的名义摊派给各单位，更有甚者就直接充当部分工资。但到了 1993 年，这一行为被国务院制止了，原因是对地方政府承付的兑现能力有所怀疑。此后颁布的《中华人民共和国预算法》第 28 条明确规定："除法律和国务院另有规定外，地方政府不得发行地方政府债券。"但地方政府在诸如桥梁、公路、隧道、供水、供气等基础设施的建设中又面临资金短缺的问题，于是形成了具有中国特色的地方政府债券，即以企业债券的形式发行地方政府债券。例如，1999 年上海城市建设投资开发公司发行 5 亿元浦东建设债券，名义上是公司债券，但所筹资金则是用于上海地铁建设；济南自来水公司发行 1.5 亿元供水建设债券，名义上是公司债券，而所筹资金则用于济南自来水设施建设。

第三节　金融债券

一、金融债券的定义及特点

1. 金融债券的定义

　　金融债券是银行等金融机构作为筹资主体为筹措资金而面向个人发行的一种有价证券，是表明债务、债权关系的一种凭证。债券按法定发行手续发行，承诺按约定利率定期支付利息并到期偿还本金。

　　金融债券能够较有效地解决银行等金融机构的资金来源不足和期限不匹配的矛盾。一般来说，银行等金融机构的资金有三个来源，即吸收存款、向其他机构借款和发行债券。存款资金的特点之一是：在经济发生动荡的时候，易发生储户争相提款的现象，从而造成资金来源不稳定；向其他商业银行或中央银行等机构借款所得的资金主要是短期资金，而金融机构往往需要进行一些期限较长的投资融资，这样就出现了资金来源和资金运用在期限上的矛盾，发行金融债券就比较有效地解决了这个矛盾。债券在到期之前一般不能提前兑换，只能在市场上转让，从而保证了所筹集资金的稳定性。同时，金融机构发行债券时可以灵活规定期限，如为了一些长期项目投资，可以发行期限较长的债券。因此，发行金融债券可以使金融机构筹措到稳定且期限灵活的资金，从而有利于优化资产结构、扩大长期投资业务。

2. 金融债券的特点

　　（1）发行主体只限于金融机构。

　　（2）发行数额有限制，即金融机构能发行多少金融债券，由审批机构根据实际情况审批。

　　（3）资金投资用途有限制。根据中国人民银行的规定，筹集的资金应用于补充企业自有流动资金不足和新建扩建项目扫尾工程等特种贷款。

（4）计算方式多为累进利息，即在同一种债券中，规定多种不同利息，根据偿还期限长短逐年累进提高。

（5）金融债券是可流通转让债券。

（6）发行的法律形式和程序比较特殊，不同于企业债券和政府债券的发行。

二、金融债券的分类

按不同标准，金融债券可以划分为很多种类。最常见的分类有以下两种。

（1）根据利息的支付方式，金融债券可分为附息金融债券和贴现金融债券。如果金融债券上附有多期息票，发行人定期支付利息，则称为附息金融债券；如果金融债券是以低于面值的价格贴现发行，到期按面值还本付息，利息为发行价与面值的差额，则称为贴现债券。例如，票面金额为 1 000 元、期限为 1 年的贴现金融债券，发行价格为900 元，1 年到期时支付给投资者 1 000 元，那么利息收入就是 100 元，而实际年利率就是 11.11%。

按照国外通常的做法，贴现金融债券的利息收入要征税，并且不能在证券交易所上市交易。

（2）根据发行条件，金融债券可分为普通金融债券和累进利息金融债券。普通金融债券按面值发行，到期一次还本付息，期限一般是 1 年、2 年和 3 年。普通金融债券类似于银行的定期存款，只是利率高些。累进利息金融债券的利率不固定，在不同的时间段有不同的利率，并且一年比一年高，也就是说，债券的利率随着债券期限的增加累进，如面值1 000 元、期限为 5 年的金融债券，第一年利率为 9%，第二年利率为 10%，第三年为11%，第四年为 12%，第五年为 13%。投资者可在第一年至第五年之间随时去银行兑付，并获得规定的利息。

此外，金融债券也可以像企业债券一样，根据期限的长短划分为短期债券、中期债券和长期债券；根据是否记名划分为记名债券和无记名债券；根据担保情况划分为信用债券和担保债券；根据可否提前赎回划分为可提前赎回债券和不可提前赎回债券；根据债券票面利率是否变动划分为固定利率债券、浮动利率债券和累进利率债券；根据发行人是否给予投资者选择权划分为附有选择权的债券和不附有选择权的债券等。

三、发行金融债券的意义

1. 发行金融债券有利于提高金融机构资产负债管理能力，化解金融风险

目前，我国商业银行等存款类金融机构资产负债期限结构错配现象非常严重，金融机构缺乏主动负债工具，资产负债管理能力普遍较弱，这在相当程度上制约了金融机构的经营主动性和风险承担能力。虽然发行次级债券为商业银行补充附属资本提供了一条途径，但难以作为经常性大规模融资渠道。从国际经验来看，发行金融债券可以作为长期稳定的资金来源，能有效解决资产负债期限结构错配问题，同时还可以成为主动负债工具，改变我国商业银行存款占绝对比重的被动负债局面，化解金融风险。

2. 发行金融债券有利于拓宽直接融资渠道，优化金融资产结构

目前，我国债券市场发展相对滞后，企业直接融资渠道缺乏，导致直接融资比重

低，金融资产结构不合理，经济发展中应由市场主体承担的风险过度集中到银行和政府，加大了经济运行的社会成本。通过企业集团财务公司发行金融债券是推动债券市场发展的有效措施。企业集团财务公司是服务于企业集团的金融机构，财务公司发债可以在一定程度上满足企业集团的资金需求，起到增加直接融资比重、优化金融资产结构的作用。

3. 发行金融债券有利于丰富市场信用层次，增加投资产品种类

目前在我国债券市场中，具有国家信用的国债与准国家信用的政策性金融债占有绝对比重，具有公司信用的债券所占比重很小，市场信用层次较少，债券品种单一。这使投资者缺乏多样化的投资选择，也在一定程度上影响了债券市场的广度与深度。金融债券的发行将引入更多不同类型的发行主体，从而大大丰富市场信用层次、增加投资产品种类，这有利于投资者选择不同投资组合，完善债券市场投资功能，并进一步推动债券市场的发展。

四、我国的金融债券

我国金融债券的发行始于北洋政府时期，后来，国民党政府时期也曾多次发行过"金融公债"、"金融长期公债"和"金融短期公债"。新中国成立之后的金融债券发行始于1982年。该年，中国国际信托投资公司率先在日本的东京证券市场发行了外国金融债券。为推动金融资产多样化、筹集社会资金，国家决定于1985年由中国工商银行、中国农业银行发行金融债券，开办特种贷款。这是我国经济体制改革以后国内发行金融债券的开端。在此之后，中国工商银行和中国农业银行又多次发行金融债券，中国银行、中国建设银行也陆续发行了金融债券。1988年，部分非银行金融机构开始发行金融债券。1993年，中国投资银行被批准在境内发行外币金融债券，这是我国首次发行境内外币金融债券。1994年，我国政策性银行成立后，发行主体从商业银行转向政策性银行。当年仅国家开发银行就发行了7次金融债券，总金额达758亿元。1997年和1998年，经中国人民银行批准，部分金融机构发行了特种金融债券，所筹集资金专门用于偿还不规范证券回购交易所形成的债务。1999年以后，我国金融债券的发行主体集中于政策性银行，其中，以国家开发银行为主，金融债券已成为其筹措资金的主要方式。例如，1999—2001年，国家开发银行累计在银行间债券市场发行债券达1万多亿元，是仅次于财政部的第二发债主体，通过金融债券所筹集的资金占其同期整个资金来源的92%。2002年，国家开发银行发行20期金融债券，共计2 500亿元；中国进出口银行发行7期金融债券，共计575亿元。2003年国家开发银行发行30期金融债券，共计4 000亿元；中国进出口银行发行3期金融债券，共计320亿元。2004年共发行政策性金融债券4 452.20亿元；2005年为6 068亿元；2006年为8 996亿元。2010年以来，我国的三大政策性银行在银行间债券市场发行的金融债券已达4 801.3亿元（含追加发行）。其中，国家开发银行发行了3 801.3亿元。2010年，中国进出口银行和中国农业发展银行各发行过一期和四期金融债券（含追加数量），实际发行金额分别为200亿元和800亿元。2010年6月，这两家政策性银行各发行一期金融债券。其中，农业发展银行发行2010年第五期固定利率金融债，数量为150亿元，期限为7年；进出口银行发行2010年第二期固定利率金融债券，数量为100亿元，期限为 10 年。同时，金融债券的发行也进行了一些探索性改革：一是探索市场化发行方式，二是力求金融债券品种多样化。国家开发银行于 2002 年推出投资人选择权债券、发行人普通选择权债券、长期次级债券和本息分离债券等新品种。2003 年，国家开发银行在继续发行可回售债券与可赎回债券的同时，又推出可掉期国债新品种，并发行 5 亿美元外币债券。

近年来，我国金融债券市场发展较快，金融债券品种不断增加，主要有以下几种。

1. 央行票据

2002 年，为实现宏观金融调控目标进行公开市场操作，中国人民银行于 2002 年 9 月 24 日将 2002 年 6 月 25 日—9 月 24 日公开市场操作中未到期的正回购债券全部转为相应的中央银行票据，共 1 937 亿元。2003 年 4 月 22 日起，中国人民银行正式发行中央银行票据，至当年年底，共发行 63 期央行票据，发行总量为 7 226.8 亿元，发行余额为 3 376.8 亿元；2004 年共发行 100 期央行票据，发行总量为 15 071.5 亿元；2005 年共发行 124 期央行票据，发行总量为 27 462 亿元；2006 年共发行 97 期央行票据，发行总量为 36 522.70 亿元。

2. 证券公司债券

2003 年 8 月 29 日，中国证监会发布《证券公司债券管理暂行办法》，并于 2004 年 3 月 1 日核准中信证券公司、海通证券公司、长城证券公司发行公司债券 42.3 亿元。证券公司债券是指证券公司依法发行的、约定在一定期限内还本付息的有价证券。2004 年末，国泰君安证券公司发行债券 16.5 亿元；长城证券公司发行 2.3 亿元；中信证券公司发行 4.5 亿元。2005 年全年证券公司未发债。2006 年中信证券公司发行了一期 15 亿元的债券。

3. 商业银行次级债券

2004 年 6 月 24 日，《商业银行次级债券发行管理办法》颁布实施。商业银行次级债券是指商业银行发行的、本金和利息的清偿顺序列于商业银行其他负债之后，先于商业银行股权资本的债券。2004 年底，我国商业银行次级债券共计发行 748.8 亿元；2005 年共计发行 1 036.3 亿元；2006 年共计发行 525 亿元。2008 年底，我国商业银行债券共计发行 822.7 亿元；2009 年共计发行 2 846 亿元。

4. 保险公司次级债务

2004 年 9 月 29 日，中国保监会发布了《保险公司次级定期债务管理暂行办法》。保险公司次级定期债务是指保险公司经批准定向募集的、期限在 5 年以上（含 5 年），本金和利息的清偿顺序列于保单责任和其他负债之后、先于保险公司股权资本的保险公司债务。该办法所称保险公司，是指依照中国法律在中国境内设立的中资保险公司、中外合资保险公司和外资独资保险公司。中国保监会依法对保险公司次级定期债务的定向募集、转让、还本付息和信息披露行为进行监督管理。

与商业银行次级债券不同的是，按照《保险公司次级定期债务管理暂行办法》，保险公司次级债务的偿还只有在确保偿还次级债本息后偿付能力充足率不低于 100% 的前提下，募集人才能偿付本息；并且，募集人在无法按时支付利息或偿还本金时，债权人无权向法院申请对募集人实施破产清偿。

5. 证券公司短期融资券

2004年10月，中国证监会和中国银监会制定并发布《证券公司短期融资券管理办法》。证券公司短期融资券是指证券公司以短期融资为目的，在银行间债券市场发行的约定在一定期限内还本付息的金融债券。2005年广发证券、中信证券、海通证券、招商证券、国泰君安证券公司分别发行了5期短期融资券，累计发行29亿元。

6. 混合资本债券

2006年9月6日中国人民银行发布《全国银行间债券市场金融债券发行管理办法》，就商业银行发行混合资本债券的有关事宜进行了规定。混合资本债券是一种混合资本工具，它比普通股票和债券更加复杂。《巴塞尔协议》并未对混合资本工具进行严格定义，仅规定了混合资本工具的一些原则特征，而赋予各国监管部门更大的自由裁量权，以确定本国混合资本工具的认可标准。中国银监会借鉴其他国家对混合资本工具的有关规定，严格遵照《巴塞尔协议》要求的原则特征，选择以银行间市场发行的债券作为我国混合资本工具的主要形式，并由此命名我国的混合资本工具为混合资本债券。我国的混合资本债券是指商业银行为补充附属资本发行的、清偿顺序位于股权资本之前但列在一般债务和次级债务之后、期限在15年以上、发行之日起10年内不可赎回的债券。2006年，共有兴业银行和民生银行两家商业银行发行了总额83亿元的混合资本债券。

按照现行规定，我国的混合资本债券具有以下四项基本特征。

(1) 期限在15年以上，发行之日起10年内不得赎回。发行之日起10年后发行人具有一次赎回权，若发行人未行使赎回权，可以适当提高混合资本债券的利率。

(2) 混合资本债券到期前，如果发行人核心资本充足率低于4%，发行人可以延期支付利息。如果同时出现以下情况：最近一期经审计的资产负债表中盈余公积与未分配利润之和为负，且最近12个月内未向普通股股东支付现金红利，则发行人必须延期支付利息。在不满足延期支付利息的条件时，发行人应立即支付欠息及欠息产生的复利。

(3) 当发行人清算时，混合资本债券本金和利息的清偿顺序列于一般债务和次级债务之后、先于股权资本。

(4) 混合资本债券到期时，如果发行人无力支付清偿顺序在该债券之前的债务或支付该债券将导致无力支付清偿顺序在混合资本债券之前的债务，发行人可以延期支付该债券的本金和利息。待上述情况好转后，发行人应继续履行其还本付息义务，延期支付的本金和利息将根据混合资本债券的票面利率计算利息。

第四节　公司债券

一、公司债券的定义及特点

1. 公司债券的定义

公司债券是指公司依照法定程序发行、约定在一定期限还本付息的有价证券。公司债券是公司债的表现形式，基于公司债券的发行，在债券的持有人和发行人之间形成了以还本付息为内容的债权债务法律关系。

2. 公司债券的特点

与其他债券相比，公司债券的主要特点如下。

（1）风险性较大。公司债券的还款来源是公司的经营利润，但是任何一家公司的未来经营都存在很大的不确定性，因此公司债券持有人承担着损失利息甚至本金的风险。

（2）收益率较高。风险与收益成正比的原则，要求较高风险的公司债券需提供给债券持有人较高的投资收益。

（3）对于某些债券而言，发行者与持有者之间可以相互给予一定的选择权。

二、公司债券的分类

1. 按是否记名分

（1）记名公司债券即在券面上登记持有人姓名，支取本息要凭印鉴领取，转让时必须背书并到债券发行公司登记的公司债券。

（2）不记名公司债券即券面上不需载明持有人姓名，还本付息及流通转让仅以债券为凭，不需登记。

2. 按持有人是否参加公司利润分配分

（1）参加公司利润分配债券指除了可按预先约定获得利息收入外，还可在一定程度上参加公司利润分配的公司债券。

（2）非参加公司利润分配债券指持有人只能按照事先约定的利率获得利息的公司债券。

3. 按是否可提前赎回分

（1）可提前赎回公司债券即发行者可在债券到期前购回其发行的全部或部分债券。

（2）不可提前赎回公司债券即只能一次到期还本付息的公司债券。

4. 按发行债券的目的分

（1）普通公司债券即以固定利率、固定期限为特征的公司债券。这是公司债券的主要形式，目的在于为公司扩大生产规模提供资金来源。

（2）改组公司债券是为清理公司债务而发行的债券，也称为以新换旧债券。

（3）利息公司债券也称为调整公司债券，是指面临债务信用危机的公司经债权人同意而发行的较低利率的新债券，用以换回原来发行的较高利率的债券。

（4）延期公司债券指公司在已发行债券到期无力支付又不能发新债还旧债的情况下，在征得债权人同意后可延长偿还期限的公司债券。

5. 按发行人是否给予持有人选择权分

（1）附有选择权的公司债券指在一些公司债券的发行中，发行人给予持有人一定的选择权，如可转换公司债券（附有可转换为普通股的选择权）、有认股权证的公司债券和可退还公司债券（附有持有人在债券到期前可将其回售给发行人的选择权）。

（2）未附选择权的公司债券即债券发行人未给予持有人上述选择权的公司债券。

三、我国的企业债券

我国企业债券的发展大致经历了四个阶段。

(1) 萌芽期。1984—1986 年是我国企业债券发行的萌芽期。我国的企业债券出现于 1984 年，当时企业债券的发行并无全国统一的法规，主要是一些企业自发地向社会和企业内部集资，至 1986 年底累计发行企业债券约 100 亿元。

(2) 发展期。1987—1992 年是我国企业债券发行的第一个高潮期。1987 年 3 月，国务院颁布了《企业债券管理暂行条例》，并开始编制企业债券发行计划。这一阶段企业债券的发展表现为：一是规模迅速扩张，仅 1992 年一年企业债券的发行规模就达 350 亿元；二是品种多样，在此间发行的企业债券有国家投资债券、国家投资公司债券、中央企业债券、地方企业债券、地方投资公司债券、住宅建设债券和内部债券等 7 个品种。

(3) 整顿期。1993—1995 年是我国企业债券发行的整顿期。为规范企业债券的发行，1993 年 8 月，国务院颁布了《企业债券管理条例》，规定企业进行有偿筹集资金活动必须通过公开发行企业债券的形式进行，企业发行债券必须符合一定的条件，而且要按规定进行审批，未经审批不得擅自发行和变相发行。从使用方向上看，企业发行企业债券所筹资金应按审批机关批准的用途用于本企业的生产经营。企业发行债券都由证券经营机构承销。通过整顿，企业债券的发行出现了两点变化：一是规模急剧萎缩，如 1993 年和 1994 年企业债券的实际发行量分别仅为 20 亿元和 45 亿元；二是品种大大减少，从 1994 年起，我国企业债券归纳为中央企业债券和地方企业债券两个品种。

(4) 再度发展期。从 1996 年起，我国企业债券的发行进入了再度发展期。其间有些年份，如 1999 年和 2000 年企业债券的发行情况虽仍不理想，但从整体上看基本摆脱了持续低迷状态。1996—1998 年，企业债券的发行规模分别达 250 亿元、300 亿元和 380 亿元，重点安排了一批国家重点建设项目，如铁路、电力、石化、石油、三峡工程等；2002 年，共有 10 家企业发行了总额为 370 亿元的企业债券，较 2001 年上升了 115%；2003 年共有 15 个企业发行 18 个品种的企业债券共 358 亿元。2005 年我国共发行中央企业债券 36 期，发行额 644 亿元；地方企业债券 1 期，发行额为 10 亿元。2006 年我国共发行中央企业债券 19 期，发行额 652 亿元；地方企业债券 30 期，发行额为 343 亿元。企业债券发行量逐年上升，在中央国债登记结算有限责任公司公布的 2010 年上半年债券发行量中，企业债券发行量为 1 405.5 亿元。

在此期间，企业债券的发行也出现了一些明显的变化。

①在发行主体上，突破了大型国有企业的限制。

②在发债募集资金的用途上，改变了以往仅用于基础设施建设或技改项目，开始用于替代发行主体的银团贷款。

③在债券发行方式上，将符合国际惯例的路演询价方式引入企业债券一级市场。

④在期限结构上，推出了我国超长期、固定利率企业债券。

⑤在投资者结构上，机构投资者逐渐成为企业债券的主要投资者。例如，2001 年发行的移动通信债和三峡债 80% 以上被机构投资者购买，铁路债的投资者几乎全部是机构投资者。

⑥在利率确定上弹性越来越大。在这方面有三点创新：首先是附息债券的出现，使利息的计算走向复利化。其次是浮动利率的采用，打破了传统的固定利率。例如，99 三峡债约定在银行 1 年期存款利率的基础上再给予 1.75％年利率的利差回报。第三，簿记建档确定发行利率的方式，使利率确定趋于市场化。例如，国家开发银行借鉴国际债券市场的先进做法，在 25 亿元 7 年期 01 广核债券发行中采用了债券批准发行前先确定利率区间，债券获准发行后再通过簿记建档，最终决定发行利率报批后发行的方式，从而真正实现了价格的发现机制。

⑦我国企业债券的品种不断丰富。2005 年 5 月中国人民银行发布《短期融资券管理办法》和《短期融资券承销规程》、《短期融资券信息披露规程》两个配套文件，允许符合条件的企业在银行间债券市场向合格机构投资者发行短期融资券。企业短期融资券的发行、上市为债券市场注入了新的活力，丰富了债券市场的投资工具，同时拓宽了企业的融资渠道。以往我国的企业需要借入资金来满足短期流动资金需求时，唯一的途径是找银行举借流动资金贷款。2005 年以后，有条件的企业还可以发行短期融资券，从市场上借到短期资金。另外，2006 年 5 月，中国证监会颁布的《上市公司证券发行管理办法》中首次提出上市公司可以公开发行认股权和债券分离交易的可转换公司债券，我国资本市场再添新军。

第五节　国际债券

一、国际债券的定义及发行目的

1. 国际债券的定义

国际债券是一国政府、金融机构、工商企业或国家组织为筹措和融通资金，在国外金融市场上发行的，以外国货币为面值的债券。国际债券的重要特征是发行者和投资者属于不同的国家，筹集的资金来源于国外金融市场。国际债券的发行和交易，既可用来平衡发行国的国际收支，也可用来为发行国政府或企业引入资金从事开发和生产。

2. 国际债券的发行目的

一般来说，各国运用国际债券来筹集资金的主要目的有以下五个方面。

（1）用以弥补发行国政府财政赤字。对于一国政府来说，弥补财政赤字除了可以用国内债券的方式外，还可以通过发行国际债券的形式筹集资金，作为国内债券的补充。

（2）用以弥补发行国政府国际收支的逆差。发行国际债券所筹集的资金在国际收支平衡表上表现为资本的流入，属于资本收入，因而有利于减少国际收支逆差。在 1973—1975 年的石油危机中，许多西方工业国家都采用发行国际债券方式来弥补由于石油价格上涨而造成的国际收支逆差。

（3）用以为大型或特大型工程筹集建设资金。这主要由一些国际金融债券或公司集团组成的投资机构来发行。

（4）用以为一些大型的工商企业或跨国公司增加经营资本来筹措资金，从而增强其实力。大型企业为了增强其实力而需要大量资金的支持。

（5）用以为一些主要的国际金融组织筹措活动资金。例如，世界银行就曾多次发行外国债券，以筹措巨额资金，实施其开发计划。

二、国际债券的特点

国际债券是一种跨国发行的债券，涉及两个或两个以上的国家，同国内债券相比，具有一定的特殊性。

1. 资金来源广

国际债券是在国际证券市场上筹资，发行对象为众多国家的投资者，因此，其资金来源比国内债券要广泛得多。通过发行国际债券，可以使发行人灵活和充分地为其建设项目和其他需要提供资金。

2. 发行规模大

发行国际债券，规模一般都较大，这是因为举借这种债务的目的之一就是要利用国际证券市场资金来源的广泛性和充足性。同时，由于发行人进入国际债券市场必须由国际性的资信评估机构进行债券信用级别评定，只有高信誉的发行人才能顺利地进行筹资，所以，在发行人债信状况得到充分肯定的情况下，巨额借债才有可能实现。

3. 存在汇率风险

发行国内债券，筹集和还本付息的资金都是本国货币，所以不存在汇率风险。发行国际债券，筹集到的资金是外国货币，汇率一旦发生波动，发行人和投资者都有可能蒙受意外损失或获取意外收益，因此，国际债券很重要的一部分风险是汇率风险。

4. 有国家主权保障

在国际债券市场上筹集资金，有时可以得到一个主权国家政府最终付款的承诺保证，若得到这样的承诺保证，各个国际债券市场都愿意向该主权国家开放，这也使得国际债券市场具有较高的安全性。当然，代表国家主权的政府也要对本国发行人在国际债券市场上借债进行检查和控制。

5. 以自由兑换货币作为计量货币

国际债券在国际市场上发行，因此其计价货币往往是国际通用货币，一般以美元、英镑、德国马克、日元和瑞士法郎为主，这样，发行人筹集到的资金是一种可以通用的自由外汇资金。

三、国际债券的分类

依发行债券所用货币与发行地点的不同，国际债券又可分为外国债券和欧洲债券。

1. 外国债券

外国债券是指某一国借款人在本国以外的某一国家发行以该国货币为面值的债券。它的特点是债券发行人属于一个国家，债券的面值货币和发行市场则属于另一个国家。这种债券只在一国市场上发行并受该国证券法规制约。例如，扬基债券是非美国主体在美国市场上发行的债券，武士债券是非日本主体在日本市场上发行的债券，同样，还有英国的猛犬债券、西班牙的斗牛士债券、荷兰的伦勃朗债券，都是非本国主体在该国发行的债券。

2005 年 2 月 18 日，中国人民银行、财政部、国家发改委和中国证监会联合发布了《国际开发机构人民币债券发行管理暂行办法》，允许符合条件的国际开发机构在中国发行人民币债券。2005 年 10 月，中国人民银行批准国际金融公司和亚洲开发银行在全国银行间债券市场分别发行人民币债券 11.3 亿元和 10 亿元。这是中国债券市场首次引入外资机构发行主体，是中国债券市场对外开放的重要举措和有益尝试。根据国际惯例，国外金融机构在一国发行债券时，一般以该国最具特征的吉祥物命名。据此，原财政部部长金人庆将国际多边金融机构首次在华发行的人民币债券命名为"熊猫债券"。因此"熊猫债券"是指国际多边金融机构在中国发行的人民币债券，属于外国债券。2006 年 11 月 15 日，国际金融公司又成功发行 8.7 亿元熊猫债券。至此，2005 年首批核准的 30 亿元熊猫债券额度已全部用完。

2. 欧洲债券

欧洲债券是一国政府、金融机构、工商企业或国际组织在国外债券市场上以第三国货币为面值发行的债券。例如，法国一家机构在英国债券市场上发行的以美元为面值的债券即是欧洲债券。欧洲债券的发行人、发行地以及面值货币分别属于三个不同的国家。

欧洲债券产生于 20 世纪 60 年代，是随着欧洲货币市场的形成而兴起的一种国际债券。60 年代以后，由于美国资金不断外流，美国政府被迫采取一系列限制性措施。1963 年 7 月，美国政府开始征收"利息平衡税"，规定美国居民购买外国在美发行的证券，所得利息一律要付税。1965 年，美国政府又颁布条例，要求银行和其他金融机构限制对国外借款人的贷款数额。这两项措施使外国借款者很难在美国发行美元债券或获得美元贷款。另一方面，在 60 年代，许多国家有大量盈余美元，需要投入借贷市场获取利息，于是，一些欧洲国家开始在美国境外发行美元债券，这就是欧洲债券的由来。

欧洲债券最初主要以美元为计值货币，发行地以欧洲为主。20 世纪 70 年代后，随着美元汇率波动幅度的增大，以德国马克、瑞士法郎和日元为计值货币的欧洲债券的比重逐渐增加，同时，发行地开始突破欧洲地域限制，在亚太、北美以及拉丁美洲等地发行的欧洲债券日渐增多。欧洲债券自产生以来，发展十分迅速，1992 年债券发行量为 2 761 亿美元，1996 年的发行量增至 5 916 亿美元。在国际债券市场上，欧洲债券所占比重远远超过了外国债券。欧洲债券之所以对投资者和发行者有如此巨大的魅力，主要有以下几方面的原因。

（1）欧洲债券市场是一个完全自由的市场，债券发行较为自由灵活，既不需要向任何监督机关登记注册，又无利率管制和发行数额限制，还可以选择多种计值货币。

（2）发行欧洲债券筹集的资金数额大、期限长，而且对财务公开的要求不高，方便筹资者筹集资金。

（3）欧洲债券通常由几家大的跨国金融机构办理发行，发行面广，手续简便，发行费用较低。

（4）欧洲债券的利息收入通常免交所得税。

（5）欧洲债券以不记名方式发行，并可以保存在国外，能够满足一些希望保密的投资者的需要。

(6) 欧洲债券安全性和收益率高。欧洲债券发行者多为大公司、各国政府和国际组织，它们一般都有很高的信誉，对投资者来说是比较可靠的。同时，欧洲债券的收益率也较高。

欧洲债券市场以众多创新品种而著称。在计息方式上既有传统的固定利率债券，也有种类繁多的浮动利率债券，还有零息债券、延付息票债券、利率递增债券（累进利率债券）和在一定条件下将浮动利率转换为固定利率的债券等。在附有选择权方面，有双货币债券、可转换债券和附权证债券等。双货币债券是指以一种货币支付息票利息、以另一种不同的货币支付本金的债券。可转换债券是指可转换成另一种资产（通常是普通股票）的债券。附权证债券有权益权证、债务权证、货币权证、黄金权证等一系列类型。附权益权证债券允许权证持有人以约定的价格购买发行人的普通股票；附债务权证债券允许权证持有人以与主债券相同的价格和收益率向发行人购买额外的债券；附货币权证债券允许权证持有人以特定的价格，即固定汇率将一种货币兑换成另一种货币；附黄金权证债券允许权证持有人按约定条件向债券发行人购买黄金。欧洲债券市场不断创新的品种满足了不同债券发行人和投资人的需求，也使该市场自身得到了长足的发展。

四、我国的国际债券

我国发行国际债券始于 20 世纪 80 年代初期。当时，在改革开放的政策指导下，为利用国外资金、加快我国的建设步伐，我国的一些金融机构率先步入国际资本市场，以发行债券的形式筹资。1982 年 1 月，中国国际信托投资公司在日本东京资本市场上发行了 100 亿日元的债券，期限为 12 年，利率为 8.7%，采用私募方式发行。随后，在 80 年代中后期，福建投资信托公司、中国银行、上海国际信托投资公司、广东国际信托投资公司、天津国际信托投资公司、财政部、交通银行等，也先后在东京、法兰克福、中国香港、新加坡、伦敦发行国际债券，发行币种包括日元、港元、德国马克、美元等，期限均为中、长期，最短的 5 年，最长的 12 年，绝大多数采用公募方式发行。90 年代以后，随着我国综合国力的不断提高，我国的国际债券信用等级在不断上升。1996 年，我国政府成功地在美国市场发行 100 年期扬基债券。

思考题

1. 简述债券的种类及特征。
2. 简述我国发行的无记名（实物）国债、凭证式国债和记账式国债的特点及区别。
3. 我国发行金融债券有什么重要意义？
4. 我国企业债券发展的新趋势是什么？
5. 欧洲债券具有哪些特点？

练习题

● 单项选择题

1. 我国从（　　）年开始发行记账式国债。

    A. 1991　　　　　　　B. 1998　　　　　C. 1994　　　　　D. 1995

2. 从形式上看，政府债券也是一种（　　）。

    A. 国债　　　　　　　　　　　　　B. 有价证券

    C. 虚拟证券　　　　　　　　　　　D. 债权债务凭证

3. 被称为"金边国债"的是（　　）。

    A. 金融国债　　　　　　　　　　　B. 政府国债

    C. 公司债券　　　　　　　　　　　D. 可转换债券

4. 我国金融债券的发行始于（　　）。

    A. 1982 年　　　　　　　　　　　B. 北洋政府时期

    C. 国民党政府时期　　　　　　　　D. 1950 年

5. 在现代社会，绝大多数国债属于（　　）。

    A. 实物国债　　　　B. 流通国债　　　C. 非流通国债　　　D. 货币国债

6. 地方政府为缓解资金紧张或解决临时经费不足而发行的国债是（　　）。

    A. 收益债券　　　　B. 专项债券　　　C. 地方债券　　　D. 普通债券

7. 债券的发行者、发行地点和面值所使用的货币可以分别属于不同国家的是（　　）。

    A. 亚洲证券　　　B. 外国债券　　　C. 武士债券　　　D. 欧洲债券

8. （　　）指券面上不附息票，发行时按规定的折扣率以低于券面价值的价格发行，到期时按券面价值偿还本金的债券。

    A. 附息债券　　　　　　　　　　　B. 贴现债券

    C. 一次还本付息债券　　　　　　　D. 浮动利率债券

9. 一国借款人在国际证券市场上以外国货币为面值，向外国投资者发行的债券是（　　）。

    A. 外国债券　　　B. 国际债券　　　C. 欧洲债券　　　D. 亚洲债券

10. 如果公司经营不善而破产，公司债券持有者（　　）股东收回本金。

    A. 晚于　　　　　B. 优先于　　　　C. 同于　　　　D. 不确定

● 不定项选择题

1. 债券与股票的相同点是（　　）。

    A. 都属于有价证券　　　　　　　　B. 都是虚拟资本

    C. 收益率相互影响　　　　　　　　D. 都是真实资本的代表

2. 债券所规定的资金借贷双方的债权关系包括（　　）。

    A. 所借贷货币资金的数额　　　　　B. 借贷时间

    C. 在借贷时间内的资金成本　　　　D. 在借贷时间内的应有补偿

3. 债券所规定的借贷双方的权利义务关系包括（　　）。

     A. 发行人是借入资金的主体

     B. 投资者是出借资金的主体

     C. 发行人必须在约定的时间还本付息

     D. 债权债务关系

4. 债券的特征有（　　）。

     A. 偿还性　　　　　B. 流动性　　　　　C. 安全性　　　　　D. 收益性

⊜ 判断题

1. 持有债券可按期取得利息，利息是债券投资者收益的价值表现。（　　）

2. 拥有债券的人是债权人，债权人不同于公司的股东，是公司内部利益的相关者。（　　）

3. 无记名国债以实物券形式记录债权、面值等，不记名，可挂失，可上市流通。（　　）

4. 债券和股票作为有价证券体系的一员，是虚拟资本，它们本身无价值，但又都是虚拟资本的代表。（　　）

5. 一般来说，期限较长的债券流动性强，风险相对较大，票面利率应该定得高一些。（　　）

案例分析

2010 年芜湖市建设投资有限公司公司债券发行公告

根据中国人民银行关于全国银行间债券市场债券上市的有关规定，现将 2010 年芜湖市建设投资有限公司公司债券（7 年期固息）交易流通日期及债券代码等要素公布如下：

债券名称：2010 年芜湖市建设投资有限公司公司债券（7 年期固息）

债券简称：10 芜湖建投债 01

信用评级：AA

评级机构：大公国际资信评估有限公司

债券代码：1080079

发行总额（亿元）：14

债券期限：7 年

票面年利率（％）：4.95

计息方式：附息式固定利率

付息频率：12 月/次

发行日：20100722

起息日：20100722

债权债务登记日：20100729

交易流通起始日：20100816

交易流通终止日：20170719

兑付日：20170722

重要提示：

（1）债券交易流通终止日如遇国家调整法定节假日安排，则另行公告。

（2）全国银行间同业拆借中心及中央国债登记结算有限责任公司根据中国人民银行的有关规定，安排本债券在全国银行间债券市场交易流通，不代表对本债券的价值做出实质性判断。

（3）本期债券附投资人选择回售、上调票面利率，具体条款内容见债券募集说明书或发行公告。

中央国债登记结算有限责任公司

2010 年 08 月 13 日

分析：通过阅读该债券的公告，分析该债券的种类及该债券的内容要素。

第四章　证券投资基金·

　　了解证券投资基金的定义、特点与作用，熟悉证券投资基金的起源与发展以及我国证券投资基金的发展概况，掌握证券投资基金运作的环节和参与主体，掌握证券投资基金的类型，熟悉证券投资基金的投资管理与风险，掌握证券投资基金的费用、利润分配及估值的相关知识。

案例导入

银华优质基金概况

基金名称	银华优质	基金全称	银华优质增长股票型证券投资基金
基金代码	180010	基金类别	股票型
基金状态	正常	交易状态	交易
基金公司	银华基金	基金经理	况群峰
成立时间	2006-06-09	托管银行	中国银行股份有限公司
首次募集规模	98.35 亿	最新基金规模	60.30 亿（2010-06-30）

通过投资于兼具优质增长性和估值吸引力的股票，在严格控制投资组合风险的前提下力求取得基金资产的长期较高速增值。

投资目标
　　　　非股票类资产　　5%～40%
　　　　股　　票　　　　60%～95%
　　　　现金、政府债券

投资范围　　本基金投资于具有良好流动性的金融工具。在正常市场条件下，投资组合的范围：股票（A 股及监管机构授权投资的其他市场股票资产）、债券（国债、金融债、企业债、可转债等）、短期金融工具（含央行票据、债券回购等）以及现金资产；如法律法规或监管机构以后允许基金投资其他品种，基金管理人在履行适当程序后，可以将其纳入投资范围。

本基金为股票型基金，在一般情况下，股票投资在基金资产中将保持相对较高的比例。

投资策略　　在投资中，本基金首先选取质地良好、估值合理的公司，并从中精选具备优质增长特征或处于优质增长阶段的公司进行投资；在债券投资中，重点关注到期收益率、流动性较高以及价值被低估的债券。

1. 基金收益分配采用现金方式或红利再投资方式，基金份额持有人可选择现金方式或红利再投资方式；基金份额持有人事先未做出选择的，默认的分红方式为现金红利。

2. 每一基金份额享有同等分配权。

3. 基金当期收益先弥补上期亏损后，方可进行当期收益分配。

收益分配原则　　4. 基金收益分配后每份基金份额的净值不能低于面值。

5. 如果基金当期出现亏损，则不进行收益分配。

6. 在符合有关基金分红条件的前提下，基金收益分配每年至多 6 次。

7. 全年基金收益分配比例不得低于年度基金已实现净收益的 60%。基金合同生效不满 3 个月，收益可不分配。

8. 法律法规或监管机构另有规定的，从其规定。

分析：通过阅读银华优质基金概况，分析银华优质基金的基金类型、基金管理人、基金托管人及基金的收益分配。

第一节　证券投资基金概述

一、证券投资基金的定义

证券投资基金是指通过发售基金份额，将众多投资者的资金集中起来，形成独立资产，由基金托管人托管、基金管理人管理，以投资组合的方法进行证券投资的一种利益共享、风险共担的集合投资方式。

证券投资基金是一种间接的证券投资方式。基金管理公司通过发行基金单位，集中投资者的资金，由基金托管人（即具有资格的银行）托管，由基金管理人管理和运用资金，从事股票、债券等金融工具投资，然后共担投资风险、分享收益。

二、证券投资基金的特点及作用

1. 证券投资基金的特点

（1）集合理财、专业管理。基金将众多投资者的资金集中起来，委托基金管理人进行投资，有利于发挥资金的规模优势，降低投资成本，是一种集合理财行为。基金管理人一般拥有大量专业的投资研究人员和完善的投资决策机制，投资者将资金交给基金管理人管理，能够享受专业化的投资管理服务。

（2）组合投资、分散风险。投资学上有一句谚语："不要把你的鸡蛋放在同一个篮子里。"然而，中小投资者通常无力做到这一点。如果投资者把所有资金都投资于一家公司的股票，一旦这家公司经营不善或破产，投资者便可能损失很大。而证券投资基金通过汇集众多投资者的小额资金，形成雄厚的资金实力，可以同时把投资者的资金分散投资于各种股票，使某些股票跌价造成的损失可以用其他股票涨价的盈利来弥补，分散了投资风险。因此，"组合投资、分散风险"是证券投资基金的一大特色。为确保控制投资风险，各国的基金法规一般都对基金投资单只股票的最高比例作出限制，以达到组合投资的目的。《中华人民共和国证券投资基金法》（以下简称《基金法》）第五十七条规定："基金管理人运用基金财产进行证券投资，应当采用资产组合的方式。"中国证监会颁布的《证券投资基金投资运作管理办法》规定，一个基金持有一家上市公司的股票，不得超过该基金资产净值的 10%。如果某基金将其资产净值的 80% 投资于股票的话，它至少应购买八家公司的股票。

（3）利益共享、风险共担。基金投资者是基金的所有者，基金投资人共担风险，共享收益。基金投资收益在扣除由基金承担的费用后的盈余全部归基金投资者所有，并依据各投资者所持有的基金份额比例进行分配。为基金提供服务的基金托管人、基金管理人只能按规定收取一定的托管费、管理费，并不参与基金收益的分配。

（4）严格监管、信息透明。为切实保护投资者的利益，增强投资者对基金投资的信心，中国证监会对基金业实行比较严格的监管，对各种有损投资者利益的行为进行严厉的打击，并强制基金进行较为充分的信息披露。在这种情况下，严格监管与信息透明也就成为基金的一个显著特点。

（5）独立托管、保障安全。基金管理人负责基金的投资操作，本身并不经手基金财产的保管。基金财产的保管由独立于基金管理人的基金托管人负责。基金财产由完全独立于管理人的托管人负责保管，以确保基金资产的安全，保护投资者的利益。

2. 证券投资基金的作用

（1）基金为中小投资者拓宽了投资渠道。对中小投资者来说，存款或购买债券较为稳妥，但收益率较低；投资于股票有可能获得较高收益，但风险较大。证券投资基金作为一种新型的投资工具，把众多投资者的小额资金汇集起来进行组合投资，由专家来管理和运作，经营稳定，收益可观，可以说是专门为中小投资者设计的间接投资工具，大大拓宽了中小投资者的投资渠道。可以说基金已进入了寻常百姓家，成为大众化的投资工具。

（2）基金通过把储蓄转化为投资，有力地促进了产业的发展和经济的增长。基金吸收社会上的闲散资金，为企业在证券市场上筹集资金创造了良好的融资环境，实际上起到了把储蓄资金转化为生产资金的作用。这种储蓄转化为投资的机制为产业发展和经济增长提供了重要的资金来源，而且，随着基金的发展壮大，这种作用越来越大。

（3）证券投资基金有利于证券市场的稳定和发展。第一，基金的发展有利于证券市场的稳定。证券市场的稳定与否同市场的投资者结构密切相关。基金的出现和发展，能有效地改善证券市场的投资者结构，成为稳定市场的中坚力量。基金由专业投资人士经营管理，其投资经验比较丰富，信息资料齐备，分析手段较为先进，投资行为相对理性，客观上能起到稳定市场的作用。同时，基金一般注重资本的长期增长，多采取长期的投资行为，较少在证券市场上频繁进出，能减少证券市场的波动。第二，基金作为一种主要投资于证券的金融工具，它的出现和发展增加了证券市场的投资品种，扩大了证券市场的交易规模，起到了丰富活跃证券市场的作用。随着基金的发展壮大，它已成为推动证券市场发展的重要动力。

（4）证券投资基金有利于证券市场的国际化。很多发展中国家对开放本国证券市场持谨慎态度，在这种情况下，与外国合作组建基金，逐步、有序地引进外国资本投资于本证券市场，不失为一个明智的选择。与直接向投资者开放证券市场相比，这种方式使监管当局能控制好利用外资的规模和市场开放的程度。

三、证券投资基金与其他金融工具的比较

1. 证券投资基金与股票、债券的区别

（1）影响价格的主要因素不同。在宏观经济、政治环境大致相同的情况下，股票的价格主要受市场供求关系、上市公司经营状况等因素的影响；债券的价格主要受市场存款利率的影响；证券投资基金的价格主要受市场供求关系或基金资产净值的影响。其中，封闭式基金的价格主要受市场供求关系的影响；开放式基金的价格则主要取决于基金单位净值的大小。

（2）投资收益与风险大小不同。通常情况下，股票的收益是不确定的；债券的收益是确定的；证券投资基金的收益虽然也不确定，但其特点决定了其收益要高于债券。另外，在风险程度上，按照理论推测和以往的投资实践，股票投资的风险大于基金，基金投资的风险大于债券。

（3）投资回收期和方式不同。股票投资是无期限的，如要回收，只能在证券交易市场上按市场价格变现；债券投资有一定的期限，期满后可收回本息；投资基金中的封闭式基金可以在市场上变现，存续期满后，投资人可按持有的基金份额分享相应的剩余资产；开放式基金没有存续期限，投资人可以随时向基金管理人要求赎回。

2. 证券投资基金与银行储蓄存款的区别

（1）性质不同。存款属于债权类合同或契约，银行对存款者负有完全的法定偿债责任；证券投资基金属于股权合同或契约，基金管理人只是代替投资者管理资金，并不保证资金的收益率，投资人也要承担一定的风险和费用。

（2）收益和风险程度不同。一般情况下，银行存款利率都是相对固定的，几乎没有风险；基金的收益与风险程度都高于银行存款。

（3）投资方向与获利内容不同。银行将储蓄存款的资金通过企业贷款或个人信贷投放

到生产或消费领域，以获取利差收入；证券投资基金将投资者的资金投资于证券市场，通过股票分红或债券利息来获得收益，同时通过证券市场差价来获利。

（4）信息披露程度不同。银行吸收存款之后，没有义务向存款人披露资金的运行情况；证券投资基金管理人则必须定期向投资者公布基金投资情况和基金净值情况，如净值公告、定期报告等。

四、证券投资基金的起源与发展

证券投资基金起源于 19 世纪 60 年代的英国。迄今为止，它大致经过了起源和发展阶段。

1. 证券投资基金的起源

证券投资基金作为社会化的理财工具，起源于英国。1868 年，当时的英国经过第一次产业革命之后，工商业发展速度快，殖民地和贸易遍及世界各地，社会和个人财富迅速增长。由于国内资金积累过多，投资成本日渐升高，于是，许多商人便将私人财产和资金纷纷转移到劳动力价格低廉的海外市场进行投资，以谋求资本的最大增值。但由于投资者缺乏国际投资知识，对海外的投资环境缺乏应有的了解，加上地域限制和语言不通，无力自行管理。在经历了投资失败、被欺诈等惨痛教训之后，人们便萌发了集合众多投资者的资金，委托专人经营和管理的想法，并得到了英国政府的支持。

因此，1868 年英国成立的"海外及殖民地政府信托基金"组织在美国《泰晤士报》刊登招股说明书，公开向社会个人发售认股凭证，这是公认的设立最早的投资基金。该基金以分散投资于国外殖民地的公司债为主。其投资地区远及南北美洲、中东、东南亚和意大利、葡萄牙、西班牙等国，投资总额达 48 万英镑。该基金与股票类似，不能退股，亦不能将基金单位兑现，认购者的权益仅限于分红和派息两项。因为其在许多方面为现代基金的产生奠定了基础，金融史学家将其视为证券投资基金的雏形。

苏格兰人富来明是投资信托的先驱者。1873 年，富来明创立了"苏格兰美国投资信托"，开始计划代替中小投资者办理新大陆的铁路投资。1879 年英国股份有限公司法公布，投资基金脱离了原来的契约形态，发展成为股份有限公司式的组织形式。证券投资基金的初创阶段，主要投资于海外实业和债券，在类型上主要是封闭式基金。

2. 证券投资基金的发展

1921 年至 20 世纪 70 年代是证券投资基金的发展阶段。1921 年 4 月美国设立了第一家证券投资基金组织——美国国际证券信托基金，标志着证券投资基金发展中的"英国时代"结束而"美国时代"开始。1924 年 3 月 21 日，"马萨诸塞投资信托基金"设立，标志着美国式证券投资基金的真正起步。这一基金也是世界上第一个公司型开放式投资基金。与英国模式相比，美国证券投资基金的模式具有三个基本特点：

（1）证券投资基金的组织体系由原先英国模式的契约型改为公司型；

（2）证券投资基金的运作制度由原先英国模式中的封闭式改为开放式；

（3）证券投资基金的回报方式由原先英国模式中的固定利率方式改为分享收益、分担风险的分配方式。

目前，在全球证券投资基金中，美国的证券投资基金占主导地位。美国的证券投资基金主要有以下特征：

（1）在世界各国证券投资基金中，美国的证券投资基金在资产总值上占半数以上；

（2）基金运作相对规范，公司型基金占据主导地位；

（3）基金种类多，金融创新层出不穷；

（4）允许在养老金计划和个人税收优惠储蓄计划将公募基金作为投资工具，这是推动证券投资基金发展的一个重要原因。

五、我国证券投资基金的发展概况

在我国，投资基金与证券市场的发育几乎是同步的。1990年底，新中国的第一家证券交易所——上海证券交易所成立，标志着我国证券业发展进入了一个新时期。当时的市场规模虽然还小，但市场运作正在日趋完善，投资者的金融投资意识也在逐渐增强。在这种情况下，一些省市的地方证券公司开始尝试发行基金证券（如武汉基金、珠信基金、南山风险基金等），它们的规模都非常小，不足1亿元。而且由于没有立法规范，这些基金的类型、资产组合、兑现方式等均存在较大的差异，投资风险无法控制，投资者利益难以保障。

从1992年开始，投资基金的发展进入新阶段，基金业主管机关是中国人民银行。这一时期各地掀起了一股设立投资基金的浪潮，获主管机构批准成立的各类基金有几十家。沈阳、大连、上海、广东、海南、浙江等地都先后推出了各种类型的基金。1992年6月，深圳颁布了《深圳市投资信托基金管理暂行规定》，对基金运作的各个环节和所涉及的方面作出了规定。这是我国第一部地方性证券投资基金法。此后，一些证券交易所和交易中心也相继出台了一些基金上市的试行办法。这些文件的颁布从法律上承认了证券投资基金在我国金融市场中的地位，推动投资基金在我国以前所未有的速度发展了起来。

（1）封闭式基金的发展。1997年11月14日，国务院批准并颁布了《证券投资基金管理暂行办法》，这是我国首次颁布的规范证券投资基金运作的行政法规，为我国证券投资基金业的规范发展奠定了法律基础。此后，监管机构又相继颁布了《证券投资基金管理暂行办法》的实施准则、通知、规定等，对基金设立、基金运作、基金契约、托管协议、基金信息披露等内容进行了详细的界定。一系列的办法、规定、准则、通知等，规范了投资基金的运作，推动了证券投资基金在我国规范、快速的发展。根据有关规定，由国内主要证券公司和信托公司发起，我国设立了华夏基金管理有限公司、华安基金管理有限公司、嘉实基金管理有限公司、南方基金管理有限公司、鹏华基金管理有限公司等基金管理公司，专门从事证券投资基金的管理。中国工商银行、中国农业银行、中国银行、中国建设银行和中国交通银行等银行先后取得了证券投资基金托管业务资格，从事证券投资基金的托管业务。

1998年3月，基金金泰、基金开元等契约型封闭式证券投资基金设立，标志着规范化的证券投资基金在我国正式发展。此后，基金泰和、基金兴华、基金华安等证券投资基金相继设立。

（2）开放式基金的发展。2000年10月8日，中国证监会发布了《开放式证券投资基金试点办法》，对我国开放式基金的试点起到了极大的推动作用。

2001年9月，华安创新证券投资基金发行，这是国内第一只契约型开放式证券投资基金，标志着我国证券投资基金的新发展。此后，我国开放式基金不断推出，从2001年9月到2002年底，开放式基金进入发行的高峰阶段，共发行、设立开放式证券投资基金17只，募集资金566多亿元人民币。

目前，我国证券投资基金在发展中呈现以下主要特征。

(1) 基金规模不断增加。证券投资基金对市场的影响也日益重要，逐渐成为证券市场中不可忽视的重要的机构投资者。

(2) 基金管理人队伍和托管人队伍迅速扩大。截至2009年底，我国基金管理公司有60家，托管银行18家。

(3) 基金运作逐步规范。监管机构相继下发了规范基金运作的文件，也采取了若干措施，对基金设立、运作、托管、代销、信息披露等进行了规范。目前，证券投资基金的运作已经比较规范。

(4) 基金品种不断创新。从1998年第一批以平衡型为主的基金发展至今，已出现成长型、价值型、复合型等不同风格的基金类型。随着开放式基金的逐步推出，基金风格类型更为鲜明。除股票基金外，债券基金、指数基金等新产品不断涌现，为投资者提供了多方位的投资选择。

(5) 法律法规不断完善，监管力量不断加强，为基金业的运作创造了良好的外部环境。近几年，有关证券投资基金的法规、规章相继出台，有力地推动了证券投资基金的发展。

(6) 证券投资基金的销售渠道不断拓宽，服务和交易模式也不断创新。除工商、农业、中国建设、中国交通五大银行获得基金代销资格外，中国光大银行等其他中小股份制商业银行和一些证券公司也获得了基金代销资格并开展业务，基金多元化的销售模式已经形成。在销售过程中，基金管理公司和代销银行通过基金推介会、网上银行、电话银行、报刊、广告等方式宣传基金产品知识与特点，通过柜台服务、网上银行、电话银行等方式为投资人提供服务。

第二节　证券投资基金的运作和参与主体

一、证券投资基金的管理和运作

证券投资基金的管理和运作包括以下环节。

(1) 基金的募集申请。基金的发起需要得到中国证监会的核准，要向中国证监会上报一系列的法律文件，包括申请报告、基金合同草案、基金托管协议草案、基金招募说明书草案及相关证明文件等。

(2) 基金募集。证监会核准基金的募集申请后，基金管理公司要通过自己的销售渠道向投资者发售基金，或者委托具有代销资格的代销机构销售。

(3) 投资管理。投资管理是基金管理和运作中最重要的环节，决定着基金的经营业绩。基金管理公司要按照基金合同和招募说明书的规定，按照一定的投资范围和投资比例，遵循其投资决策程序，将资金投入股票、债券、货币市场工具等投资标的。

（4）基金的信息披露。为了保证投资者能够按照基金合同约定的时间和方式查阅相关信息，基金要对相关信息公开披露（如基金招募说明书，基金合同，托管协议，募集情况，基金净值，基金申购、赎回价格等），还要按期公布季度报告、半年度报告、年度报告。相关信息还有由会计师事务所和律师事务所出具的意见。

（5）基金的费用。基金的费用是为了支持基金的运作而产生的，由基金合同进行规定，主要包括支付给基金管理人的基金管理费、支付给基金托管人的基金托管费、基金合同生效后的信息披露费、基金合同生效后的会计师费和律师费等。

（6）基金的收益分配。基金收益包括投资标的产生的股息、红利、利息、证券买卖价差和其他收入。当符合基金合同约定的收益分配条件时，基金管理人会进行收益分配，分配方式包括现金分红及红利再投资。

证券投资基金有特定的运作关系和当事人主体。一般而言，证券投资基金由基金发起人发起设立，在我国，根据《证券投资基金管理暂行办法》、《形式证券投资基金试点办法》的规定，封闭式基金由发起人设立，开放式基金由管理人设立。个人投资人或机构投资人根据基金契约的要求，通过特定的渠道认购基金单位，发行期结束后，募集资金达到规定的条件基金成立。然后，基金资金交由基金托管人保管，由基金管理人进行投资管理。

日常投资运作中，基金管理人按照基金契约规定的投资范围、投资组合选择符合条件的股票、债券等进行投资，并承担基金会计核算、基金估值、基金信息披露等职责。基金托管人根据基金契约或合同的规定，保管基金资产，接受基金管理人的投资指令划拨资金，进行清算核算，实施对管理人的监督以及保管基金的重大合同和凭证等。基金在运作中的审计、法律服务由符合条件的律师事务所或会计师事务所提供。

不同的基金类型，交易或买卖的渠道、方式等也不相同。封闭式基金交易中，投资人通过证券营业网点进行委托，通过证券交易所和登记结算公司完成交易确认和账户管理等。开放式基金由管理人委托销售机构代理销售，委托其他的或通过自身设立的注册登记机构完成交易确认、账户管理、分红等业务，投资人通过公司直销或代理销售机构的营业网点进行认购、申购、赎回或其他的业务。

二、证券投资基金的参与主体

证券投资基金的参与主体分为基金当事人、基金市场服务机构、基金监管和自律机构三类。

（一）基金当事人

基金当事人包括基金管理人、基金托管人和基金持有人。

1. 基金管理人

（1）基金管理人的定义。基金管理人是指凭借专门的知识与经验，运用所管理基金的资产，根据法律、法规及基金章程或基金契约的规定，按照科学的投资组合原理进行投资决策，谋求所管理的基金资产不断增值，并使基金持有人获取尽可能多收益的机构。负责基金发起设立与经营管理的专业性机构通常由证券公司、信托投资公司或其他机构等发起成立，具有独立法人地位。

（2）基金管理人的资格。基金管理人是基金资产的管理和运用者，基金收益的好坏取决于基金管理人管理运用基金资产的水平，因此必须对基金管理人的任职资格做出严格限定，只有具备一定条件的机构才能担任基金管理人，才能保护投资者的利益。

在我国，基金管理人由依法设立的基金管理公司担任。

按照《基金法》的有关规定，设立基金管理公司应当具备下列条件，并经国务院证券监督管理机构批准：

①有符合本法和《公司法》规定的章程；

②注册资本不低于1亿元人民币，且必须为实缴货币资本；

③主要股东具有从事证券经营、证券投资咨询、信托资产管理或者其他金融资产管理的较好的经营业绩和良好的社会信誉，最近三年没有违法记录，注册资本不低于3亿元人民币；

④取得基金从业资格的人员达到法定人数；

⑤有符合要求的营业场所、安全防范设施和与基金管理业务有关的其他设施；

⑥有完善的内部稽核监控制度和风险控制制度；

⑦法律、行政法规规定的和经国务院批准的国务院证券监督管理机构规定的其他条件。

（3）基金管理人的职责。基金管理人是受基金持有人的委托运作和管理基金，按照诚实信用原则，依据国家法律、法规和基金契约的规定履行职责的。依据《证券投资基金管理暂行办法》的规定，基金管理人的职责主要包括：按照基金契约的规定运用基金资产投资并管理基金资产；及时、足额地向基金持有人支付基金收益；保存基金的会计账册、记录15年以上；编制基金财务报告，及时公告，并向中国证监会报告；计算并公告基金资产净值及每一基金单位资产净值；基金契约规定的其他职责。

另外，《开放式基金管理办法》规定，基金管理人除应当遵守上述规定外，还应当履行下列职责：依据基金契约，决定基金收益分配方案；编制并公告季度报告、中期报告、年度报告等定期报告；办理与基金有关的信息披露事宜；确保需要向基金投资人提供的各项文件或资料在规定时间内发出，并且保证投资人能够按照基金契约规定的时间和方式，随时查阅与基金有关的公开资料，并得到有关资料的复印件。

2. 基金托管人

（1）基金托管人的定义。基金托管人是投资人权益的代表，是基金资产的名义持有人或管理机构。为了保证基金资产的安全，基金应按照资产"管理和保管分开"的原则进行运作，并由专门的基金托管人保管基金资产。基金托管人与基金管理人签订托管协议，在托管协议规定的范围内履行自己的职责并收取一定的报酬。在我国，根据《证券投资基金管理暂行办法》的规定，目前只有中国工商银行、中国农业银行、中国银行、中国建设银行、中国交通银行五家商业银行符合托管人的资格条件。

为充分保障基金投资者的权益，防止基金信托财产被挪作他用，各国的证券投资信托法规都规定：凡是基金都要设立基金托管机构，即让基金托管人对基金管理机构的投资操作进行监督和对基金资产进行保管。

（2）基金托管人的资格。《证券投资基金管理暂行办法》规定，经批准设立的基金应委托商业银行作为托管人，基金托管人的资格要求有：设有专门的基金托管部，实收资本不少于80亿元，有足够的熟悉托管业务的专职人员，具备安全保管基金全部资产的条件，具备安全、高效的清算、交割能力。

（3）基金托管人的职责。基金托管人的主要职责包括：安全保管基金的全部资产；执行基金管理人的投资指令，并负责办理基金名下的资金往来；监督基金管理人的投资运作，发现基金管理人的投资指令违法违规的，不予执行，并向中国证监会报告；复核、审查基金管理人计算的基金资产净值及基金价格；保存基金的会计账册、记录15年以上；出具基金业绩报告，提供基金托管情况，并向中国证监会和中国人民银行报告；基金章程或基金契约、托管协议规定的其他职责。

（4）基金托管人的作用。基金托管人在基金的运作中具有非常重要的作用，关键是有利于保障基金资产的安全，保护基金持有人的利益。具体体现在如下方面。

①基金托管人的介入，使基金资产的所有权、使用权与保管权分离，基金托管人、基金管理人和基金持有人之间形成一种相互制约的关系，从而防止基金财产挪作他用，有效保障资产安全。

②通过基金托管人对基金管理人的投资运作包括投资目标、投资范围、投资限制等进行监督，可以及时发现基金管理人是否按照有关法规要求运作。基金托管人对于基金管理人的违法、违规行为可以及时向监督管理部门报告。

③通过托管人的会计核算和估值，可以及时掌握基金资产的状况，避免"黑箱"操作给基金资产带来的风险。

3. 基金持有人

（1）基金持有人的定义。基金持有人是基金单位或份额的持有者。作为基金的受益人，基金持有人享有基金资产的对应权益。一般来说，基金的资产由基金的托管人保管，基金的权益属于基金的持有人，持有人还要承担基金投资的亏损。

（2）基金持有人的权利和义务。一般来说，基金持有人的权利有：基金收益权、转让权或处分权。基金收益权即以持有的基金份额，承担基金投资的亏损和收益；转让权或处分权即封闭式基金持有人有通过证券市场自由转让基金的权利，开放式基金持有人有赎回基金的权利等。

与此同时，基金持有人还应当履行下列义务：遵守基金契约，交纳基金认购款项及规定的费用，承担基金亏损或者终止的有限责任，不从事任何有损基金及其他基金持有人利益的活动等。

4. 基金当事人之间的关系

（1）基金持有人与基金管理人之间的关系。基金持有人与基金管理人之间的关系是通过信托关系而形成的所有者与经营者之间的关系。前者是基金资产的所有者，后者是基金资产的经营者；前者可以是自然人，也可以是法人或其他社会团体，后者则是由职业投资专家组成的专业经营者。

（2）基金持有人与基金托管人之间的关系。基金持有人和基金托管人的关系是委托与受托的关系。基金发起人代表基金持有人把基金资产委托给基金托管人保管。对持有人而言，基金资产委托专门的机构保管，尤其是公开募集的基金持有人比较分散，以其单个力量无法有效保护资产的安全，通过基金托管人的介入，有利于保证基金资产的安全。反映在不同的基金类型上：封闭式基金由发起人代表基金持有人委托托管人；开放式基金由管理人以设立人的身份代表持有人委托托管人。

（3）基金管理人与基金托管人之间的关系。管理人与托管人的关系主要因各国法律、法规和基金类型的不同而存在差异。在国外，有的基金由托管人担任受托人角色，托管人与管理人形成委托与受托的关系；有的基金由管理人担任受托人的角色，管理人与托管人形成委托与受托的关系。在我国，管理人和托管人是平行受托关系，即基金管理人和基金托管人受基金持有人的委托，分别履行基金管理和基金托管的职责。

在业务运作关系上，基金管理人和基金托管人都是为基金提供服务的专业性机构，同时，二者之间具有互相监督的关系。基金管理人运作基金资产，但不实际持有基金资产。基金托管人保管基金资产，依据基金管理人的指令进行清算交割，并监督基金管理人的投资运作是否合法合规。基金管理人和基金托管人均对基金持有人负责。二者的权利和义务在基金契约或基金章程中有明确规定，任何一方有违规之处，对方都有权监督并及时制止，直至请求更换违规方。这种相互制衡的运行机制，有利于保证基金财产的安全和基金运用的高效。

（二）基金市场服务机构

基金管理人、基金托管人既是基金的当事人，又是基金的主要服务机构。除基金管理人与基金托管人外，基金市场上还有许多面向基金提供各类服务的其他服务机构。这些机构主要包括基金销售机构、基金注册登记机构、律师事务所和会计师事务所、基金投资咨询公司和基金评级机构等。

1. 基金销售机构

基金销售机构是受基金管理公司委托从事基金代理销售的机构。通常只有大的投资者才能直接通过基金管理公司进行基金份额的直接买卖，普通投资者只能通过基金代销机构进行基金的买卖。在我国，只有中国证监会认定的机构才能从事基金的代理销售。目前，商业银行、证券公司、证券投资咨询机构、专业基金销售机构以及中国证监会规定的其他机构，均可以向中国证监会申请基金代销业务资格，从事基金的代销业务。

2. 基金注册登记机构

基金注册登记机构是指负责基金登记、存管、清算和交收业务的机构。具体业务包括投资者基金账户管理、基金份额注册登记、清算及基金交易确认、发放红利、建立并保管基金份额持有人名册等。目前，在我国承担基金份额注册登记工作的主要是基金管理公司自身和中国证券登记结算有限责任公司（以下简称"中国结算公司"）。

3. 律师事务所和会计师事务所

律师事务所和会计师事务所作为专业、独立的中介服务机构，为基金提供法律、会计服务。

4. 基金投资咨询公司和基金评级机构

基金投资咨询公司是向基金投资者提供基金投资咨询建议的中介机构；基金评级机构则是向投资者以及其他参与主体提供基金资料与数据服务的机构。

（三）基金监管和自律机构

1. 基金监管机构

为保护基金投资者的利益，世界各国都会对基金活动进行严格的监督管理。基金监管机构通过依法行使审批或核准权，依法办理基金备案，对基金管理人、基金托管人以及其他从事基金活动的中介机构进行监督管理，对违法行为进行查处，因此在基金的运作过程中起着重要的作用。

《基金法》明确规定，除对基金托管人的资格核准及监管工作由国务院证券监督管理机构和国务院银行业监督管理机构共同负责外，国务院证券监督管理机构依法对证券投资基金活动实施监督管理。由此可见，作为国务院证券监督管理机构的中国证监会在对我国基金的监管上负有最主要的责任。

2. 证券交易所

我国的证券交易所是依法设立的，不以营利为目的，为证券的集中和有组织的交易提供场所、设施，履行国家有关法律法规、规章、政策性规定的职责，实行自律性管理的法人。一方面，封闭式基金、上市开放式基金和交易所交易基金需要通过证券交易所募集和交易，必须遵守证券交易所的规则；另一方面，经中国证监会授权，证券交易所对基金的投资交易行为还承担着重要的一线监控管理职责。

3. 基金行业自律机构

基金行业自律机构是由基金管理人、基金托管人或基金份额发售机构等服务机构成立的同业协会。中国证券业协会作为我国证券业的自律组织对基金业实行行业自律管理。中国证券业协会是由具有独立法人地位的、有经营证券业务的金融机构自愿组成的行业性自律组织。其设立是为了加强证券业之间的联系、协调、合作和自我管理，以利于证券市场的健康发展。

图 4-1 是我国证券投资基金运作关系简图。从图中可以看出，基金持有人（投资者）、基金管理人与基金托管人是基金的当事人。基金市场上的各种中介或代理机构通过自己的服务参与基金市场，监管机构则对基金市场上的各种参与主体实施全面监管。

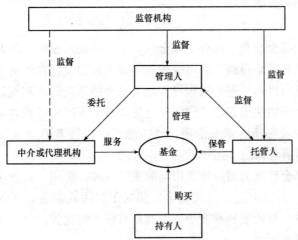

图 4-1　证券投资基金运作关系简图

第三节　证券投资基金的类型

一、根据投资基金的规模和基金存续期限分

根据投资基金的规模和基金存续期限不同,投资基金可分为封闭式基金和开放式基金。

1. 封闭式基金

封闭式基金是指事先确定发行总额和存续期限,在存续期内基金单位总数不变,基金上市后投资者可以通过证券市场买卖的一种基金类型。封闭式基金的发起人在设立基金时,限定了基金单位的发行总额,筹足总额后,基金即宣告成立,并进行封闭,在一定时期内不再接受新的投资。基金单位的流通采取在证券交易所上市的办法,投资者日后买卖基金单位,都必须通过证券经纪商在二级市场上进行竞价交易。

封闭式基金有固定的存续期,期间基金规模固定,一般在证券交易场所上市交易,投资者通过二级市场买卖基金单位。封闭式基金就是在一段时间内不允许再接受新人入股以及提出股份,直到新一轮的开放,开放的时候可以决定投资者提出多少或者再投入多少,新人也可以在这个时候入股。

由于封闭式基金在证券交易所的交易采取竞价的方式,所以交易价格受到市场供求关系的影响而并不必然反映基金的资产净值,即相对其资产净值,封闭式基金的交易价格有溢价、折价现象。国外封闭式基金的实践显示其交易价格往往存在先溢价后折价的价格波动规律。从我国封闭式基金的运行情况看,无论基本状况如何变化,我国封闭式基金的交易价格走势也始终未能脱离先溢价、后折价的价格波动规律。目前,我国封闭式基金正运行在"折价"的阶段,并且自 2002 年以来我国封闭式基金的折价率(市价减净值再除以净值)呈现出逐步上升的趋势,部分封闭式基金长时间的折价率竟高达 30% 以上,明显高于国外封闭式基金的折价水平。

2. 开放式基金

开放式基金是指基金发起人在设立基金时,基金份额总规模不固定,可视投资者的需求,随时向投资者出售基金份额,并可应投资者要求赎回发行在外的基金份额的一种基金运作方式。投资者既可以通过基金销售机构购买基金使基金资产和规模由此相应增加,也可以将所持有的基金份额卖给基金并收回现金使得基金资产和规模相应地减少。基金管理公司可随时向投资者发售新的基金份额,也需随时应投资者的要求买回其持有的基金份额。开放式基金是世界各国基金运作的基本形式之一。

目前,开放式基金已成为国际基金市场的主流品种,美国、英国、我国香港和台湾地区的基金市场均有 90% 以上是开放式基金。相对于封闭式基金,开放式基金在市场选择性、流动性、透明度和投资便利程度等方面都具有较大的优势。

开放式基金具有以下特点。

(1)市场选择性强。如果基金业绩优良,投资者购买基金的资金流入会导致基金资产

增加。而如果基金经营不善，投资者通过赎回基金的方式撤出资金，导致基金资产减少。由于规模较大的基金的整体运营成本并不比小规模基金的成本高，所以大规模的基金业绩更好，愿买它的人更多，规模也就更大。这种优胜劣汰的机制对基金管理人形成了直接的激励和约束，充分体现了良好的市场选择。

（2）流动性好。基金管理人必须保持基金资产充分的流动性，以应付可能出现的赎回，而不会集中持有大量难以变现的资产，减少了基金的流动性风险。

（3）透明度高。除履行必需的信息披露外，开放式基金一般每日公布资产净值，随时准确地体现出基金管理人在市场上运作、驾驭资金的能力，对于能力、资金、经验均不足的小投资者有特别的吸引力。

（4）便于投资。投资者可随时在各销售场所申购、赎回基金，十分便利。良好的激励约束机制又促使基金管理人更加注重诚信、声誉，强调中长期、稳定、绩优的投资策略以及优良的客户服务。作为一个金融创新品种，开放式基金的推出，能更好地调动投资者的投资热情，而且销售渠道包括银行网络，能够吸引部分新增储蓄资金进入证券市场，改善投资者结构，起到稳定和发展市场的作用。

3. 封闭式基金与开放式基金的区别

（1）基金规模的可变性不同。封闭式基金均有明确的存续期限（我国为不得少于5年），在此期限内已发行的基金单位不能被赎回。虽然特殊情况下此类基金可进行扩募，但扩募应具备严格的法定条件。因此，在正常情况下，封闭式基金的规模是固定不变的。而开放式基金所发行的基金单位是可赎回的，而且投资者在基金的存续期间内也可随意申购基金单位，导致基金的资金总额每日均不断地变化，换言之，它始终处于"开放"的状态。这是封闭式基金与开放式基金的根本区别。

（2）基金单位的买卖方式不同。封闭式基金发起设立时，投资者可以向基金管理公司或销售机构认购；当封闭式基金上市交易时，投资者又可委托券商在证券交易所按市价买卖。而投资者投资于开放式基金时，则可以随时向基金管理公司或销售机构申购或赎回，还可以通过基金公司的网站在网上进行申购或赎回，其规模不固定，基金单位可随时向投资者出售，也可应投资者要求买回。

（3）基金单位的买卖价格形成方式不同。封闭式基金因在交易所上市，其买卖价格受市场供求关系影响较大。当市场供小于求时，基金单位买卖价格可能高于每份基金单位资产净值，这时投资者拥有的基金资产就会增加；当市场供大于求时，基金价格则可能低于每份基金单位资产净值。而开放式基金的买卖价格是以基金单位的资产净值为基础计算的，可直接反映基金单位资产净值的高低。在基金的买卖费用方面，投资者在买卖封闭式基金时与买卖上市股票一样，也要在价格之外付出一定比例的证券交易税和手续费；而开放式基金的投资者需缴纳的相关费用（如首次认购费、赎回费）则包含于基金价格之中。一般而言，封闭式基金的买卖费用要高于开放式基金。

（4）基金的投资策略不同。由于封闭式基金不能随时被赎回，其募集得到的资金可全部用于投资，这样基金管理公司便可据以制定长期的投资策略，取得长期经营绩效。而开放式基金则必须保留一部分现金，以便投资者随时赎回，而不能尽数地用于长期投资，一般投资于变现能力强的资产。

二、根据投资基金的组织形式分

根据投资基金的组织形式不同，投资基金可分为公司型基金和契约型基金。

1. 公司型基金

公司型基金是指通过发行基金的方式筹集资金，组成公司，投资于股票、债券等有价证券的基金类型。公司型基金指基金本身为一家股份有限公司，公司通过发行股票或受益凭证的方式来筹集资金。投资者购买了该家公司的股票，就成为该公司的股东，凭股票领取股息或红利、分享投资所获得的收益。公司型基金在法律上是具有独立"法人"地位的股份投资公司。公司型基金依据基金公司章程设立，基金投资者是基金公司的股东，享有股东权，按所持有的股份承担有限责任、分享投资收益。基金公司设有董事会，代表投资者的利益行使职权。公司型基金在形式上类似于一般股份制公司，但不同于一般股份制公司的是，它委托基金管理公司作为专业的财务顾问或管理公司来经营与管理基金资产。在基金业最为发达的美国，公司型基金居于绝对的主导地位。公司型基金分为他营式公司型基金和自营式公司型基金。

（1）他营式公司型基金是指基金公司对募集的资本集合体本身并不运营，而是委托基金管理公司或投资顾问公司（Investment Advisers）运营和管理的基金形式，全世界绝大部分公司型基金是他营式公司型基金，美国的共同基金（Mutual Funds）即为典型。

（2）自营式公司型基金是指由基金公司本身对所募集的资本集合体进行经营管理，自营式公司型基金得到了一些国家的许可，如1985年12月，当时的欧共体通过了《可转让证券集合投资企业（UCITS）相关法律法规与行政规章协调指令》，该指令规定投资公司可采用"自行管理"的方式。

作为证券投资基金的一种，无论是哪种类型的公司型基金，本质上都是由投资者汇集的投资于证券的资本集合体，只不过这种资本集合体以公司的形式组织起来：自营式基金以公司形式组织基金的所有主要当事人，是一种完全组织化的资本集合体；他营式基金只以公司形式组织投资者（持有人），是一种半组织化的资本集合体。

公司型基金具有以下特点。

（1）基金形态为股份制公司，但又不同于一般的股份制公司，其业务集中于从事证券投资信托。

（2）基金的资金为公司法人的资本，即股份。

（3）基金的结构同一般的股份制公司一样，设有董事会和股东大会。基金资产由公司拥有，投资者既是这家公司的股东，也是该公司资产的最终持有人。股东按其所拥有的股份大小在股东大会上行使权利。

（4）基金运营依据公司章程。

2. 契约型基金

契约型基金又称信托型基金，是基于一定的信托关系而成立的基金类型，一般由基金管理公司、基金托管机构和投资者（受益人）三方通过信托投资契约而建立。

契约型基金具有以下特点。

（1）契约型基金在组织结构上不设董事会，基金管理公司自己作为委托公司设立基金，自行或再聘请经理人代为管理基金的经营和操作，并通常指定一家证券公司或承销公司代为办理受益凭证——基金的发行、买卖、转让、交易、利润分配、收益及本益偿还支付。

（2）受托人接受基金管理公司的委托，为基金注册和开户。基金户头完全独立于基金保管公司的账户，纵使基金保管公司因经营不善而倒闭，其债权方都不能动用基金的资产。其职责是负责管理、保管处置信托财产，监督基金经理人的投资工作，确保基金经理人遵守公开说明书所列明的投资规定，使他们采取的投资组合符合契约的要求。

公司型基金和契约型基金在不同的金融市场上的地位和所占的比重很不相同。美国的基金市场是公司型基金居于绝对的主导地位；在英国、日本、新加坡、中国台湾和中国香港的基金市场上则是契约型基金占主导地位。

3. 公司型基金与契约型基金的区别

（1）法律形式不同。契约型基金不具有法人资格，是一个由委托人、受托人和受益人构成的法律约束体；而公司型基金是一个具有独立法人资格的投资基金公司。

（2）投资者的地位不同。公司型基金的投资者作为基金公司股东，可参与基金经营决策；而契约型基金的投资者是单纯的受益人，不参与基金的经营决策，只能通过持有人大会表达意见，但与公司型基金的股东大会相比，契约型基金持有人大会赋予基金持有者的权利相对较小。

（3）基金营运依据不同。在经营活动中，公司型基金依据公司章程来经营，契约型基金则依据基金契约条款来经营。前者除破产结算外一般具有永久性，后者则随契约的有效期满而自动终结。

（4）基金特点不同。公司型基金的优点是法律关系明确清晰，监督约束机制较为完善；但契约型基金在设立上更为简单易行。

三、根据投资基金的募集方式分

根据投资基金的募集方式不同，投资基金可分为公募基金和私募基金。

1. 公募基金

公募基金是受政府主管部门监管的，向不特定投资者公开发行受益凭证的证券投资基金，这些基金在法律的严格监管下，有着信息披露、利润分配、运行限制等行业规范。

公募基金具有以下主要特点：

（1）募集的对象不固定；

（2）监管机构实行严格的审核或核准制；

（3）允许公开宣传，向投资人以多种方式推介。

2. 私募基金

私募基金是相对公募基金而言的，它的标志性特征是通过非公开方式募集资金。因为这种非公开性，私募基金成为中国资本市场中最为隐秘的一股资本力量。

私募基金并非是地下的、非法的、不受监管的基金，它是相对于公募基金而言的，不是面向所有的投资者，而是通过非公开方式面向少数机构投资者和富有的个人投资者募集资金而设立的基金，它的销售和赎回都是基金管理人通过私下与投资者协商进行的，一般以投资意向书（非公开的招股说明书）等形式募集。在国外，一些著名的基金公司如量子基金、老虎基金等，都是典型的私募基金。由于私募基金容易发生不规范行为，所以，一些国家的法律法规明确限定私募基金证券的最高认购人数，超过最高认购人数就必须采用公募方式发行。

私募基金具有以下基本特点：

（1）募集的对象是固定的；

（2）监管机构实行备案制；

（3）不允许公开宣传，向投资者以多种方式进行推介。

私募基金的运作方式是股权投资，即通过增资扩股或股份转让的方式，获得非上市公司股份，并通过股份增值转让获利。股权投资的特点包括以下几点。

（1）股权投资的收益十分丰厚。与债权投资获得投入资本若干百分点的利息收益不同，股权投资以出资比例获取公司收益的分红，一旦被投资公司成功上市，私募股权投资基金的获利可能是几倍或几十倍。

（2）股权投资伴随着高风险。股权投资通常需要经历若干年的投资周期，而因为投资于发展期或成长期的企业，被投资企业的发展本身有很大风险，如果被投资企业最后以破产惨淡收场，私募股权基金也可能血本无归。

（3）股权投资可以提供全方位的增值服务。私募股权投资在向目标企业注入资本的时候，也注入了先进的管理经验和各种增值服务，这也是其吸引企业的关键因素。在满足企业融资需求的同时，私募股权投资基金能够帮助企业提升经营管理能力，拓展采购或销售渠道，融通企业与地方政府的关系，协调企业与行业内其他企业的关系。全方位的增值服务是私募股权投资基金的亮点和竞争力所在。

3. 公募基金与私募基金的区别

（1）募集的对象不同。公募基金的募集对象是广大社会公众，即社会不特定的投资者。而私募基金募集的对象是少数特定的投资者，包括机构和个人。

（2）募集的方式不同。公募基金募集资金是通过公开发售的方式进行的，而私募基金则是通过非公开发售的方式募集的，这是私募基金与公募基金最主要的区别。

（3）信息披露要求不同。公募基金对信息披露有非常严格的要求，其投资目标、投资组合等信息都要披露。而私募基金则对信息披露的要求很低，具有较强的保密性。

（4）投资限制不同。公募基金在投资品种、投资比例、投资与基金类型的匹配上有严格的限制，而私募基金的投资限制完全由协议约定。

（5）业绩报酬不同。公募基金不提取业绩报酬，只收取管理费。而私募基金则收取业绩报酬，一般不收管理费。对公募基金来说，业绩仅仅是排名时的荣誉，而对私募基金来说，业绩则是报酬的基础。

四、根据投资基金的投资目标分

根据投资基金的投资目标不同，投资基金可分为成长型基金、收入型基金和平衡型基金。

1. 成长型基金

成长型基金是指以追求资产的长期增值和盈利为基本目标，投资于具有良好增长潜力的上市股票或其他证券的证券投资基金。成长型基金注重资本的长期增值，同时兼顾一定的经常性收益。基金的投资主要集中于市场表现良好的绩优股。基金经理人在进行投资操作时，把握有利的时机买入股票并长期持有，以便能获得最大的资本利得。成长型基金的主要目标是公司股票，它不做信用交易或证券期货交易。被成长型基金挑选的公司，多是信誉好且具有长期盈利能力的公司，其资本成长的速度要高于股票市场的平均水平。由于成长型基金追求高于市场平均收益率的回报，所以它必然承担了更大的投资风险，其价格的波动也比较大。简言之，成长型基金追求资金的长期性。

2. 收入型基金

收入型基金是以追求当期收入最大化为基本目标，以能带来稳定收入的证券为主要投资对象的证券投资基金。其投资对象主要是那些绩优股、债券等收入比较稳定的有价证券。它在投资策略上，坚持投资多元化，利用资产组合分散投资风险。为满足投资组合的调整，持有的现金资产也较多。收入型基金一般把所得的利息、红利部分派发给投资者。简言之，收入型基金重视当期最高收入。

3. 平衡型基金

平衡型基金是指以保障资本安全、当期收益分配、资本和收益的长期成长为基本目标，从而在投资组合中比较注重短期收益和风险搭配的证券投资基金。实践中平衡型基金的资产的分配是：25％～50％的资产投资于优先股和公司债券上，其余的投资于普通股，这样可以更好地确保基金资产的安全性。因此它的最大优点就是具有双重投资目标，投资风险小。当股票市场出现空头行情时，平衡型基金的表现要好于全部投资于股票的基金；而在股票市场出现多头行情时，平衡型基金的增长潜力要弱于全部投资于股票的基金。

五、根据投资基金的投资对象分

根据投资基金的投资对象不同，投资基金可分为股票基金、债券基金、混合基金和货币市场基金。

1. 股票基金

股票基金是指专门投资于股票或者说基金资产的大部分投资于股票的基金类型。它的投资目标侧重于追求资本利得和长期资本增值，是基金最原始、最基本的品种之一。股票基金的最大特点就是其具有良好的增值能力。

股票基金与股票区别有以下几点。

（1）股票价格在股市交易时间内随时变动，股票基金价格每个交易日只有一个价格。

（2）投资股票需要在交易时间内时刻盯盘，关注股价的随时升降；投资股票基金则要省事得多，不必时刻盯盘。

（3）股票价格受成交量的影响，股票基金价格不受申购、赎回数量的影响。

（4）对股票价格高低的合理性可以作出判断，而不能对股票基金净值的合理性进行判断。

（5）单一股票风险较大；而股票基金是股票组合投资，一般精选10只以上股票，风险相对较低。

与投资者直接投资于股票市场相比，股票基金具有分散风险、费用较低等特点。对一般投资者而言，个人资本毕竟是有限的，难以通过分散投资多种股票而降低投资风险。但若投资于股票基金，投资者不仅可以分享各类股票的收益，而且可以通过投资于股票基金将风险分散于各类股票上，大大降低投资风险。股票基金是股票的组合，比单只股票的风险要低得多，因而收益比较稳定。此外，投资者投资了股票基金，还可以享受基金大额投资在成本上的相对优势，降低投资成本。股票基金的投资对象是流动性极好的股票，基金资产质量高、流动性强、变现容易。

2. 债券基金

债券基金是指主要投资于各种国债、金融债券及公司债的基本类型。其资产规模仅次于股票基金。与股票基金相比，债券基金的风险小于股票基金，但收益也较低。在股市处于弱市的状态下，投资债券基金是一个适当的选择。

相对直接投资于债券，债券基金的优点有以下几点。

（1）品种齐全。市场上可供投资的债券有国债、金融机构和企业（公司）发行的各种不同类型的债券。但是一般人只对国债较为熟悉，而不了解其他债券，个人要对多样化的债券进行研究，力不从心，难以做到，而投资于债券基金，可以由基金公司的专业人员代理操作。

（2）风险较低。债券基金通过集中投资者的资金对不同的债券进行组合投资，能有效降低单个投资者直接投资于某种债券可能面临的风险。

（3）流动性好。个人如果投资非流通债券，只有到期才能兑现，而通过债券基金间接投资于债券，则可以获取很高的流动性，随时可将持有的债券基金转让或赎回。

3. 混合基金

混合基金是指同时投资于股票、债券和货币市场等工具，没有明确的投资方向的基金。其风险低于股票基金，预期收益则高于债券基金。它为投资者提供了一种在不同资产之间进行分散投资的工具，比较适合较为保守的投资者。混合基金根据资产投资比例及其投资策略可分为偏股型基金（股票配置比例为 50%～70%，债券比例为 20%～40%）、偏债型基金（与偏股型基金正好相反）、平衡型基金（股票、债券比例比较平均）和配置型基金（股债比例按市场状况进行调整）等。

4. 货币市场基金

货币市场基金是指投资于货币市场上短期（一年以内，平均期限 120 天）有价证券的一种投资基金。该基金资产主要投资于短期货币工具，如国库券、商业票据、银行定期存单、政府短期债券、企业债券等短期有价证券。货币市场基金主要有以下特点。

（1）该基金以货币市场上流动性较强的短期融资工具作为投资对象，具有一定的流动性和安全性。

（2）该基金的价格比较稳定，投资成本低，货币市场基金通常不收取申购、赎回费用，并且其管理费用也较低，货币市场基金的年管理费用为基金资产净值的 0.25%～1%，比传统的基金年管理费率低许多。我国目前货币市场基金的管理费一般为 0.33%，并且货币基金的收益免税。

（3）该基金一般没有固定的存续期间，投资者可以不受到期日限制，随时根据需要转让基金份额。对于一般投资人来说，货币市场基金是一种良好的储蓄替代品种。

在国外参与货币市场基金的群体很广泛，美国货币市场基金已经占到了个人家庭资产的 22% 左右，所占比重很大。它主要针对的是个人和企业手中的短期资金。

六、根据投资基金的投资来源和运用地域分

根据投资基金的投资来源和运用地域不同，投资基金可分为在岸基金和离岸基金。

在岸基金也称在岸证券投资基金，是指在本国筹集资金并投资于本国证券市场的证券投资基金。

离岸基金又称离岸证券投资基金，是指一国的证券基金组织在他国发行证券基金单位并将募集的资金投资于本国或第三国证券市场的证券投资基金。

七、其他证券投资基金类型

1. 指数基金

指数基金是以指数成分股为投资对象的基金，即通过购买一部分或全部的某指数所包含的股票，来构建指数基金的投资组合，目的就是使这个投资组合的变动趋势与该指数相一致，以取得与指数大致相同的收益率。指数基金的主要特点如下。

（1）基金管理人进行投资所产生的成本以及销售费用较低。

（2）有利于分散和防范风险。一方面，由于指数基金分散投资，单个股票的波动不会对指数基金的整体表现构成影响；另一方面，指数基金所盯住的指数一般都有较长的历史可以追踪，在一定程度上风险是可以预测的。

（3）由于指数基金不用进行主动的投资决策，监控方面相对简单。

2. 伞形基金

伞形基金也称"系列基金"，是基金的一种经营方式（或说组织结构），它是在开放式基金的组织结构下，基金发起人根据一份总的基金招募书，设立多只相互之间可以根据规定的程序及费率水平进行转换的基金，即一个母基金之下再设立若干子基金，各个子基金依据不同的投资方针和投资目标进行独立的投资决策，其最大的特点是在母基金内部可以为投资者提供多种投资选择，费用较低或者不收转换费用，能够方便投资者根据市场行情的变化选择和转换不同的子基金。

3. 保本基金

保本基金是指在一定时期后（一般是 3～5 年，最长也可达 10 年），投资者会获得投资本金的一个百分比（如 100% 的本金）的回报，而同时如果基金运作成功，投资者还会得到额外收益。由于保本基金有一定的封闭期，即投资者如果在封闭期内赎回份额的话将得不到基金公司的保本承诺，所以保本基金也被称为"半封闭基金"。保本基金属于低风险、低回报的基金产品。

4. QDII 基金

QDII（Qualified Domestic Institutional Investors，合格的境内机构投资者）是在一国境内设立，经该国有关部门批准从事境外证券市场的股票、债券等有价证券业务的证券投资基金。与 QFII（Qualified Foreign Institutional Investors，合格的境外机构投资者）一样，它也是在货币没有实现完全可自由兑换、资本项目尚未开放的情况下，有限度地允许

境内投资者投资境外证券市场的一项过渡性的制度安排。

5. ETF 基金

ETF（Exchange Traded Fund）是指交易型开放式指数基金，又称交易所交易基金，是一种在交易所上市交易的开放式证券投资基金产品。投资者可以通过两种方式购买 ETF：可以在证券市场收盘之后，按照当天的基金净值向基金管理者购买（与普通的开放式共同基金一样）；也可以在证券市场上直接从其他投资者那里购买，购买的价格由买卖双方共同决定，这个价格往往与基金当时的净值有一定差距（与普通的封闭式基金一样）。它是一种特殊的开放式基金，既吸收了封闭式基金可以当日实时交易的优点，投资者可以像买卖封闭式基金或者股票一样，在二级市场买卖 ETF 份额；同时，ETF 也具备了开放式基金可自由申购赎回的优点，投资者可以如买卖开放式基金一样，向基金管理公司申购或赎回 ETF 份额。

ETF 与封闭式基金、开放式基金的本质区别有以下几点。

（1）ETF 的交易方式与一般的开放式基金不同。它可以在证券交易所上市交易，如同买卖股票一般简单。

（2）ETF 的申购、赎回机制与一般的开放式基金不同。其申购、赎回必须以一揽子股票（或有少量现金）换取基金份额或者以基金份额换回一揽子股票（或有少量现金）。由于存在这种特殊的实物申购赎回机制，投资者可以在 ETF 二级市场的交易价格与基金单位净值之间存在差价时进行套利交易。

（3）ETF 的价格表现与一般的封闭式基金不同。实物申购赎回机制引起的套利交易，保证了 ETF 的市场价格与其基金单位净值基本趋于一致，从而避免了封闭式基金普遍存在的折价问题。

我国的 ETF 基金主要有华安 180ETF、易方达深 100ETF、友邦华泰红利 ETF、华夏 50ETF、华夏中小板 ETF 等。

6. LOF 基金

LOF（Listed Open-ended Fund）基金，为"上市型开放式基金"。也就是上市型开放式基金发行结束后，投资者既可以在指定网点申购或赎回基金份额，也可以在交易所买卖该基金。不过投资者如果是在指定网点申购的基金份额，想要上网抛出，须办理一定的转托管手续；同样，如果是在交易所网上买进的基金份额，想要在指定网点赎回，也要办理一定的转托管手续。

LOF 基金与 ETF 基金是一个比较容易混淆的概念。因为它们都具备开放式基金可申购、赎回和份额可在场内交易的特点。实际上两者存在本质区别。

ETF 指可在交易所交易的基金。ETF 通常采用完全被动式管理方法，以拟合某一指数为目标。它为投资者同时提供了交易所交易以及申购、赎回两种交易方式：一方面，与封闭式基金一样，投资者可以在交易所买卖 ETF，而且可以像股票一样卖空和进行保证金交易（如果该市场允许股票交易采用这两种形式）；另一方面，与开放式基金一样，投资者可以申购和赎回 ETF，但在申购和赎回时，ETF 与投资者交换的是基金份额和"一揽子"股票。ETF 具有税收优势、成本优势和交易灵活的特点。

LOF 是对开放式基金交易方式的创新，其更具现实意义：一方面，LOF 为"封转开"提供技术手段。对于封闭转开放，LOF 是个继承了封闭式基金特点、增加投资者退出方式的解决方案，对于封闭式基金采取 LOF 完成封闭转开放，不仅是基金交易方式的合理转型，也是开放式基金对封闭式基金的合理继承。另一方面，LOF 的场内交易减少了赎回压力。此外，LOF 为基金公司增加了销售渠道，缓解了银行的销售瓶颈。

LOF 与 ETF 的相同之处是二者同时具备了场外和场内的交易方式，二者同时为投资者提供了套利的可能。此外，LOF 与目前的开放式基金的不同之处在于它增加了场内交易带来的交易灵活性。

7. 对冲基金

对冲基金起源于 20 世纪 60 年代的美国华尔街，最初以投资于股票为主。不同于一般投资者的策略是，该基金一般在购入某几种股票的同时又卖空另外几种股票。而被卖空的股票是为基金经理所看淡、预计价格会短期下跌的，故此基金可以从市场借来股票抛空，当股票价格最终下跌时，基金再以较低价格回购股票，偿还给借出股票的机构，从中赚取差额利润。对冲基金成立的原意是减少风险，让基金在股票市场下跌时也可赚取利润。当预计股票市场下跌或会再下跌时，基金经理会借入股票抛空；当价格已下跌后，便补购回所借股票。对冲基金主要有投资活动复杂、高杠杆的投资效应、私募筹资方式、隐蔽和灵活的投资操作等特点。

8. 期货基金

期货基金是指发行基金证券所筹集的资金主要投资于各种金融期货的证券投资基金。这种基金的证券组合主要以国际性金融期货为对象，但也不排除有一定数量的非金融期货证券甚至非证券期货。

9. 期权基金

期权基金是指发行基金证券所筹集的资金主要投资于各种金融期权的证券投资基金。这种基金的证券组合主要以国际性金融期权为对象，但也不排除有一定数量的非金融期权证券甚至非证券期权。

10. 套利基金

套利基金又称套汇基金，是指将募集的资金主要投资于国际金融市场，利用套汇技巧低买高卖进行套利以获取收益的证券投资基金。

第四节　证券投资基金的投资管理、风险及信息披露

一、证券投资基金的投资管理

1. 证券投资基金的投资范围

目前，证券投资基金的投资范围包括证券市场上所有的证券，如股票、国债、企业债、金融债、可转债、货币市场工具、权证、资产证券化产品等。但具体到每一个基金，由于其投资目标的不同而有所区别。股票型基金以股票投资为主，而不同风格类型的股票型基金所选择的股票种类也不相同，如价值型基金主要选择那些盈利水平和经营都很稳定的上市公司进行投资，成长型基金主要选择那些盈利增长水平高的上市公司进行投资，指

数基金主要投资于证券指数的成分股，债券型基金主要投资于各种债券，货币市场基金仅投资于货币市场工具等。

我国《基金法》规定，基金财产应当用于下列投资：第一，上市交易的股票、债券；第二，国务院证券监督管理机构规定的其他证券品种。因此，证券投资基金的投资范围为股票、债券等金融工具。目前我国的基金主要投资于国内依法公开发行上市的股票、非公开发行股票、国债、企业债券和金融债券、公司债券、货币市场工具、资产支持证券、权证等。

2. 证券投资基金的投资限制

对基金投资进行限制的主要目的有：一是引导基金分散投资，降低风险；二是避免基金操纵市场；三是发挥基金引导市场的积极作用。

按照《基金法》和其他相关法规的规定，基金财产不得用于下列投资或者活动：承销证券；向他人贷款或者提供担保；从事承担无限责任的投资；买卖其他基金份额，但是国务院另有规定的除外；向其基金管理人、基金托管人出资或者买卖其基金管理人、基金托管人发行的股票或者债券；买卖与其基金管理人、基金托管人有控股关系的股东或者与其基金管理人、基金托管人有其他重大利害关系的公司发行的证券或者承销期内承销的证券；从事内幕交易、操纵证券交易价格及其他不正当的证券交易活动；依照法律、行政法规有关规定，由国务院证券监督管理机构规定禁止的其他活动。

此外，基金管理人运用基金财产进行证券投资，不得有下列情形：

（1）一只基金持有一家上市公司的股票，其市值超过基金资产净值的10％；

（2）同一基金管理人管理的全部基金持有一家公司发行的证券超过该证券的10％；

（3）基金财产参与股票发行申购，单只基金所申报的金额超过该基金的总资产，单只基金所申报的股票数量超过拟发行股票公司本次发行股票的总量；

（4）违反基金合同关于投资范围、投资策略和投资比例等约定；

（5）中国证监会规定禁止的其他情形。

完全按照有关指数的构成比例进行证券投资的基金品种可以不受第（1）、（2）项规定的比例限制。

二、证券投资基金的风险

证券投资基金的风险是指基金管理人将募集资金投资于证券市场，由于收益的不确定性而可能导致的收益损失。风险主要来自于以下三个方面。

1. 市场风险

投资者购买基金，相对于购买股票而言，由于能有效地分散投资和利用专家优势，可能对控制风险有利，但其收益风险依然存在。分散投资虽能在一定程度上消除来自于个别公司的非系统风险，但市场的系统风险却无法消除。

2. 基金公司管理能力的风险

基金管理者相对于其他普通投资者而言，在风险管理方面确实有某些优势，如基金能较好地认识风险的性质、来源和种类，能较准确地度量风险并通常能够按照自己的投资目标和风险承受能力构造有效的证券组合，在市场变动的情况下，及时地对投资组合进行更新，从而将基金资产风险控制在预定的范围内。但是，基金管理人由于在知识水平、管理经验、信息渠道和处理技巧等方面存在差异，其管理能力也有所不同。

3. 基金份额不稳定的风险

基金按照募集资金的规模制定相应的投资计划，并制定一定的中长期投资目标。其前提是基金份额能够保持相应的稳定。当基金管理人管理和运作的基金发生巨额赎回，足以影响到基金的流动性时，不得不迫使基金管理人做出降低股票仓位的决定，从而被动地调整投资组合，影响既定的投资计划，使基金投资者的收益受到影响。

三、证券投资基金的信息披露

依靠强制性信息披露，培育和完善市场运行机制，增强市场参与各方对市场的理解和信心，是世界各国证券市场监管的普遍做法，基金市场作为证券市场的组成部分也不例外。基金持有人作为委托人有权利了解基金运作和资产变动的相关信息。通过强制性的信息披露，实现基金信息的真实、准确、完整、公平、及时的披露，基金运作的透明度得以增强，基金当事人，特别是基金持有人的合法权益就可以得到有效的保护。基金信息披露主要包括募集信息披露、运作信息披露和临时信息披露。

（1）基金募集信息披露主要是披露基金的组成文件和招募文件，具体是指披露基金招募说明书、基金的上市公告书等。

（2）基金运作信息披露主要是为了让基金的持有人及时地了解基金的经营业绩、基金资产的增长以及基金的投资组合是否符合基金承诺的投资方向。按照我国的规定，证券投资基金定期披露的信息包括年度报告、中期报告、投资组合公告、基金资产净值公告、公开说明书（适用于开放式基金）。

（3）基金临时信息披露是指基金发生重大事件时，有关信息披露义务人应当于第一时间报告中国证监会及基金上市的证券交易所，并编制临时报告书，经上市的证券交易所核准后予以公告，同时报中国证监会。重大事件是指可能对基金持有人权益及基金单位的交易价格产生重大影响的事件，包括基金持有人大会决议、基金管理人或基金托管人变更及重大人事变动等。

（第五节　证券投资基金的费用、利润分配及估值

一、证券投资基金的费用

1. 基金管理费

基金管理费是指从基金资产中提取并支付给基金管理人的管理报酬，其数额一般是按照基金资产净值的一定比例计算的。基金管理人是基金资产的管理者和运用者，对基金资产的保值和增值起着决定性的作用。因此，基金管理费收取的比例比其他费用要高。基金管理费是基金管理人的主要收入来源。基金管理费通常按照每个估值日基金资产净值的一定比例（年率）逐日计算，按月支付。费率的大小通常与基金规模成反比，与风险成正

比。基金规模越大，风险越小，管理费率就越低；反之，则越高。不同的国家及不同种类的基金，管理费率不完全相同。

2. 基金托管费

基金托管费是指基金托管人为基金提供服务而向基金或基金公司收取的费用。托管费通常按照基金资产净值的一定比例提取，逐日计算并累计，至每月末时支付给托管人，此费用也是从基金资产中支付，不须另向投资者收取。基金的托管费计入固定成本。基金托管费收取的比例与基金规模和所在地区有一定关系，通常基金规模越大，基金托管费费率越低。新兴市场国家和地区的托管费收取比例相对要高。托管费年费率国际上通常为0.2％左右，美国一般为0.2％，我国内地及台湾、香港地区则为0.25％。

3. 基金运作费

基金运作费包括支付注册会计师费、律师费、召开年会费用、中期和年度报告的印刷制作费以及买卖有价证券的手续费等。这些开销和费用是作为基金的营运成本支出的。运作费占资产净值的比率较小，通常会在基金契约中事先确定，并按有关规定支付。

4. 基金的宣传费用

基金的宣传费用是指基金支付广告费、宣传品支出、公开说明书和年报中报的印刷制作费、销售人员佣金、股票经纪人及财务顾问的佣金等营销费用。

5. 不列入基金费用的项目

基金管理人和基金托管人因未履行或未完全履行义务导致的费用支出或基金财产的损失，以及处理与基金运作无关的事项发生的费用等不列入基金费用。基金合同生效前所发生的信息披露费、律师费和会计师费以及其他费用不从基金财产中支付。

基金管理人和基金托管人可根据基金发展情况调整基金管理费率和基金托管费率。基金管理人必须最迟于新的费率实施日2日前在指定媒体上刊登公告。

二、证券投资基金的利润分配

证券投资基金的收益是基金资产在运作过程中所产生的超过本金部分的价值。基金收益主要来源于基金投资所得红利、股息、债券利息、买卖证券差价、银行存款利息以及其他收入。

证券投资基金的利润分配一般应作如下准备。

1. 确定收益分配的内容

确切地说，基金分配的客体是净收益，即基金收益扣除按照有关规定应扣除的费用后的余额。这里所说的应扣除的费用一般包括：支付给基金管理公司的管理费、支付给托管人的托管费、支付给注册会计师和律师的费用及基金设立时发生的其他费用等。基金当年净收益应先弥补上一年亏损后才可进行当年收益分配，若基金投资当年净亏损，则不应进行收益分配。需要特别指出的是，上述收益和费用数据都须经过具备从事证券相关业务资格的会计师事务所和注册会计师事务所确认后，方可实施分配。

2. 确定收益分配的比例和时间

每个基金的分配比例和时间都各不相同，通常是在不违反国家有关法律、法规的前提下，在基金契约或基金公司章程中事先载明。在分配比例上，美国有关法律规定基金必须将净收益的95%分配给投资者。而我国的《证券投资基金管理暂行办法》则规定，基金收益分配比例不得低于基金净收益的90%。在分配时间上基金每年应至少分配收益一次。

3. 确定收益分配的对象

无论是封闭式基金还是开放式基金，其收益分配的对象均为在特定时日持有基金单位的投资者。基金管理公司通常需规定获得收益分配权的最后权益登记日。凡在这天交易结束后列于基金持有人名册上的投资者方有权享受此次收益分配。

4. 确定收益分配的方式

基金一般有以下三种分配方式。

第一种是分配现金，这是基金收益分配的最普遍的形式。

第二种是分配基金单位，即将应分配的净收益折为等额的新的基金单位送给投资者。这种分配形式类似于通常所言的"送股"，实际上是增加了基金的资本总额和规模。

第三种为不分配。既不送基金单位，也不分配现金，而是将净收益列入本金进行再投资，体现为基金单位资产净值的增加。

我国《证券投资基金管理暂行办法》仅允许采用第一种形式，我国台湾地区则采用第一种和第三种相结合的分配方式，而美国用得最多的方式是第一种和第二种。

5. 确定收益分配的支付方式

收益分配的支付方式关系到投资者如何领取应归属于他们的那部分收益的问题。通常而言，支付现金时，由托管人通知基金持有人亲自来领取，或汇至持有人的银行账户；在分配基金单位的情况下，指定的证券公司将会把分配的基金单位份额打印在投资者的基金单位持有证明上。

尽管基金通过组合投资分散风险，通常能使投资者以较低的风险（比股票低）获得较高的收益（比债券高），但是，基金管理人对基金的未来收益是不作任何保证的。事实上，某些基金由于管理人运作不成功，也会发生收益极低甚至亏损的情况。

三、证券投资基金的估值

证券投资的基金估值是指按照公允价格对基金资产和负债的价值进行计算、评估，以确定基金资产净值和基金份额净值的过程。

基金资产净值又称基金单位净值，即每份基金单位的净资产价值，等于基金的总资产减去总负债后的余额再除以基金全部发行的单位份额总数。基金资产净值计算的公式为：

$$单位基金资产净值＝（总资产－总负债）÷基金份额总数$$

其中，总资产是指基金拥有的所有资产（包括股票、债券、银行存款和其他有价证券等）按照公允价格计算的资产总额。总负债是指基金运作及融资时所形成的负债，包括应付给他人的各项费用、应付资金利息等。基金份额总数是指当时发行在外的基金份额的总量。

基金估值是计算份额基金资产净值的关键。基金往往分散投资于证券市场的各种投资工具，如股票、债券等。由于这些资产的市场价格是不断变动的，所以，只有每日对份额基金资产净值重新计算，才能及时反映基金的投资价值。基金资产的估值原则如下。

（1）上市股票和债券按照计算日的收市价计算，该日无交易的，按照最近一个交易日的收市价计算。

（2）未上市的股票以其成本价计算。

（3）未上市国债及未到期定期存款，以本金加计至估值日的应计利息额计算。

（4）遇特殊情况无法或不宜以上述规定确定资产价值时，基金管理人依有关规定办理。

无论哪一种基金，在初次发行时即将基金总额分成若干个等额的整数份，每一份即为一个"基金份额"。在基金的运作过程中，基金份额价格会随着基金资产值和收益的变化而变化。为了比较准确地对基金进行计价和报价，使基金价格能较准确地反映基金的真实价值，就必须对某个时点上每基金份额实际代表的价值予以估算，并将估值结果以资产净值公布。

思 考 题

1. 证券投资基金与股票、债券、储蓄的区别是什么？
2. 证券投资基金的参与主体有哪些？
3. 试述基金当事人之间的关系。
4. 简述封闭式基金与开放式基金的区别。
5. 简述基金信息披露的必要性及信息披露的内容。

练 习 题

● 单项选择题

1. 投资基金的风险可能小于（　　）。

   A. 股票　　　　B. 固定利率债券　C. 浮动利率债券　D. 债券

2. 认购公司型基金的投资人是基金公司的（　　）。

   A. 债权人　　　B. 受益人　　　　C. 股东　　　　D. 委托人

3. 契约型证券投资基金反映的是（　　）。

   A. 所有权关系　　　　　　　　　B. 债权债务关系

   C. 委托代理关系　　　　　　　　D. 信托关系

4. 封闭式基金期满终止，清产核资后的（　　）应按投资者出资比例分配。

   A. 基金总资产　　　　　　　　　B. 基金资本

   C. 未分配收益　　　　　　　　　D. 基金资产净值

5. 买卖封闭式基金在基金价格之外要支付的费用为（　　）。

   A. 手续费　　　B. 印花税　　　　C. 申购费　　　D. 赎回费

6. 依照《中华人民共和国证券投资基金法》规定，设立基金管理公司，注册资本不得低于（　　）亿元人民币，且必须为实缴货币资本。

   A. 1　　　　　　B. 2　　　　　　C. 3　　　　　　D. 0.5

7. 债券基金收益与市场利率的关系是（　　）。

    A. 同方向变动　　　B. 反方向变动　　　C. 无关的　　　　　D. 不确定的

8. 股票基金的投资目标侧重于追求（　　）。

    A. 公司控制权　　　B. 利息收入　　　　C. 优先认股权　　　D. 资本利得

9. 在以下几种基金中，管理费率最低的是（　　）。

    A. 货币基金　　　　　　　　　　　　　B. 股票基金

    C. 债券基金　　　　　　　　　　　　　D. 认股权证基金

10. 基金的托管费用通常（　　）计算并累计。

    A. 逐日　　　　　　B. 逐周　　　　　　C. 逐月　　　　　　D. 逐年

多项选择题

1. 证券投资基金的作用包括（　　）。

    A. 基金为中小投资者拓宽了投资渠道

    B. 有利于证券市场的稳定与发展

    C. 有利于增加国家的税收收入

    D. 有利于证券市场的国际化

2. 开放式基金的特点有（　　）。

    A. 没有预定存续期限

    B. 没有发行规模限制

    C. 可以上市交易

    D. 每个交易日连续公布基金份额净资产

3. 影响封闭式基金单位价格的直接因素有（　　）。

    A. 资产净值　　　　B. 基金收益　　　　C. 市场供求状况　　D. 基金风险

4. 公开披露基金信息时，不得有下列（　　）行为。

    A. 虚假记载、误导性陈述或重大遗漏

    B. 对证券投资业绩进行预测

    C. 承诺收益或承担损失

    D. 诋毁其他基金管理人、基金托管人或者基金份额发售机构

5. 指数基金的优点主要有（　　）。

    A. 费用低廉　　　　　　　　　　　　　B. 风险较小

    C. 收益率高　　　　　　　　　　　　　D. 可作为避险套利的工具

判断题

1. 截至 2009 年底，我国的证券投资基金中，开放式基金无论是在基金数量还是净资产总额上都占绝对比重。（　　）

2. 封闭式基金的买卖价格受市场供求关系的影响，常出现溢价或折价现象，并不必然反映单位基金份额的资产净值。（　　）

3. 契约型基金的资金是通过发行基金份额筹集起来的信托财产；公司型基金的资金是通过发行普通股票筹集起来的公司法人的资本。（　　）

4. 基金由专业投资人士经营管理，其投资经验比较丰富，收集和分析信息的能力较强，投资行为相对理性，客观上能起到稳定市场的作用。（　　）

5. 开放式基金一般每周或更长时间公布一次基金份额资产净值，而封闭式基金一般每个交易日连续公布。（　　）

案例分析

兴华证券投资基金利润分配公告

兴华证券投资基金（以下简称"本基金"）基金合同于 1998 年 4 月 28 日生效，截至 2009 年 12 月 31 日本基金的可供分配利润为 1 179 320 121.86 元。根据《证券投资基金运作管理办法》、《兴华证券投资基金基金合同》的有关规定，经基金管理人华夏基金管理有限公司（以下简称"本公司"）计算，并由基金托管人中国建设银行股份有限公司复核，本公司决定以截至 2009 年 12 月 31 日本基金的可供分配利润为准，向本基金的份额持有人按每 10 份基金份额派发现金红利 5.31 元。现公告如下：

一、利润分配时间

1. 权益登记日：2010 年 1 月 29 日

2. 除息日：2010 年 2 月 1 日

3. 红利发放日：2010 年 2 月 4 日

二、利润分配方案

本次利润分配方案为：向全体基金份额持有人按每 10 份基金份额派发 5.31 元的现金红利，共计 1 062 000 000.00 元。

三、利润分配对象

2010 年 1 月 29 日下午上海证券交易所交易结束后，在中国证券登记结算有限责任公司上海分公司登记在册的本基金全体基金份额持有人。

（资料来源：《上海证券报》，2010 年 01 月 26 日）

分析：通过阅读以上资料，分析兴华基金的利润分配方式。

第五章　金融衍生工具

学习目标

　　掌握金融衍生工具的概念、基本特征和分类，了解金融衍生工具产生和发展的原因以及金融衍生工具最新的发展趋势；掌握金融期货的基本功能、类型以及金融期货交易的特征，掌握金融互换的特征，掌握期权类金融衍生产品的相关知识，了解其他金融衍生工具的相关知识。

案例导入

"327"国债期货事件

　　"327"国债期货事件的主角是1992年发行的三年期国库券，该券发行总量为240亿元，1995年6月到期兑付，利率是9.5%的票面利息加保值贴补率，但财政部是否对之实行保值贴补并不确定。1995年2月后，其价格一直在147.80元和148.30元之间徘徊，但随着对财政部是否实行保值贴补的猜测和分歧的增加，"327"国债期货价格发生大幅变动。以万国证券公司为代表的空方主力认为1995年1月起通货膨胀已见顶回落，不会贴息，坚决做空；而其对手方中经开则依据物价翘尾、周边市场"327"品种价格普遍高于上海，以及提前了解了财政部决策动向等因素，坚决做多，不断推升价位。

　　1995年2月23日，一直在"327"品种上联合做空的辽宁国发（集团）有限公司抢先得知"327"贴息消息，立即由做空改为做多，使得"327"品种在一分钟内上涨2元，10分钟内上涨3.77元。做空主力万国证券公司立即陷入困境，按照其当时的持仓量和价位，一旦期货合约到期，履行交割义务，其亏损将高达60多亿元。为维护自己的利益，"327"合约空方主力在148.50价位封盘失败后，在交易结束前最后8分钟，空方主力大量透支交易，以700万手、价值1 400亿元的巨量空单，将价格打压至147.50元收盘，使"327"合约暴跌3.8元，并使当日开仓的多头全线爆仓。

　　"327"国债交易中的异常情况震惊了证券市场。事发当日晚间，上交所召集有关各方紧急磋商，最终权衡利弊，确认空方主力恶意违规，宣布最后 8 分钟所有的"327"品种期货交易无效，各会员之间实行协议平仓。

分析：金融衍生产品面临哪些交易风险？

第一节 金融衍生工具概述

一、金融衍生工具的定义和基本特征

1. 金融衍生工具的定义

金融衍生工具也叫衍生金融资产，又称"金融衍生产品"，是与基础金融产品相对应的一个概念，指建立在基础产品或基础变量之上，其价格随基础金融产品的价格（或数值）变动的派生金融产品。这里所说的基础产品是一个相对的概念，不仅包括现货金融产品（如债券、股票、银行定期存款单等），也包括金融衍生工具。作为金融衍生工具基础的变量则包括利率、汇率、各类价格指数甚至天气（温度）指数等。

2. 金融衍生工具的基本特征

由金融衍生工具的定义可以看出，它们具有下列四个显著特征。

（1）跨期性。金融衍生工具是交易双方通过对利率、汇率、股价等因素变动趋势的预测，约定在未来某一时间按照一定条件进行交易或选择是否交易的合约。无论是哪一种金融衍生工具，都会影响交易者在未来一段时间内或未来某时点上的现金流，跨期交易的特点十分突出。这就要求交易双方对利率、汇率、股价等价格因素的未来变动趋势作出判断，而判断的准确与否直接决定了交易者的交易盈亏。

（2）杠杆性。金融衍生工具交易一般只需要支付少量的保证金或权利金就可签订远期大额合约或互换不同的金融工具。例如，若期货交易保证金为合约金额的 5％，则期货交易者可以控制 20 倍于所投资金额的合约资产，实现以小搏大的效果。在收益可能成倍放大的同时，投资者所承担的风险与损失也会成倍放大，基础工具价格的轻微变动也许就会给投资者带来大盈或大亏。金融衍生工具的杠杆效应在一定程度上决定了它的高投机性和高风险性。

（3）联动性。联动性指金融衍生工具的价值与基础产品或基础变量紧密联系、规则变动。

（4）不确定性或高风险性。金融衍生工具的交易后果取决于交易者对基础工具（变量）未来价格（数值）的预测和判断的准确程度。基础工具价格的变幻莫测决定了金融衍生工具交易盈亏的不稳定性，这是金融衍生工具高风险性的重要诱因。金融衍生工具还伴随着以下几种风险：

①交易中对方违约，没有履行所作承诺造成损失的信用风险；

②因资产或指数价格不利变动可能带来损失的市场风险；

③因市场缺乏交易对手而导致投资者不能平仓或变现所带来的流动性风险；

④因交易对手无法按时付款或交割可能带来的结算风险；

⑤因交易或管理人员的人为错误或系统故障、控制失灵而造成的运作风险；

⑥因合约不符合所在国法律，无法履行或合约条款遗漏及模糊导致的法律风险。

二、金融衍生工具的分类

1. 按照金融衍生工具自身交易的方法及特点分

按照自身交易的方法及特点，金融衍生工具可分为金融远期合约、金融期货、金融期权、金融互换、结构化金融衍生工具。

（1）金融远期合约是指合约双方同意在未来日期按照固定价格买卖基础金融资产的合约。金融远期合约规定了将来交割的资产、交割的日期、交割的价格和数量，合约条款根据双方需求协商确定。金融远期合约主要包括远期利率协议、远期外汇合约和远期股票合约。

（2）金融期货是指买卖双方在有组织的交易所内以公开竞价的形式达成的，在将来某一特定时间交收标准数量特定金融工具的协议。金融期货主要包括货币期货、利率期货、股票指数期货和股票期货四种。

（3）金融期权是指合约买方向卖方支付一定费用，在约定日期内（或约定日期）享有按事先确定的价格向合约卖方买卖某种金融工具的权利的契约。金融期权包括现货期权和期货期权两大类。除交易所交易的标准化期权、权证之外，还存在大量场外交易的期权，这些新型期权通常被称为"奇异型"期权。

（4）金融互换是指两个或两个以上的当事人按共同商定的条件，在约定的时间内定期交换现金的金融交易。金融互换可分为货币互换、利率互换和股权互换等类别。

（5）结构化金融衍生工具。上述四种常见的金融衍生工具通常称为建构模块工具，它们是最简单和最基础的金融衍生工具，而利用其结构化特性，通过相互结合或者与基础金融工具相结合，能够开发设计出更多具有复杂特性的金融衍生产品，通常被称为结构化金融衍生工具，或简称为结构化产品。例如，在股票交易所交易的各类结构化票据、目前我国各家商业银行推广的外汇结构化理财产品等都是其典型代表。

2. 按照基础工具种类分

按照基础工具种类，金融衍生工具包括股权类产品的衍生工具、货币衍生工具、利率衍生工具、信用衍生工具。

（1）股权类产品的衍生工具是指以股票指数为基础工具的金融衍生工具，主要包括股票期货、股票期权、股票指数期货、股票指数期权以及上述合约的混合交易合约。

（2）货币衍生工具是指以各种货币作为基础工具的金融衍生工具，主要包括远期外汇合约、货币期货、货币期权、货币互换以及上述合约的混合交易合约。

（3）利率衍生工具是指以利率或利率的载体为基础工具的金融衍生工具，主要包括远期利率协议、利率期货、利率期权、利率互换以及上述合约的混合交易合约。

（4）信用衍生工具是指以基础产品所蕴含的信用风险或违约风险为基础变量的金融衍生工具，用于转移或防范信用风险，是20世纪90年代以来发展最为迅速的一类衍生产品，主要包括信用互换、信用联结票据等。

3. 按照产品形态分

按照产品形态，金融衍生工具分为独立衍生工具和嵌入式衍生工具。

（1）独立衍生工具包括远期合同、期货合同、互换和期权，以及具有远期合同、期货合同、互换和期权中一种或一种以上特征的工具。

独立衍生工具具有下列特征：

①其价值随特定利率、金融工具价格、商品价格、汇率、价格指数、费率指数、信用等级、信用指数或其他类似变量的变动而变动，变量为非金融变量的，该变量与合同的任一方不存在特定关系；

②不要求初始净投资，或与对市场情况变化有类似反应的其他类型合同相比，要求很少的初始净投资；

③在未来某一日期结算。

（2）嵌入式衍生工具是指嵌入到非衍生工具（即主合同）中，使混合工具的全部或部分现金流量随特定利率、金融工具价格、商品价格、汇率、价格指数、费率指数、信用等级、信用指数或其他类似变量的变动而变动的衍生工具。嵌入式衍生工具与主合同构成混合工具，如可转换公司债券等。

4. 按照交易场所分

按照交易场所，金融衍生工具包括交易所交易的衍生工具和OTC交易的衍生工具。

（1）交易所交易的衍生工具是指在有组织的交易所上市交易的衍生工具。例如，在股票交易所交易的股票期权产品，在期货交易所和专门的期权交易所交易的各类期货合约、期权合约等。

（2）OTC交易的衍生工具是指通过各种通信设备，不通过集中的交易所，实行分散的、一对一交易的衍生工具。例如，金融机构之间、金融机构与大规模交易之间进行的各种互换和信用衍生品交易。

三、金融衍生工具的产生原因与发展趋势

1. 金融衍生工具产生的最基本原因是避险

20世纪70年代以来，随着美元的不断贬值，布雷顿森林体系崩溃，国际货币制度由固定汇率制走向浮动汇率制。1973年和1978年两次石油危机使西方国家经济陷于滞胀，为对付通货膨胀，美国不得不运用利率工具，这又使金融市场的利率波动剧烈。利率的升降会引起证券价格的反方向变化，并直接影响投资者的收益。面对利市、汇市、债市、股市发生的前所未有的波动，市场风险急剧放大，迫使商业银行、投资机构、企业寻找可以规避市场风险、进行套期保值的金融工具，金融期货、期权等金融衍生工具便应运而生。

2. 20世纪80年代以来的金融自由化进一步推动了金融衍生工具的发展

金融自由化是指政府或有关监管当局对限制金融体系的现行法令、规则、条例及行政管制予以取消或放松，以形成一个较宽松、自由、更符合市场运行机制的新的金融体制。金融自由化一方面使利率、汇率、股价的波动更加频繁、剧烈，使投资者迫切需要可以回避市场风险的工具；另一方面，金融自由化又促进了金融竞争。

3. 金融机构的利润驱动是金融衍生工具产生和迅速发展的又一重要原因

金融机构通过金融衍生工具的设计开发以及担任中介，显著地推进了金融衍生工具的发展。金融中介机构积极参与金融衍生工具的发展主要有两方面原因。

一是在金融机构进行资产负债管理的背景下，金融衍生工具业务属于表外业务，既不影响资产负债表状况，又能带来手续费等各项收入。1988年国际清算银行（BIS）制定的《巴塞尔协议》规定：开展国际业务的银行必须将其资本对加权风险资产的比率维持在8%以上，其中核心资本至少为总资本的50%。这一要求促使各国银行大力拓展表外业务，相继开发了既能增进收益又不扩大资产规模的金融衍生工具，如期权、互换、远期利率协议等。

二是金融机构可以利用自身在金融衍生工具方面的优势，直接进行自营交易，扩大利润来源。为此，金融衍生工具市场吸引了为数众多的金融机构。不过，由于越来越多的金融机构尤其是商业银行介入了金融衍生工具交易，引起了监管机构的高度关注，目前新的《巴塞尔协议Ⅱ》对国际性商业银行从事衍生工具业务也规定了资本金要求。

4. 新技术革命为金融衍生工具的产生与发展提供了物质基础与手段

随着计算机和通信技术突飞猛进的发展，计算机网络、信息处理在国际金融市场的广泛应用，为个人和机构从事金融衍生工具提供了物质基础与手段。

衍生工具极强的派生能力和高度的杠杆性使其发展速度十分惊人。考虑到商业银行在整个金融行业内的显著地位，可以毫不夸张地说，目前基础金融产品与衍生工具之间已经形成了"倒金字塔"结构，单位基础产品所支撑的衍生工具数量越来越大。

面对如此规模庞大、变幻莫测的衍生品市场，有人为之欢欣鼓舞，认为衍生工具的发展充分分散了金融风险，增强了金融体系的健全性；也有人认为衍生工具不但未从根本上化解了金融风险，还带来了额外的风险，最终将导致金融体系的崩溃。

于是，不论对待衍生工具的态度有怎样大的差异，有一点可以肯定，作为一种仍处于快速发展中的"存在"，人类恐怕只能和它们长期共处了，既然如此，那么了解这个领域的知识对增进全社会的福利将是有益的。

第二节　金融期货与互换

通常可以根据交易合约的签订与实际交割之间的关系，将市场交易的组织形态划分为三类。第一类是现货交易，其特征是"一手交钱，一手交货"，即以现款买现货方式进行交易；第二类是远期交易，是指双方约定在未来某时刻（或时间段内）按照现在确定的价格进行交易；第三类是期货交易，是指在交易所进行的标准化的远期交易。

一、金融期货概述

1. 金融期货的定义

金融期货是期货交易的一种。期货交易是指交易双方在集中的交易所市场以公开竞价方式所进行的期货合约的交易。而期货合约则是由交易双方订立的、约定在未来某日期按成交时约定的价格交割一定数量的某种商品的标准化协议。金融期货合约的基础工具是各种金融工具（或金融变量），如外汇、债券、股票、股价指数等。换言之，金融期货是以金融工具（或金融变量）为基础工具的期货交易。

2. 金融期货交易的特征

与金融现货交易相比，金融期货交易的特征具体表现在以下几个方面。

（1）交易对象不同。金融现货交易的对象是某一具体形态的金融工具，通常，它是代表着一定所有权或债权关系的股票、债券或其他金融工具；而金融期货交易的对象是金融期货合约。金融期货合约是由期货交易所设计的一种对指定金融工具种类、规格、数量、交收月份、交收地点都作出统一规定的标准化书面协议。

（2）交易目的不同。金融工具现货交易的首要目的是筹资或投资，即为生产和经营筹集必要的资金，或为暂时闲置的货币资金寻找生息获利的投资机会。金融期货交易的主要目的是套期保值，即为不愿承担价格风险的生产经营者提供稳定成本的条件，从而保证生产经营活动的正常进行。与现货交易相似，金融期货交易也可以进行套利、投机活动，但通常金融期货交易具有更高的交易杠杆。

（3）交易价格的含义不同。金融现货的交易价格是在交易过程中通过公开竞价或协商议价形成的，这一价格是实时的成交价，代表在某一时点上供求双方都能接受的市场均衡价格。金融期货的交易价格也是在交易过程中形成的，但这一交易价格是对金融现货未来价格的预期，这相当于在交易的同时发现了金融现货基础工具（或金融变量）的未来价格。因此，从这个意义上看，期货交易过程也就是未来价格的发现过程。

（4）交易方式不同。金融工具现货交易一般要求在成交后的几个交易日内完成资金与金融工具的全额结算，成熟市场中通常也允许进行保证金买入或卖空，但所涉及的资金或证券缺口部分是由经纪商出借给交易者，并收取相应利息。期货交易则实行保证金交易和逐日盯市制度，交易者并不需要在成交时拥有或借入全部资金或基础金融工具。

（5）结算方式不同。金融现货交易通常以基础金融工具与货币的转手而结束交易活动。而在金融期货交易中，仅有极少数的合约到期进行实物交收，绝大多数的期货合约是通过做相反交易实现对冲而平仓的。

3. 金融期货的基本功能

金融期货具有四项基本功能：套期保值功能、价格发现功能、投机功能和套利功能。

（1）套期保值功能。套期保值是指通过在现货市场与期货市场建立相反的头寸，从而锁定未来现金流的交易行为。

①套期保值原理。期货交易之所以能够套期保值，其基本原理在于某一特定商品或金融工具的期货价格和现货价格受相同经济因素的制约和影响，从而它们的变动趋势大致相同；而且，现货价格与期货价格在走势上具有收敛性，即当期货合约临近到期日时，现货价格与期货价格将逐渐趋同。因此，若同时在现货市场和期货市场建立数量相同、方向相反的头寸，则到期时不论现货价格上涨或是下跌，两种头寸的盈亏恰好抵消，使套期保值者避免承担风险损失。

②套期保值的基本做法。套期保值的基本做法是：在现货市场买进或卖出某种金融工具的同时，做一笔与现货交易品种、数量、期限相当但方向相反的期货交易，以期在未来某一时间通过期货合约的对冲，以一个市场的盈利来弥补另一个市场的亏损，从而规避现

货价格变动带来的风险，实现保值的目的。

③套期保值的基本类型。套期保值的基本类型有两种。一是多头套期保值，是指持有现货空头（如持有股票空头者）的交易者担心将来现货价格上涨（如股市大盘上涨）而给自己造成经济损失，于是买入期货合约（建立期货多头）；若未来现货价格果真上涨，则持有期货头寸所获得的盈利正好可以弥补现货头寸的损失。二是空头套期保值，是指持有现货多头（如持有股票多头）的交易者担心未来现货价格下跌，在期货市场卖出期货合约（建立期货空头），当现货价格下跌时以期货市场的盈利来弥补现货市场的损失。

由于期货交易的对象是标准化产品，所以，套期保值者很可能难以找到与现货头寸在品种、期限、数量上均恰好匹配的期货合约。如果选用替代合约进行套期保值操作，则并不能完全锁定未来现金流，由此带来的风险称为"基差风险"。

（2）价格发现功能。价格发现功能是指在一个公开、公平、高效、竞争的期货市场中，通过集中竞价形成期货价格的功能。期货价格具有预期性、连续性和权威性的特点，能够比较准确地反映出未来商品价格的变动趋势。期货市场之所以具有价格发现功能，是因为期货市场将众多影响供求关系的因素集中于交易所内，通过买卖双方公开竞价，集中转化为一个统一的交易价格。这一价格一旦形成，立即向世界各地传播，并影响供求关系，从而形成新的价格。如此循环往复，使价格不断趋于合理。

由于期货价格与现货价格的走势基本一致并逐渐趋同，所以，今天的期货价格可能就是未来的现货价格，这一关系使世界各地的套期保值者和现货经营者都利用期货价格来衡量相关现货商品的近、远期价格发展趋势，利用期货价格和传播的市场信息来制定各自的经营决策。这样，期货价格成了世界各地现货成交价的基础。当然，期货价格并非时时刻刻都能准确地反映市场的供求关系，但这一价格克服了分散、局部的市场价格在时间上和空间上的局限性，具有公开性、连续性、预期性的特点。应该说它比较真实地反映了一定时期世界范围内供求关系影响下的商品或金融工具的价格水平。

（3）投机功能。与所有有价证券交易相同，期货市场上的投机者也会利用对未来期货价格走势的预期进行投机交易，预计价格上涨的投机者会建立期货多头，反之则建立空头。投机者的存在对维持市场流动性具有重大意义，当然，过度的投机必须受到限制。

（4）套利功能。套利的理论基础在于经济学中所谓的"一价定律"，即忽略交易费用的差异，同一商品只能有一个价格。严格意义上的期货套利是指利用同一合约在不同市场上可能存在的短暂价格差异进行买卖，赚取差价，成为"跨市场套利"。行业内通常也根据不同品种、不同期限合约之间的比价关系进行双向操作，分别称为"跨品种套利"和"跨期限套利"，但其结果不一定可靠。对于股价指数等品种，还可以和成分股现货联系起来进行"指数套利"。期货套利机制的存在对于提高金融市场的有效性具有重要意义。

4. 金融期货的主要交易制度

（1）集中交易制度。金融期货是在期货交易所或证券交易所进行集中交易。期货交易所一般实行会员制度，是期货市场的核心。期货经纪商通常是期货经纪公司。

（2）标准化的期货合约和对冲机制。期货合约对基础金融工具的品种、交易单位、最小变动价位、每日限价、合约月份、交易时间、最后交易日、交割日、交割地点、交割方式等都作了统一规定，除某些合约品种赋予卖方一定的交割选择权外，唯一的变量是基础金融工具的交易价格。期货合约设计成标准化的合约是为了便于交易双方在合约到期前分别做一笔相反的交易进行对冲，从而避免实物交收。

（3）保证金制度。设立保证金的主要目的是当交易者出现亏损时能及时制止，防止出现不能偿付的现象。双方成交时交纳的保证金叫初始保证金。保证金的水平由交易所或结算所制定，一般初始保证金的比率为期货合约价值的5％～10％，但也有低至1％或高达18％的情况。由于期货交易的保证金比率很低，所以有高度的杠杆作用。

（4）结算所和无负债结算制度。结算所是期货交易的专门清算机构，附属于交易所，但又以独立的公司形式组建。结算所通常也采取会员制。结算所实行无负债的每日结算制度，又称逐日盯市制度。结算所成为所有交易者的对手，充当了所有买方的卖方，又是所有卖方的买方。结算所成了所有交易者的对手，也就成了所有成交合约的履约担保者，并承担了所有的信用风险，这样就可以省去成交双方对交易对手的财力、资信情况的审查，也不必担心对方是否会按时履约。

（5）限仓制度。限仓制度是交易所为了防止市场风险过度集中和防范操纵市场行为的发生而对交易者持仓数量加以限制的制度。

（6）大户报告制度。该制度可以方便交易所审查大户是否有过度投机和操纵市场的行为。交易所规定的大户报告限额小于限仓限额。如果会员或客户不在交易所规定的时间内自行平仓，交易所有权对其强行平仓。限仓制度和大户报告制度是降低市场风险，防止人为操纵，提供公开、公平、公正市场环境的有效机制。

（7）每日价格波动限制及断路器规则。为防止期货价格出现过大的非理性变动，交易所规定了一系列涨跌幅限制，达到限制之后交易暂停，目的是为了给市场充分的时间消化特定信息的影响。

二、金融期货的类型

按基础工具划分，金融期货主要有三种类型：外汇期货、利率期货、股权类期货。

1. 外汇期货

外汇期货又称货币期货，是以外汇为基础工具的期货合约，是金融期货中最先产生的品种，主要用于规避外汇风险。所谓外汇风险，又称汇率风险，是指由于外汇市场汇率的不确定性而使人们遭受损失的可能性。

2. 利率期货

利率期货是继外汇期货之后产生的又一个金融期货类别，其基础资产是一定数量的与利率相关的某种金融工具，主要是各类固定收益金融工具。利率期货主要是为了规避利率风险而产生的。固定利率有价证券的价格受到现行利率和预期利率的影响，价格变化与利率变化一般呈反向关系。

3. 股权类期货

股权类期货是以股票价格指数、单只股票或者股票组合为基础资产的期货合约。

（1）股票价格指数期货。股票价格指数是反映整个股票市场上各种股票市场价格总体水平及其变动情况的统计指标，而股票价格指数期货即是以股票价格指数为基础变量的期货交易。

股票价格指数期货的基础变量特征决定了它独特的交易规则。股价指数期货的交易单位等于基础指数的数值与交易所规定的每点价值之乘积。股价指数期货报价时直接报出基础指数数值，最小变动价位通常也以一定的指数点来表示。由于股价指数本身并没有任何的实物存在形式，所以股价指数是以现金结算方式来结束交易的。在现金结算方式下，持有至到期日仍未平仓的合约将于到期日得到自动冲销，买卖双方根据最后结算价与前一天结算价之差计算出盈亏金额，通过借记或贷记保证金账户而结清交易部位。

股票价格指数期货是为适应人们控制股市风险，尤其是系统性风险的需要而产生的。股票价格指数期货之所以能规避股票交易中的风险，主要是因为股票价格指数的变动代表了整个股市价格变动的方向和水平，而大多数股票价格的变动是与股价指数同方向的。因此，在股票现货市场和股票价格指数期货市场进行相反的操作，并通过 p 系数进行调整，就可以在一定程度上抵消股票市场面临的系统风险。

1982 年，美国堪萨斯期货交易所（KCBT）首先推出价值线指数期货，此后全球股价指数期货品种不断涌现，几乎覆盖了所有的基准指数。而我国的沪深 300 股指期货合约自 2010 年 4 月 16 日起正式上市交易，其主要内容见表 5-1。

表 5-1　沪深 300 股指期货合约的内容

合约标的	沪深 300 指数
合约乘数	每点 300 元
报价单位	指数点
最小变动价位	0.2 点
合约月份	当月、下月及随后两个季月（指 3 月、6 月、9 月、12 月）
交易时间	上午：9：15—11：30　下午：13：00—15：15
最后交易日交易时间	上午：9：15—11：30　下午：13：00—15：00
每日价格最大波动限制	上一个交易日结算价的±10%
最低交易保证金	合约价值的 15%
最后交易日	合约到期月份的第三个周五，遇国家法定假日顺延
交割日期	同最后交易日
交割方式	现金交割
交易代码	IF
上市交易所	中国金融期货交易所

（2）单只股票期货。单只股票期货是以单只股票作为基础工具的期货，买卖双方约定，以约定的价格在合约到期日买卖规定数量的股票。事实上，股票期货均实行现金交割，买卖双方只需要按规定的合约乘数乘以价差，盈亏以现金方式进行交割。为防止操纵市场行为，并不是所有上市交易的股票均有期货交易，交易所通常会选取流通盘较大、交易比较活跃的股票推出相应的期货合约，并且对投资者的持仓数量进行限制。以香港交易

所为例，目前有 42 只上市股票有期货交易。

（3）股票组合的期货。股票组合的期货是金融期货中最新的一类，是以标准化的股票组合为基础资产的金融期货，芝加哥商业交易所（CME）基于美国证券交易所的交易所交易基金（ETF）的期货最具代表性。目前，有 3 只交易所交易基金的期货在 CME 上市交易。

三、金融互换

1. 金融互换的定义

金融互换是指两个或两个以上的当事人按共同商定的条件，在约定的时间内定期交换现金流的金融交易，可分为货币互换、利率互换、股权互换、信用互换等类别。从交易结构上看，可以将互换交易视为一系列远期交易的组合。自 1981 年美国所罗门兄弟公司为 IBM 和世界银行办理首笔美元与马克和瑞士法郎之间的货币互换业务以来，互换市场的发展非常迅猛，目前，按名义金额计算的互换交易已经成为最大的衍生交易品种。

2006 年 2 月 9 日，中国人民银行发布了《关于开展人民币利率互换交易试点有关事宜的通知》，批准在全国银行间同业拆借中心开展人民币利率互换交易试点。人民币利率互换交易是指交易双方约定在未来的一定期限内，根据约定数量的人民币本金交换现金流的行为，其中一方的现金流根据浮动利率计算，另一方的现金流根据固定利率计算。根据现行试点办法，经相关监督管理机构批准开办衍生产品交易业务的商业银行，可根据监督管理机构授予的权限，与其存贷款客户及其他获准开办衍生产品交易业务的商业银行进行利率互换交易，或为其存贷款客户提供利率互换交易服务。其他市场投资者只能与其具有存贷款业务关系且获准开办衍生产品交易业务的商业银行进行以套期保值为目的的互换交易。

2. 金融互换的特征

（1）互换业务不论是货币互换、利率互换还是多重互换，主要是债务人之间"债务"的互换。作为一项债务，有两层意义，一层是法律意义上的债权债务关系；另一层是经济意义上的，也就是指借款金额、币种、利率、期限等。金融互换作为"债务"互换，是指其经济意义上的互换，而完全不影响债务人和债权人之间的法律关系。

（2）互换业务产生和发展的基点在于其比较优势。这里的比较优势是指交易方在自己所熟悉的领域拥有的信誉、信息等优势，利用这些优势能以更有利的条件获取某种金融商品。互换业务的本质在于分配由比较优势而产生的全部经济利益。

（3）互换业务的主要动因在于消除、减少或预防金融风险，增强金融资产的流动性，改善和重构企业的资产负债表结构，提高金融投资活动的收益率。

（4）通过互换交易，交易双方可以尽量利用各自的筹资优势，使筹资者可以间接地进入某些优惠市场，筹措到任何期限、币种、利率条件的资金。因此，互换交易市场也被称为最佳筹资市场。

（5）互换交易不增加交易者的债务总额，也不记入资产负债表，产生的收益也不需要另外增加税金支付。因此，互换业务还可以被用来避开外汇管制、利率管理和税收方面的某些管制。

第三节 期权类金融衍生工具

一、金融期权

1. 金融期权的定义

金融期权又称金融选择权，是指其持有者能在规定的期限内按交易双方商定的价格购买或出售一定数量的基础工具的权利。期权交易实际上是一种权利的单方面有偿让渡。期权的买方以支付一定数量的期权费为代价而拥有了这种权利，但不承担必须买进或卖出的义务；期权的卖方则在收取了一定数量的期权费后，在一定期限内必须无条件服从买方的选择并履行成交时的允诺。

2. 金融期权的特征

与金融期货相比，金融期权的主要特征在于它仅仅是买卖权利的交换。期权的买方在支付了期权费后，就获得了期权合约所赋予的权利，即在期权合约规定的时间内，以事先约定的价格向期权的卖方买进或卖出某种金融工具的权利，但并没有必须履行该期权合约的义务。期权的买方可以选择行使他所拥有的权利；期权的卖方在收取期权费后就承担着在规定时间内履行该期权合约的义务。即当期权的买方选择行使权利时，卖方必须无条件地履行合约规定的义务，而没有选择的权利。

3. 金融期权与金融期货的区别

（1）基础资产不同。凡可作期货交易的金融工具都可用作期权交易，可用作期权交易的金融工具却未必可用作期货交易。只有金融期货期权，而没有金融期权期货。一般而言，金融期权的基础资产多于金融期货的基础资产。

（2）交易者权利与义务的对称性不同。金融期货交易双方的权利与义务对称。金融期权交易双方的权利与义务存在着明显的不对称性。对于期权的买方只有权利没有义务，对于期权的卖方只有义务没有权利。

（3）履约保证不同。金融期货交易双方均需开立保证金账户，并按规定缴纳履约保证金。在金融期权交易中，只有期权出售者，尤其是无担保期权的出售者才需开立保证金账户，并按规定缴纳保证金，因为它有义务没有权利。而作为期权的买方只有权利没有义务，它不需要交纳保证金，它的亏损最多就是期权费，而期权费它已付出。

（4）现金流转不同。金融期货交易双方在成交时不发生现金收付关系，但在成交后，由于实行逐日结算制度，交易双方将因价格的变动而发生现金流转，即盈利一方的保证金账户余额将增加，而亏损一方的保证金账户余额将减少。当亏损方保证金账户余额低于规定的维持保证金时，亏损方必须按规定及时缴纳追加保证金。因此，金融期货交易双方都必须保证有一定的流动性较高的资产，以备不时之需。而在金融期权交易中，在成交时，期权购买者为取得期权合约所赋予的权利，必须向期权出售者支付一定的期权费，但在成交后，除了到期履约外，交易双方将不发生任何现金流转。

（5）盈亏特点不同。金融期货交易双方都无权违约，也无权要求提前交割或推迟交割，而只能在到期前的任一时间通过反向交易实现对冲或到期进行实物交割，其盈利或亏损的程度决定于价格变动的幅度。因此，金融期货交易中购销双方潜在的盈利和亏损是有限的。在金融期权交易中，期权的购买者与出售者在权利和义务上不对称，金融期权买方的损失仅限于其所支付的期权费，而其可能取得的盈利却是无限的，相反，期权出售者在交易中所取得的盈利是有限的，仅限于其所收取的期权费，损失是无限的。

（6）套期保值的作用与效果不同。利用金融期权进行套期保值，若价格发生不利变动，套期保值者可通过执行期权来避免损失；若价格发生有利变动，套期保值者又可通过放弃期权来保护利益。而利用金融期货进行套期保值，在避免价格不利变动造成损失的同时也必须放弃若价格有利变动可能获得的利益。这并不是说金融期权比金融期货更为有利。如从保值角度来说，金融期货通常比金融期权更为有效，也更为便宜，而且要在金融期权交易中真正做到既保值又获利，事实上也并非易事。

二、权证

1. 权证的定义

权证是指基础证券发行人或其以外的第三人发行的，约定持有人在规定期间内或特定到期日，有权按约定价格向发行人购买或出售标的证券，或以现金结算方式收取结算差价的有价证券。权证与交易所交易期权的主要区别在于：交易所挂牌交易的期权是交易所制定的标准化合约，具有同一基础资产、不同行权价格和行权时间的多个期权形成期权系列进行交易；而权证则是权证发行人发行的合约，发行人作为权利的授予者承担全部责任。

2. 权证的分类

（1）按基础资产分。根据权证行权的基础资产或标的资产，可将权证分为股权类权证、债权类权证以及其他权证。目前我国证券市场推出的权证均为股权类权证，其标的资产可以是单只股票或股票组合（如 ETF）。以下所介绍的权证均指股权类权证。

（2）按基础资产的来源分。根据权证行权所买卖的标的股票来源不同，权证分为认股权证和备兑权证。

认股权证也称为股本权证，一般由基础证券的发行人发行，行权时上市公司增发新股售予认股权证的持有人。20 世纪 90 年代初，我国证券市场曾经出现过的飞乐、宝安等上市公司发行的认股权证以及配股权证、转配股权证就属于认股权证。

备兑权证通常由投资银行发行。备兑权证所认兑的股票不是新发行的股票，而是已在市场上流通的股票，不会增加股份制公司的股本。目前创新类证券公司创设的权证均为备兑权证。认股权证与备兑权证的比较见表 5-2。

表 5-2　认股权证与备兑权证的比较

比较项目	认股权证	备兑（衍生）权证
发行人	标的证券发行人	标的证券发行人以外的第三方
标的证券	需要发行新股	已在交易所挂牌交易的证券
发行目的	为筹资或高管人员激励用	为投资者提供避险、套利工具
行权结果	公司股份增加、每股净值稀释	不造成股本增加或权益稀释

（3）按持有人权利分。按照持有人权利的性质不同，权证分为认购权证和认沽权证。前者实质上属看涨期权，其持有人有权按规定价格购买基础资产；后者属看跌期权，其持有人有权按规定价格卖出基础资产。认购权证与认沽权证的比较见表5-3。

表5-3　认购权证与认沽权证的比较

价格关系	认购权证	认沽权证
行使价格＞标的证券收盘价格	价外	价内
行使价格＝标的证券收盘价格	价平	价平
行使价格＜标的证券收盘价格	价内	价外

（4）按权证的内在价值分。按权证的内在价值，可以将权证分为平价权证、价内权证和价外权证，其原理与期权相同。

（5）按行权的时间分。按照权证持有人行权的时间不同，可以将权证分为美式权证、欧式权证、百慕大式权证等。美式权证可以在权证失效日之前任何交易日行权，欧式权证仅可以在失效日当日行权，百慕大式权证则可在失效日之前一段规定时间内行权。

3. 权证的要素

权证包括权证类别、标的、行权价格、存续时间、行权日期、行权结算方式、行权比例等要素。

（1）权证类别即标明该权证属认购权证或认沽权证。

（2）权证的标的物种类涵盖股票、债券、外币、指数、商品或其他金融工具，其中股票权证的标的可以是单一股票或是一揽子股票组合。

（3）行权价格是发行人发行权证时所约定的，权证持有人向发行人购买或出售标的证券的价格。若标的证券在发行后有除息、除权等事项，通常要对认股权证的认股价格进行调整。

（4）权证的存续时间即权证的有效期，超过有效期，认股权自动失效。目前上海证券交易所、深圳证券交易所均规定，权证自上市之日起存续时间为6个月以上24个月以下。

（5）行权日期即权证持有人有权行使权力的日期。

（6）行权结算方式分为证券给付结算方式和现金结算方式两种。前者指权证持有人行权时，发行人有义务按照行权价格向权证持有人出售或购买标的证券；后者指权证持有人行权时，发行人按照约定向权证持有人支付行权价格与标的证券结算价格之间的差额。

（7）行权比例指单位权证可以购买或出售的标的证券数量。目前上海和深圳证券交易所规定，标的证券发生除权的，行权比例应作相应调整，除息时则不作调整。

权证的各要素都会在发行公告书中得到反映。例如，A公司发行以该公司股票为标的证券的权证，假定发行时股票市场价格为15元，发行公告书列举的发行条件如下：

发行日期：2005年8月8日

存续期间：6个月

权证种类：欧式认购权证

发行数量：50 000 000份

发行价格：0.66元

　　　　行权价格：18.00元

　　　　行权期限：到期日

　　　　行权结算方式：证券给付结算

　　　　行权比例：1：1

上述条款告诉投资者由A公司发行的权证是一种股本认购权证，该权证每份权利金是0.66元，发行总额为5 000万份，权证可以在6个月内买卖，但行权则必须在6个月后的到期日进行。如果到期时A公司股票市场价格为20元，高于权证的行权价18元，投资者可以18元/股的价格向发行人认购市价20元的A公司股票，每股净赚2元；如果到期时A公司股价为15元，低于行权价18元，投资者可以不行权，从而仅损失权利金0.66元/股。

权证价值由两部分组成，一是内在价值，即标的股票与行权价格的差价；二是时间价值，代表持有者对未来股价波动带来的期望与机会。在其他条件相同的情况下，权证的存续期越长，权证的价格越高。

三、可转换债券

1. 可转换债券和定义及分类

可转换证券是指其持有者可以在一定时期内按一定比例或价格将之转换成一定数量的另一种证券的证券。可转换证券通常是转换成普通股票，当股票价格上涨时，可转换证券的持有人行使转换权比较有利。因此，可转换证券实质上嵌入了普通股票的看涨期权，从这个意义上说可将其列为期权类衍生产品。

在国际市场上，按照发行时证券的性质，可转换证券分为可转换债券和可转换优先股票两种。可转换债券是指证券持有者依据一定的转换条件，将信用债券转换成为发行人普通股票的证券。可转换优先股票是指证券持有者可依据一定的转换条件，将优先股票转换成发行人普通股票的证券。目前，我国只有可转换债券。

2. 可转换债券的特征

（1）可转换债券是一种附有转股权的特殊债券。在转换以前，它是一种公司债券，具备债券的一切特征，有规定的利率和期限，体现的是债权、债务关系，持有者是债权人；在转换成股票后，它变成了股票，具备股票的一般特征，体现所有权关系，持有者由债权人变成了股权所有者。

（2）可转换债券具有双重选择权。一方面，投资者可自行选择是否转股，并为此承担转债利率较低的机会成本；另一方面，转债发行人拥有是否实施赎回条款的选择权，并为此要支付比没有赎回条款的转债更高的利率。双重选择权是可转换公司债券最主要的金融特征，它的存在使投资者和发行人的风险、收益限定在一定的范围以内，并可以利用这一特点对股票进行套期保值，获得更加确定的收益。

3. 可转换债券的要素

可转换债券具有若干重要要素，这些要素基本决定了可转换债券的转换条件、转换价值、市场价格等总体特征。

（1）有效期限和转换期限。就可转换债券而言，其有效期限与一般债券相同，指债券从发行之日起至偿清本息之日止的存续时间。

转换期限是指可转换债券转换为普通股票的起始日至结束日的期间。大多数情况下，发行人都规定一个特定的转换期限，在该期限内，允许可转换债券的持有人按转换比例或转换价格转换成发行人的股票。我国《可转换公司债券管理办法》规定，可转换公司债券的期限最短为 3 年，最长为 5 年，自发行之日起 6 个月后可转换为公司股票。

（2）票面利率或股息率。可转换公司债券的票面利率（或可转换优先股的股息率）是指可转换债券作为一种债券的票面年利率（或优先股股息率），由发行人根据当前市场利率水平、公司债券资信等级和发行条款确定，一般低于相同条件的不可转换公司债券（或不可转换优先股）。可转换公司债券应半年或 1 年付息一次，到期后 5 个工作日内应偿还未转股债券的本金及最后一期利息。

（3）转换比例或转换价格。转换比例是指一定面额可转换债券可转换成普通股的股数。用公式表示为：

$$转换比例＝可转换债券面值÷转换价格$$

例如，如果某可转换债券面额为 1 000 元，规定其转换价格为 25 元，则转换比例为 40，即 1 000 元债券可按 25 元 1 股的价格转换为 40 股普通股票。

转换价格是指可转换债券转换为每股普通股票所支付的价格。用公式表示为：

$$转换价格＝可转换债券面值÷转换比例$$

我国《可转换公司债券管理办法》规定，上市公司发行可转换公司债券的转换价格应以公布募集说明书前 30 个交易日公司股票的平均收盘价格为基础，并上浮一定幅度。

（4）赎回条款与回售条款。赎回是指发行人在发行一段时间后，可以提前赎回未到期的发行在外的可转换公司债券。一般是当公司股票价格在一段时间内连续高于转换价格达到一定幅度时，公司可按照事先约定的赎回价格买回发行在外尚未转股的可转换公司债券。

回售是指公司股票在一段时间内连续低于转换价格达到某一幅度时，可转换公司债券持有人按事先约定的价格将所持可转换债券卖给发行人的行为。

赎回条款和回售条款是可转换债券在发行时规定的赎回行为和回售行为发生的具体市场条件。

（5）转换价格修正。转换价格修正是指发行公司在发行可转换债券后，由于公司的送股、配股、增发股票、分立、合并及其他原因导致发行人股份发生变动，引起公司股票名义价格下降时而对转换价格所作的必要调整。

第四节　其他金融衍生工具

一、存托凭证

1. 存托凭证的定义

存托凭证（Depositary Receipts，DR）也称预托凭证，是指在一国（个）证券市场上流通的代表另一国（个）证券市场上流通的证券的证券。存托凭证一般代表外国公司股票，有时也代表债券。

存托凭证由 J. P. 摩根首创。1927 年美国投资者看好英国百货业公司塞尔弗里奇公司的股票，由于地域的关系，这些美国投资者要投资该股票很不方便。当时的 J. P. 摩根就设立了一种美国存托凭证（ADR），使持有塞尔弗里奇公司股票的投资者可以把塞尔弗里奇公司股票交给摩根指定的在美国与英国都有分支机构的一家银行，再由这家银行发给各投资者美国存托凭证。这种存托凭证可以在美国的证券市场上流通，原来持有塞尔弗里奇公司股票的投资者就不必再跑到英国抛售该股票。同时要投资塞尔弗里奇公司股票的投资者也不必再到英国股票交易所去购买塞尔弗里奇公司股票，可以在美国证券交易所购买该股票的美国存托凭证。每当塞尔弗里奇公司进行配股或者分红等事宜时，发行美国存托凭证的银行在英国的分支机构都会帮助美国投资者进行配股或者分红，这样美国投资者就省去了到英国去配股及分红的麻烦，如图 5-1 所示。

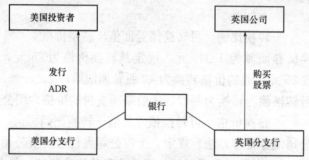

图 5-1　J. P. 摩根首创的美国存托凭证使用示意图

2. 美国存托凭证的有关业务机构

（1）存券银行。存券银行作为 ADR 的发行人，发行存托凭证。在 ADR 交易过程中，存券银行负责 ADR 的注册和过户，还要向 ADR 的持有者派发美元红利或利息。存券银行为 ADR 持有者和基础证券发行人提供信息和咨询服务。

（2）托管银行。托管银行是由存券银行在基础证券发行国安排的银行，它通常是存券银行在当地的分行、附属行或代理行。

（3）中央存托公司。中央存托公司是指美国的证券中央保管和清算机构，负责 ADR 的保管和清算。

美国存托凭证的有关业务机构如图 5-2 所示。

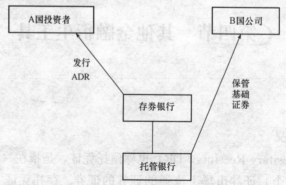

图 5-2　美国存托凭证的有关业务机构

3. 美国存托凭证的种类

美国存托凭证可分为无担保的存托凭证和有担保的存托凭证。

（1）无担保的存托凭证。无担保的存托凭证由一家或多家银行根据市场的需求发行，基础证券发行人不参与。无担保的存托凭证目前已很少应用。

（2）有担保的存托凭证。有担保的存托凭证由基础证券发行人的承销商委托一家存券银行发行。有担保的存托凭证分为一、二、三级公开募集存托凭证和美国144A规则下的私募存托凭证。存托凭证的级别越高，要求越高，对投资者吸引力越大。

4. 存托凭证的优点

存托凭证之所以能够取得较快发展，除资本市场的国际化这个大背景之外，它对发行人和投资者而言，均具有一定的吸引力。

（1）对发行人而言，发行存托凭证的优点体现在以下几点。

①市场容量大，筹资能力强。以美国存托凭证为例，美国证券市场最突出的特点就是市场容量极大，这使在美国发行存托凭证的外国公司能在短期内筹集到大量的外汇资金，拓宽公司的股东基础，提高其长期筹资能力，提高公司证券的流动性并分散风险。

②避开直接发行股票与债券的法律要求，上市手续简单，发行成本低。

除此之外，发行存托凭证还能吸引投资者关注，增强上市公司曝光度，扩大股东基础，增加股票流动性；可以通过调整存托凭证比率，将存托凭证价格调整至美国同类上市公司股价范围内；便于上市公司进入美国资本市场，为上市公司提供了新的筹资渠道；对于有意在美国拓展业务、实施并购战略的上市公司尤其具有吸引力，便于上市公司加强与美国投资者的联系，改善投资者关系；便于非美国上市公司对其美国雇员实施员工持股计划等。

（2）与直接投资外国股票相比，投资存托凭证给投资者带来的好处体现在以下几点：

①以美元交易，且通过投资者熟悉的美国清算公司进行清算；

②上市交易的存托凭证须经美国证监会注册，有助于保障投资者利益；

③上市公司发放股利时，存托凭证投资者能及时获得，而且是以美元支付；

④某些机构投资者受投资政策限制，不能投资非美国上市证券，存托凭证可以规避这些限制。

5. 存托凭证在中国的发展

（1）我国公司发行的存托凭证。我国公司发行的存托凭证涵盖了三个级别。

一级存托凭证发行企业有：含B股的国内上市公司、在我国上市的内地公司。

二级存托凭证成为中国网络股进入NASDAQ的主要形式。

发行三级存托凭证的公司均在我国香港交易所上市，而且发行存托凭证的模式基本相同，即在我国香港交易所发行上市的同时，将一部分股份转换为存托凭证在纽约股票交易所上市，这样不仅达到了在我国香港和美国同时上市融资的目的，而且简化了上市手续，节约了交易费用。

144A私募存托凭证由于对发行人监管的要求最低而且发行手续简单，近年来较少使用。

（2）我国公司发行存托凭证的发展阶段和行业特点如下。

①1993—1995年，中国企业在美国发行存托凭证。1993年7月，上海石化以存托凭证方式在纽约证券交易所挂牌上市，开创了中国公司在美国证券市场上市的先河。

②1996—1998年，基础设施类存托凭证渐成主流。从1996年开始，发行存托凭证公司的类型开始转变，传统制造业公司比重有所下降，取而代之的是以基础设施和公用事业为主的公司。

③2000—2001年，高科技公司及大型国有企业成功上市。

④2002年以来，中国企业存托凭证发行出现分化现象。一方面是大型国有企业（如中国电信、中国人寿、平安保险、中芯国际等）继续保持海外上市（柜）的势头；另一方面，大量民营企业（如百度、尚德、分众传媒）成功上市并一再创造股市奇迹。

二、资产证券化与证券化产品

1. 资产证券化与证券化产品的定义

资产证券化是以特定资产组合或特定现金流为支持，发行可交易证券的一种融资形式。传统的证券发行是以企业为基础，而资产证券化则是以特定的资产池为基础发行证券。

在资产证券化过程中发行的以资产池为基础的证券称为证券化产品。通过资产证券化，将流动性较低的资产（如银行贷款、应收账款、房地产等）转化为具有较高流动性的可交易证券，提高了基础资产的流动性，便于投资者进行投资；还可以改变发起人的资产结构，改善资产质量，加快发起人资金的周转。

2. 资产证券化的分类

（1）根据基础资产分。根据资产证券化的基础资产不同，可将其分为不动产证券化、应收账款证券化、信贷资产证券化、未来收益证券化（如高速公路收费）、债券组合证券化等类别。

（2）根据资产证券化的地域分。根据资产证券化的发起人、发行人和投资者所属地域不同，可将其分为离岸资产证券化和境内资产证券化。国内融资方通过在国外的特殊目的机构（SPV）在国际市场上以资产证券化的方式向国外投资者融资称为离岸资产证券化，融资方通过境内SPV在境内市场融资则称为境内资产证券化。

（3）根据证券化产品的金融属性分。根据证券化产品的金融属性不同，可将其分为股权型证券化、债权型证券化和混合型证券化。

3. 资产证券化的有关当事人

资产证券化交易比较复杂，涉及的当事人较多，一般而言，下列当事人在资产证券化过程中具有重要作用。

（1）发起人。发起人也称原始权益人，是证券化基础资产的原始所有者，通常是金融机构或大型工商企业。

（2）特定目的机构或特定目的受托人。这是指接受发起人转让的资产，或受发起人委托持有资产，并以该资产为基础发行证券化产品的机构。选择特定目的机构或受托人时，通常要求满足所谓"破产隔离"条件，即发起人破产对其不产生影响。

（3）资金和资产存管机构。为保证资金和基础资产的安全，特定目的机构通常聘请信誉良好的金融机构进行资金和资产的托管。

（4）信用增级机构。这类机构负责提升证券化产品的信用等级，为此要向特定目的机构收取相应费用，并在证券违约时承担赔偿责任。有些证券化交易中，并不需要外部增级机构，而是采用超额抵押等方法进行内部增级。

（5）信用评级机构。如果发行的证券化产品属于债券，发行前必须经过评级机构进行信用评级。

（6）承销人。这是指负责证券设计和发行承销的投资银行。如果证券化交易涉及金额较大，可能会组成承销团。

（7）证券化产品投资者即证券化产品发行后的持有人。

除上述当事人外，证券化交易还可能需要金融机构充当服务人。服务人负责对资产池中的现金流进行日常管理，通常可由发起人兼任。

4. 中国资产证券化的发展

中国内地资产证券化起步于 20 世纪 90 年代初，但发展较多波折，对国内证券市场产生的影响也较小。1992 年，三亚市开发建设总公司以三亚市丹州小区 800 亩土地为发行标的物，土地每亩折价 25 万元（其中 17 万元为征地成本，5 万元为开发费用，3 万元为利润），发行总金额 2 亿元的三亚地产投资券，预售地产开发后的销售权益，首开房地产证券化之先河。1996 年 8 月，珠海市人民政府在开曼群岛注册了珠海市高速公路有限公司，以当地机动车的管理费及外地过境机动车所缴纳的过路费作为支持，根据美国证券法律的144A 规则发行总额为 2 亿美元的资产担保债券（其中一部分是年利率为 9.125％的 10 年期优先级债券，发行量是 8 500 万美元；另一部分是年利率为 11.5％的 12 年期的次级债券，发行量为 11 500 万美元）。随后，国内高速公路建设不同程度地引入了证券化融资设计，据不完全统计，国内有 20 余省、市、自治区高速公路建设采用了证券化融资方案。此外，以中集集团为代表的大型企业还成功开展了应收账款证券化交易。从这些交易的结构看，多数采用了离岸证券化方式，因此较少受到国内证券市场的关注。

2005 年被称为"中国资产证券化元年"，信贷资产证券化和房地产证券化取得新的进展，引起国内外广泛关注。2005 年 4 月，中国银行业监督管理委员会发布《信贷资产证券化试点管理办法》，将信贷资产证券化明确定义为"银行业金融机构作为发起机构，将信贷资产信托给受托机构，由受托机构以资产支持证券的形式向投资机构发行受益证券，以该财产所产生的现金支付资产支持证券收益的结构性融资活动"，并于同年 11 月发布了《金融机构信贷资产证券化监督管理办法》；同时，国家税务总局等机构也出台了与信贷资产证券化相关的法规。2005 年 12 月，作为资产证券化试点银行，中国建设银行和国家开发银行分别以个人住房抵押贷款和信贷资产为支持，在银行间市场发行了第一期资产证券化产品。2005 年 12 月 21 日，内地第一只房地产投资信托基金——广州越秀房地产投资信托基金正式在香港交易所上市交易。

2006 年以来我国资产证券化业务表现出下列特点。

（1）发行规模大幅增长，种类增多，发起主体增加。资产证券化产品种类增多，基础资产涉及信贷资产、不动产、租赁资产、应收账款、收费项目等。发行规模从 2005 年的171.34 亿元增长到 2006 年的 471.51 亿元，增幅达到了 175.20％。2006 年，在深、沪两交易所上市的企业证券化产品发行规模达 164.05 亿元，比 2005 年的 99.4 亿元大幅增长了 65.04％。在银行间市场交易发行的资产证券化产品，总规模为 123.798 8 亿元，比 2005 年的 71.772 7 亿元大幅增长了 72.49％。资产证券化发起人除商业银行和企业之外，资产管理公司、证券公司、信托投资公司均成为新的发起或承销主体。

（2）机构投资者范围增加。2006 年 5 月，中国证监会发布了《关于证券投资基金投资资产支持证券有关事项的通知》（证监基金字［2006］93 号），准许基金投资包括符合中国人民银行、银监会相关规定的信贷资产支持证券，以及证监会批准的企业资产支持证券类品种。紧接着，6 月份，国务院又颁布了《关于保险业改革发展的若干意见》（简称"国十条"），提出，在风险可控的前提下，鼓励保险资金直接或间接投资资本市场，稳步扩大保险资金投资资产证券化产品的规模和品种。

（3）二级市场交易尚不活跃。目前资产证券化产品的投资主体主要是各类机构投资者，以大宗交易为主，通常采取买入并持有到期策略，导致市场流动性不足。

思考题

1. 试述金融衍生工具的概念、特征及功能。
2. 金融衍生工具是如何分类的？
3. 试述金融期货的基本功能及主要交易制度。
4. 试述金融期权的特征。
5. 简述金融期货与金融期权的区别。
6. 简述权证的种类和要素。
7. 简述可转换债券的特征和要素。

练习题

● 单项选择题

1. 股权类产品的衍生工具是指以（　　）为基础工具的金融衍生工具。
   A. 利率或利率的载体
   B. 以基础产品所蕴含的信用风险或违约风险
   C. 股票或股票指数
   D. 各种货币
2. 金融衍生工具产生的最基本原因是（　　）。
   A. 避险　　　　B. 金融自由化　　　　C. 利润驱动　　　　D. 新技术革命
3. 欧式权证持有人行权的时间为（　　）。
   A. 权证失效日之前任何交易日
   B. 权证失效日当日
   C. 权证失效日之前一段规定时间内
   D. 权证失效日之后一段规定时间内

4. 下列关于股票价格指数期货论述不正确的是（　　）。

    A. 股票价格指数期货是以股票价格指数为基础变量的期货交易

    B. 股票价格指数期货的交易单位等于基础指数的数值与交易所规定的每点价值之乘积

    C. 采用现金结算

    D. 股票价格指数期货是为适应人们控制股市风险，尤其是非系统性风险的需要而产生的

5. 证券化是指以（　　）为基础发行证券。

    A. 特定的资产池　　　　　　　　B. 企业

    C. 资产　　　　　　　　　　　　D. 净资产

6. 期货通过在现货市场与期货市场建立相反的头寸，从而锁定未来现金流的功能称为（　　）。

    A. 投机功能　　　　　　　　　　B. 套利功能

    C. 价格发现功能　　　　　　　　D. 套期保值功能

7. （　　）是基础证券发行人或其以外的第三人发行的，约定持有人在规定期间内或特定到期日，有权按约定价格向发行人购买或出售标的证券，或以现金结算方式收取结算差价的有价证券。

    A. 期权　　　　B. 权证　　　　　C. 期货　　　　　D. 可转换债券

8. 按基础资产的来源不同，权证可分为（　　）。

    A. 认股权证和备兑权证

    B. 股权类权证、债券类权证以及其他权证

    C. 认购权证和认沽权证

    D. 美式权证、欧式权证、百慕大式权证

9. 金融期货中最先产生的品种是（　　）。

    A. 利率期货　　　　　　　　　　B. 股权类期货

    C. 债券类期货　　　　　　　　　D. 外汇期货

10. （　　）是指在一国证券市场流通的代表外国公司有价证券的可转让凭证。

    A. 可转换债券　　　　　　　　　B. 股票期权

    C. 存托凭证　　　　　　　　　　D. 权证

多项选择题

1. 2006 年以来我国资产证券化业务表现出的特点有（　　）。

    A. 发行主体增加　　　　　　　　B. 发行规模大幅度增长，种类增加

    C. 机构投资者范围增加　　　　　D. 二级市场交易活跃

2. 下列关于金融衍生工具的产生和发展论述正确的是（　　）。

    A. 金融机构的利润驱动是金融衍生工具产生和迅速发展的重要原因

    B. 目前基础金融产品与衍生工具之间已形成了倒金字塔结构

    C. 金融衍生工具产生的最基本原因是金融自由化

    D. 新技术革命为金融衍生工具的产生与发展提供了物质基础与手段

3. 根据基础资产划分，常见的金融远期合约包括（   ）。

    A. 股权类资产的远期合约   B. 债权类资产的远期合约

    C. 远期利率协议   D. 远期汇率协议

4. 利率期货品种主要包括（   ）。

    A. 债券期货   B. 股票组合的期货

    C. 主要参考利率期货   D. 股票价格指数期货

5. 套期保值的基本做法是（   ）。

    A. 持有现货空头，卖出期货合约   B. 持有现货空头，买入期货合约

    C. 持有现货多头，买入期货合约   D. 持有现货多头，卖出期货合约

三 判断题

1. 金融衍生工具的跨期性在一定程度上决定了它的高投机性和高风险性。（   ）

2. 金融期货交易的主要目的是筹资投资。（   ）

3. 从理论上说，期权购买者的潜在亏损是有限的，而收益却是无限的。（   ）

4. 目前权证交易实行 T＋1 回转交易。（   ）

5. 与金融期货相比，金融期权的主要特征在于它仅仅是买卖权利的交换。（   ）

案例分析

金融衍生产品与巴林银行的破产

巴林银行集团是英国伦敦城内历史最久、名声显赫的商人银行集团，素以发展稳健、信誉良好而驰名，其客户也多为显贵阶层，包括英国女王伊丽莎白二世。该行成立于 1762 年，当初仅是一个小小的家族银行，逐步发展成为一个业务全面的银行集团。巴林银行集团的业务专长是企业融资和投资管理，业务网点主要在亚洲及拉美新兴国家和地区，在中国上海也设有办事处。到 1993 年底，巴林银行的全部资产总额为 59 亿英镑，1994 年税前利润高达 1.5 亿美元。1995 年 2 月 26 日，巴林银行因遭受巨额损失，无力继续经营而宣布破产。从此，这个有着 233 年经营史和良好业绩的老牌商业银行在伦敦城乃至全球金融界消失。目前该行已由荷兰国际银行保险集团接管。

巴林银行破产的直接原因是新加坡巴林公司期货经理尼克·里森错误地判断了日本股市的走向。1995 年 1 月份，里森看好日本股市，分别在东京和大阪等地买了大量期货合同，指望在日经指数上升时赚取大额利润。谁知天有不测风云，日本阪神地震打击了日本股市的回升势头，股价持续下跌。巴林银行最后的损失金额高达 14 亿美元，而其自有资产只有几亿美元，巨额亏损难以抵

补，这座曾经辉煌的金融大厦就这样倒塌了。那么，由尼克·里森操纵的这笔金融衍生产品交易为何在短期内便摧毁了整个巴林银行呢？首先需要对金融衍生产品（亦称金融派生产品）有一个正确的了解。金融衍生产品包括一系列的金融工具和手段，买卖期权、期货交易等都可以归为此类。具体操作起来，又可分为远期合约、远期固定合约、远期合约选择权等。这类衍生产品可对有形产品进行交易，如石油、金属、原料等；也可对金融产品进行交易，如货币、利率以及股票指数等。从理论上讲，金融衍生产品并不会增加市场风险，若能恰当运用（如利用它套期保值），可为投资者提供一个降低风险的有效对冲方法。但在其具有积极作用的同时，也有其致命的危险，即在特定的交易过程中，投资者纯粹以买卖图利为目的，垫付少量的保证金炒买炒卖大额合约来获得丰厚的利润，而往往无视交易潜在的风险，如果控制不当，那么这种投机行为就会招致不可估量的损失。新加坡巴林公司的尼克·里森，正是对衍生产品操作无度才毁了巴林集团。尼克·里森在整个交易过程中一味盼望赚钱，在已遭受重大亏损时仍孤注一掷，增加购买量，对于交易中潜在的风险熟视无睹，结果使巴林银行成为金融衍生产品的牺牲品。

巴林银行破产事件提醒人们加强内部管理的重要性和必要性。要合理运用衍生工具，建立风险防范措施。随着国际金融业的迅速发展，金融衍生产品日益成为银行、金融机构及证券公司投资组合中的重要组成部分。因此，凡从事金融衍生产品业务的银行应对其交易活动制定一套完善的内部管理措施，包括交易头寸（指银行和金融机构可动用的款项）的限额，止损的限制，内部监督与稽核。扩大银行资本，进行多方位经营。随着国际金融市场规模的日益扩大和复杂化，资本活动的不确定性也越发突出。因此，一个现代化的银行集团，应努力扩大自己的资本基础，进行多方位经营，做出合理的投资组合，不断拓展自己的业务领域，这样才能加大银行自身的安全系数并不断盈利。

分析：透过巴林银行倒闭事件，我们应怎样看待金融衍生工具？

第六章　证券市场·

学习目标

　　熟悉证券发行市场和证券交易市场的定义及两者关系，掌握证券发行市场的构成和证券发行制度、发行方式、承销方式、发行价格，掌握证券交易所的定义、特征、功能和运作系统、交易原则和交易规则，熟悉证券交易所的组织形式、上市制度，熟悉场外交易市场的定义、特征和功能，熟悉股票价格指数的计算并了解世界主要股票指数。

案例导入

股票发行案例之深圳"八一〇"事件——有限量发售新股认购抽签表

　　继 1992 年初上海证券交易所采用无限量发售认购证的方式发行新股之后，地处深圳的我国另一家证券交易所于 1992 年 8 月采用有限量发售新股认购抽签表的方式发行新股。正是这一新股发行方式酿成了中国证券史上的重大事件——"八一〇"事件，这一事件是新中国证券市场上第一起从业人员集体违法犯罪事件，它直接促成了中国证券监督管理委员会的诞生。

　　1992 年 8 月 7 日，中国人民银行深圳市分行、深圳市工商行政管理局、公安局和监察局发布了《1992 年深圳市新股认购抽签表发售公告》，宣布深圳市 1992 年将发行国内公众股 5 亿股，自 1992 年 8 月 9 日至 8 月 11 日，发售新股认购抽签表 500 万张，以身份证为认购凭证，每张身份证可买一张抽签表，每张抽签表价格为 100 元；中签率为 10%，中签表为 50 万张，每张中签表可认购新股 1 000 股。

　　从 8 月 7 日下午开始，为了抢购新股认购抽签表，有 100 多万的当地及全国其他各地的投资者在深圳市 302 个新股认购抽签表发售网点陆续排起认购新股的队伍。两个通宵过后，至 9 日形成了 302 条长长的"巨龙"，最高峰时总人数超过 120 万人。

　　8 月 9 日上午，新股认购抽签表开始正式发售。刚开始发售时尚能维持一定秩序，但后来因为一些网点出现了严重舞弊违纪的情况，加上谣言四起，致使组织工作发生问题，造成多数发售网点秩序混乱，并发生小规模冲突。当天晚上，虽然绝大多数网点已经贴上"新股认购抽签表已售完"的告示，但是仍然聚集着大批没有买到抽签表却又不甘心散去的人群。

8月10日上午，有关方面宣布500万张抽签表全部售完。几乎与此同时，有些发售网点门口出现了一些倒卖新股认购抽签表的"神秘人物"，原价为1 000元的10张新股认购抽签表，要价低的涨到3 000元左右，高的则达5 000～6 000元，而且有的人倒卖的抽签表几十张甚至上百张是连号的，显然这些抽签表是从内部流出的。由于很多人排队三天三夜也未购到抽签表，加上对新股认购抽签表的发售过程不认同，因此，8月10日傍晚，有数千名没有买到抽签表的投资者在深圳市内的深南中路游行，打出反腐败和要求"公开、公平、公正"的标语，并形成对深圳市政府和中国人民银行深圳市分行围攻的局面。入夜后，少数人使用暴力，严重扰乱社会治安，并逐渐演变成一场震惊全国的骚乱。这一天共有2辆汽车、4辆摩托车被烧毁，4辆汽车被推翻，多名干警被打伤。

为应对突如其来的紧张局面，8月11日凌晨，深圳市政府召开紧急会议，宣布为满足广大投资者的需要，再增发500万张新股认购抽签表（计50万张中签表）。当晚，深圳市市长郑良玉发表电视讲话后，事态逐渐稳定，人们又上街排队去购买新股认购抽签表。至8月12日凌晨4时半，绝大部分增发的新股认购抽签表已经售出，8月'12日，深圳市终于恢复了正常秩序。

分析：在深圳"八一〇"事件中，人们疯抢新股认购抽签表的直接原因是我国股票一级市场和二级市场的巨额差价。对于投资者而言，获得了新股认购抽签表，就等于获得了高额的"无风险利润"。我国股票一级市场和二级市场的巨额差价问题会对我国股票市场的健康发展产生哪些阻碍？目前这一问题有没有得到有效解决？如果没有的话，你认为应该如何解决？

证券市场是证券买卖交易的场所，也是资金供求的中心。根据市场功能的划分，证券市场可分为证券发行市场和证券交易市场。证券发行市场是发行人以发行证券的方式筹集资金的场所，又称一级市场、初级市场；证券交易市场是买卖已发行证券的市场，又称二级市场、次级市场。证券市场的两个组成部分既相互依存又相互制约，是一个不可分割的整体。证券发行市场是证券交易市场的基础和前提，有了证券发行市场的证券供应，才有证券流通市场的证券交易，证券发行的种类、数量和发行方式决定着证券流通市场的规模和运行。证券交易市场是证券发行市场得以持续扩大的必要条件，有了证券交易市场为证券的转让提供保证，才使证券发行市场充满活力。此外，证券交易市场的交易价格制约和影响着证券的发行价格，是证券发行时需要考虑的重要因素。

证券的发行、交易活动必须遵循公开、公平、公正的原则，必须遵守法律、行政法规；禁止欺诈、内幕交易和操纵证券市场的行为。证券发行、交易活动的当事人具有平等的法律地位，应当遵循自愿、有偿、诚实信用的原则。

第一节 证券发行市场

一、证券发行市场的定义及作用

1. 证券发行市场的定义

证券发行市场是证券从发行人手中转移到认购人手中的场所，又称为初级市场或一级市场。证券发行市场实际上包括各个经济主体和政府部门从筹划发行证券、证券承销商承销证券到认购人购买证券的全过程。证券发行市场使股票、债券等证券数量和种类不断增加，把众多的社会闲散资金集聚起来转变成资本，集中体现了证券市场筹集资金的功能。在发行过程中，证券发行市场作为一个抽象的市场，其买卖成交活动并不局限于一个固定的场所；它是一个无形的市场，为资金使用者提供了获得资金的渠道和手段。

2. 证券发行市场的作用

（1）为资金需求者提供筹措资金的渠道。证券发行市场拥有大量的运行成熟的证券商品供发行者选择，发行者可以参照各类证券的期限、收益水平、参与权、流通性、风险性、发行成本等不同特点，根据自己的需要和可能选择发行何种证券，并依据当时市场上的供求关系和价格行情来确定证券发行数量和价格（收益率）。发行市场上还有众多为发行者服务的中介机构，它们可以接受发行者的委托，利用自己的信誉、资金、人力、技术和网点等向公众推销证券，有助于发行者及时筹措到所需资金。发达的发行市场还可以冲破地区限制，为发行者扩大筹资范围和对象，在境内或境外面向各类投资者筹措资金，并通过市场竞争逐步使筹资成本合理化。

（2）为资金供应者提供投资和获利的机会，实现储蓄向投资转化。政府、企业和个人在经济活动中可能出现暂时闲置的货币资金，证券发行市场提供了多种多样的投资机会，实现社会储蓄向投资转化。储蓄转化为投资是社会再生产顺利进行的必要条件。

（3）形成资金流动的收益导向机制，促进资源配置的不断优化。在现代经济活动中，生产要素都跟随着资金流动，只有实现了货币资金的优化配置，才有可能实现社会资源的优化配置。证券发行市场通过市场机制选择发行证券的企业，那些产业前景好、经营业绩优良和具有发展潜力的企业更容易从证券市场筹集到所需要的资金，从而使资金流入最能产生效益的行业和企业，达到促进资源优化配置的目的。

二、证券发行市场的构成

证券发行市场由证券发行人、证券投资者和证券中介机构三部分组成。证券发行人是资金的需求者和证券的供应者，证券投资者是资金的供应者和证券的需求者，证券中介机构则是联系证券发行人和证券投资者的专业性中介服务组织。

1. 证券发行人

在市场经济条件下，资金需求者筹集外部资金主要通过两条途径：向银行借款和发行证券，即间接融资和直接融资。随着市场经济的发展，发行证券已成为资金需求者最基本的筹资手段。证券发行人主要包括政府、企业和金融机构。

2. 证券投资者

证券投资者是指以取得利息、股息或资本收益为目的而买入证券的机构和个人。证券发行市场上的投资者包括个人投资者和机构投资者，后者主要包括证券公司、商业银行、保险公司、社保基金、证券投资基金、信托投资公司、企业和事业法人及社会团体等。

3. 证券中介机构

在证券发行市场上，中介机构主要包括证券公司、证券登记结算公司、会计师事务所、律师事务所、资产评估事务所等为证券发行与投资服务的中介机构。它们是证券发行人和证券投资者之间的中介，在证券发行市场上占有重要地位。

三、证券发行与承销制度

1. 证券发行制度

（1）注册制。证券发行注册制实行公开管理原则，实质上是一种发行公司的财务公布制度。它要求发行人提供关于证券发行本身以及和证券发行有关的一切信息。发行人不仅要完全公开有关信息，不得有重大遗漏，并且要对所提供信息的真实性、完整性和可靠性承担法律责任。发行人只要充分披露了有关信息，在注册申报后的规定时间内未被证券监管机构拒绝注册，即可进行证券发行，无须再经过批准。实行证券发行注册制可以向投资者提供证券发行的有关资料，但并不保证发行的证券资质优良、价格适宜。

（2）核准制。证券发行核准制实行实质管理原则，即证券发行人不仅要以真实状况的充分公开为条件，而且必须符合证券监管机构制定的若干适合于发行的实质条件。只有符合条件的发行公司经证券监管机构的批准方可在证券市场上发行证券。实行核准制的目的在于：证券监管部门能行使法律赋予的职能，保证发行的证券符合公众利益和满足证券市场稳定发展的需要。

2. 证券发行方式

（1）股票发行方式。我国现行的有关法规规定，我国股份制公司首次公开发行股票和上市后向社会公开募集股份（公募增发）采取对公众投资者上网发行和对机构投资者配售相结合的发行方式。根据《证券发行与承销管理办法》的规定，首次公开发行股票数量在4亿股以上的，可以向战略投资者配售股票。战略投资者是与发行人业务联系紧密且欲长期持有发行公司股票的机构投资者。战略投资者应当承诺获得配售的股票持有期限不少于12个月。符合中国证监会规定条件的特定机构投资者（询价对象）及其管理的证券投资产品（股票配售对象）可以参与网下配售。询价对象可自主决定是否参与股票发行的初步询价，发行人及其主承销商应当向参与网下配售的询价对象配售股票，但未参与初步询价或虽参与初步询价但未有效报价的询价对象，不得参与累计投标询价和网下配售。询价对象应承诺获得网下配售的股票持有期限不少于3个月。发行人及其主承销商应在网下配售的同时对公众投资者进行网上发行。

网上公开发行方式是指利用证券交易所的交易系统，主承销商在证券交易所开设股票发行专户并作为唯一的卖方，投资者在指定时间内，按现行委托买入股票的方式进行申购的发行方式。上海、深圳证券交易所现行的做法是采用资金申购网上公开发行股票方式。公众投资者可以使用其所持有的沪、深交易所证券账户在申购时间内通过与交易所联网的证券营业部，根据发行人公告规定的发行价格和申购数量全额存入申购款进行申购委托。若网上发行时发行价格尚未确定，参与网上申购的投资者应当按价格区间上限申购。主承销商根据有效申购量和该次股票发行量配号，以摇号抽签方式决定中签的证券账户。

上市公司向不特定对象公开募集股份（增发）或发行可转换债券，主承销商可以对参与网下配售的机构投资者进行分类。对不同类别的机构投资者设定不同的配售比例进行配售，也可以全部或部分向原股东优先配售。

（2）债券发行方式。

①定向发行，又称私募发行、私下发行，即面向少数特定投资者发行。一般由债券发行人与某些机构投资者，如人寿保险公司、养老基金、退休基金等直接洽谈发行条件和其他具体事务，属直接发行。

②承购包销，指发行人与由商业银行、证券公司等金融机构组成的承销团通过协商条件签订承购包销合同，由承销团分销拟发行债券的发行方式。

③招标发行，指通过招标方式确定债券承销商和发行条件的发行方式。根据标的物不同，招标发行可分为价格招标、收益率招标和缴款期招标；根据中标规则不同，可分为荷兰式招标（单一价格中标）和美式招标（多种价格中标）。

3. 证券发行价格

（1）股票发行价格。股票发行价格是指投资者认购新发行的股票时实际支付的价格。根据我国《公司法》第一百二十八条和《证券法》第三十四条的规定，股票发行价格可以等于票面金额，也可以超过票面金额，但不得低于票面金额。以超过票面金额的价格发行股票所得的溢价款项列入发行公司的资本公积金。股票采取溢价发行的，发行价格由发行人与承销的证券公司协商确定。

股票发行的定价方式，可以采取协商定价方式，也可以采取一般询价方式、累计投标询价方式、上网竞价方式等。我国《证券发行与承销管理办法》规定，首次公开发行股票以询价方式确定股票发行价格。

根据规定，首次公开发行股票的公司及其保荐机构应通过向询价对象询价的方式确定股票发行价格。询价对象是指符合中国证监会规定条件的证券投资基金管理公司、证券公司、信托投资公司、财务公司、保险机构投资者和合格境外机构投资者（QFII）以及其他经中国证监会认可的机构投资者。发行申请经中国证监会核准后，发行人应公告招股意向书并开始进行推荐和询价。询价分为初步询价和累计投标询价两个阶段。通过初步询价确定发行价格区间和相应的市盈率区间。发行价格区间确定后，发行人及保荐机构在发行价格区间向询价对象进行累计投标询价，并根据累计投标询价的结果确定发行价格和发行市盈率。首次公开发行的股票在中小企业板上市的，发行人及其主承销商可以根据初步询价结果确定发行价格，不再进行累计投标询价。

上市公司发行证券，可以通过询价方式确定发行价格，也可以与主承销商协商确定发行价格。

（2）债券发行价格。债券发行价格是指投资者认购新发行的债券实际支付的价格。债券的发行价格可以分为：平价发行，即债券的发行价格与面值相等；折价发行，即债券以低于面值的价格发行；溢价发行，即债券以高于面值的价格发行。在面值一定的情况下，调整债券的发行价格可以使投资者的实际收益率接近市场收益率的水平。

债券发行的定价方式以公开招标最为典型。按照招标标的分类，有价格招标和收益率招标；按价格决定方式分类，有美式招标和荷兰式招标。

①以价格为标的的荷兰式招标。它是以募满发行额为止的所有投标者的最低中标价格作为最后中标价格，全体中标者的中标价格是单一的。

②以价格为标的的美式招标。它是以募满发行额为止的中标者各自的投标价格作为各中标者的最终中标价格，各中标者的认购价格是不相同的。

③以收益率为标的的荷兰式招标。它是以募满发行额为止的中标者最高收益率作为全体中标者的最终收益率，所有中标者的认购成本是相同的。

④以收益率为标的的美式招标。它是以募满发行额为止的中标者所投标的各个价位上的中标收益率作为中标者各自的最终中标收益率，各中标者的认购成本是不同的。

一般情况下，短期贴现债券多采用单一价格的荷兰式招标，长期附息债券多采用多种收益率的美式招标。

4. 证券承销方式

证券发行的最后环节是将证券推销给投资者。发行人推销证券的方法有两种：一是自己销售，称为自销；二是委托他人代为销售，称为承销。一般情况下，证券公开发行以承销为主。

承销是将证券销售业务委托给专门的股票承销机构销售。按照发行风险的承担、所筹资金的划拨以及手续费的高低等因素划分，承销方式有包销和代销两种。

（1）包销。包销是指证券公司将发行人的证券按照协议全部购入，或者在承销期结束时将售后剩余证券全部自行购入的承销方式。包销可分为全额包销和余额包销两种。

①全额包销是指由承销商先全额购买发行人该次发行的证券，再向投资者发售，由承销商承担全部风险的承销方式。

②余额包销是指承销商按照规定的发行额和发行条件，在约定的期限内向投资者发售证券，到销售截止日，如投资者实际认购总额低于预定发行总额，未售出的证券由承销商负责认购，并按约定时间向发行人支付全部证券款项的承销方式。

（2）代销。代销是指证券公司代发行人发售证券，在承销期结束时，将未售出的证券全部退还给发行人的承销方式。

我国《证券法》规定，发行人向不特定对象发行的证券，法律、行政法规规定应当由证券公司承销的，发行人应当同证券公司签订承销协议；向不特定对象发行的证券票面总值超过人民币5 000万元，应当由承销团承销。证券承销采取代销或包销方式。我国《上市公司证券发行管理办法》规定，上市公司发行证券，应当由证券公司承销；非公开发行股票，发行对象均属于原前10名股东的，可以由上市公司自行销售。上市公司向原股东配售股份应当采用代销方式发行。

第二节　证券交易市场

一、证券交易市场的定义

证券交易市场也称二级市场、次级市场，是指对已经发行的证券进行买卖、转让和流通的市场。在二级市场上销售证券的收入属于出售证券的投资者，而不属于发行该证券的公司。

二、证券交易市场的分类

在国外一些发达国家，证券交易市场有场内交易市场和场外交易市场两种形式。

1. 场内交易市场

场内交易市场指由证券交易所组织的集中交易市场，其有固定的交易场所和交易活动时间，一般是全国最重要、最集中的证券交易市场。场内交易市场一般是指证券交易所。证券交易所接受和办理符合有关法令规定的证券上市买卖，投资者则通过证券商在证券交易所进行证券买卖。

证券交易所不仅是买卖双方公开交易的场所，而且为投资者提供多种服务。交易所随时向投资者提供关于在交易所挂牌上市的证券交易情况，如成交价格和数量等；提供发行证券企业公布的财务情况供投资者参考。交易所制定各种规则，对参加交易的经纪人和自营商进行严格管理，对证券交易活动进行监督，防止操纵市场、内幕交易、欺诈客户等违法犯罪行为的发生。交易所还要不断完善各种制度和设施，以保证正常交易活动持续、高效地进行。

2. 场外交易市场

场外交易市场又称柜台交易或店头交易市场，指在证券交易所外由证券买卖双方当面议价成交的市场。它没有固定的场所，其交易主要利用电话进行，交易的证券以不在交易所上市的证券为主，在某些情况下也对在证券交易所上市的证券进行场外交易。场外交易市场中的证券商兼具证券自营商和代理商的双重身份。作为自营商，他可以把自己持有的证券卖给顾客，或者买进顾客的证券，赚取买卖价差；作为代理商，又可以客户代理人的身份向别的自营商买进卖出证券。近年来，国外一些场外交易市场发生了很大变化，它们大量采用先进的电子化交易技术，使市场覆盖面更加广阔，使市场效率得到很大提高。这方面，以美国的纳斯达克市场为典型代表。

三、证券交易所

证券交易所是证券买卖双方公开交易的场所，是一个高度组织化、集中进行证券交易的市场，是整个证券市场的核心。证券交易所是依据国家有关法律，经政府证券主管机关批准设立的集中进行证券交易的有形场所。它是组织和监督证券交易，实行自律管理的法人。

1. 证券交易所的特征

（1）有固定的交易场所和交易时间。

（2）参加交易者为具备会员资格的证券经营机构。交易采取经纪制，即一般投资者不能直接进入交易所买卖证券，只能委托会员作为经纪人进行间接交易。

（3）交易的对象限于合乎一定标准的上市证券。

（4）通过公开竞价的方式决定交易价格。

（5）集中了证券的供求双方，具有较高的成交速度和成交率。

（6）实行"公开、公平、公正"原则，并对证券交易加以严格管理。

2. 证券交易所的功能

（1）提供证券交易场所。由于这一市场的存在，证券买卖双方有集中的交易场所，可以随时把所持有的证券转移变现，保证证券流通持续不断地进行。

（2）形成与公告价格。在交易所内完成的证券交易形成了各种证券的价格，由于证券的买卖是集中、公开进行的，且采用双边竞价的方式达成交易，因此，其价格在理论水平上是近似公平与合理的。这种价格及时向社会公告，并被作为各种相关经济活动的重要依据。

（3）集中各类社会资金参与投资。随着交易所上市股票的日趋增多，成交数量日益增大，可以将极为广泛的资金吸引到股票投资上来，为企业发展提供所需资金。

（4）引导投资的合理流向。交易所为资金的自由流动提供了方便，并通过每天公布的行情和上市公司信息，反映证券发行公司的获利能力与发展情况，使社会资金向最需要和最有利的方向流动。

（5）制定交易规则。有规矩才能成方圆，按照公平的交易规则交易才能达成公平的交易结果。交易规则主要包括上市退市规则、报价竞价规则、信息披露规则以及交割结算规则等。不同交易所的主要区别关键在于交易规则的差异，同一交易所也可能采用多种交易规则，从而形成细分市场，如纳斯达克按照不同的上市条件细分为全球精选市场、全球市场和资本市场。

（6）维护交易秩序。任何交易规则都不可能十分完善，并且交易规则也不一定能得到有效执行，因此，交易所必须监管各种违反公平原则及交易规则的行为，使交易公平有序地进行。

（7）提供交易信息。证券交易依靠的是信息，包括上市公司的信息和证券交易信息。交易所对上市公司信息的提供负有督促和适当审查的责任，对交易行情负即时公布的义务。

（8）降低交易成本，促进股票的流动。如果不存在任何正式的经济组织或者有组织的证券集中交易市场，投资者之间就必须相互接触以确定交易价格和交易数量，以完成证券交易。这样的交易方式由于需要寻找交易对象，并且由于存在信息不对称、交易违约等因素，会增加交易的成本、降低交易的速度。因此，集中交易市场的存在可以增加交易机会、提高交易速度、降低信息不对称、增强交易信用，从而可以有效地降低交易成本。

3. 证券交易所的组织形式

证券交易所的组织形式大致可以分为两类，即公司制和会员制。

（1）公司制的证券交易所是以股份有限公司形式组织的并以营利为目的的法人团体，一般由金融机构及各类民营公司组建。交易所章程中明确规定作为股东的证券经纪商和证券自营商的名额、资格和公司存续期限。它必须遵守本国公司法的规定，在政府证券主管机构的管理和监督下吸收各类证券挂牌上市。同时，任何成员公司的股东、高级职员、雇员都不能担任证券交易所的高级职员，以保证交易的公正性。

（2）会员制的证券交易所是由会员自愿组成的、不以营利为目的的社会法人团体。交易所设会员大会、理事会和监察委员会。我国《证券法》规定，证券交易所的设立和解散由国务院决定。设立证券交易所必须制定章程，证券交易所章程的制定和修改也必须经国务院证券监督管理机构批准。

我国内地有两家证券交易所——上海证券交易所和深圳证券交易所。上海证券交易所于1990年11月26日成立，当年12月19日正式营业；深圳证券交易所于1991年4月11日经中国人民银行总行批准成立，7月3日正式营业。两家证券交易所均按会员制方式组成，是非营利性的事业法人；组织机构由会员大会、理事会、监察委员会和其他专门委员会、总经理及其他职能部门组成。我国《证券法》规定，证券交易所设总经理1人，由国务院证券监督管理机构任免。

4. 证券交易所的证券上市制度

证券上市是指已公开发行的证券经过证券交易所批准在交易所内公开挂牌买卖，又称交易上市。申请上市的证券必须满足证券交易所规定的条件，方可被批准挂牌上市。各国对证券上市的条件有不同的规定。我国《证券法》规定，申请证券上市交易，应当向证券交易所提出申请，由证券交易所依法审核同意，并由双方签订上市协议。申请股票、可转换为股票的公司债券或法律、行政法规规定实行保荐制度的其他证券上市交易，应当聘请具有保荐资格的机构担任保荐人。

股份有限公司申请股票上市应当符合下列条件。

（1）股票经国务院证券监督管理机构核准已向社会公开发行。

（2）公司股本总额不少于人民币3 000万元。

（3）公开发行的股份达公司股份总数的25％以上；公司股本总额超过人民币4亿元的，公开发行股份的比例为10％以上。

（4）公司在最近三年无重大违法行为，财务会计报告无虚假记载。

公司申请公司债券上市交易应当符合下列条件：

（1）公司债券的期限为一年以上；

（2）公司债券实际发行额不少于人民币5 000万元；

（3）公司申请债券上市时仍符合法定的公司债券发行条件。

公司证券上市的资格并不是永久的，当不能满足证券上市条件时，证券监管部门或证券交易所将对该股票作出实行特别处理、退市风险警示、暂停上市、终止上市的决定。这些做法既是对投资者的警示，也是对上市公司的淘汰制度，是防范和化解证券市场风险、保护投资者利益的重要措施。

我国《证券法》规定，上市公司有下列情形之一的，由证券交易所决定暂停其股票上市交易：

（1）公司股本总额、股权分布等发生变化不再具备上市条件；

（2）公司不按照规定公开其财务状况，或者对财务会计报告作虚假记载，可能误导投资者；

（3）公司有重大违法行为；

（4）公司最近三年连续亏损；

（5）证券交易所上市规则规定的其他情形。

上市公司有下列情形之一的，由证券交易所决定终止其股票上市交易：

（1）公司股本总额、股权分布等发生变化不再具备上市条件，在证券交易所规定的期限内仍不能达到上市条件；

（2）公司不按照规定公开其财务状况，或者对财务会计报告作虚假记载，且拒绝纠正；

（3）公司最近三年连续亏损，在其后一个年度内未能恢复盈利；

（4）公司解散或者被宣告破产；

（5）证券交易所上市规则规定的其他情形。

公司债券上市交易后，上市公司有下列情形之一的，由证券交易所决定暂停其公司债券上市交易：

（1）公司有重大违法行为；

（2）公司情况发生重大变化不符合公司债券上市条件；

（3）发行公司债券所募集的资金不按照核准的用途使用；

（4）未按照公司债券募集办法履行义务；

（5）公司最近两年连续亏损。

公司有前条第（1）项、第（4）项所列情形之一经查实后果严重的，或者有前条第（2）项、第（3）项、第（5）项所列情形之一，在限期内未能消除的，由证券交易所决定终止其公司债券上市交易。

5. 证券交易所的交易原则和交易规则

证券交易所采用经纪制交易方式，投资者必须委托具有会员资格的证券经纪商在交易所内代理买卖证券，经纪商通过公开竞价形成证券价格，达成交易。我国《证券法》规定，证券在证券交易所上市交易，应当采用公开的集中交易方式或者国务院证券监督管理机构批准的其他方式。证券交易当事人买卖的证券可以采用纸面形式或者国务院证券监督管理机构规定的其他形式。证券交易以现货和国务院规定的其他方式进行交易。

（1）交易原则。证券交易通常必须遵循价格优先原则和时间优先原则。

①价格优先原则。价格较高的买入申报优先于价格较低的买入申报，价格较低的卖出申报优先于价格较高的卖出申报。

②时间优先原则。同价位申报，依照申报时序决定优先顺序，即买卖方向、价格相同的，先申报者优先于后申报者。先后顺序按证券交易所交易主机接受申报的时间确定。

（2）交易规则。

①交易时间。交易所有严格的交易时间，在规定的时间内开始和结束集中交易，以示公正。

②交易单位。交易单位是交易所规定的每次申报和成交的最小数量单位。一个交易单位俗称"一手"，委托买卖的数量通常为一手或一手的整数倍。

③价位。交易所规定每次报价和成交的最小变动单位。

④报价方式。传统的证券交易所用口头叫价方式并辅之以手势作为补充，现代证券交易所多采用计算机报价方式。无论采用何种方式，交易所均规定报价规则。

⑤价格决定。交易所按连续、公开竞价方式形成证券价格，当买卖双方在交易价格和交易数量上取得一致时，便立即成交并形成价格。我国上海、深圳证券交易所的价格决定采取集合竞价和连续竞价方式。集合竞价是指在规定的时间内接受的买卖申报一次性撮合的竞价方式。连续竞价是指对买卖申报逐笔连续撮合的竞价方式。

⑥涨跌幅限制。为保护投资者利益，防止股价暴涨暴跌和投机盛行，证券交易所可根据需要对每日股票价格的涨跌幅度予以适当的限制，若当日价格升或降至规定的上限或下限时，委托将无效。

⑦大宗交易。在交易所市场进行的证券单笔买卖达到交易所规定的最低限额，可以采用大宗交易方式。大宗交易在交易所正常交易日收盘后的限定时间进行，有价格涨跌幅限制证券的大宗交易须在当日涨跌幅价格限制范围内，无价格涨跌幅限制证券的大宗交易须在前收盘价的上下30％或当日竞价时间内已成交的最高和最低成交价格之间，由买卖双方采用议价协商方式确定成交价，并经证券交易所确认后成交。大宗交易的成交价格不作为该证券当日的收盘价，也不纳入指数计算，不计入当日行情，成交量在收盘后计入该证券的成交总量。

6. 中小企业板块

2004年5月，经国务院批准，中国证监会批复同意深圳证券交易所在主板市场内设立中小企业板块，并核准了《深圳证券交易所设立中小企业板块实施方案》中包括四个基本原则，即审慎推进、统分结合、从严监管、统筹兼顾的原则。

（1）发行制度。中小企业板块主要安排在主板市场拟发行上市企业中流通股本规模相对较小的公司的上市，并根据市场需求，确定适当的发行规模和发行方式。

（2）交易及监察制度。针对中小企业板块的风险特征，在交易和监察制度上作出有别于主板市场的特别安排。具体表现在：一是改进开盘集合竞价制度和收盘价的确定方式，进一步提高市场透明度，遏制市场操纵行为；二是完善交易信息公开制度，引入涨跌幅、振幅及换手率的偏离值等监控指标，并将异常波动股票纳入信息披露范围，按主要成交席位分别披露买卖情况，提高信息披露的有效性；三是完善交易异常波动停牌制度，优化股票价量异常判定指标，及时揭示市场风险，减少信息披露滞后或提前泄漏的影响。同时，根据市场发展的需要，持续推进交易和监察制度的改革创新。

（3）公司监管制度。针对在中小企业板块上市公司股本较小的共性特征，中小企业板块实行比主板市场更为严格的信息披露制度：一是建立募集资金使用定期审计制度；二是建立涉及公司发展战略、生产经营、新产品开发、经营业绩和财务状况等内容的年度报告说明会制度；三是建立定期报告披露上市公司股东持股分布制度；四是建立上市公司及中介机构诚信管理系统；五是建立退市公司股票有序快捷地转移至股份代办转让系统交易的机制。

7. 创业板

创业板建立的目的主要是扶持中小企业，尤其是高成长性企业，为其风险投资和创投企业建立正常的退出机制，为多层次的资本市场体系建设添砖加瓦。

2009 年 3 月《首次公开发行股票并在创业板上市管理暂行办法》（以下简称"管理暂行办法"）规定的创业板上市条件如下。

（1）发行人应当具备一定的盈利能力。为适应不同类型企业的融资需要，创业板对发行人设置了两项定量业绩指标，以便发行申请人选择。第一项指标要求发行人最近两年连续盈利，最近两年净利润累计不少于 1 000 万元，且持续增长；第二项指标要求最近一年盈利，且净利润不少于 500 万元，最近一年营业收入不少于 5 000 万元，最近两年营业收入增长率均不低于 30%。

（2）发行人应当具有一定的资产规模和存续时间。根据《证券法》第五十条关于申请股票上市的公司股本总额应不少于 3 000 万元的规定，《管理暂行办法》要求发行人具备一定的资产规模，具体规定最近一期末净资产不少于 2 000 万元，发行后股本不少于 3 000 万元。规定发行人具备一定的净资产和股本规模，有利于控制市场风险。

（3）发行人的主营业务应当突出。发行人应集中有限的资源主要经营一种业务，并强调要符合国家产业政策和环境保护政策。同时，《管理暂行办法》要求募集资金只能用于发展主营业务。

（4）对发行人公司治理提出从严要求。《管理暂行办法》还要求根据创业板公司的特点，在公司治理方面参照主板上市公司从严要求，要求董事会下设审计委员会，强化独立董事职责，并明确控股股东责任。发行人应当保持业务、管理层和实际控制人的持续稳定，规定发行人最近两年内主营业务和董事、高级管理人员均没有发生重大变化，实际控制人没有发生变更。发行人应当资产完整，业务及人员、财务、机构独立，具有完整的业务体系和直接面向市场独立经营的能力。发行人及其控股股东、实际控制人最近三年内不存在损害投资者合法权益和社会公共利益的重大违法行为。

四、场外交易市场

除了证券交易所外，还有一些其他交易市场，因为这些市场没有集中的统一交易制度和场所，所以把它们统称为场外交易市场。

1. 场外交易市场的定义

场外交易市场是证券交易所以外的证券交易市场的总称。在证券市场发展初期，许多有价证券的买卖都是在柜台上进行的，因此称之为柜台市场或店头市场。随着通信技术的发展，目前许多场外市场交易并不直接在证券经营机构柜台前进行，而是由客户与证券经营机构通过电话、电传、计算机网络进行交易，故又称为电话市场、网络市场。由于进入证券交易所交易的必须是符合一定上市标准的证券，必须经过交易所的会员才能买卖，为此还要向经纪会员交付一定数额的佣金，这样，为规避较严格的法律条件，降低交易成本，产生了场外交易的需求。

2. 场外交易市场的特征

（1）场外交易市场是一个分散的无形市场。它没有固定的、集中的交易场所，而是由许多各自独立经营的证券经营机构分别进行交易，并且主要是依靠电话、电报、电传和计算机网络联系成交的。

（2）场外交易市场的组织方式采取做市商制。场外交易市场与证券交易所的区别在于前者不采取经纪制，投资者直接与证券商进行交易。证券交易通常在证券经营机构之间或是证券经营机构与投资者之间直接进行，不需要中介人。在场外证券交易中，证券经营机构先行垫入资金买进若干证券作为库存，然后开始挂牌对外进行交易。他们以较低的价格买进，再以略高的价格卖出，从中赚取差价，但其加价幅度一般受到限制。证券商既是交易的直接参加者，又是市场的组织者，他们制造出证券交易的机会并组织市场活动，因此被称为"做市商"（Market Maker）。这里的"做市商"是场外交易市场的做市商，与场内交易中的做市商不完全相同。

（3）场外交易市场是一个拥有众多证券种类和证券经营机构的市场，以未能或无须在证券交易所批准上市的股票和债券为主。在证券市场发达的国家，由于证券种类繁多，每家证券经营机构只固定地经营若干种证券。

（4）场外交易市场是一个以议价方式进行证券交易的市场。在场外交易市场上，证券买卖采取一对一交易方式，对同一种证券的买卖不可能同时出现众多的买方和卖方，也就不存在公开的竞价机制。场外交易市场的价格决定机制不是公开竞价，而是买卖双方协商议价。具体地说，是证券公司对自己所经营的证券同时挂出买入价和卖出价，并无条件地按买入价买入证券和按卖出价卖出证券，最终的成交价是在挂牌价基础上经双方协商决定的不含佣金的净价。券商可根据市场情况随时调整所挂的牌价。

（5）场外交易市场的管理比证券交易所宽松。由于场外交易市场分散，缺乏统一的组织和章程，因此不易管理和监督，其交易效率也不及证券交易所。但美国的 NASDAQ 市场借助计算机将分散于全国的场外交易市场联成网络，在管理和效率上都有很大提高。

3. 我国的银行间债券市场

我国的银行间债券市场依托中国外汇交易中心暨全国银行间同业拆借中心（下文简称"交易中心"）和中央国债登记结算有限责任公司进行交易。交易中心为中国人民银行直属事业单位。

（1）银行间债券市场的主要职能。提供银行间外汇交易、人民币同业拆借、债券交易系统并组织市场交易；办理外汇交易的资金清算、交割，负责人民币同业拆借及债券交易的清算监督；提供网上票据报价系统；提供外汇市场、债券市场和货币市场的信息服务；开展经人民银行批准的其他业务。

（2）人民币债券交易。中国人民银行为全国银行间同业拆借市场的主管部门，交易中心负责市场运行并提供计算机交易系统服务。债券交易方式包括现券买卖与回购交易两部分。现券交易品种目前为国债和以市场化形式发行的政策性金融债券，用于回购的债券包括国债、中央银行票据、政策性金融债券和企业中期票据。

交易时间：每周一～周五（节假日除外）上午 9：00－12：00，下午 13：30－16：30。

清算办法：债券托管结算和资金清算分别通过中央国债登记结算有限公司和中国人民银行支付系统进行。实行"见券付款"、"见款付券"和"券款对付"三种清算方式，清算速度为 T＋0 或 T＋1。

4. 代办股份转让系统

代办股份转让系统又称三板，是指以具有代办股份转让主办券商业务资格的证券公司为核心，为非上市股份有限公司提供规范股份转让服务的服务转让平台。它以证券公司及相关当事人的契约为基础，依托证券交易所和登记结算公司的技术系统，以证券公司代理买卖挂牌公司股份为核心业务的股份转让平台。

目前，在代办股份转让系统挂牌的公司大致可分为两类：一类是原 STAQ、NET 系统挂牌公司和沪、深证券交易所退市公司，这类公司按其资质和信息披露履行情况，其股票采取每周集合竞价 1 次、3 次或 5 次的方式进行转让；另一类是非上市股份有限公司的股份报价转让，主要是中关村科技园区高科技公司，其股票转让主要采取协商配对的方式进行成交。

第三节　股票价格指数

股票价格指数就是用以反映整个股票市场上各种股票市场价格的总体水平及其变动情况的指标，简称股票指数。它是由证券交易所或金融服务机构编制的表明股票行市变动的一种供参考的指示数字。由于股票价格起伏无常，投资者必然面临市场价格风险。

一、股票价格指数的编制步骤

第一步，选择样本股。选择一定数量有代表性的上市公司股票作为编制股票价格指数的样本股。样本股可以是全部上市股票，也可以是其中有代表性的一部分。样本股的选择主要考虑两条标准：一是样本股的市价总值要占在交易所上市的全部股票市价总值的相当部分；二是样本股票价格变动趋势必须能反映股票市场价格变动的总趋势。

第二步，选定某基期，并以一定方法计算基期平均股价或市值。通常选择某一有代表性或股价相对稳定的日期为基期，并按选定的某一种方法计算这一天的样本股平均价格或总市值。

第三步，计算计算期平均股价或市值，并作必要的修正。收集样本股在计算期的价格并按一定的方法计算平均价格。有代表性的价格是样本股收盘平均价。

第四步，指数化。如果计算股票价格指数，需要将计算期的平均股价或市值转化为指数值，即将基期平均股价或市值定为某一常数（通常为 1 000、100 或 10），并据此计算计算期股价的指数值。

二、股票价格指数的计算方法

计算股票价格指数时，往往将其与股价平均数分开计算。这是因为：从二者对股市的实际作用而言，股价平均数是反映多种股票价格变动的一般水平，通常以算术平均数表示。人们通过对不同时期的股价平均数的比较，可以认识多种股票价格变动水平。而股票价格指数是反映不同时期的股价变动情况的相对指标，也就是将第一时期的股价平均数作为另一时期股价平均数的基准的百分数。通过股票价格指数，人们可以了解计算期的股价比基期的股价上升或下降的百分比率。由于股票价格指数是一个相对指标，因此就一个较长的时期来说，股票价格指数能比股价平均数更为精确地反映股价的变动。

1. 股价平均数的计算

股价平均数反映一定时点上市股票价格的绝对水平，它可分为简单算术股价平均数、修正的股价平均数和加权股价平均数三类。人们通过对不同时点股价平均数的比较，可以看出股票价格的变动情况及趋势。

(1) 简单算术股价平均数。简单算术股价平均数就是采用简单算术平均法计算的，即以样本股每日收盘价之和除以样本数。世界上第一个股票价格平均数——道琼斯股价平均数在 1928 年 10 月 1 日前就是使用简单算术平均法计算的。

$$简单算术股价平均数 = \frac{P_1 + P_2 + P_3 + \cdots + P_n}{n}$$

现假设从某一股市采样的股票为 A、B、C、D 四种，在某一交易日的收盘价分别为 10 元、16 元、24 元和 30 元，计算该市场股价平均数。将上述数据置入公式中，即得：

$$股价平均数 = \frac{P_1 + P_2 + P_3 + P_4}{n}$$

$$= \frac{10 + 16 + 24 + 30}{4}$$

$$= 20 （元）$$

简单算术股价平均数的优点是计算简便，但也存在两个缺点：第一，发生样本股送配股、拆股和更换时会使股价平均数失去真实性、连续性和时间数列上的可比性；第二，在计算时没有考虑权数，即忽略了发行量或成交量不同的股票对股票市场有不同影响这一重要因素。

(2) 修正的股价平均数。修正的股价平均数是指在简单算术平均数法的基础上，当发生送股、拆股、增发、配股时，通过变动除数，使股价平均数不受影响。

$$新的除数 = 变动后的新股价总额 \div 旧的股价平均数$$

$$修正的股价平均数 = 报告期股价总额 \div 新除数$$

在前面的例子中除数是 4，经调整后的新的除数应是：

$$新的除数 = （10 + 16 + 24 + 10） \div 20 = 3，将新的除数代入下列式中，则：$$

$$修正的股价平均数 = （10 + 16 + 24 + 10） \div 3 = 20 （元）$$

得出的平均数与未分割时计算的一样，股价水平也不会因股票分割而变动。

目前在国际上影响最大、历史最悠久的道琼斯股价平均数就采用修正股价平均数法来计算股价平均数。

(3) 加权股价平均数。加权股价平均数也称加权平均股价，是将各样本股票的发行量或成交量作为权数计算出来的股价平均数。

2. 股票价格指数的计算

股票价格指数是将计算期的股价或市值与某一基期的股价或市值相比较的相对变化指数，用以反映市场股票价格的相对水平。

股票价格指数有简单算术股票价格指数和加权股票价格指数两类。

(1) 简单算术股票价格指数的计算。简单算术股票价格指数的计算方法包括相对法和综合法。

①相对法是先计算各样本股的个别指数，再加总求出算术平均数。若设股票价格指数为 P'，基期第 i 种股票价格为 P_{0i}，计算期第 i 种股票价格为 P_{1i}，样本为 N，计算公式为：

$$P' = \frac{1}{N}\sum_{i=1}^{n}\frac{P_{1i}}{P_{0i}} \times 固定乘数$$

②综合法是将样本股票基期价格和计算期价格分别加总，然后再求出股票价格指数，其计算公式为：

$$P' = \frac{\sum_{i=1}^{n}P_{1i}}{\sum_{i=1}^{n}P_{0i}} \times 固定乘数$$

（2）加权股票价格指数的计算。加权股票价格指数是以样本股票发行量或成交量为权数加以计算的，又有基期加权、计算期加权和几何加权之分。

①基期加权股票价格指数又称拉斯贝尔加权指数，采用基期发行量或成交量作为权数。其计算公式为：

$$P' = \frac{\sum_{i=1}^{n}P_{1i}Q_{0i}}{\sum_{i=1}^{n}P_{0i}Q_{0i}} \times 固定乘数$$

②计算期加权股票价格指数又称派许加权指数，采用计算期发行量或成交量作为权数。其适用性较强，使用较广泛，很多著名股价指数如标准普尔指数等，都使用这一方法。其计算公式为：

$$P' = \frac{\sum_{i=1}^{n}P_{1i}Q_{1i}}{\sum_{i=1}^{n}P_{0i}Q_{1i}} \times 固定乘数$$

③几何加权股票价格指数又称费雪理想式，是对基期加权股票价格指数和计算期加权股票指数作几何平均。由于其计算复杂，很少被实际应用。其计算公式为：

$$P' = \sqrt{\frac{\sum_{i=1}^{n}P_{1i}Q_{0i}}{\sum_{i=1}^{n}P_{0i}Q_{0i}} \times \frac{\sum_{i=1}^{n}P_{1i}Q_{1i}}{\sum_{i=1}^{n}P_{0i}Q_{1i}}} \times 固定乘数$$

三、我国主要使用的股票价格指数

1. 中证指数有限公司及其指数

中证指数有限公司由上海证券交易所和深圳证券交易所共同出资成立，是一家从事指数编制、运营和服务的专业性公司。股东会是公司最高权力机构。公司设立董事会，由7名董事和2名监事组成，于2005年9月23日在上海成立。中证指数有限公司依托沪深证券交易所的市场、信息、技术、服务等资源优势，实行市场化运作，本着科学、客观、公正、透明的原则，在沪深300指数的基础上，为股指期货等金融衍生工具提供指数，为投资者提供标尺指数和投资基准，并将陆续开发适应中国证券市场发展需求、有利于金融创新的中证系列指数，还将提供更为广泛的指数订制、研究、咨询等相关服务，为证券市场的稳定发展服务。

（1）中证流通指数。中证指数有限公司于 2006 年 2 月 27 日正式发布中证流通指数。中证流通指数以 2005 年 12 月 30 日为基日，以该日所有样本股票的调整市值为基期，基点为 1 000 点。

（2）沪深 300 指数。中证指数公司发布沪深 300 统一指数的目的是：为反映中国证券市场股票价格变动的概貌和运行状况，并能够作为投资业绩的评价标准；为指数化投资及指数衍生产品创新提供基础条件。

（3）中证规模指数。中证规模指数包括中证 100 指数、中证 200 指数、中证 500 指数、中证 700 指数、中证 800 指数。中证指数公司于 2006 年 5 月 29 日发布中证 100 指数。指数以沪深 300 指数样本股作为样本空间，样本数量 100 只，选样方法是根据总市值对样本空间内股票进行排名，原则上挑选排名前 100 名的股票组成样本，但经专家委员会认定不宜作为样本的股票除外。指数以 2005 年 12 月 30 日为基日，基点为 1 000 点。

2. 上海证券交易所的股票价格指数

（1）样本指数类。

①上证成分股指数。上证成分股指数简称"上证 180 指数"，是上海证券交易所对原上证 30 指数进行调整和更名产生的指数。

上证成分股指数的样本股共有 180 只股票，选择样本股的标准是遵循规模（总市值、流通市值）、流动性（成交金额、换手率）、行业代表性三项指标，即选取规模较大、流动性较好且具有行业代表性的股票作为样本股。上证成分指数的样本空间，是在剔除上市时间不足一个季度、暂停上市、经营状况异常或最近财务报告严重亏损、股价波动较大、市场表现明显受到操纵等股票的范围内选择的。样本股的选择方法是：首先根据总市值、流通市值、成交金额和换手率对股票进行综合排名；其次，按照各行业的流通市值比例分配样本只数；第三，按照行业的样本分配只数在行业内选取排名靠前的股票；最后，对各行业选取的样本作进一步调整，使成分股总数为 180 家。上证成分股指数依据样本稳定性和动态跟踪的原则，每年调整一次成分股，每次调整比例一般不超过 10％，特殊情况下也可能对样本股进行临时调整。

上证成分股指数采用派许加权综合价格指数公式计算，以样本股的调整股本数为权数，并采用流通股本占总股本比例分级靠档加权计算方法。当样本股名单发生变化，或样本股的股本结构发生变化，或股价出现非交易因素的变动时，采用"除数修正法"修正原固定除数，以维护指数的连续性。上证 180 指数是 1996 年 7 月 1 日起正式发布的上证 30 指数的延续，从 2002 年 7 月 1 日起正式发布，基点为 2002 年 6 月 28 日上证 30 指数的收盘点数 3 299.05 点。

②上证 50 指数。2004 年 1 月 2 日，上海证券交易所发布了上证 50 指数。上证 50 指数根据流通市值、成交金额对股票进行综合排名，从上证 180 指数样本中选择排名前 50 位的股票组成样本。指数以 2003 年 12 月 31 日为基日，以该日 50 只成分股的调整市值为基期，基数为 1 000 点。上证 50 指数采用派许加权方法，按照样本股的调整股本数为权数进行加权计算。

③上证红利指数。上证红利指数简称"红利指数"，由上海证券交易所编制。上证红利指数由在上海证券交易所上市的现金股息率高、分红比较稳定的 50 只样本股组成，以反映上海证券市场高红利股票的整体状况和走势。在满足规模和流动性条件的基础上，按

照过去两年平均税后股息率进行排名，挑选排名最前的 50 只股票组成样本股。上证红利指数以 2004 年 12 月 31 日为基日，基点为 1 000 点，于 2005 年首个交易日发布。

上证红利指数采用派许加权方法，按照样本股的调整股本数为权数进行加权计算。调整样本数采用分级靠档的方法对成分股股本进行调整。当成分股名单发生变化，或成分股的股本结构发生变化，或成分股的调整市值出现非交易因素的变动时，采用"除数修正法"修正原固定除数，以保证指数的连续性。上证红利指数每年末调整样本一次，特殊情况下也可进行临时调整，调整比例一般不超过 20％。

（2）综合指数类。

①上证综合指数。上海证券交易所从 1991 年 7 月 15 日起编制并公布上海证券交易所股票价格指数，它以 1990 年 12 月 19 日为基期，以全部上市股票为样本，以股票发行量为权数，按加权平均法计算。其计算公式为：

$$本日股价指数 = \frac{本日股票市价总值}{基期股票市价总值} \times 100$$

式中，本日股票市价总值 $= \sum$ 本日收盘价 × 发行股数。

2007 年 1 月上海证券交易所宣布，新股于上市第 11 个交易日开始计入上证综指、新综指及相应上证 A 股、上证 B 股、上证分类指数，从而进一步完善指数编制规则，使指数更真实地反映市场的平均收益水平。

②新上证综指。新上证综指，简称为"新综指"，指数代码为 000017，于 2006 年 1 月 4 日首次发布。新上证综指选择已完成股权分置改革的沪市上市公司组成样本，实施股权分置改革的股票在方案实施后的第二个交易日纳入指数。新上证综指是一个全市场指数，它不仅包括 A 股市值，对于含 B 股的公司，其 B 股市值同样计算在内。新上证综指以 2005 年 12 月 30 日为基日，以该日所有样本股票的总市值为基期，基点为 1 000 点。新上证综指采用派许加权方法，以样本股的发行股本数为权数进行加权计算。

（3）分类指数类。上证分类指数有 A 股指数、B 股指数及工业类、商业类、地产类、公用事业类、综合类，共七类。

上证 A 股指数以 1990 年 12 月 19 日为基期，设基期指数为 100 点，以全部上市的 A 股为样本，以市价总值加权平均法编制。上证 B 股指数以 1992 年 2 月 21 日为基期，设基期指数为 100 点，以美元为计价单位，以全部上市的 B 股为样本，以市价总值加权平均法编制。

上海证券交易所按全部上市公司的主营范围、投资方向及产出分别计算工业类、商业类、地产类、公用事业类和综合类分类指数。上证工业类指数、商业类指数、地产类指数、公用事业类指数、综合类指数均以 1993 年 4 月 30 日为基期，基期指数设为 1 358.78 点，于 1993 年 5 月 3 日正式对外公布。以在上海证券交易所上市的全部工业类股票、商业类股票、地产类股票、公用事业类股票、综合类股票为样本，以全部发行股数为权数进行计算。

3. 深圳证券交易所的股票价格指数

（1）样本指数类。

①深证成分股指数。深证成分股指数由深圳证券交易所编制，通过对所有在深圳证券交易所上市的公司进行考察，按一定标准选出 40 家有代表性的上市公司作为成分股，以

成分股的可流通股数为权数，采用加权平均法编制而成。成分股指数以 1994 年 7 月 20 日为基日，基日指数为 1 000 点，起始计算日为 1995 年 1 月 25 日。深圳证券交易所选取成分股的一般原则是：有一定的上市交易时间；有一定的上市规模，以每家公司一段时期内的平均可流通股市值和平均总市值作为衡量标准；交易活跃，以每家公司一段时期内的总成交金额和换手率作为衡量标准。根据以上标准，再结合下列各项因素评选出成分股：公司股票在一段时间内的平均市盈率，公司的行业代表性及所属行业的发展前景，公司近年来的财务状况、盈利记录、发展前景及管理素质等，公司的地区、板块代表性等。

②深证 A 股指数。深圳 A 股指数以成分 A 股为样本，以成分 A 股的可流通股数为权数，采用加权平均法编制而成。成分 A 股指数以 1994 年 7 月 20 日为基日，基日指数为 1 000 点，起始计算日为 1995 年 1 月 25 日。

③深证 B 股指数。深证 B 股指数以成分 B 股为样本，以成分 B 股的可流通股数为权数，采用加权平均法编制而成。成分 B 股指数以 1994 年 7 月 20 日为基日，基日指数为 1 000 点，起始计算日为 1995 年 1 月 25 日。

④深证 100 指数。深圳证券信息有限公司于 2003 年初发布深证 100 指数。深证 100 指数成分股的选取主要考察 A 股上市公司流通市值和成交金额两项指标，从在深交所上市的股票中选取 100 只 A 股作为成分股，以成分股的可流通 A 股数为权数，采用派许综合法编制。根据市场动态跟踪和成分股稳定性原则，深证 100 指数将每半年调整一次成分股。深证 100 指数以 2002 年 12 月 31 日为基准日，基准指数定为 1 000 点，从 2003 年第 1 个交易日开始编制和发布。

(2) 综合指数类。深圳证券交易所综合指数包括：深证综合指数、深证 A 股指数和深证 B 股指数。它们分别以在深圳证券交易所上市的全部股票、全部 A 股、全部 B 股为样本股，以 1991 年 4 月 3 日为综合指数和 A 股指数的基期，以 1992 年 2 月 28 日为 B 股指数的基期，基期指数定为 100，以指数股计算日股份数为权数进行加权平均计算。当有新股票上市时，在其上市后第二天纳入指数计算。当某一股票暂停买卖时，将其暂时剔除于指数的计算之外。若有某一股票在交易中突然停牌，将取其最后成交价计算即时指数，直至收市。

(3) 分类指数类。深证分类指数包括农林牧渔指数、采掘业指数、制造业指数、水电煤气指数、建筑业指数、运输仓储指数、信息技术指数、批发零售指数、金融保险指数、房地产指数、社会服务指数、传播文化指数、综企类指数共 13 类。其中，制造业指数又分为食品饮料指数、纺织服装指数、木材家具指数、造纸印刷指数、石化塑胶指数、电子指数、金属非金属指数、机械设备指数、医药生物指数等九类。深证分类指数以 1991 年 4 月 3 日为基期，基期指数设为 1 000 点，起始计算日为 2001 年 7 月 2 日。

4. 香港股票市场的主要股票价格指数

(1) 恒生指数。恒生指数是由香港恒生银行于 1969 年 11 月 24 日起编制公布、系统反映香港股票市场行情变动最有代表性和影响最大的指数。它挑选了 33 种有代表性的上市股票为成分股，用加权平均法计算。成分股主要依据以下四个标准选定：第一，股票在市场上的重要程度；第二，股票成交额对投资者的影响；第三，股票发行在外的数量能应付市场旺盛时的需要；第四，公司的业务应以香港为基地。这 33 种成分股中包括金融业 4 种、公用事业 6 种、地产业 9 种、其他工商业 14 种。这些股票分布在香港主要行业，都是最具代表性和实力雄厚的大公司。它们的市价总值要占香港所有上市股票市价总值的70%左右。恒生指数的成分股并不固定，自1969年以来，已作了十多次调整，从而使成分股更具有代表性，使恒生指数更能准确反映市场变动状况。

恒生指数最初以股市交易较正常的1964年7月31日为基期，基值为100，后来因为恒生指数按行业增设了4个分类指数，将基期改为1984年1月13日，并将该日收市指数的975.47点定为新基期指数。由于恒生指数具有基期选择恰当、成分股代表性强、计算频率高、指数连续性好等特点，因此一直是反映和衡量香港股市变动趋势的主要指标。

香港恒生指数成分股编制规则沿用37年后于2006年2月提出改制，首次将H股纳入恒生指数成分股。上市标准是：以H股形式在香港上市的内地企业，只要公司的股本以全流通形式在香港联交所上市；H股公司已完成股权分置，且无非上市股本；或者新上市的H股公司无非上市股本。恒生指数服务公司表示，恒生指数会增加成分股数目，由目前的33只逐步增加至38只，新增加的5只将全部是国企股。截至2006年末，中国建设银行、中国石化、中国银行已入选恒指成分股，恒生指数成分股数目由原来的33只增加至36只。2007年3月12日起将工行、中国人寿纳入恒生指数，至此，恒生指数成分股增加至38只。这也意味着上证综指的前四大权重股工商银行、中国人寿、中国银行和中国石化全部进入恒生指数系列。除首度将H股纳入恒指成分股外，恒生指数的编算方法也将出现变动：由总市值加权法改为以流通市值调整计算，并为成分股设定15%的比重上限。近年来，国企股占港股总市值和成交额的比重不断上升，变动后的恒生指数更能全面反映市况，更具市场代表性。

（2）恒生综合指数系列。恒生银行于2001年10月3日推出恒生综合指数系列。恒生综合指数包括200家市值最大的上市公司，并分为两个独立指数系列，即地域指数系列和行业指数系列。地域指数分为恒生香港综合指数和恒生中国内地指数。其中，恒生香港综合指数包括123家在香港上市而营业收益主要来自中国内地以外地方的公司，又分为恒生香港大型股指数、恒生香港中型股指数和恒生香港小型股指数。恒生中国内地指数包括77家在香港上市而营业收益主要来自中国内地的公司，又分为恒生中国企业指数（H股指数）和恒生中资企业指数（红筹股指数）。恒生综合行业指数分为资源矿产业指数、工业制造业指数、消费品制造业指数、服务业指数、公用事业指数、金融业指数、地产建筑业指数、咨询科技业指数、综合企业指数。

（3）恒生流通综合指数系列。恒生流通综合指数系列于2002年9月23日推出。其以恒生综合指数系列为编制基础，与恒生综合指数相同，有200只成分股，并对成分股流通量作出调整。在指数编制过程中，整个指数系列均经过流通量市值及市值比重上限调整。流通市值调整的目的是在指数编制中剔除由策略性股东长期持有并不在市场流通的股票。以下三类股份被视为策略性持有的股份：

①策略性股东持有的股权，由一位或多位策略性股东单独或共同持有超过30%的股权；

②董事持有的股权，个别董事持有超过5%的股权；

③互控公司持有的股权，由一家香港上市公司所持有并超过5%的股权。

流通市值调整的依据是公开资料，包括公司年报和香港交易所提供的公开信息。流通量调整系数（流通系数）是流通股份占总发行股份的百分率。各成分股的发行股票数量以流通系数调整后才用以编制指数。流通系数将调整至最接近的 5％或 10％的整位数，各成分股占指数的比重均调整至不超过 15％。恒生流通综合指数系列以 2000 年 1 月 3 日为基期，并以 2 000 点为基值。

（4）恒生流通精选指数系列。恒生流通精选指数系列于 2003 年 1 月 20 日推出。恒生流通精选指数系列由"恒生 50"、"恒生香港 25"和"恒生中国内地 25"组成，这三只指数分别为"恒生流通综合指数"、"恒生香港流通指数"和"恒生中国内地流通指数"属下的分组指数。

5. 台湾证券交易所发行量加权股票价格指数

台湾证券交易所目前发布的股票价格指数中，以发行股数加权计算的有 26 种，包括发行量加权股价指数（未含金融股发行量加权股价指数及电子股发行量加权股价指数）；还有 22 种产业分类股价指数，与英国富时（FTSE）共同编制的台湾 50 指数，以及以算术平均法计算的综合股价平均数和工业指数平均数。

四、国际主要股票市场及其价格指数

国际上其他主要的股票市场和价格指数往往对国内股票市场及 A 股造成影响，有时也指导 A 股市场动向，需要密切关注。

1. 道琼斯工业股价平均数

道琼斯工业股价平均数，是世界上最早、最享盛誉和最有影响力的股票价格平均数，由美国道琼斯公司编制并在《华尔街日报》上公布。现在人们所说的道琼斯指数实际上是一组股价平均数，包括以下五组指标。

（1）工业股价平均数。以 30 家著名大工商业公司股票为编制对象，能灵敏反映经济发展水平和变化趋势。平时所说的道琼斯指数就是指道琼斯工业股价平均数。

（2）以 20 家具有代表性的运输业公司股票为编制对象的运输业股价平均数。

（3）以 15 种具有代表性的公用事业大公司股票为编制对象的公用事业股价平均数。

（4）以上述 65 家公司股票为编制对象的股价综合平均数。

（5）以 700 种不同规模或实力的公司股票作为编制对象的道琼斯公正市价指数。

道琼斯股价平均数以 1928 年 10 月 1 日为基期，基期指数为 100。道琼斯指数的编制方法原为简单算术平均法，由于这一方法存在不足，其从 1928 年起采用除数修正的简单平均法，使平均数能连续、真实地反映股价变动情况。

长期以来，道琼斯股价平均数被视为最具权威性的股价指数，被认为是反映美国政治、经济和社会状况最灵敏的指标。

2. 金融时报证券交易所指数

金融时报证券交易所指数（也译为"富时指数"）是英国最具权威性的股价指数，由《金融时报》编制和公布。这一指数包括三种：一是金融时报工业股票指数，又称 30 种股票指数，它包括 30 种最优良的工业股票价格；二是 100 种股票交易指数；三是综合精算股票指数。金融时报工业股票指数是反映伦敦证券市场股票行情变化的重要尺度。

3. 日经 225 股价指数

日经 225 股价指数是《日本经济新闻社》编制和公布的反映日本股票市场价格变动的

股价指数。现在日经股价指数分成两组:一是日经225种股价指数;二是日经500种股价指数。

4. 纳斯达克市场及其指数

纳斯达克的中文全称是全美证券交易商自动报价系统,于1971年正式启用。纳斯达克采取的模式是孪生式(或称为附属式),即把创业板市场分为两个部分:一个是纳斯达克全国市场,它是纳斯达克市场的主要部分,占总市值的95%左右;另一个是纳斯达克小型资本市场,它是为一些有发展潜力的小型公司准备的,它的市值占总市值的5%左右。在小型资本市场上市的财务要求较低,但公司治理标准和全国市场一样。

纳斯达克市场设立了13种指数,纳斯达克综合指数是以在纳斯达克市场上市的、所有本国和外国的上市公司的普通股为基础计算的。该指数按每个公司的市场价值来设权重,这意味着每个公司对指数的影响是由其市场价值所决定的。市场总价是所有已公开发行的股票在每个交易日的卖出价总和。该指数是在1971年2月5日启用的,基准点为100点。

思考题

1. 简述证券发行市场的作用与构成。
2. 简述证券交易所的特征与功能。
3. 股份有限公司申请股票上市应当符合哪些条件?
4. 简述场外交易市场的定义与特征。
5. 简述股票价格指数的编制步骤。
6. 世界上具有代表性的股票价格指数有哪些?

练习题

● 单项选择题

1. 根据( )划分,证券市场可分为证券发行市场和证券交易市场。
   A. 交易标的物   B. 市场的效率
   C. 市场的主体   D. 市场的功能
2. 定向发行又称( ),即面向少数特定投资者发行。一般由债券发行人与某些机构投资者,如人寿保险公司、养老基金、退休基金等直接洽谈发行条件和其他具体事务,属直接发行。
   A. 招标发行   B. 公募发行   C. 私募发行   D. 承购包销
3. 根据标的物不同,招标发行可分为( )。
   A. 荷兰式招标和美式招标
   B. 价格招标、单一价格中标和多种价格中标
   C. 价格招标、收益率招标和缴款期招标
   D. 单一价格中标和多种价格中标

4. 我国《证券法》规定，发行人向不特定对象发行的证券票面总值超过人民币（　　），应当由承销团承销。

    A. 3 000 万元　　　　　B. 5 000 万元　　　　　C. 1 亿元　　　　　D. 3 亿元

5. 为保护投资者利益，防止股价暴涨暴跌和投机盛行，证券交易所制定的交易规则是（　　）。

    A. 大宗交易　　　　B. 报价方式　　　　C. 涨跌幅限制　　　　D. 价格决定

6. 我国《证券法》规定，证券交易所设总经理 1 人，由（　　）任免。

    A. 国务院证券监督管理机构　　　　　　B. 财政部

    C. 中国证监会　　　　　　　　　　　　D. 国家发展与改革委员会

7. 我国《公司法》和《证券法》规定，股票发行价格以超过票面金额的价格发行股票所得的溢价款项列入发行公司（　　）。

    A. 资本公积金　　　　　　　　　　　　B. 法定公益金

    C. 盈余公积金　　　　　　　　　　　　D. 未分配利润

8. 世界上最早、最享有盛誉和最有影响力的股价平均数是（　　）。

    A. 金融时报证券交易所指数（也译为"富时指数"）

    B. 道琼斯工业股价平均数

    C. 日经 225 股价指数

    D. NASDAQ 指数

⬤ 多项选择题

1. 下列关于证券发行市场的论述正确的是（　　）。

    A. 证券发行市场是发行人向投资者出售证券的市场

    B. 证券发行市场又称二级市场

    C. 证券发行市场是交易市场的基础和前提

    D. 证券发行市场通常有固定场所，是一个有形的市场

2. 上海证券交易所的样本指数有（　　）。

    A. 上证成分股指数　　　　　　　　　　B. 上证 50 指数

    C. 上证综合指数　　　　　　　　　　　D. 上证红利指数

3. 我国《证券法》规定，上市公司有下列情形之一的，由证券交易所决定暂停其股票上市交易。（　　）

    A. 公司最近五年连续亏损

    B. 公司股本总额、股权分布等发生变化不再具备上市条件

    C. 公司有重大违法行为

    D. 公司不按照规定公开其财务状况，或者对财务会计报告作虚假记载，可能误导投资者

4. 现在人们所说的道琼斯指数实际上是一组股价平均数，包括的指标有（　　）。

    A. 运输业股价平均数　　　　　　　　　B. 商业股价平均数

    C. 公用事业股价平均数　　　　　　　　D. 工业股价平均数

5. 股票发行的定价方式，可以采取（　　）。

    A. 累计投标询价方式   B. 上网竞价方式

    C. 协商定价方式   D. 一般询价方式

6. 证券发行制度包括（   ）。

    A. 注册制   B. 登记制   C. 核准制   D. 审批制

判断题

1. 证券发行核准制实行公开管理原理。（   ）

2. 发行人推销证券的方法有两种：自销和包销。一般情况下，公开发行以包销为主。（   ）

3. 证券交易所是一个高度组织化、集中进行证券交易的市场，是整个证券市场的核心。证券交易所本身并不买卖证券，也不决定证券价格。（   ）

4. 证券交易通常都必须遵循价格优先原则和时间优先原则。（   ）

5. 代办股份转让系统是指以具有代办股份转让主办券商业务资格的证券公司为核心，为上市股份有限公司提供规范股份转让服务的股份转让平台。（   ）

案例分析

股票发行案例之宝钢股份——集多项创新于一身的发行方案

一、案例背景

宝山钢铁股份有限公司是由上海宝钢集团公司独家发起设立的股份有限公司，于 2000 年 2 月 3 日正式注册成立。宝钢集团是国家授权投资机构和国家控股公司，是中国现代化程度最高的大型钢铁联合企业和最大的钢铁企业。从 2000 年 10 月到 11 月 20 日，宝钢股份通过上网定价发行和网下配售结合的方式，在上海证券交易所向社会成功发行人民币普通股 18.77 亿股，共融资人民币 78.46 亿元（扣除发行费用约 1.4 亿元后，实际募集资金约 77.06 亿元），为当时市场最大规模的一次 A 股发行。尽管此次成功发行有宝钢公司自身优异的资质、中国资本市场日益加大的深度和市场走势平稳等各种因素，但主承销商中国国际金融有限公司（以下简称"中金公司"）为宝钢股份设计的独具特色的、科学的发行方案也功不可没。

二、事件过程

此次宝钢股份 A 股股票发行数量为 18.77 亿股，发行后总股本达 125.12 亿股。发行对象为在上海证券交易所进行股东账户登记的境内自然人、法人（国家法律、法规禁止购买者除外），以及符合国家有关配售规定的法人投资者。此次发行价格区间由预路演的价格发现机制确定，其下限应高于每股账面净资产值。法人投资者在该价格区间申报申购价格和股数，主承销商和发行人根据法人投资者网下簿记建档结果协商确定最终发行价格。

本次发行规模巨大，并有诸多创新之举，总体看来整个发行过程可以分为三个阶段。

1. 预路演价格发现阶段

2000 年 10 月，在经过几日的预路演之后，根据法人投资者对宝钢股份 A 股的报价，申购报价区间被定为每股 3.50～4.18 元。

2. 公开路演网下定价阶段

在 2000 年 11 月 6 日、7 日和 10 日，发行人宝钢股份和承销商中金公司分别在上海、北京和深圳举行三场大型公开路演活动，向投资者推介宝钢股票。与此同时，在全景网站（www.p5w.net）的网上路演同步进行，以及时全面回答投资者的问题。2000 年 10 月 30 日和 11 月 6 日在《中国证券报》、《上海证券报》和《证券时报》分别刊登向法人投资者配售的公告。公告显示，宝钢股份选择了 10 家与宝钢有着长期紧密合作关系的上下游公司作为战略投资者，配售数量共计达 4.47 亿股。

对法人配售的预约登记及申购于 2000 年 11 月 15 日结束。中金公司根据收到的认购要约进行簿记建档，并在此基础上和发行人宝钢股份协商确定本次发行价格为人民币 4.18 元/股，按 2000 年预测净利润计算全面摊薄发行市盈率为 18.66 倍。

3. 网上定价发行阶段

2000 年 11 月 17 日，宝钢公司同时在《中国证券报》、《上海证券报》和《证券时报》上刊登《宝山钢铁股份有限公司 A 股发行招股说明书概要》（以下简称"概要"），公布网上定价发行股票的有关事宜。"概要"规定，以网下法人配售询价结果 4.18 元/股为发行价格，对投资者进行网上发行。获得网下配售的法人投资者不得参与本次网上定价发行申购。网上申购结束当天，中金公司根据上交所提供的申购统计，决定是否启动回拨机制调整网上、网下分配比例，将部分原拟在网下配售的股票回拨至网上发行。上网发行日期为 2000 年 11 月 20 日，结果顺利发行了 4.5 亿股；至此，宝钢股份 18.77 亿 A 股发行成功，共筹资 78.458 6 亿元人民币。12 月 12 日，宝钢股份向一般投资者上网定价发行的 4.5 亿股在上海证券交易所上市交易，向一般法人投资者配售的 9.8 亿股，分两部分分别在 3～4 个月后上市流通，向战略投资者配售的 4.47 亿股于 2001 年 5 月 29 日上市流通。中国证券市场的航母级公司顺利下海。

三、影响与评价

宝钢股份的发行规模在国内证券市场是空前的，因此这也对投资银行设计发行方案提出了更高的要求。本次发行方案的创新主要体现在以下一些方面。

1. 预路演的价格发现机制

虽然目前一级市场的供求关系仍然是供小于求，但在钢铁行业大部分上市公司均处于低市盈率水平的背景下，主承销商中金公司引入了预路演价格发现机制，力求提高发行的市场化程度，同时该种方式也可在一定程度上化解自身的承销风险。

预路演指的是发行人的股票在取得主管机关核准后，在正式发行前，以主承销商为主的承销团进行的资本市场调查行为。从宝钢股份的预路演情况来看，公司以不公开地与投资者见面的形式开展资本市场调查，其目的是通过特定潜在投资者对公司发行价格的判断来了解申购者的需求，其定价的市场化程度较高，也更容易取得发行的成功。

预路演的创新形成了股票定价的市场互动格局。在以往的发行方式中，路演的询价功能往往流于形式，在招股意向书出台之前，发行人和主承销商即已确定了发行价格区间，路演的主要功能则是以推介为主。以上方法在目前国内一级市场需求旺盛的情况下往往容易取得成功。

对于宝钢股份来说，由于发行股本庞大，融资额也是规模空前的，其发行难度较高。因此，为保障发行的顺利进行进而将发行风险降低到尽可能低的程度，引入"预路演"展开资本市场调查行为，则能够形成一个完整的、与市场互动的定价过程，国际化程度较高。

预路演取得了良好的发行效果。主承销商通过预路演确定发行价格区间为（3.50～4.18元）。该价格区间的市盈率水平（15.625～18.66倍）相对于二级市场钢铁行业上市公司的市盈率水平而言处在相对合理的区间；发行结果表明，最终发行价格以4.18元的上限成交，网上发行超额认购倍率为26.02倍，达到了预期效果。

宝钢股份发行采用预路演延长了七天的发行时间，但发行成本并未因此而显著提高，总发行费用为1.49亿元，占募集资金额的1.90%。

2. 回拨机制的设计

中金公司在国内首次设计了回拨机制，根据实际申购情况确定网上、网下实际配售比例，对不同发行方式可能存在的不平衡给予了充分的考虑。此方案中，主承销商根据簿记建档结果和网上超额认购倍数确定是否启动股票回拨机制（如果网上认购超额认购倍数超过66.67倍，则回拨4 000万股），最终确定网上、网下的配售比例，从而最终确定网下配售的总股数。网下配售总股数确定之后，再确定各类订单的配售比例。

回拨机制的设计是有其背景的。2000年8月，证监会发布的《法人配售发行方式指引》中首次提出回拨机制，指引中对发行量8 000万股以下且发行人和主承销商坚持使用法人配售方式发行的，规定应当采取"回拨机制"。从本次方案来看，发行人和主承销商采用回拨机制的引用则主要考虑到法人投资者和一般投资者申购的综合平衡。

3. 股份锁定，分期上市

根据战略投资者、法人投资者以及一般投资者三类新股申购投资者的性质不同，在发行前即分别确定了其股份的锁定期。这不仅是保障公司经营的需要，也与国内二级市场承载能力较弱、市场容量偏小等因素有关，分期上市有利于公司二级市场股价的稳定。

发行方案针对不同类型的投资者设计了不同的锁定期：一般投资者（网上定价发行部分）股票挂牌后即可出售，一般法人投资者和证券投资基金网下配售部分锁定期至少为3个月，战略投资者的锁定期至少为6个月。

四、启发与思考

作为中国证券市场上有史以来规模最大的 A 股发行，宝钢股份受到了市场的认可，中金公司的此次承销工作非常成功，而且股票挂牌后也有不错的市场表现，市场反响很好。但这并不是说此次发行就完美无缺了，此次宝钢发行项目的负责人贝多广在接受记者采访时就承认："由于发行开始时对市场的判断不完全充分，在一些问题，如对法人投资者分类标准、订金比例确定等的处理上还有进一步改进的余地。"事实上，问题可能不仅如此，至少回拨机制方案设计仍有创新余地。根据《法人配售发行方式指引》所附的操作方案，其中提到"……根据一般投资者的申购情况，最终确定对法人投资者和对一般投资者的股票分配量"，从本方案来看，仅在一般投资者上网认购倍数在 66.67 倍时采用回拨机制，这种单一的规定最终导致了发行过程中回拨机制最终没有被采用；而事实上，如果在方案设计时能充分考虑到网上认购不同倍数下回拨数量的确定，则可实现宝钢股份首次上市流通股数的增加，从而能相对减轻公司日后法人配售部分上市对股价的影响程度，也有利于保持公司良好的市场形象。

分析：宝钢股份的发行创新方案对于证券市场起到了哪些作用？

第七章　证券市场中介·

学习目标

　　了解证券公司的含义、设立条件，掌握证券公司的主要业务，熟悉证券公司的治理结构及风险管理；熟悉证券登记结算公司的职能，以及证券投资咨询机构、证券信用评级机构、会计师事务所、律师事务所、资产评估机构等证券服务机构的相关知识。

案例导入

"麦科特"作假案的启示

　　"麦科特"作假案曝光后，再一次引起市场哗然。究其原因，不仅是该企业三年内共虚构利润 9 000 多万港元并以此骗得虚假上市的行径让人愕然惊叹；更堪恐惧的是，在此过程中所有中介机构无一例外地"开闸放水"、"推波助澜"，使这起造假工程发挥到了"极致"。对在麦科特上市过程中，由会计师、评估师、律师及券商出具的审计报告书、资产评估书、法律意见书及发行申报文件，中国证监会发言人一概给出了"严重失实"的结论，并认定其中有涉嫌犯罪的行为。如此"全面"地追究中介机构造假的刑事责任，在中国证券市场还是第一次。这不由得使人在感到解气之余，也更加为国内中介机构的素质和状况感到深深的忧虑。

　　在现代市场经济体制的架构中，中介机构本来就是作为一种市场制衡力量来设置的，"勤勉尽责，诚实守信"是其最基本的职业操守，这种利益与责任对等关系的建立，既是市场经济"三公"原则得以落实的保障，也是中介行业安身立命的根本。按道理说，为眼前利益砸长期饭碗，靠侥幸心理蒙混过关，这种典型的"走私者"心态，不应该是聪明人济济一堂的"三师一商"所能认同的，可为什么偏偏有那么多的中介机构会不约而同地选择铤而走险呢？

　　这其中原因是多方面的。一是传统"包装"思路还大有市场，认为只要抢到项目，谁包得好看是谁有本事，完全模糊了法与非法的界限，浑然不知市场正在发生重要变化；二是部分中介机构把"道义放两旁，利字摆中间"，在原则问题上导向错误，一些项目负责人更是急功近利、不计后果；三是过去监管长期不到位，使中介机构视法律为儿戏，把违规当游戏。其实，很多中介机构也并不是偶然才碰上这类麻烦，例如中天勤会计师就直接与银广夏和三九医药事件有牵连，而此次为麦科特做评估的广东大正联合，在2000年炒得沸沸扬扬的粤宏远品牌评估事件中也曾有过让人啼笑皆非的表现。应该说，此次麦科特案件对中介机构的震动是以往任何证券违规事件都不能相比的。随着市场化的推进和监管手段的强化，中介机构在市场中的"篱笆墙"作用，再不能容许由帮凶甚或教唆者来承担；诚信二字，也绝不是只需在招股说明书的抬头写上"真实、准确、完整"几个字那么简单。有了此次的"开刀先例"，希望今后在每一份"有毒副作用"的利益面前，中介机构都会坐下来冷静考虑一下："值不值得冒那么大的风险去干？"

　　分析：证券中介机构在证券市场运作中的作用是什么？

第一节　证券公司

一、证券公司概述

　　证券公司，俗称券商，是依照我国《公司法》和《证券法》的规定，经国务院证券监督管理机构审查批准，从事证券经营业务的有限责任公司或者股份有限公司。它是非银行金融机构的一种，是从事证券经营业务的法定组织形式，是专门从事有价证券买卖的法人企业。依据我国《公司法》的规定，证券公司从成立起就应按照现代企业制度来规范管理，以使证券公司能够成为具有一定规模、产权清晰、风险自负、权责分明、管理科学的现代企业，担负起证券公司在证券发行与交易中的责任。证券公司具有证券交易所的会员资格，可以承销发行、自营买卖或自营兼代理买卖证券。普通投资人的证券投资都要通过券商来进行。从证券经营公司的功能分，可分为证券经纪商、证券自营商和证券承销商。

　　(1) 证券经纪商，指代理买卖证券的证券机构，接受投资人委托，代为买卖证券，并收取一定手续费即佣金。

　　(2) 证券自营商，指自行买卖证券的证券机构。它们资金雄厚，可直接进入交易所为自己买卖股票。

　　(3) 证券承销商，指以包销或代销形式帮助发行人发售证券的机构。

　　实际上，许多证券公司是兼营这三种业务的。按照各国现行的做法，证券交易所的会员公司均可在交易市场进行自营买卖，但专门以自营买卖为主的证券公司为数极少。我国的证券公司，多是集承销、经纪、自营三种业务于一身的综合性经营机构。

二、证券公司的设立

　　根据《证券法》的规定，设立证券公司应当具备下列条件：

（1）有符合法律、行政法规规定的公司章程；

（2）主要股东具有持续盈利能力，信誉良好，最近三年无重大违法违规记录，净资产不低于人民币2亿元；

（3）有符合本法规定的注册资本；

（4）董事、监事、高级管理人员具备任职资格，从业人员具有证券从业资格；

（5）有完善的风险管理与内部控制制度；

（6）有合格的经营场所和业务设施；

（7）法律、行政法规规定的和经国务院批准的国务院证券监督管理机构规定的其他条件。

证券公司必须在其名称中标明"证券有限责任公司"或者"证券股份有限公司"字样。原《证券法》将证券公司分为综合类证券公司和经纪类证券公司，新《证券法》取消了这种划分，而是对经营不同证券业务的证券公司规定了不同的注册资本限额。

根据《证券法》规定，经国务院证券监督管理机构批准，证券公司可以经营的业务有：①证券经纪；②证券投资咨询；③与证券交易、证券投资活动有关的财务顾问；④证券承销与保荐；⑤证券自营；⑥证券资产管理；⑦其他证券业务。

证券公司经营上述第①项至第③项业务的，注册资本最低限额为人民币5 000万元；经营第④项至第⑦项业务之一的，注册资本最低限额为人民币1亿元；经营第④项至第⑦项业务中两项以上的，注册资本最低限额为人民币5亿元。证券公司的注册资本应当是实缴资本。

国务院证券监督管理机构根据审慎监管原则和各项业务的风险程度，可以调整注册资本最低限额，但不得少于上述规定的限额。

国务院证券监督管理机构应当自受理证券公司设立申请之日起6个月内，依照法定条件和法定程序并根据审慎监管原则进行审查，作出批准或不予批准的决定，并通知申请人。不予批准的，应当说明理由；证券公司设立申请获得批准的，申请人应当在规定的期限内向公司登记机关申请设立登记，领取营业执照。证券公司应当自领取营业执照之日起15日内，向国务院证券监督管理机构申请经营证券业务许可证。未取得经营证券业务许可证，证券公司不得经营证券业务。证券公司设立、收购或者撤销分支机构，变更业务范围或者注册资本，变更持有5%以上股权的股东、实际控制人，变更公司章程中的重要条款，合并、分立、变更公司形式、停业、解散、破产，在境外设立、收购或者参股证券经营机构，必须经国务院证券监督管理机构批准。

三、证券公司的主要业务

1. 证券承销业务

（1）证券承销业务的定义。证券承销业务是证券公司根据协议，依法协助证券发行人销售其所发行的证券的行为。依据《证券法》的规定，"发行人向不特定对象发行的证券，法律、行政法规规定应当由证券公司承销的，发行人应当与证券公司签订承销协议"，委托证券公司承销。

（2）证券承销业务的方式。承销业务分为代销或包销两种方式。证券代销是指证券公司代发行人发售证券，在承销期结束时，将未售出的证券全部退还给发行人的承销方式。证券包销是指证券公司将发行人的证券按照协议全部购入，或者在承销期结束时将售后剩余证券全部自行购入的承销方式。包销又分为全额包销和余额包销两种方式。全额包销是指证券公司作为承销商先全额买断发行人发行的证券，再向投资者发售，由证券公司承担全部风险的承销方式。余额包销是指证券公司作为承销商按照约定的发行额和发行条件，在约定的期限内向投资者发售证券，到销售截止日，如投资者实际认购总额低于预定发行总额，未售出的证券由证券公司负责认购，并按约定的时间向发行人支付全部发行价款的承销方式。

（3）证券承销团承销。为了防止证券公司超出风险承受能力承销证券，《证券法》还规定了承销团的承销方式，即向不特定对象发行的证券总值超过人民币 5 000 万元的，应当由承销团承销。承销团应当由主承销和参与承销的其他证券公司组成。

（4）证券承销业务的内容及承销协议。证券公司承销证券负有对发行人进行尽职调查的义务，对公开发行募集文件的真实性、准确性、完整性进行核查，并根据市场情况与发行人协商确定发行价格。证券公司承销证券，应当与发行人签订承销协议。承销协议应当载明下列事项：当事人的名称、住所及法定代表人姓名，代销、包销证券的种类、数量、金额及发行价格，代销、包销的期限及起止日期，代销、包销的付款方式及日期，代销、包销的费用和结算办法，违约责任，中国证监会规定的其他事项。证券的代销、包销期限最长不得超过 90 日。

2. 证券经纪业务

（1）证券经纪业务及证券经纪商的定义。

①证券经纪业务是指证券公司通过其设立的证券营业部，接受客户委托，按照客户要求，代理客户买卖证券的业务。证券经纪业务是随着集中交易制度的实行而产生和发展起来的。

②证券经纪商是指接受客户委托、代客买卖证券并以此收取佣金的中间人。证券经纪商以代理人的身份从事证券交易，与客户是委托代理关系。证券经纪商必须遵照客户发出的委托指令进行证券买卖，并尽可能以最有利的价格使委托指令得以执行；但证券经纪商并不承担交易中的价格风险。证券经纪商向客户提供服务以收取佣金作为报酬。在我国，具有法人资格的证券经纪商是指在证券交易中代理买卖证券、从事经纪业务的证券公司。

（2）证券经纪商的作用。在证券代理买卖业务中，证券公司作为证券经纪商发挥着重要作用。证券交易方式的特殊性、交易规则的严密性和操作程序的复杂性，决定了广大投资者不能直接进入证券交易所买卖证券，而只能由经过批准并具备一定条件的证券经纪商进入交易所进行交易，投资者则需委托证券经纪商代理买卖来完成交易过程。因此，证券经纪商是证券市场的中坚力量，其作用主要表现在以下两个方面。

①充当证券买卖的媒介。证券经纪商充当证券买方和卖方的经纪人，发挥着沟通买卖双方并按一定要求迅速、准确地执行指令和代办手续的媒介作用，提高了证券市场的流动性和效率。

②提供咨询服务。证券经纪商一旦和客户建立了买卖委托关系，就有责任向客户提供及时、准确的信息和咨询服务。这些咨询服务包括：上市公司的详细资料、公司和行业的研究报告、经济前景的预测分析和展望研究、有关股票市场变动态势的商情报告、有关资

产组合及单只证券产品的评价和推介等。

（3）证券经纪的规则。证券经纪是证券公司接受投资者委托，代理其买卖证券的行为。它应遵守以下规则：

①不得接受投资者的全权委托代其买卖证券，不得进行信用方式的委托，或对投资者作盈利保证、分享利益或亏损补偿保证的买卖；

②不得为投资者买卖证券提供融资，不得将投资者的证券借与他人或用作担保；

③对投资者的委托买卖指令有保守秘密的义务；

④不得以获取佣金为目的，诱导投资者进行不必要的证券买卖，或者在投资者的账户上翻炒证券；

⑤证券公司的证券营业部不得将资金存取、清算与交割等柜台业务延伸到经营场所之外；

⑥同时经营证券自营与代理业务的公司，应当将经营两类业务的资金、账户和人员分开管理，并将投资者存入的保证金在两个营业日内存入指定的信托账户，不得挪用客户保证金从事证券自营业务或用于其他用途。

（4）证券经纪业务的特点。

①业务对象的广泛性和价格变动性。所有上市交易的股票和债券都是证券经纪业务的对象，因此证券经纪业务的对象具有广泛性。同时，由于证券经纪业务的具体对象是特定价格的证券，而证券价格受宏观经济运行状况、上市公司经营业绩、市场供求情况、社会政治变化、投资者心理因素、主管部门的政策及调控措施等多种因素的影响，经常涨跌变化，同一种证券在不同时点会有不同的价格，因此，证券经纪业务的对象还具有价格变动性的特点。

②证券经纪商的中介性。证券经纪业务是一种代理活动，证券经纪商不以自己的资金进行证券买卖，也不承担交易中证券价格涨跌的风险，而是充当证券买方和卖方的代理人，发挥着沟通买卖双方和按一定的要求和规则迅速、准确地执行指令并代办手续，同时尽量使买卖双方按自己意愿成交的媒介作用，因此具有中介性的特点。

③客户指令的权威性。在证券经纪业务中，客户是委托人，证券经纪商是受托人。证券经纪商要严格按照委托人的要求办理委托事务。这是证券经纪商对委托人负有的首要义务。委托人的指令具有权威性，证券经纪商必须严格按照委托人制定的证券数量、价格和有效时间买卖证券，不能自作主张，擅自改变委托人的意愿。即使情况发生了变化，为了维护委托人的权益不得不变更委托指令，也必须事先征得委托人的同意。如果证券经纪商无故违反委托人的指示，在处理委托事务中使委托人遭受损失，证券经纪商应承担赔偿责任。

④客户资料的保密性。在证券经纪业务中，委托人的资料关系到其投资决策的实施和投资盈利的实现，关系到委托人的切身利益，证券经纪商有义务为客户保密，如股东账户和资金账户的账号和密码，客户委托的有关事项，买卖证券的时间和价格等，客户股东账户中的库存证券种类和数量，资金账户中的资金额等。如因证券经纪商泄露客户资料而造成客户损失，证券经纪商应承担赔偿责任。

3. 证券自营业务

（1）证券自营业务的定义。证券自营业务是证券经营机构为本机构投资买卖证券、赚取买卖差价并承担相应风险的行为。证券经营机构的自营业务按业务场所一般分为两类，即场外（如柜台）自营买卖和场内（证券交易所）自营买卖。场外自营买卖是指证券经营机构通过柜台交易等方式，由客户和证券经营机构直接洽谈成交的证券交易；场内自营买卖是指证券经营机构在集中交易场所（证券交易所）自营买卖证券。在我国，证券自营业务一般是指场内自营买卖业务。

（2）证券自营业务的规则。证券公司从事自营业务，应当遵守以下规定。

①真实、合法的资金和账户。证券公司从事自营业务必须以自己的名义进行，不得假借他人名义或者以个人名义进行。证券公司的自营业务必须使用自有资金和依法筹集的资金，不得通过"保本保底"的委托理财、发行柜台债券等非法方式融资，不得以他人名义开立多个账户。证券公司不得将其自营账户转借给他人使用。

②业务隔离。证券公司必须将证券自营业务与证券经纪业务、资产管理业务、承销保荐业务及其他业务分开操作，建立防火墙制度，确保自营业务与其他业务在人员、信息、账户、资金、会计核算方面严格分离。

③明确授权。证券公司应建立健全相对集中、权责统一的投资决策与授权机制。自营业务决策机构应当按照董事会、投资决策机构、自营业务部门三级体制设立。证券公司要建立健全自营业务授权制度，明确授权权限、时效和责任，建立层次分明、职责明确的业务管理体系，制定标准的业务操作流程，明确自营业务相关部门、相关岗位的职责，保证授权制度的有效执行。自营业务的管理和操作由证券公司自营业务部门专职负责，非自营业务部门和分支机构不得以任何形式开展自营业务。自营业务的投资决策、投资操作、风险监控的机构和职能应当相互独立。自营业务的账户管理、资金清算、会计核算等后台职能应当由独立的部门或岗位负责，形成有效的前、中、后台相互制衡的监督机制。

④风险监控。证券公司要根据公司经营管理的特点和业务运作状况，建立完备的自营业务管理制度、投资决策机制、操作流程和风险监控体系，在风险可测、可控、可承受的前提下从事自营业务。证券公司应当建立自营业务的逐日盯市制度，健全自营业务风险监控和公司整体损益情况的联动分析与监控机制，完善风险监控量化指标体系，定期对自营业务投资组合的市值变化，以及对公司以净资本为核心的风险监控指标的潜在影响进行敏感性分析和压力测试。根据监管机构的规定，证券公司证券自营账户上持有的权益类证券按成本价计算的总金额不得超过其净资产的80%。

⑤报告制度。证券公司应当按照监管部门和证券交易所的要求，报送自营业务信息。报告的内容包括自营业务账户、席位情况，涉及自营业务规模、风险限额、资产配置、业务授权等方面的重大决策，以及自营风险监控报告等事项。

（3）证券自营业务的特点。证券自营业务与经纪业务相比较，其根本区别是自营业务是证券公司为盈利自己买卖证券，而经纪业务是证券公司代理客户买卖证券。证券自营业务具有以下特点。

①决策的自主性。证券公司自营买卖业务的首要特点即为决策的自主性，这表现在以下三个方面：第一，交易行为的自主性，证券公司自主决定是否买入或卖出某种证券；第二，选择交易方式的自主性，证券公司在买卖证券时，是通过交易所买卖，还是通过其他场所买卖，由证券公司在法规范围内依一定的时间、条件自主决定；第三，选择交易品种、价格的自主性，证券公司在进行自营买卖时，可根据市场情况，自主决定买卖品种、

价格。

②交易的风险性。风险性是证券公司自营买卖业务区别于经纪业务的另一重要特征。由于自营业务是证券公司以自己的名义和合法资金直接进行的证券买卖活动，证券交易的风险性决定了自营买卖业务的风险性。在证券的自营买卖业务中，证券公司自己作为投资者，买卖的收益与损失完全由证券公司自身承担。而在代理买卖业务中，证券公司仅充当代理人的角色，证券买卖的时机、价格、数量都由证券委托人决定，由此而产生的收益和损失也由委托人承担。

③收益的不稳定性。证券公司进行证券自营买卖，其收益主要来源于低买高卖的价差。但这种收益不像收取代理手续费那样稳定。

4. 资产管理业务

（1）资产管理业务的定义。资产管理业务是指证券公司作为资产管理人，依照有关法律法规和《证券公司客户资产管理业务试行办法》的规定与客户签订资产管理合同，根据资产管理合同约定的方式、条件、要求及限制，对客户资产进行经营运作，为客户提供证券及其他金融产品的投资管理服务行为。

（2）资产管理业务的分类。资产管理业务包括为单一客户办理定向资产管理业务和为多个客户办理集合资产管理业务。要区分限定性集合资产管理计划和非限定性集合资产管理计划。

证券公司与单一客户签订定向资产管理合同，通过该客户的账户为客户提供资产管理服务。为多个客户办理集合资产管理业务，证券公司通过设立集合资产管理计划，与客户签订集合资产管理合同，将客户资产交由依法可以从事客户交易结算资金存管业务的商业银行或者中国证监会认可的其他资产托管机构进行托管，通过专门账户为客户提供资产管理服务。证券公司与客户签订专项资产管理合同，针对客户的特殊要求和资产的具体情况设定特定投资目标，通过专门账户为客户提供资产管理服务。

5. 证券投资咨询业务

证券投资咨询业务是指取得监管部门颁发的相关资格的机构及其咨询人员为证券投资者或客户提供证券投资的相关信息、分析、预测或建议，并直接或间接收取服务费用的活动。证券投资咨询业务是指证券公司及其相关业务人员运用各种有效信息，对证券市场或个别证券的未来走势进行分析预测，对投资证券的可行性进行分析评判；为投资者的投资决策提供分析、预测、建议等服务，倡导投资理念，传授投资技巧，引导投资者理性投资的业务活动。根据服务对象的不同，证券投资咨询业务可进一步细分为面向公众的投资咨询业务，为签订了咨询服务合同的特定对象提供的证券投资咨询业务，为本公司投资管理部门、投资银行部门提供的投资咨询服务。

6. 财务顾问业务

财务顾问业务是指与证券交易、证券投资活动有关的咨询、建议、策划业务。具体包括：为企业申请证券发行和上市提供改制改组、资产重组、前期辅导等方面的咨询服务；为上市公司重大投资、收购兼并、关联交易等业务提供咨询服务；为法人、自然人及其他组织收购上市公司及相关的资产重组、债务重组等提供咨询服务；为上市公司完善法人治理结构、设计经理层股票期权、职工持股计划、投资者关系管理等提供咨询服务；为上市公司再融资、资产重组、债务重组等资本营运提供融资策划、方案设计、推介路演等方面的咨询服务；为上市公司的债权人、债务人对上市公司进行债务重组、资产重组、相关的股权重组等提供咨询服务以及中国证监会认定的其他业务形式。

7. 融资融券业务

（1）融资融券业务的定义。融资融券业务是指证券公司向客户出借资金供其买入证券或出具证券供其卖出证券的业务。由融资融券业务产生的证券交易称为融资融券交易。融资融券交易分为融资交易和融券交易两类，客户向证券公司借资金买证券称为融资交易，客户向证券公司借证券卖出称为融券交易。

（2）融资融券业务的作用。

①发挥价格稳定器的作用。在完善的市场体系下，信用交易制度能发挥价格稳定器的作用，即当市场过度投机或者做庄导致某一股票价格暴涨时，投资者可通过融券卖出方式沽出股票，从而促使股价下跌；反之，当某一股票价值低估时，投资者可通过融资买进方式购入股票，从而促使股价上涨。

②有效缓解市场的资金压力。证券公司的融资渠道有多种，所以融资的放开和银行资金的入市也会分两步走。以基金为例，在股市低迷时期，对于基金这类需要资金调节的机构来说，不仅能解燃眉之急，也会带来相当不错的投资收益。

③刺激 A 股市场活跃。融资融券业务有利于市场交投的活跃，利用场内存量资金放大效应也是刺激 A 股市场活跃的一种方式。融资融券业务有利于增加股票市场的流通性。

④改善券商生存环境。融资融券业务除了可以为券商带来较高的佣金收入和息差收益外，还可以衍生出很多产品创新机会，并为自营业务降低成本和套期保值提供了可能。

⑤融资融券业务是多层次证券市场的基础。融资融券业务是现代多层次证券市场的基础，也是解决新老划断之后必然出现的结构性供求失衡的配套政策。融资融券和做空机制、股指期货等是配套连在一起的，将会同时为资金规模和市场风险带来巨大的放大效应。在不完善的市场体系下，信用交易不仅不会起到价格稳定器的作用，反而会进一步加剧市场波动。风险表现在两方面：其一，透支比例过大，一旦股价下跌，其损失会加倍；其二，当大盘指数走熊时，信用交易有助跌作用。

8. 证券公司 IB 业务

（1）证券 IB 业务的定义。IB 业务是指机构或者个人接受期货经纪商的委托，介绍客户给期货经纪商并收取一定佣金的业务模式。证券公司 IB 业务是指证券公司接受期货经纪商的委托，为期货经纪商介绍客户的业务。IB 制度起源于美国，目前在金融期货交易发达的国家和地区（美国、英国、韩国、我国台湾地区等）得到了普遍推广，并取得了成功。

（2）证券公司开展 IB 业务的条件。证券公司开展 IB 业务，必须满足相应的资格条件。组织架构方面，证券公司与期货公司需成立或指定专门的部门负责介绍业务的管理与业务对接；人员配备方面，证券公司总部至少有五名专职业务人员，证券公司营业部至少有两名专职业务人员，专职人员应具备期货从业资格，专职人员与证券公司营业部负责人应通过中期协组织的介绍业务专项培训和考试；基础设施方面，证券公司应设置专门的期货开户专区，与证券业务隔离，并且要有开展 IB 业务的显著标志，要将介绍业务范围、专职人员的名单和照片、出入资金流程、客户投诉电话及处理流程等内容现场公示。

四、证券公司的管理

1. 证券公司的治理结构

证券公司应当按照现代企业制度，明确划分股东会、董事会、监事会、经理层之间的职责，建立完备的风险管理和内部控制体系。证券公司及其股东、高管人员要诚实守信，保障证券公司股东、客户及其他利益相关者的合法权益，维护证券公司资产的独立和完整。

（1）股东及股东会。

①股东及实际控制人。股东及实际控制人应符合监管部门规定的资格条件。实际控制人是指能够在法律上或事实上支配证券公司股东行使股东权利的法人、其他组织或个人。股东转让所持有的证券公司股权，受让方及其实际控制人也要符合监管部门规定的资格条件。

②股东的义务。股东应当严格履行出资义务，证券公司不得直接或间接为股东出资提供融资或担保。证券公司股东存在虚假出资、出资不实、抽逃出资或变相抽逃出资等违法违规行为的，董事会应及时报告，并责令纠正。股东在出现可能导致所持证券公司股权发生转移的情况时，应当及时通知证券公司。

③股东会。股东会的职权范围、会议的召集和表决程序都需要在公司章程中明确规定。证券公司股东会授权董事会行使股东会的部分职权，授权内容应当明确具体，并且在公司章程中做出规定或经股东会决议批准。

④控股股东的行为规范。控股股东不得利用其控股地位损害证券公司、公司其他股东和公司客户的合法权益，不得超越股东会、董事会任免证券公司的董事、监事和高管人员，不得超越股东会、董事会干预证券公司的经营管理活动。证券公司与其控股股东应在业务、人员、机构、资产、财务、办公场所等方面严格分开，各自独立经营、独立核算、独立承担责任和风险。证券公司的控股股东及其关联方应当采取有效措施，防止与其所控股的证券公司发生业务竞争。

（2）董事和董事会。

①董事的任职要求以及知情权。熟悉证券法律、行政法规，具有履行职责所需的经营管理能力，并在任职前取得证券监督管理机构核准的任职资格。公司在章程中应明确规定董事的任职条件、任免程序、权利义务、任期等。证券公司应当采取措施切实保障董事的知情权，为董事履行职责提供必要条件。

②董事会。在公司章程中，应当确定董事人数，明确董事会的职责。董事会应当制定规范的董事会召集程序、议事表决规则，经股东会表决通过。章程要明确规定董事长不能履行职责或缺位时董事长职责的行使，董事会授权董事长在董事会闭会期间行使董事会部分明确具体的职权，但对涉及公司重大利益的事项不得授权董事长决定。

③独立董事。独立董事是指与证券公司及其股东不存在可能妨碍其进行独立客观判断关系的外部董事。独立董事应掌握证券市场的基本知识及相关法律、行政法规，诚实信用，具有五年以上相关工作经验。

独立董事除具有《公司法》和其他法律、行政法规赋予董事的职权外，还可以向董事会或者监事会提议召开临时股东会或董事会，为履行职责的需要聘请审计机构或咨询机构，对公司的薪酬计划、激励计划以及重大关联交易等事项发表独立意见。

（3）监事和监事会。证券公司应当采取措施切实保障监事的知情权，为监事履行职责提供必要的条件。监事有权了解公司的经营情况，并承担相应的保密义务。

监事会应当制定规范的议事规则，经股东会审议通过。监事会对公司财务以及公司董事、经理层人员履行职责的合法合规性进行监督，并向股东会负责。监事会可以检查公司财务，监督董事会、经理层履行职责的情况，对董事及经理层人员的行为进行质询，要求董事、经理层人员纠正其损害公司和客户利益的行为，提议召开临时股东会，组织对高级管理人员进行离任审计以及行使法律法规和公司章程规定的其他职权。监事会可根据需要对公司财务情况、合规情况进行专项检查，必要时可聘请外部专业人士协助，其合理费用由公司承担。

公司应将其内部稽核报告、合规检查报告、月度或季度财务会计报告、年度财务会计报告及其他重大事项及时报监事会。监事会应当就公司的财务情况、合规情况向股东会年度会议作出专项说明。监事明知或应知董事、经理层人员有违反法律、行政法规或公司章程，损害公司利益的行为，未履行应尽职责的，应承担相应责任。

（4）经理层。证券公司章程应当明确经理层人员的构成、职责范围。证券公司应当采取公开、透明的方式，聘任专业人士为经理层人员。经理层人员不得经营与所任职公司相竞争的业务，也不得直接或间接投资于与所任职公司竞争的企业。

证券公司应当设总经理，制定总经理工作细则。总经理依据《公司法》、公司章程的规定行使职权，并向董事会负责。证券公司通过管理委员会、执行委员会等形式行使总经理职权的，其组成人员应当取得证券公司高级管理人员任职资格。

总经理应当根据董事会或监事会的要求，向董事会或监事会报告公司重大合同的签订或执行情况、资金运用情况和盈亏情况。总经理必须保证该报告的真实性。未担任董事职务的总经理可以列席董事会会议。

证券公司经理层应当建立责任明确、程序清晰的组织结构，组织实施各类风险的识别与评估，并建立健全有效的内部控制制度和内部控制机制，及时处理或纠正内部控制中存在的缺陷或问题。

2. 证券公司的内部控制

内部控制是现代企业管理架构的构成部分，是企业持续发展的制度保证。证券公司是证券市场的主体，是生产金融产品、提供金融服务的现代金融企业。与一般企业一样，证券公司也存在内部控制问题，而且由于证券公司所具有的金融行业"脆弱性"、"虚拟性"、"高风险"的特殊背景，其内部控制问题比一般企业更突出、更重要。内部控制是一种"机制"。证券公司的内部控制是证券公司为实现既定目标，在公司内部建立的，由董事会、管理层通过所有员工（控制主体）实施的，对经营和管理活动及其相伴生的风险（控制客体）进行控制，确保公司生存安全和持续发展的一种系统性、综合性的机制。

证券公司内部控制的范围和主要内容是业务的内部控制，包括以下几个方面。

（1）经纪业务的内部控制。证券公司应防范挪用客户交易结算资金及其他客户资产、非法融入融出资金以及结算风险等；应加强经纪业务整体规划，加强营业网点布局、规模、选址等的统一规划和集中管理；应制定统一完善的经纪业务标准化服务规程、操作规范和相关管理制度。

（2）自营业务的内部控制。证券公司应加强投资决策、资金、账户、清算、交易和保密等的管理，防范规模失控、决策失误、超越授权、变相自营、账外自营、操纵市场、内幕交易等的风险；应建立健全自营决策机构和决策程序，加强对自营业务的投资策略、规模、品种、结构、期限等的决策管理；应通过合理的预警机制、严密的账户管理、严格的资金审批调度、规范的交易操作及完善的交易记录保存制度等，控制自营业务运作风险。

（3）承销业务的内部控制。证券公司应重点防范因管理不善、权责不明、未勤勉尽责等原因导致的法律风险、财务风险及道德风险；建立项目管理制度，完善项目的业务流程、作业标准和风险控制措施；加强项目的内核工作和质量控制，加强证券发行中的定价和配售等关键环节的决策管理，杜绝虚假承销行为。

（4）资产管理业务的内部控制。证券公司应防范规模失控、决策失误、越权操作、账外经营、挪用客户资产和其他损害客户利益的行为以及保本保底所导致的风险；统一管理受托投资管理业务，受托投资管理业务应与自营业务严格分离，独立决策、独立运作，规范业务流程、操作规范和控制措施，制定明确、详细的信息披露制度，保证委托人的知情权；合理控制受托投资管理业务规模。

（5）研究咨询业务的内部控制。证券公司应加强研究咨询业务的统一管理，完善研究咨询业务规范和人员管理制度，制定适当的执业回避、信息披露和隔离墙等制度，重点防范传播虚假信息、误导投资者、无资格执业违规执业以及利益冲突等的风险。

（6）业务创新的内部控制。证券公司业务创新应当坚持合法合规、审慎经营的原则，建立完整的业务创新工作程序，制定风险控制措施及相应财务核算、资金管理办法，尤其注重业务创新的过程控制，及时纠正偏离目标的行为。

五、证券公司的风险管理

1. 证券公司风险的分类

随着证券市场的发展及行业竞争的加剧，证券公司面临的风险越来越复杂。风险的分类方式有很多种，根据国际证券管理组织（IOSCO）1998 年的风险分类方式，证券公司的风险可分为市场风险、流动性风险、信用风险、营运风险、法律风险和系统风险。

（1）市场风险。市场风险是指一个证券公司持有的投资头寸因为市场价格（如股价、利率、汇率等）的不利变化而发生损失的风险。这种风险会导致公司利润或资本的损失。

（2）流动性风险。流动性风险是指持有金融商品的一方，无法在合理价位迅速卖出或转移而产生的风险。或者是投资头寸无法提前解约或避险，或者即使可以也必须以与市价相差极大的差额执行。

（3）信用风险。信用风险是指因交易契约中的一方无法履行义务而产生的风险。信用风险也包括由于融资、交换契约、选择权等交易在结算时因为交易对手的违约而产生损失的风险。

（4）营运风险。营运风险是指证券公司在交易过程中因管理系统及控制失效而可能产生的风险。所谓控制失效的情况包括：前台交易超过授权额度、未经授权擅自交易或超范围经营，后台清算、记录和会计控制不当，人员经验不足，信息系统易被入侵，甚至包括自然灾害等外部事件导致损失的风险。

（5）法律风险。法律风险是指交易契约因无法满足或违反法律要求、适度延伸法律解释，或者是业务行为偏差使得契约无法顺利执行而导致损失的风险。在形态上包括契约本身不可执行或交易对手的越权行为，即法律风险包括可能使契约本身存在不合法性，以及契约当事人没有适当授权等情况。

（6）系统风险。系统风险是指证券公司经营失败、市场崩溃或结算系统出现问题，经由金融市场引发金融机构接二连三经营失败的现象。当发生系统风险时，将使投资人对市场产生"信心危机"，导致市场呈现极度缺乏流动性的情况。

实际上，以上（2）～（6）项风险均与市场风险存在相关性。

2. 证券公司风险管理分析

风险管理是识别风险来源、衡量企业风险暴露程度，以及控制风险的过程。要做好风险管理工作，公司应当凭借其经验及知识识别所有风险来源，并合理区分风险的性质，认清哪一类风险是公司愿意承担的，承担到什么程度；哪一类风险是公司不愿意承担的，必须予以规避。

风险管理起源于对银行贷款质量及执行程序的监管。1988年巴赛尔银行监理委员会（BCBS）在巴赛尔协议中首先要求银行机构建立系统化的风险管理机制，其主要目的在于促使银行计提充足的风险准备以承担信用风险暴露。其后，在巴赛尔协议中对风险管理的要求不断增加，如要求开始利用风险值（VaR）观念、允许银行自行开发风险值内部模型等。国际证券管理组织延续了巴赛尔协议对金融机构风险管理规范，也建议证券公司应发展内部风险值系统。

证券公司风险管理方法有很多，目前国际金融界应用比较广泛的是全面风险管理方案。公司的全面风险管理方案可以定义为策略、过程、基础设施和环境之间的融合。这里的策略是指公司的商业任务和策略、风险策略、价值命题和风险欲望。过程是风险管理结构化的控制活动周期。一般包括风险意识、风险评估、操作、测量和控制、估值等环节。基础设施构成风险管理框架的基础，为有效执行风险管理过程提供组织的、分析的、操作的和系统的支持。包括独立的风险管理中心、正式的风险管理制度和程序、风险测量方法、最大风险承受水平、报告交流情况和信息技术等。环境是指风险管理框架周围的环境。包括企业文化、人事培训与交流等。证券公司的产生和发展与证券市场的产生和发展密不可分。在我国，证券公司和证券市场都是改革开放的产物。

六、我国证券公司的发展

我国证券公司经历了从无到有、由地方到全国迅速壮大的发展过程。

1. 前交易所时期（1987—1991 年）

1987 年深圳特区证券公司成立，这是我国第一家专业性证券公司。此后，为了配合国债交易和发展证券交易市场，人民银行陆续牵头组建了 43 家证券公司，同时批准部分信托投资公司、综合性银行开展证券业务，初步形成了证券专营和兼营机构共存的格局。

1990 年，人民银行颁布了《证券公司管理暂行办法》等规章，初步确立了证券公司的监管制度。

2. 快速发展时期（1992—1998 年）

1991 年年底，上海、深圳证券交易所成立后，我国证券公司开始进入快速发展时期。1992 年，国务院证券委员会（以下简称"国务院证券委"）和中国证券监督管理委员会（以下简称"中国证监会"）成立后，人民银行继续对证券经营机构的主体进行管理，国务院证券委和中国证监会对证券经营机构的业务进行监管。1992 年，经中国人民银行批准，设立了以银行为背景的华夏、国泰、南方三大全国性证券公司。证券公司开始全面开展证券承销、经纪和自营业务，证券营业网点逐步由地方走向全国。此时，一些证券公司介入实业投资、房地产投资和违规融资（如代理发售柜台债、国债回购等）活动，产生了大量的不良资产和违规负债。这些违规行为给证券公司的发展留下了隐患。为此，中国人民银行、国务院证券委和中国证监会联手加强对证券经营机构的监管。1996 年中国人民银行发布《关于人民银行各级分行与所办证券公司脱钩的通知》，推动银行、证券和保险的分业经营。国务院证券委和中国证监会先后发布了有关股票承销、自营、经纪、投资咨询等业务的管理办法。这一时期证券经营机构的数量达到 90 家。

3. 规范发展时期（1998—2003 年）

1998 年年底《证券法》出台。依据《证券法》的规定，国务院证券监督管理机构依法对全国证券市场实行集中统一的监督管理。证券业和银行业、信托业、保险业分业经营、分业管理，证券公司与银行、信托、保险业务机构分别设立。这一年，国务院决定由中国证监会集中统一监督管理全国证券市场，证券经营机构的监管职责全部移交中国证监会。为贯彻分业经营、分业管理的原则，证券经营机构与银行、信托、财政脱钩。在进行银证、信证分业的同时，证券公司实行分类管理，分为综合类证券公司和经纪类证券公司。2001 年，中国证监会发布了《证券公司管理办法》、《证券公司检查办法》和《客户交易结算资金管理办法》，对证券公司的监管作出了明确规定。为了解决历史上形成的证券公司挪用客户资产等问题，2003 年中国证监会发布了"三条铁律"：严禁挪用客户交易结算的资金，严禁挪用客户委托管理的资产，严禁挪用客户托管的债券。随着行业秩序的规范，证券公司资产的总规模和收入水平都迈上了新台阶。

4. 综合治理时期（2004 年至今）

2004 年，《国务院关于推进资本市场改革开放和稳定发展的若干意见》明确提出，大力发展资本市场是一项重要的战略任务，对于我国实现 21 世纪头 20 年国民经济翻两番的战略目标具有重要意义。提出要把证券公司建设成为具有竞争力的现代金融企业。但是应当看到，我国资本市场是伴随着经济体制改革的进程逐步发展起来的。由于建立初期改革不配套以及制度设计上的局限，资本市场还存在一些深层次的问题和结构性矛盾。随着市场的结构性调整，证券公司存在的问题充分显现，必须采取综合治理的措施从根本上加以解决。

经过十几年的发展，截至 2010 年 6 月 30 日，106 家证券公司总资产为 1.8 万亿元，净资产为 5 053.44 亿元，净资本为 3 942.01 亿元，受托管理资金本金总额为 1 755.51 亿元。

第二节 证券登记结算公司

证券登记结算公司是为证券交易提供登记、存管与结算服务，不以营利为目的的法人。证券登记结算公司在我国目前主要有两种形式：一种是为证券交易所提供集中登记、集中存管、集中结算服务的专门机构，称为中央登记结算机构；二是代理中央登记结算机构为地方证券经营机构和投资者提供登记、结算及其他服务的地方机构，称为地方登记结算机构。设立证券登记结算公司必须经国务院证券监督管理机构批准。2001 年 3 月 30 日，中国证券登记结算有限责任公司成立，这标志着中国建立全国集中、统一的证券登记结算体制的组织构架已经基本形成。

一、证券登记结算公司的职能

1. 证券账户、结算账户的设立

证券账户、结算账户是专门为投资者买卖证券而设立的，证券账户用于记录投资者的买卖证券情况，结算账户的作用在于证券交易中为买卖双方清算交收服务。证券公司在证券登记结算机构设立账户，实际上就是证券公司与证券登记结算机构建立了一种服务的关系，登记结算机构为证券公司提供证券交易的有关服务。

2. 证券的托管和过户

托管就是证券持有人将其所持有的证券委托证券登记结算机构保管，这样便于交易结算，也比较安全。过户就是根据证券交易清算交收的结果，将证券持有人持有证券的事实记录下来。过户所用的形式是将一个所有者账户上的证券转移到另一个所有者账户上，这种转移是股权、债权的一种转移，它由证券登记结算机构经办。

3. 证券持有人名册登记

证券持有人名册登记是由证券登记结算机构进行股权、债权的登记，它是根据证券交易中结算、交收、过户的结果进行的，这种登记确定了投资者的权利，并形成了证券持有人名册。

4. 证券交易所上市证券交易的清算和交收

证券交易所上市证券交易的清算和交收就是实际履行交易双方的责任，完成一方交付证券、另一方支付价款的过程，这样证券交易才能完成，下一步的交易才能开始并继续。

5. 受发行人的委托派发证券权益

一般来说，证券在发行后上市交易，在投资者之间流动，发行人难以掌握哪些人持有证券。发行人要向股东派发权益，或者向债权人支付利息，最好的办法就是委托证券登记结算机构依据证券持有人登记名册派发，准确、便捷并有利于保护投资者利益。

6. 办理与上述业务有关的查询

办理与上述业务有关的查询，是相关业务的延伸，这是一项法定的职能。

7. 国务院证券监督管理机构批准的其他业务

除了上述六项业务外，证券登记结算机构还可以提供其他的业务，但需要经过国务院证券监督管理机构的批准。

二、证券登记结算公司的设立

设立证券登记结算公司必须经国务院证券监督管理机构批准。具体而言，设立证券登记结算公司，应当具备下列条件：

(1) 自有资金不少于人民币 2 亿元；

(2) 具有证券登记、存管和结算服务所必需的场所和设施；

(3) 主要管理人员和从业人员必须具有证券从业资格；

(4) 证券监督管理机构规定的其他条件。

证券登记结算公司的名称中应当标明"证券登记结算"字样。证券登记结算采取全国集中统一的运营方式，证券登记结算公司的章程、业务规则应当依法制定，并须经证券监督管理机构批准。为保证登记结算公司履行职能，登记结算公司具有必备的服务设备和完善的数据安全保护措施，建立完善的业务、财务和安全防范等管理制度，建立完善的风险管理系统。

三、中国证券登记结算有限公司

中国证券登记结算有限公司依据《证券法》和《中华人民共和国公司法》组建。公司总资本为人民币 12 亿元，上海、深圳证券交易所是公司的两个股东，各持 50％的股份。公司总部设在北京，下设上海、深圳两个分公司。中国证监会是公司的主管部门。

2001 年 3 月 30 日，按照《证券法》关于证券登记结算集中统一运营的要求，经国务院同意和中国证监会批准，中国证券登记结算有限公司组建成立。同年 9 月，中国证券登记结算有限公司上海、深圳分公司正式成立。从 2001 年 10 月 1 日起，中国证券登记结算有限公司承接了原来隶属于上海和深圳证券交易所的全部登记结算业务，这标志着全国集中统一的证券登记结算体制的组织架构已经基本形成。该公司的宗旨是，建立一个符合规范化、市场化和国际化要求，具有开放性、拓展性特点，有效防范市场风险和提高市场效率，能够更好地为中国证券市场未来发展服务的、集中统一的证券登记结算体系。

按照《证券法》和《证券登记结算管理办法》的相关规定，中国证券登记结算有限公司履行下列职能：证券账户、结算账户的设立和管理，证券的存管和过户，证券持有人名册登记及权益登记，证券和资金的清算交收及相关管理，受发行人的委托派发证券权益，依法提供与证券登记结算业务有关的查询、信息、咨询和培训服务，中国证监会批准的其他业务。

第三节　证券服务机构

证券服务机构是指依法设立的、从事证券服务业务的法人机构。证券服务机构主要包括证券投资咨询机构、证券信用评级机构、会计师事务所、律师事务所、资产评估机构等。

一、证券投资咨询机构

1. 证券投资咨询机构的定义

证券投资咨询机构又称证券投资顾问公司，是指对证券投资者和客户的投融资、证券交易活动和资本营运提供咨询服务的专业机构，主要是向顾客提供参考性的证券市场统计分析资料，对证券买卖提出建议，代拟某种形式的证券投资计划等，并收取相应的咨询费。

2. 设立证券投资咨询机构的条件

设立证券投资咨询机构或从事证券咨询业务，须事先获得中国证监会的业务许可，并需具备以下条件：

（1）分别从事证券或者期货投资咨询业务的机构，有5名以上取得证券、期货投资咨询从业人员资格的专职人员；同时从事证券和期货投资咨询业务的机构，有10名以上取得证券、期货投资咨询从业人员资格的专职人员，其高级管理人员中，至少有一名取得证券或期货投资咨询从业人员资格。

（2）有100万元人民币以上的注册资本。

（3）有固定的业务场所和与业务相适应的通信及其他信息传递设施。

（4）有公司章程。

（5）有健全的内部管理制度。

（6）业务人员必须具备证券专业知识和从事证券业务两年以上。

（7）具备证监会要求的其他条件。

3. 证券投资咨询机构的业务

证券投资咨询机构的业务包括：

（1）接受政府、证券管理机关、有关业务部门和境内外机构的委托，提供宏观经济及证券市场方面的研究分析报告和对策咨询服务；

（2）接受境内外证券投资者的委托，提供证券投资、市场法规等方面的业务咨询；

（3）接受公司委托，策划公司证券的发行与上市方案；

（4）接受证券经营机构的委托，策划有关的证券事务方案，担任顾问；

（5）编辑出版证券市场方面的资料、刊物和书籍等。

4. 证券投资咨询机构的禁止性义务

证券投资咨询机构旨在向证券投资者或客户提供专业性服务。为了避免证券咨询机构与客户利益发生冲突，建立投资者及客户对证券咨询机构的合理信赖，《证券法》特别规定了证券投资咨询机构的禁止性义务：

（1）不得代理委托人从事证券投资；

（2）不得与委托人约定分享证券投资收益或者分担证券投资损失；

（3）不得买卖本咨询机构提供服务的上市公司的股票；

（4）不得从事法律、行政法规禁止的其他行为，如利用咨询服务与他人合谋操纵市场或者进行内幕交易等。

违反上述禁止性义务的，应依照证券监管法规，承担相应的行政责任，包括责令停止违法行为、吊销业务许可证和处以罚款；构成犯罪的，还应承担相应的刑事责任。

5. 证券投资咨询机构的作用

证券投资咨询机构的出现，一方面适应了证券专业化的要求，另一方面也符合证券市场的公开、公平原则。其作用是：

（1）咨询人员的专业知识与技能可以增加证券市场的透明度；

（2）咨询机构可以为市场上的发行人、投资人出谋划策，帮助他们选择筹资、投资的最佳方案，减少盲目性，也减少了浪费；

（3）可以增强投资者的风险意识，用事实、数据来引导投资者摆正投资的态度。

二、证券信用评级机构

1. 证券信用评级机构的定义

证券信用评级机构是专门从事有价证券评级业务的机构，一般为独立的、非官方的机构。证券信用评级机构的出现与证券的特性有关，证券的特性就是收益与风险紧密相连，追求高收益必然要承担高风险；反之承担的风险较小。因此，一方面投资者要做出最佳投资组合，必然要对各种证券进行比较和分析；另一方面，就证券发行后能否被批准上市、已上市证券的继续发行对投资者是否有吸引力等，都与证券的等级评定结果有联系。

2. 证券信用评级的内容

对证券的评级由两部分构成：对债券的评级和对股票的评级。

（1）对债券的评级。除了信誉特别高的国债外，公司债券发行者、外国政府债券发行者等都自愿向专门从事证券评级业务的评级机构申请级别评定。评级公司在评级过程中主要考虑4个方面：证券发行公司的偿债能力、证券发行公司的资信、投资者承担的风险、公司债务的法律性质。

（2）对股票的评级。严格来讲，股票的评级是对股票进行编类排列，即按照各种股票的股息和股东分红的不同水平、股票的盈利与风险、股票的涨跌前景等，对股票进行分类排列，作为股东调整经营决策的参考性信息和依据，因此它与债券评级是不同的。

证券评级机构对申请者拟发售债券的评定只负道义上的义务，而无法律上的责任。它们对某些债券评级较高，并非向投资者推荐这些债券，只是评价该种债券的发行质量、债券发行者的资信、投资者承担的风险，对股票的评级更不具备"定性"作用，归根结底要由投资者做出选择。

3. 证券信用评级机构的作用

（1）承销商可以依据证券级别的高低来决定发行价格、发行方式、承销费用以及采取何种促销手段。

（2）自营商可以根据各种证券的信用等级来评定其经营风险的大小，调整证券投资组合，这样有利于其自身的风险管理，也有利于内部管理部门对其经营的监督，防止因风险过大而危及自身安全。

（3）经纪商在从事信用交易时对不同的证券等级给出不同的证券代用率。

证券质量的评定对发行者、投资者和证券商都是十分重要的。目前，国际上比较著名的证券评级机构有：美国的穆迪投资服务公司、标准-普尔公司，日本的债券评级研究所，英国的国际银行业和信贷分析公司等。这些公司评出的证券等级，比较客观地反映了证券发行者及证券本身的资信程度。它们一般是完全独立的，不受政府和任何机构干预，但又同证券管理机构有着非常密切的联系，评级机构的业务活动本身就形成了对证券市场参与者活动的一种监督。许多国家有关当局都对不同级别的证券发行人在证券市场上的活动范围作了不同的限制，能够取得最高等级的发行者一般可以较低的成本发行证券、筹集资金，其证券在市场上也较受欢迎。

三、会计师事务所

1. 会计师事务所及注册会计师的定义

会计师事务所是指对公开发行股票的企业、机构和场所进行财务审计、咨询及其他相关专业服务的专门机构，是依法独立承办注册会计师业务，实行自收自支、独立核算、依法纳税的中介服务机构。注册会计师是通过注册会计师资格考试，依法取得注册会计师证书并接受委托从事审计业务和会计咨询、会计服务业务的专业人员。会计师事务所是注册会计师执行业务的工作机构。注册会计师审计是会计师事务所最主要的职能。

2. 从事证券业务的会计师事务所应具备的条件

会计师事务所可以由注册会计师合伙设立。合伙设立的会计师事务所的债务，由合伙人按照出资比例或者协议的内容约定，以各自的财产承担责任。合伙人对会计师事务所的债务承担连带责任。

凡申请从事证券业务许可证的会计师事务所，向财政部和证监会提交申请材料，由财政部会同证监会共同审定其执业资格。未经批准，没有取得许可证的会计师事务所不得从事证券业务。公开发行与交易股票的企业、机构和场所聘请没有取得许可证的会计师事务所所进行的财务审计和编报的财会资料一律无效。会计师事务所出具的专业报告、意见书的格式与内容，必须符合财政部和证监会的规定和要求。

3. 注册会计师应具备的条件

注册会计师是依法取得注册会计师证书并接受委托从事审计和会计咨询、会计服务业务的执业人员。对于具有高等专科以上学校毕业的学历，或者具有会计或相关专业中级以上技术职称的中国公民，可以申请参加注册会计师全国统一考试；对于具有会计或者相关专业高级技术职称的人员，可以免于部分科目的考试。参加全国注册会计师统一考试成绩合格，并从事审计业务工作两年以上的，可以向省、自治区、直辖市注册会计师协会申请注册。对于从事证券业务的注册会计师除了具备和符合上述条件外，还必须符合下列条件：具备必要的证券、金融、法律等有关知识。其中，执行国内发行 B 股和境外股票上市业务的注册会计师和助理人员，必须具有一定的外语水平；具有良好的职业道德记录和声誉；在以往三年内没有发生过严重工作失误和违反职业道德行为。

凡申请从事证券业务许可证的注册会计师，须向财政部和证监会提交《注册会计师从事证券业务许可证申请报告》。对于未经批准、没有取得许可证的会计师以及其他机构和人员，不得从事证券业务。

四、律师事务所

这里的律师事务所是指从事证券法律事务的专业机构。证券法律业务是指为发行和交易证券的企业、机构和场所所做的各种证券及相关业务出具有关法律意见书，审查、修改、制作各种有关法律文件等活动。

证券市场是市场经济高度发展的产物，市场经济就是法治经济，现代证券市场活动没有律师的参与是不可想象的，律师参与证券市场对促进和推动证券市场法制化起到了重要的作用。律师对法律文件起草和把关，帮助解决投资主体之间发生的纠纷，证券发行、上市、交易、停牌、摘牌等环节也离不开律师的参与。

1993 年 1 月 12 日，中华人民共和国司法部和中国证券监督管理委员会联合发布了《关于从事证券法律业务律师及律师事务所资格确认的暂行规定》（以下简称《规定》）。《规定》和以前颁布的《中华人民共和国律师暂行条例》是对从事证券法律业务律师及律师事务所活动管理的准绳。

从事证券法律业务的律师除了必须符合《中华人民共和国律师暂行条例》和国家有关律师资格的规定外，还必须符合以下条件。

（1）由本人提出申请，省、自治区、直辖市司法厅（局）审核报司法部，经司法部会同中国证券监督管理委员会批准并发给从事证券法律业务的资格证书。

（2）申请从事证券法律业务的律师应具备三年以上的从事经济、民事法律业务的经验；熟悉证券法律业务或有两年以上从事证券法律业务、研究、教学工作的经验；有良好的职业道德，在以往三年内没有受过纪律处分；经过司法部、证监会或司法部、证监会指定或委托的培训机构举办的专门业务培训并考核合格。

五、资产评估机构

资产评估机构是指组织专业人员依照国家有关规定和数据资料，按照特定的目的，遵循适当的原则、方法和计价标准，对资产价格进行评定估算的专门机构。其中，从事证券业务的资产评估机构是指对股票公开发行、上市交易的公司资产进行评估和开展与证券业务有关的资产评估业务的专门机构。2008 年 4 月 29 日，财政部、证监会联合印发《关于从事证券期货相关业务的资产评估机构有关管理问题的通知》，从设立期限、执业人数、净资产规模、业务收入水平等方面，大幅提高从事证券期货相关业务的资产评估机构的执业标准。

资产评估机构申请证券评估资格，应当符合下列条件：依法设立并取得资产评估资格三年以上，发生过吸收合并的，还应当自完成工商变更登记之日起满一年；质量控制制度和其他内部管理制度健全并有效执行，执业质量和职业道德良好；具有不少于 30 名注册资产评估师，其中最近三年持有注册资产评估师证书且连续执业的不少于 20 人；净资产不少于 200 万元；按规定购买职业责任保险或者提取职业风险基金；半数以上合伙人或者持有不少于 50％股权的股东最近在本机构连续执业三年以上；最近三年评估业务收入合计不少于 2 000 万元，且每年不少于 500 万元。

思 考 题

1. 证券公司的主要业务有哪些?
2. 证券登记结算公司有哪些职能?
3. 证券服务机构有哪些? 分别有哪些职能?

练 习 题

一 单项选择题

1. 在证券公司的核心业务中, 因要辅助客户物色目标公司、设计购并方案而被视为"财力和智力的高级结合"的业务是 ( )。
   A. 自营业务   B. 经纪业务
   C. 购并业务   D. 资产管理业务

2. 证券公司在办理经纪业务时是作为 ( )。
   A. 委托人   B. 信托人   C. 中介人   D. 投资人

3. 对注册会计师、会计师事务所、审计师事务所执行证券期货相关业务实行监督管理的部门为 ( )。
   A. 财政部和中国证监会   B. 国有资产管理局和中国证监会
   C. 司法部和中国证监会   D. 中国人民银行和中国证监会

4. 注册会计师的许可证实行的注册制度是 ( )。
   A. 五年注册制   B. 季度注册制
   C. 年度注册制   D. 三年注册制

5. 我国现阶段, 信用评级机构在性质上具有 ( )。
   A. 独立性   B. 非独立性   C. 连带性   D. 相关性

6. 证券公司经营证券自营业务, 自营业务规模不得超过净资本的 ( )。
   A. 30%   B. 50%   C. 100%   D. 200%

7. 由证券公司承办的证券发行称为 ( )。
   A. 包销   B. 代销   C. 承销   D. 推销

8. 下列不属于证券登记结算公司业务的是 ( )。
   A. 证券账户的设立   B. 证券的托管
   C. 证券持有人名册登记   D. 发表证券投资咨询报告

9. 在我国设立证券公司必须经 ( ) 审查批准。
   A. 证券交易所   B. 国务院   C. 证监会   D. 银监会

10. ( ) 是指与证券交易、证券投资活动有关的咨询、建议、策划业务。
    A. 证券投资咨询业务   B. 财务顾问业务

C. 证券自营业务　　　　　　　　　　D. 保荐业务

多项选择题

1. 世界各国对证券公司的划分和称呼不正确的是（　　）。

    A. 英国称投资银行　　　　　　　　B. 美国称商人银行

    C. 日本称证券公司　　　　　　　　D. 中国称证券公司

2. 按照《证券法》的要求，设立证券公司应当具备的条件包括（　　）。

    A. 有符合法律、行政法规规定的公司章程

    B. 有符合证券法规定的注册资本

    C. 主要股东最近两年无重大违法违规记录

    D. 有合格的经营场所和业务设施

3. 《证券法》将证券公司的注册资本最低限额与证券公司从事的业务种类直接挂钩，分为（　　）的标准。

    A. 5 000万元　　　　B. 1亿元　　　　C. 2亿元　　　　D. 5亿元

4. 证券登记结算公司为证券交易提供的服务有（　　）。

    A. 开立账户　　　　B. 集中登记　　　　C. 存管　　　　D. 结算业务

5. 我国律师事务所从事证券法律业务的内容主要有（　　）。

    A. 为股票的发行出具招股说明书

    B. 为证券的发行和上市活动出具法律意见书

    C. 为证券承销活动出具验证笔录

    D. 审查、修改、制作与证券发行、上市和交易有关的法律文件

判断题

1. 证券公司与商业银行在媒介资金的侧重点上不尽相同。商业银行因其自身性质和业务特点而侧重于中、长期资本市场；证券公司媒介资金侧重点则是短期资金市场。（　　）

2. 证券登记结算公司有责任确保持有人名册的合法性、真实性和完整性。（　　）

3. 股票公开发行、上市交易的公司，有权自行选择已取得资格的评估机构进行评估，任何部门不得干预。（　　）

4. 取得许可证的注册会计师变更工作的事务所时一律收回许可证。（　　）

5. 信用评级机构对投资人只有道义上的义务，无法律上的责任。（　　）

案例分析

海通证券股份有限公司

　　海通证券股份有限公司（以下简称"公司"）的前身是上海海通证券公司，成立于1988年，是我国最早成立的证券公司之一。1994年改制为有限责任公

司，并发展成全国性的证券公司。2001年底，公司整体改制为股份有限公司。2002年，经中国证监会批准，公司注册资本金增至87.34亿元，成为国内证券行业中资本规模最大的综合性证券公司。2005年5月，经中国证券业协会评审通过，海通证券成为创新试点券商。2006年，随着股权分置改革和券商综合治理的完成，资本市场进入实质转折期。在这一年里，公司在业务、管理、风险控制、制度和流程建设等方面都上了一个新台阶，启动了上市进程并获得了实质性进展。2007年7月31日，公司成功挂牌上市。2007年10月，中国证监会批准公司非公开发行新股不超过100 000万股并已完成，引入了中信集团、平安、太保等战略投资者，优化了公司股东结构，公司资本金达到82.278 2亿元。2009年末公司总资产1 208亿元，净资产434亿元，净资本344亿元。

公司长期致力于走国际化的金融控股集团的发展道路，公司收购黄海期货公司并更名为海通期货有限公司；并先后发起设立了富国基金管理有限公司、海富通基金管理有限公司。2004年，由公司控股的海富产业投资基金管理有限公司正式运作。2008年1月，海通（香港）金融控股有限公司获准开业，顺利取得各项业务牌照。海通开元投资有限公司也于2008年10月设立，负责公司的直接股权投资业务。2009年成功收购了香港大福证券集团有限公司，迅速扩展了公司在香港的业务网络、服务功能、客户基础和品牌影响，建立了稳固的海外发展平台，国际化战略初见成效。

目前，公司在全国67个城市设有181家营业网点，业务经营涉及证券经纪、证券自营、证券承销与保荐、证券投资咨询、证券资产管理、直接投资业务、证券投资基金代销、为期货公司提供中间介绍业务等众多领域，拥有近300万客户。2003年，公司被著名的《亚洲金融》杂志评为"中国最佳经纪行"。2005年，公司经纪业务实现低成本扩张，托管了甘肃证券和兴安证券。2008年营业部翻牌后，公司拥有的营业部网点家数达到180多家。2006年，公司在由财经媒体《21世纪经济报道》发起的"21世纪中国资本市场投资年会"上，获得了"2006年券商综合实力大奖"、"2006年最佳经纪团队"、"2006年最佳宏观策略研究团队"三项殊荣。2008年，公司顺利完成合规试点和账户清理工作，经纪业务以规范促发展，市场占有率稳步提升。同时，公司各项创新业务有序开展，并成立了融资融券部，为创新业务的开展作了充分准备。公司近年证券交易量一直保持业内领先，2009年股票、基金交易量44 937亿元，行业排名全国第四，市场占有率4.14%；2009年公司获批设立上海、北京、黑龙江、江苏、甘肃、浙江、深圳、广东、湖北、安徽等10家分公司。2009年，公司成功获得证券经纪人业务资格、社保基金国有股权托管资格及转持股份股权管理人资格；2009年，公司荣获上海证券报评选的"最佳证券经纪商"称号。

公司的投资银行业务在十余年的不断探索过程中打造出了具有海通特色的知名行业品牌，尤其在银行类企业和高科技企业的发行承销方面享有盛誉。公司先后承揽了浦东发展银行、民生银行等金融企业的融资项目，同时，亿阳信通、用友软件、上海贝岭的成功发行也为公司在高科技领域的承销业绩写下了浓重的一笔。截至 2009 年 12 月 31 日，公司作为主承销商已经为 192 家企业提供了融资服务，共筹集资金 1 325.78 亿元，其中 IPO 项目 123 家，募集资金 746.24 亿元；配股 47 家，募集资金 158.86 亿元；增发 18 家，募集资金 306.78 亿元；可转债 3 家，募集资金 53.90 亿元；权证 1 家，募集资金 60 亿元。2005 年股权分置改革以来，投资银行部共计完成股权分置改革项目 134 家，业务市场排名第一，市场占有率达到约 10%，在业内遥遥领先。

良好的服务质量、精湛的技术水平、孜孜以求的创新精神，使海通证券公司的投资银行业务得到了客户的广泛认可。2006 年 4 月，公司投资银行部荣获"2005 年度投行最佳团队"、"2005 年最佳股改团队"。2007 年 1 月，公司被著名财经网站和讯网评选为"2006 年度中国最佳投行金牌团队"。2008 年 1 月，公司被《证券时报》评选为"2007 年中小企业优秀保荐机构"。2008 年 3 月，被《新财富》评为"最受尊敬的投行"之一。2008 年，被浙江省人民政府金融工作办公室评为"优秀证券中介机构"。2008 年，公司严格投资银行项目管理，显著提高了投行项目的质量，上海电气 IPO 成为 H 股回归 A 股的经典案例，取得良好市场反响。公司并购重组业务发展迅速，尤其树立了在文化传媒领域并购专家的地位，2008 年参加由《上海证券报》组织的评选，获得"最佳并购团队"奖。2009 年公司荣获第三届《新财富》杂志"新财富最佳投行奖"。

自 2006 年开展资产管理业务以来，海通证券已取得了长足的进步，并为未来的发展打下了坚实的基础。2006 年 3 月，公司首个集合理财产品"海通稳健增值集合资产管理计划"成立，募集规模 12.7 亿元。由于产品的投资业绩出色，在 2009 年 1 月国金证券和路透社举办的第一届最佳私募和券商集合资产管理人评选活动中，海通证券获"2008 年最佳管理人"称号，海通稳健增值计划获得"2008 年度最佳集合理财计划"奖项。同年 5 月，海通稳健增值计划在《上海证券报》主办的"2008 年度中国最佳证券经纪商暨理财产品评选"中获评"2008 年度最佳混合型集合理财产品"。2010 年 1 月，在国金证券主办、《上海证券报》协办的"第二届中国最佳私募基金"评比中，公司荣获券商资产管理类长期优胜奖。

2002 年 10 月，经国家人事部批准，公司成为上海地区第一家被批准设立博士后科研工作站的综合性证券公司，在深圳证券交易所会员及基金管理公司研究成果评选中，连续八年排名第一。目前，公司拥有一批博士、硕士以及具有丰富实践经验的经营管理和研究人才。公司已与山西省、湖北省武汉市、青海省西宁市、陕西省宝鸡市、安徽省黄山市、宁夏自治区银川市、贵州省贵阳市等省市建立了长期战略合作关系并担任独立财务顾问，为战略客户的发展提供专业化的金融服务。

公司近年来积极加强与境外著名金融机构建立战略合作伙伴关系，不断扩展公司的海外业务网络，先后发起设立了富国基金管理有限公司、海富通基金管理有限公司。海富通基金管理有限公司由海通证券控股，持有 51% 的股权，2005—2007 年，海富通每年获得国际三大评级机构之一惠誉（Fitch Ratings）"M2（中国）"的资产管理人优秀评级，是目前国内极少经过惠誉资产管理人评级的中国本土资产管理公司，表明海富通基金公司在组织结构、独立性、内部控制、客户沟通、投资管理、风险管理等方面已经达到了国际水准。2008年和2009年，这一评级又调升为"M2+（中国）"。目前，海富通旗下共管理10只开放式基金，资产规模约为458亿元，企业年金和专户理财资产规模约为人民币110亿元，提供投资咨询业务的资产规模约为213亿元，总计约为781亿元。2004年年底，海通证券控股67％股权的海富产业投资基金管理有限公司正式运作。海富产业投资基金管理有限公司是我国第一家产业投资基金管理公司，现受托管理中国-比利时直接股权投资基金（以下简称"中比基金"）。中比基金是经中国国务院批准设立、中比两国政府及商业机构共同注资的产业投资基金，规模达10亿元人民币。目前，海富产业基金公司所管理的中比产业基金已投资22家企业。

海通证券经过十多年的发展，在经营过程中积累了丰富的证券经营管理经验；在内控机制方面，公司建立健全了较为完善的合规和风险管理组织体系。近年来，公司不断加强合规和风险管理，内控水平不断提高。2009年，公司连续第二年获得了证监会分类监管AA评级，合规内控严格有序。公司作为首批合规试点券商，率先完成了合规试点工作，通过建立健全合规管理制度和组织体系，开展合规咨询、培训、审核、实时监控等，将合规工作深入到各个业务环节。特别是公司自主开发了信息防火墙系统，得到了监管机构的高度肯定；加强对可疑交易和客户身份的识别、监控，有效提升了公司反洗钱工作的水平。公司进一步完善了以净资本为核心的风险监控体系，实现了公司各项业务风险和整体风险的科学评估和有效监控。在长期的证券市场运作中，公司已经建立了一套科学、规范、严密的经营管理体系、合规和风险监控体系，形成了稳健开拓的经营风格，创立了独特的公司品牌。

2010年是世博召开之年，万众瞩目，全球聚焦，也是公司五年发展规划的开局之年，任重道远，机遇与挑战并存。公司决定坚持科学发展观，锐意改革，不断创新，努力提升海通证券的综合实力和品牌形象，实现公司健康可持续发展。

分析：阅读上述资料，分析如何对证券公司进行管理、风险防范及内部控制的方法。

第八章 证券投资基本分析·

学习目标

掌握证券投资基本分析的方法，能够运用财务报表进行公司财务分析；掌握各个财务比率的意义、内容和计算方法；了解公司经营分析、公司财务分析的内容。

案例导入

沪深两市第一家退市公司——PT水仙

PT水仙的上市一度使其轻而易举地从证券市场募集到1.57亿元人民币和2 504万美元，但这些资金的利用与其说是投资不如说是烧钱。水仙电器将募集资金主要投向了技改和与外方合资建厂，而技改并没有推出能在未来的家电市场站稳脚跟的产品，与惠而浦的合资企业更是累计亏损了7 400多万元。1997年年底，水仙的管理层出让25％合资公司的股份后，惠而浦水仙1998年、1999年依然对水仙产生了亏损5 278万元的影响。2 000多万美元的投入换来1亿多元人民币的亏损，而这些还不包括水仙将全自动洗衣机生产让给惠而浦造成的经济损失。

PT水仙在管理上漏洞很大。仅从应收账款来看，1993年公司应收账款为8 099万元，而1995年水仙的应收账款就猛增到24 587万元，随后几年逐年上升，1997年应收账款高达39 848万元，公司解释应收账款数额上升是由于销售情况不佳。PT水仙1999年年末应收账款净额从31 565.50万元下降到了23 369.95万元，主要原因是一次性提取坏账准备金12 701.24万元。由此可见，水仙的应收账款并非因公司加大催账力度而大幅减少，只是将其中的"水分"挤了一部分出来，而剩下2亿多元的应收账款绝大部分也是2～3年的账龄，能收回恐怕已是天方夜谭。

经营不善与管理混乱反映出PT水仙本身已经积重难返，而当水仙将希望寄托到重组上时，高筑的债台和一笔笔烂账又让与其接触的企业望而却步，从而堵死了水仙的唯一退路。水仙终于"凋零",成为沪深两市第一家退市公司。

分析：上市公司财务数据分析对股票投资有哪些作用?

证券投资基本分析是对上市公司的经营业绩、财务状况，以及影响上市公司经营的客观政治经济环境等要素进行分析，以判定证券的内在投资价值，衡量其价格是否合理。基本分析解决的是购买什么证券的问题，着重从宏观、中观和微观的角度对证券市场产生影响的原因进行分析。这三个层次既相互分离又相互联系，共同为投资者作出投资决策提供依据。

第一节 宏观经济分析

宏观经济分析以宏观经济因素及经济政策对证券市场的影响为分析对象。宏观经济的运行是证券市场的最终决定因素，宏观经济运行中任何细微的变化，都会在证券市场上反映出来，所以，人们常将证券市场，尤其是股票市场称为经济运行的"晴雨表"。

宏观经济分析主要是解决股价的长期趋势判断问题，但对短期的投资也有相当的辅助意义。它通过分析影响证券质量和供求关系的基本经济因素，来判断证券的投资价值及价格变动的态势。宏观经济分析的主要内容有宏观经济形势分析、宏观经济运行分析、宏观经济政策分析和股票市场的供求关系分析。

一、评价宏观经济形势的主要变量

1. 国内生产总值（GDP）

一国的国内生产总值（GDP）是指一年内在该国的领土范围内本国居民和外国居民所生产的、以市场价格表示的产品和劳务的总值，是一国宏观经济成就的根本表现。该变量的计算有按当年价格计算和按不变价格计算两种方法，由于按当年价格计算的国内生产总值不能准确反映经济的实际增长情况，因此世界各国一般都采用不变价格计算国内生产总值。国内生产总值能反映宏观经济运行的速度。在不同的国内生产总值条件下，证券价格有着不同的变化。可以说，国内生产总值的变化是证券价格变化的基础。

国内生产总值的规模及结构的变化可以反映出整个经济活动的水平和不同行业生产形势的变化，它们对证券市场产生的影响是非常突出的。从长期来看，证券市场价格的变化与国内生产总值的变化是一致的。

（1）持续、稳定、高速的GDP增长。当GDP持续、稳定、高速增长时，只要上市公司经营正常，其产值、销售收入和利润就会持续增加，从而公司的股票和债券全面得到升值，促使价格上涨。证券投资者对经济形势形成了良好的预期，投资积极性就会提高。国民收入和个人收入都不断得到提高，证券投资需求增加，这些都会促使证券价格上涨。

（2）高通货膨胀率下的GDP高速增长。这种情况下，虽然经济高速增长，但经济过热，总需求大大超过总供给，通货膨胀率过高，如不及时采取调控措施，居民实际收入就会下降，许多公司就会因材料采购困难、经营成本上升而陷入困境，导致通货膨胀与经济停滞并存的"滞胀"现象，这必然导致证券价格下跌。

（3）宏观调控下的GDP减速增长。当经济过热时，如果政府调控适当，则GDP增速虽然减缓，但仍以适当速度增长。这时经济矛盾会逐步得以缓解，证券市场也将呈平稳渐升的态势。

（4）转折性的GDP变动。当GDP由正常的高速增长转向低速增长直至负增长时，表明经济环境逐渐恶化，证券市场的走势也将由上升转为下跌。当GDP经过一段时间的负增长后呈现出向正增长转变的趋势时，表明恶化的经济环境得到逐步改善，证券价格走势将由下跌转为上升。

当GDP由低速增长转向高速增长时，表明经济的"瓶颈"制约得到改善，证券价格也将伴之以快速上涨之势。

2. 失业率

失业率的高低是反映经济萧条还是繁荣的重要信号。萧条时期失业率通常很高，繁荣时期失业率较低。失业率逐步提高或者逐步降低是经济衰退与扩张的信号。失业率的变化与证券价格的变化呈反向关系。

失业率很高，表明企业资源没有得到充分利用，积压存货过多，利润大幅度下降，导致证券价格下跌。与此同时，过高的失业率也导致了居民收入减少，使人们对未来经济的预期产生悲观情绪，这些都会导致证券投资需求大大减少，证券价格下跌。相反，失业率下降，表明经济复苏，社会资源得到充分利用，企业市场扩大，利润提高，有利于公司股票升值。同时，人们收入提高又增加了证券投资比重，进一步推动证券价格上涨。

3. 通货膨胀

通货膨胀是指用某种价格指数来衡量的一般价格水平的持续上涨。通货膨胀程度一般用通货膨胀率来表示。通货膨胀率是指物价指数总水平与国民生产总值实际增长率之差。

通货膨胀按其程度不同分为两大类：温和的通货膨胀和恶性的通货膨胀。温和的通货膨胀对股票价格的影响较小，在某种程度上还会促进股价上涨，但对债券价格的影响较大。因为通货膨胀提高了投资者对债券投资名义收益率的期望值，从而导致利率债券的市场价格下跌。

但在恶性通货膨胀条件下，所有证券的价格都会受到影响而下跌。主要有以下几个方面的原因。

（1）当恶性通货膨胀出现时，企业难以筹集到必要的资金，加之原材料和劳务的价格飞涨，使企业经营严重受挫，利润水平下降，甚至倒闭，其证券价格下跌。

（2）当恶性通货膨胀出现时，投资者会被迫购买实物以求保值，大量资金撤出证券市场，引起证券价格下跌。

（3）当恶性通货膨胀出现时，欲购买股票的投资者期望股票价格下跌，投资成本降低，为了扩大获利空间，抵补通货膨胀所造成的实际收益率下降的损失和实物购买力下降的损失。在此情况下，股票价格很难上涨，下跌则比较容易。

（4）如果投资者预期通货膨胀趋向严重，则同时也会预期股票价格下跌，从而会采取抛售股票或持币观望的策略，使股票价格趋向下跌。

（5）通货膨胀使公司未来的经营状况和股息水平具有更大的不确定性，从而动摇投资者的投资信心，导致股价下跌。

4. 利率

利率是影响证券价格的基本经济因素之一。利率对证券市场的影响是十分直接的，这有两方面的原因：一方面，利率水平的高低直接影响投资者的预期收益率；另一方面，利率的高低影响企业的业绩。根据"股票理论价格＝股息÷利率"这一公式可知，利率的变动和股价的变动呈相反的方向。

当利率上升时，公司借贷成本增加，利润率下降，其相应的股票价格自然下降。特别是那些负债率比较高，而且主要靠银行贷款从事生产经营的企业，经营风险增大，这种影响预期显著，股票价格下跌得更厉害。同时，利率上升，还会使一部分资金从证券市场转向储蓄，导致证券需求下降，证券价格下跌。

当利率下跌时，对证券市场的影响刚好相反。利率下跌，使企业资金使用成本下降，但利润率上升，公司业绩转好，这些都会提高股票价值，促使股价上涨，对负债比较重的企业尤为有利。利率下跌还会使证券投资的机会成本降低，这必然会导致一部分资金从银行流入证券市场，刺激证券价格上涨。

5. 汇率

汇率是指两国货币的兑换比率或换算关系。汇率的变化对证券市场的影响是多方面的。一般来说，一国的经济越开放，证券市场国际化程度越高，证券市场受汇率的影响程度越大。

在直接标价法中，汇率上升表示外币升值、本币贬值，主要体现在以下几个方面。

（1）本国产品竞争力增强，出口型企业将增加收益，而企业的股票、债券价格将上扬；相反，依赖于进口的企业成本增加、利润受损，股票和债券的价格将下跌。

（2）将导致资本流出本国，资本的流出将使得本国证券市场需求减少，从而债券价格下跌。

（3）本币表示的进口商品价格提高，进口带动国内物价水平上涨，引起通货膨胀。通货膨胀对证券市场的影响需要根据当时的经济形势和具体企业以及政策行为进行分析。

（4）政府可能利用证券市场和外汇市场联动操作，达到既控制汇率的上升又不减少货币供应量，抛售外汇的同时又回购国债，使国债市场价格上涨的目的。

汇率下降则产生与此相反的效应。

6. 国际收支状况

国际收支状况对证券投资的影响主要体现在国际收支总额平衡状况上。一般来说，当国际收支赤字增加时，本币相应贬值，影响外国投资者的投资信心，这时股票价格一般是看跌的；反之，股票价格看涨。

二、宏观经济运行分析

在市场经济环境中，宏观经济的运行都不可避免地呈现周期性运动，即经济周而复始地沿着复苏、繁荣、衰退、萧条、再复苏的轨迹发展，经济的发展始终遵循其内在的规律。每个企业、每个部门都在市场价格这只"看不见的手"的引导下，历经萌芽期、成长期、成熟期，而后必然由于该市场趋于饱和而进入衰退期。在此影响下，证券市场也呈现出一定的周期性规律。

经济周期对证券市场长期趋势的影响可以从经济周期四个阶段的运行轨迹来分析。

1. 萧条阶段

萧条阶段指经济活动低于正常水平的一个阶段。此时，信用收缩，消费萎缩，投资减少，生产下降，效益滑坡，失业严重，收入大幅度减少，整个经济领域弥漫着悲观情绪。在股市中，利空消息漫天飞，市场人气极度低迷，交易十分清淡，成交萎缩频创低量，股指不断创新低，一片熊市景象。当萧条到一定时期时，人们压抑的需求开始显露，企业开始积极筹划未来，政府则为了刺激经济增长，采取放松银根并实行其他有利于经济增长的政策。当经济持续衰退至尾声——萧条时期，百业不振，一般投资者已远离证券市场之时，那些有眼光而且在不停搜集和分析有关经济形势并作出合理判断的投资者却在悄悄吸纳股票，股价已缓慢上升。

2. 复苏阶段

该阶段是萧条与繁荣的过渡阶段。在此阶段，各项经济指标显示，经济已开始回升，公司的经济转好，盈利能力提高。人们对未来经济形势持有良好的预期，因此对上市公司的业绩也持有好的预期，于是"先知先觉"的投资者果断买入股票。同时，经济的复苏使居民的收入增加，流入股市的资金开始增加，股市的资金较为充裕，从而推动股价上扬。投资者对股市的信心增强，更多的人投身股市，形成股价上扬的良性循环。随着大批投资者的踊跃购买，大势自然看好。

3. 繁荣阶段

当经济趋向繁荣时，生产规模扩大，信用扩张，消费旺盛，社会需求增加，就业趋于充分，国民收入增长，公司的利润大大增加，普通股收益将大幅度提高，整个经济领域一片乐观情绪。在股市中，投资者对股市预期乐观，踊跃购买股票，使股市交易活跃，成交量剧增，股指不断创新高。当经济走向繁荣时，更多的投资者认识到良好的经济形势已十分显著，特别是上市公司的经营形势和业绩也已好转，利润增加，投资者完全认同，此时股市则可能已经提前到达了牛市的顶峰阶段。当经济繁荣接近顶峰时，那些明智的"先知先觉"者首先意识到经济繁荣已达顶端，随之而来的将是经济的降温，银根便会紧缩，利率也已上升到一定程度，此时公司业绩与股利不仅不会提高，反而会因成本上升而引起收益相对减少，于是开始撤离股市。随着经济形势逆转的征兆日益明显，更多的投资者也跟随着撤离，往往这个时候上升趋势也就提前结束。因而股价指数开始先于经济而下跌，此时股价所形成的峰位往往成为牛市转熊市的转折点。

4. 衰退阶段

当经济衰退时，大量公司亏损甚至倒闭。国内生产总值开始下降，普通股投资风险增大，人们纷纷抛售股票，股价由繁荣末期的缓慢下跌转向急速下跌。由于股市的收益率向低于利率的方向转变，加之对经济的预期看淡，人们纷纷离开股市，股市进入漫长的熊市。正因为如此，许多经济分析家都把股价的持续下跌视为经济危机的前兆。

三、宏观经济政策分析

1. 货币政策分析

货币政策是指政府为了实现一定的宏观经济目标所指定的关于货币供给和货币流通组

织管理的基本方针和基本准则。货币政策对经济的调控是总体和全方位的，货币政策及其变动会对经济活动产生重大影响。

货币政策的变动，集中地反映在货币供给量和利率水平的变动上，常用的工具包括法定存款准备金率、再贴现政策、公开市场业务。

根据实施的手段不同，货币政策分为紧缩性货币政策和膨胀性货币政策两大类。前者的主要手段是减少货币供给量、提高利率和加强信贷控制，后者的主要手段是增加货币供给量、降低利率和放松信贷控制。

(1) 紧缩性货币政策。当中央银行实行紧缩性货币政策时，货币供给减少，利率上升。货币供给量减少时，用于购买证券的资金相应减少，价格自然趋降。高利率不利于证券投资，这是因为：

①利率高时，存款收息安稳妥当，投资者没必要在证券市场上冒风险；

②高利率使得公司负担增加、获利能力降低，不利于证券投资；

③利率高，说明社会资金供给紧俏，它会影响到企业资金周转，也不利于生产、经营与销售；

④利率高时，投资者评估证券价值的本益比也会改变，股票、债券等证券的价格也跟着下跌。

(2) 膨胀性货币政策。当中央银行实施膨胀性的货币政策时，社会货币供给量增加，银行的信贷能力提高，资金市场的利率水平压低。这些措施会从以下几个方面来促使证券价格上涨。

①膨胀性的货币政策为企业的生产发展提供了充足的资金，企业利润上升。

②膨胀性的货币政策增大了社会总需求，刺激了生产发展，同时居民收入得到提高，可用于投资证券的资金相应增多，因而对证券投资的需求增加。

③银行利率随着货币供给量的增加而下降，看重利息收入的投资者，就会把资金投向证券市场，部分资金就会从银行转移出来流向证券市场，这也扩大了证券市场的需求。

④利率下降使得投资者在评估证券内在价值时所使用的折现率下降，使得证券投资价值上升，市场价格也随之上涨。

⑤货币供给量增加将会引发通货膨胀，温和的通货膨胀或者通货膨胀初期，市场繁荣，企业利润上升，加之受保值意识驱使，资金转向证券市场，使证券价格上升；但当通货膨胀上升到一定程度时，可能恶化经济环境，将对证券市场起到相反作用，而且政府采取措施，实施紧缩性货币政策将为时不远，当市场对此作出预期时，证券价格就会下跌。

2. 财政政策分析

财政政策是指政府依据客观经济规律制定的指导财政工作和处理财政关系的一系列方针、准则和措施的总称。财政政策和货币政策一起构成了国家宏观调控的两大政策手段，它对证券市场的影响同样是深刻的。

财政政策的主要手段有国家预算、税收、国债、财政补贴、财政管理体制、转移支付制度等，这些手段可以单独使用，也可以配合协调使用。财政政策的目标是促使经济的稳定增长、资源的合理配置以及收入的公平分配。

根据财政政策调节国民经济总量及其在结构中的不同功能，可将财政政策划分为扩张性财政政策、紧缩性财政政策和中性财政政策。

扩张性财政政策表现在以下方面。

（1）税收减少，税率降低，免税范围扩大。税制的变动、税率上的增减直接影响到每个企业的生产经营成本，也就涉及企业公司利润的多寡。从宏观经济角度来看，税率的调整、税制的变动，往往伴随着国家一定时期的经济政策、财政政策的修正。如果实施膨胀性财政政策，相伴随的必是经济回升、证券行市趋涨。这种手段具体带来的经济效应是：微观经济主体的收入增加，刺激了经济主体的投资需求，从而扩大了社会供给。对证券市场的相应影响是：人们的收入增加，同时增加了其投资需求和消费支出。前者直接引起了证券市场价格上涨，后者先引起社会总需求增加，总需求的增加又会刺激投资需求，促使企业扩大生产规模，从而使企业利润增加，企业利润增加的同时，税后利润增加，这些都将提高企业扩大生产规模的积极性，进一步增加利润总额，导致股票价格上涨。同时，因市场需求活跃，企业经营环境得到改善，盈利能力增强，进而降低了还本付息风险，导致债券价格上涨。

（2）财政支出扩大，财政赤字加大。政府开支主要用于政府购买与其他支出，它反映了政府在经济中的作用。政府开支的增减及其各种用途之间的变化，对有关国民经济相关部门的发展会产生重要的影响。如政府的大量军事订货与采购，对军火及其连带工业发展具有刺激作用；政府的社会福利和社会救济支出，对日用消费品与劳务行业会产生积极的影响。与这些行业或部门相关的企业，就会因政府财政支出的增加，需求扩大，而得到长足的发展，从而会促进整个经济形势的上升。证券市场也会因这些公司、企业证券价格的上扬而得到带动。

当财政支出扩大、财政赤字加大时，其所带来的经济效应是：社会总需求扩大，从而刺激投资，扩大就业。政府通过购买和公共支出增加了商品和劳务的需求，刺激企业增加投入，提高产出水平，于是企业利润增加，经营风险降低，使得证券市场走强。同时居民在经济复苏中收入增加，持有的货币增加，景气的趋势增加了投资者的信心，证券市场趋于活跃，证券价格上涨。

（3）国债发行减少。这种手段带来的经济效应是：由于证券市场上国债供给量缩减，使证券市场上原来的供求平衡发生变化。国债是证券市场上重要的交易对象，国债发行规模的缩减，使市场供给量缩减，更多的资金转向股票、公司证券，整个证券市场的价格水平趋于上涨。

（4）财政补贴增加。这种手段使得财政支出扩大，从而使社会总需求扩大，刺激供给增加，证券价格上涨。

中性财政政策对证券市场的影响保持中性。紧缩性财政政策对证券市场的影响与扩张性财政政策分析正好相反。

3. 产业政策分析

产业政策在内容上表明了国家在一定时期内经济建设的重点和取向，优先发展的产业将会得到一系列的政策扶植和优惠。国家产业政策的制定和变化对证券市场有直接的影响。当产业政策向某一行业倾斜时，该行业一般会获得税收、信贷、进出口等方面的优惠。这些措施会为该行业创造出有利的发展环境，从而获得较高的利润和较好的发展前景，刺激这一行业的股票价格上涨。即使在紧缩性的财政政策之下，这些行业也会得到照顾。相反，如果政府要限制某一行业的发展，就会动用各种经济杠杆阻碍其发展，因此该行业的股票价格将会下跌。

4. 收入政策分析

收入政策是国家为实现宏观调控总目标和总任务在分配方面所制定的原则和方针。同财政政策、货币政策相比，收入政策具有更高层次的调节功能，它规定着财政政策和货币政策的作用方向和作用力度，而且最终要通过财政政策和货币政策来实现。其中财政机制对收入政策的贯彻主要采取预算、税收、补贴和国债等手段；货币机制对收入政策的贯彻主要通过调控货币发行量、货币流通量、信贷方向和数量以及利率等方式进行。

收入政策的影响有短期和长期之分。短期影响主要是通过财政政策和货币政策的传导对证券市场发生作用，长期影响则是收入分配格局的变化对证券市场发生作用。

四、股票市场的供求关系分析

从长期来看，股票的价格由其内在价值即资本收益率决定，但就中、短期的价格分析而言，股价由供求关系决定。无论是成熟股票市场还是新兴股票市场，都可以用供给曲线和需求曲线的变化来确定股价的变化轨迹。但二者的不同之处在于：成熟股票市场的供求关系是由资本收益率引导的供求关系，也就是资本收益率水平对股价有决定性的影响，而像我国这样的新兴股票市场的股价在很大程度上由股票的供求关系决定，即由一定时期内股票总量和资金总量的对比力量决定。当股票市场供过于求时，股票价格下跌，反之则上涨。对股票市场的供求关系分析，主要包括以下两个方面。

（1）股票市场的供给分析。股票市场供给的决定因素是股票的发行政策、投资政策等，过大的供给会造成股价下跌，供给不足会造成股价上升。

（2）股票市场的需求分析。股票市场需求的决定因素包括银行存款利率、债券的利率及投资导向等，需求不足则股市下跌，需求增加则股市上升。

第二节 行业分析

行业分析是证券投资基本分析的重要内容之一，是指对不同行业和板块的经营状况和市场表现进行分析。宏观经济分析为证券投资者提供了背景条件，行业分析则为证券投资者提供了正确的投资对象。所以说行业分析在整个基本分析中起着承上启下的作用。在行业分析中，投资者主要分析行业的市场类型、生命周期和影响行业发展的有关因素。通过分析，投资者可以了解到处于不同市场类型和生命周期不同阶段上的行业产品生产、价格制定、竞争状况以及盈利能力等方面的信息资料，从而有利于正确地选择适当的行业进行有效的投资。

一、行业的市场类型

根据行业中企业的数量、产品性质、价格的制定和其他一些因素，各种行业基本上可分为下述四种市场类型。

1. 完全竞争的市场

完全竞争指许多生产者生产同质产品的市场情形。其特点有：第一，生产者众多，各种生产资料可以完全流动；第二，生产的产品（有形与无形）是同质的，无差别的；第三，生产者不是价格的制定者，生产者的盈利基本上由市场对产品的需求来决定；第四，生产者和消费者对市场情况都非常了解，并可自由进入或退出这个市场。从上述特点可以看出，完全竞争的实质在于所有的企业都无法控制市场的价格和产品的差异化。初级产品的市场类型多与此相近似。

2. 垄断竞争的市场

垄断竞争指许多生产者生产同种但不同质产品的市场情形。其特点有：第一，生产者众多，各种生产资料可以流动；第二，生产的产品同种但不同质，即产品之间存在着差异；第三，由于产品差异性的存在，生产者可借以树立自己产品的信誉，从而对其产品的价格有一定的控制能力。制成品的市场一般都属于这种类型。

3. 寡头垄断的市场

寡头垄断指相对少量的生产者在某种产品的生产中占据极大市场份额的情形。在这个市场上通常存在着一个起领导作用的企业，其他的企业则随该企业定价与经营方式的变化而相应地进行某些调整。领头的企业不是固定不变的，它随企业实力的变化而异。资本密集型、技术密集型产品，如钢铁、汽车等，以及少数储量集中的矿产品，如石油等的市场类型多属于这种类型。

4. 完全垄断的市场

完全垄断指企业独家生产某种特质产品（指没有或缺少相近的替代品）的情形。完全垄断可分为政府完全垄断和私人完全垄断两种。在这种市场中，由于市场被独家企业所控制，产品又没有（或缺少）合适的替代品，因此，垄断者能够根据市场的供需情况制定理想的价格和产量，在高价少销和低价多销之间进行选择，以获取最大的利润。但垄断者在制定产品的价格与生产数量方面的自由性是有限度的，它要受到反垄断法和政府管制的约束。

二、行业的生命周期

每种行业都要经历一个由成长到衰退的发展演变过程。一般说来，行业的生命周期可分为四个阶段。

1. 初创期

在新行业的初创期里，由于新行业刚刚诞生或初建不久，因此只有为数不多的创业公司投资于这个新兴的行业。这些创业公司财务上不但没有盈利，反而普遍亏损，同时还面临很大的投资风险。在初创后期，随着行业生产技术的提高、生产成本的降低和市场需求的扩大，新行业便逐步由高风险低收益的初创期转向高风险高收益的成长期。

2. 成长期

新行业生产的产品经过广泛的宣传和顾客的试用，逐渐以其自身的特点（如新用途、新设计等）赢得了大众的欢迎或偏好，市场需求开始上升，新行业也随之繁荣起来。与市场需求的变化相适应，供给方面相应出现了一系列的变化，因而新行业出现了生产厂商和产品相互激烈竞争的局面。在成长期的后期，由于行业中生产厂商与产品竞争优胜劣汰规律的作用，市场上生产厂商的数目在大幅度下降之后开始稳定下来。由于市场需求基本饱和，产品的销售增长速度减慢，迅速赚取大量利润的机会减少，整个行业开始进入稳定期。

3. 稳定期

行业的稳定期是一个相对较长的时期。在这一时期里，在竞争中生存下来的少数大厂商垄断了整个行业的市场，每个厂商都占有一定比例的市场份额，由于彼此势均力敌，市场份额比例发生变化的程度较小。行业的利润则由于一定程度的垄断，达到了很高的水平，而风险却因市场比例比较稳定、新企业难以与老企业相竞争而下降。

4. 衰退期

经过较长的稳定期后，由于新产品和大量替代品的出现，原行业的市场需求开始逐渐减少，产品的销售量也开始下降，某些厂商开始向其他更有利可图的行业转移资金。因而原行业出现了厂商数目减少、利润下降的萧条景象，至此，整个行业便进入了生命周期的最后阶段。

三、政府、社会倾向、技术及相关行业变动对行业的影响

1. 政府的影响

政府的影响是相当广泛的。实际上，各个行业都要受到政府的管理，只是程度不同而已。政府的管理措施可以影响到行业的经营范围、增长速度、价格政策、利润率和其他许多方面。当政府做出决定鼓励某一行业的发展时，就会相应增加该行业的优惠贷款量，限制该行业国外产品的进口，降低该行业的所得税，结果这些措施对刺激该行业的股价上涨都起到了相应的效果。相反，如果政府要限制某一行业的发展，就会对该行业的融资进行限制，提高该行业的公司税收，并允许国外同类产品进口，结果该行业的股票价格便会下降。

政府实施管理的主要行业是公用事业、运输部门和金融部门。另外，政府除了对这些关系到国计民生的重要行业进行直接管理外，通常还制定有关的反垄断法来间接地影响其他行业。

2. 社会倾向的影响

现代社会的消费者和政府已经越来越强调各个行业所应负的社会责任，越来越注意工业化给社会所带来的种种影响。这种日益增强的社会意识或社会倾向对许多行业已经产生了明显的作用。近年来在公众的强烈要求和压力下，许多西方国家，特别是产品责任法最为严格的美国，纷纷对许多行业的生产及产品做出了种种限制性规定。如美国政府要求汽车制造商加固汽车保险杠、安装乘员安全带、改善燃油系统、提高防污染系统的质量等。医药行业也受到政府的专门机构（如美国的食品与药品管理委员会）和消费者的监督。目前，防止环境污染、保持生态平衡已成为工业化国家一个重要的社会趋势，在发展中国家正日益受到重视。

综上所述，社会倾向对企业的经营活动、生产成本、利润等方面都会产生一定的影响。

3. 技术因素的影响

目前人类社会所处的时代是科学技术日新月异的时代。不仅新兴学科不断涌现，而且

理论科学朝实用技术的转化过程大大缩短、速度大大加快，直接而有力地推动了工业的迅速发展和水平的提高。第二次世界大战后工业发展的一个显著特点是，新技术在不断推出新行业的同时，也在不断地淘汰旧行业。如大规模集成电路计算机代替了一般的电子计算机，通信卫星代替了海底电缆等。这些新产品在定型和大批量生产后，市场价格大幅度下降，从而很快就能被消费者所使用。上述这些特点使得新兴行业能够很快地超过并代替旧行业，或严重威胁原有行业的生存。

4. 相关行业变动因素的影响

相关行业变动对行业的影响一般表现在以下三个方面。

（1）如果相关行业的产品是该行业生产的投入品，那么相关行业产品价格上升，就会造成该行业的生产成本提高，利润下降，从而股价会出现下降趋势；相反的情况在此也成立。比如钢材价格上涨，就可能会使生产汽车的公司股票价格下跌。

（2）如果相关行业的产品是该行业产品的替代产品，那么若相关行业产品价格上涨，就会提高对该行业产品的市场需求，从而使市场销售量增加，公司盈利也因此提高，股价上升；反之，公司盈利会下降，股价下跌。比如茶叶价格上升，可能对经营咖啡制品的公司股票价格产生利好影响。

（3）如果相关行业的产品与该行业生产的产品是互补关系，那么相关行业产品价格上升，对该行业内部的公司股票价格将产生利淡影响。

第三节 公司分析

一、公司分析的含义

公司分析也称企业分析，它主要是利用企业的历年资料对企业的资本结构、财务状况、经营管理水平、盈利能力、竞争实力等进行具体细致的分析，并将其与本企业的历史情况进行比较、与其他企业进行比较，以预期公司成长发展的前景，全面判断公司的经营状况及其成长性。通过对公司的各个方面进行分析，可以确定公司的内在价值，并找出市场价格被低估的公司进行投资。公司分析主要包括公司经营状况分析和公司财务状况分析两个方面。

二、公司经营状况分析

1. 产品分析

（1）产品品牌的知名度。有些产品由于有很高的质量、优良的服务和广泛的宣传而成为家喻户晓的名牌产品，这种优势意味着生产这些商品的公司具有销售优势，从而其利润额将会较快增长，公司股东的收益也会相应增加。

（2）产品的市场份额。在产品价格确定的情况下，销售数量的增加和产品需求的稳定性就显得非常重要，因为它们会直接影响到公司的利润和股东收益。产品的销售量一般和产品的知名度是一致的，但也有例外的情况，如由于市场管制、运输不便、产品价格过高，以及产品的用途比较专一（如某些医药品）等原因，商品的销售量与其知名度之间也会出现不一致的现象。

此外，商品的市场份额和商品销售的绝对量一样，对公司的市场竞争能力具有重要的影响，有时甚至比绝对量更为重要。市场份额指某公司的销售量占整个市场的百分比。市场份额的扩大通常意味着收益的增长和竞争实力的加强。但有时市场份额的扩大也会导致经营成本的提高，从而部分抵消收益的增长。

（3）产品的营销模式。不同的产品有不同的营销模式，有的公司的产品依赖于几个主要客户，那么，主要客户的生产规模、发展趋势、市场竞争力、反向依赖程度以及和所投资公司的关系都必须纳入分析的范围。特别要注意的是，有的公司的主要客户就是母公司，母公司与子公司间关联交易是否有操纵利润的嫌疑；有的公司的产品是生活用品，面对千家万户，营销网点的分布和营销方式对公司产品的销量影响很大。

（4）产品市场的类型。公司产品的销售市场可划分为地区性、区域性、全国性和国际性市场四种。

①地区性市场。有些公司的产品市场为地区性质的，如水、电、煤气等公用事业和一些规模较小的公司。

②区域性市场。区域性市场是由几个不同的地区性市场组成的。因此，产品面向区域性市场的公司除了受到本地各种经济、非经济因素的影响，还会受到其他地区类似因素的影响和区域性市场内部同一行业公司相互竞争的挑战。

③全国性市场。产品面向全国的大公司受全国经济形势的影响要比受区域性或地区性因素的影响更大。这类公司由于市场广大，因此利润较高，但面临的市场竞争、成本费用、消费偏好等风险也比较大。

④国际性市场。面向国际市场的大公司或集团在经营活动中要遇到一系列国内行业所没有碰到过的问题，要承担汇率、市场竞争和政府管制，甚至国有化的风险。虽然这些国际性公司的利润要高于国内的同类企业，但其所面临的风险也比国内同类企业高。

（5）产品的生命周期。产品的生命周期分为四个阶段。

①产品介绍期。介绍期的主要特点是：消费者对新产品不太了解；产品的销售量增加缓慢；产品品种较少，市场竞争较小；企业利润很少，一般有亏损。

②产品成长期。成长期的主要特点是：产品经介绍和宣传已为广大消费者所了解；产品的销售量开始逐渐增加，增长速度加快；新品种逐渐增加，市场竞争日趋加剧；利润逐渐增加。

③产品成熟期。成熟期的主要特点是：市场销售量已达到饱和，市场份额已分配完毕；产品品种增多，质量提高，仿制品和替代品不断出现；市场竞争激烈；预期利润开始下降。

④产品衰退期。衰退期的主要特点是：产品销售量由缓慢下降逐步过渡到迅速下降，消费者已在期待新产品，市场竞争较弱，许多企业开始转产，利润水平较低。

2. 技术状况分析

（1）产品的技术水平分析。考察企业产品的技术水平主要关注以下三个方面：一是产品是否具有其他公司难以企及的技术水平，在该行业具有无可争辩的领先地位；二是是否具有专利保护其垄断地位，其他公司不能模仿和假冒；三是技术的盈利前景，技术的先进性应体现在盈利能力上，企业的技术产品没有盈利前景，其股票就没有投资价值；四是产品市场的广度，企业的技术产品具有广阔的市场，才能形成大规模的盈利。

（2）企业的技术开发能力分析。企业的技术开发能力决定企业发展的潜力，股票价值取决于企业未来股利的现值，而能改变企业未来状况的最重要因素就是技术。考察企业技术开发能力时要注意两个重点：一是公司的股东背景，新技术的开发往往要耗费大量的财力和物力，并且风险极大，如果有一个研究实力非常强大的股东支持，那么公司的技术开发能力将大为提高；二是公司自身的技术开发能力，这主要考察公司的人员构成、科研机构设置等。

3. 管理阶层分析

（1）管理阶层的能力分析。分析管理阶层的能力可以从管理阶层的学历、管理阶层的从业经验和管理阶层的背景几个方面进行。

（2）管理阶层是否勤勉尽责忠诚分析。管理阶层是否勤勉尽责忠诚可以从以下几个方面进行观察：

①管理层是否有欺骗和损害股东利益的记录；

②管理层是否有欺骗和损害股东利益的嫌疑；

③管理层之间是否有裙带关系；

④管理层是否总是在追逐时髦；

⑤管理层是否在寻找脚踏实地、埋头做主业的上市公司。

（3）公司的内在机制分析。公司的内在机制完善与否是公司健康运转与否的条件。在分析公司的内在机制时，主要考察以下两个方面。

一是公司与大股东，特别是第一大股东之间的关系。公司与股东间交易的定价原则是什么，表决时是否实行了关系人回避，是否有损其他股东的利益，资产交易是否有利于公司的长远发展，资产的盈利能力如何，是否有通过关联交易调节利润的嫌疑，大股东及其子公司是否占用了公司资产，是否实行了"三分开"，等等，都是投资者分析的重点。

二是公司的内部治理机构是否完善。这方面要考察公司董事会、监事会和经理层之间是否存在相互制衡的关系，是否存在总经理或董事长"一言堂"的情况等。

三、公司财务状况分析

（一）财务报表的形式

1. 资产负债表

资产负债表是反映公司在某一特定日期（往往是年末或年中）财务状况的静态报告，资产负债表反映公司资产负债之间的平衡关系。资产负债表由资产和负债两部分组成，每部分各项目的排列一般以流动性的高低为序。资产部分表示公司所拥有的或所掌握的，以及其他公司所欠的各种资源或财产；负债部分（广义负债）包括负债（狭义负债）和股东权益两项。负债表示公司所应支付的所有债务，股东权益表示公司的净值。资产、负债和股东权益的关系用公式可表示为：

$$资产＝负债（广义）＝负债（狭义）＋股东权益$$

2. 利润及利润分配表

利润及利润分配表是一定时期内（通常是一年或半年内）经营成果的反映，是关于收益和损耗情况的财务报表。利润及利润分配表是一个动态报告，它展示公司的损益账目，反映公司在一定时期的业务经营状况，直接明了地揭示公司获取利润能力的大小、潜力以及经营趋势。利润及利润分配表由 4 个主要部分构成：第一部分是营业收入，第二部分是与营业收入相关的生产性费用、销售费用和其他费用，第三部分是利润，第四部分是公司利润分配去向。有的公司公布财务资料时以损益表代替利润及利润分配表，在损益表的基础上加上利润分配的内容就是利润及利润分配表。

3. 现金流量表

以现金为基础编制的财务状况变动表称为现金流量表。现金流量表是反映现金的来源及运用，以及不涉及现金的重大的投资和理财活动。它包括三个部分：一是经营活动产生的现金流量，二是投资活动产生的现金流量，三是筹资活动产生的现金流量。

（二）财务报表分析

1. 公司偿债能力分析

（1）短期偿债能力分析。短期偿债能力是指公司偿付流动负债的能力。流动负债是一年内或超过一年的一个营业周期内需要偿付的债务。一般来说流动负债需以流动资产来偿付，通常需要以现金直接偿还。评价公司短期偿债能力的财务比率主要有流动比率、速动比率和现金比率。

①流动比率。流动比率是公司流动资产与流动负债的比率。计算公式为：

$$流动比率＝\frac{流动资产}{流动负债}$$

流动比率是衡量公司短期偿债能力的一个重要财务指标。流动比率越高，说明公司偿还流动负债的能力越强，流动负债得到偿还的保障越大，但是，过高的流动比率也可能是因为公司滞留在流动资产上的资金过多，这会影响到公司的获利能力。一般来说，流动比率在2：1左右比较合适。

②速动比率。流动资产扣除存货后的资产称为速动资产。速动资产与流动负债的比率称为速动比率，也称酸性试验。其计算公式为：

$$速动比率＝\frac{速动资产}{流动负债}＝\frac{流动资产－存货}{流动负债}$$

通过速动比率来判断公司短期偿债能力比用流动比率进了一步，因为它扣除了变现力较差的存货。速动比率越高，说明公司的短期偿债能力越强。一般认为速动比率为1：1时比较合适。

③现金比率。现金比率是公司的现金类资产与流动负债的比率。其计算公式为：

$$现金比率＝\frac{现金＋现金等价物}{流动负债}$$

现金比率反映公司的直接支付能力。现金比率高，说明公司有较好的支付能力。但是，如果这个比率过高，意味着公司拥有过多的获利能力较低的现金类资产，公司资产未能得到有效的运用。

（2）长期偿债能力分析。长期偿债能力是指公司偿还长期负债的能力。反映公司长期偿债能力的财务比率主要有资产负债率和股东权益比率。

①资产负债率。资产负债率是公司负债总额与资产总额的比率，也称为负债比率或举债经营比率，它反映公司的资产总额中有多少是通过举债得到的。其计算公式为：

$$资产负债率=\frac{负债总额}{资产总额}$$

资产负债率反映公司偿还债务的综合能力，这个比率越高，公司偿还债务的能力越差；反之，偿还债务的能力越强。

对于资产负债率，公司的债权人、股东和公司经营者往往从不同的角度来评价。首先，从债权人角度来看，他们最关心的是其贷给公司资金的安全性。债权人总是希望公司的负债比率低一些。其次，从公司股东的角度来看，其关心的主要是投资收益的高低。因此，股东所关心的往往是全部资产报酬率是否超过了借款的利息率。公司股东可以通过举债经营的方式，以有限的资本、付出有限的代价而取得对公司的控制权，并且可以得到举债经营的杠杆利益。最后，站在公司经营者的立场，他们既要考虑公司的盈利，也要顾及公司所承担的财务风险。资产负债率作为财务杠杆不仅反映了公司的长期财务状况，也反映了公司管理当局的进取精神。

至于资产负债率为多少才合理并没有一个确定的标准。一般而言，处于高速成长时期的公司，其负债比率可能会高一些，这样所有者会得到更多的杠杆利益。

②股东权益比率。股东权益比率是股东权益总额与资产总额的比率，该比率反映公司资产中有多少是所有者投入的。其计算公式为：

$$股东权益比率=\frac{股东权益总额}{资产总额}$$

股东权益比率与负债比率之和等于1。因此，这两个比率是从不同的侧面来反映公司长期财务状况的。

股东权益比率的倒数，称作权益乘数，即资产总额是股东权益的多少倍。该乘数越大，说明股东投入的资本在资产中所占比重越小。其计算公式为：

$$权益乘数=\frac{资产总额}{股东权益总额}$$

（3）影响公司偿债能力的其他因素。

①或有负债。或有负债是公司在经济活动中有可能会发生的债务。或有负债不作为负债在资产负债表的负债类项目中反映，除了已贴现未到期的商业承兑汇票在资产负债表的附注中列示外，其他的或有负债在会计报表中均未得到反映。这些或有负债在资产负债表编制日还不能确定未来的结果如何，一旦将来成为公司现实的负债，则会对公司的财务状况产生重大影响，尤其是金额巨大的或有负债项目。

②担保责任。在经济活动中，公司可能会发生以本公司的资产为其他公司提供法律担保的情况。这种担保责任，在被担保人没有履行合同时，有可能会成为公司的负债；但是，这种担保责任在会计报表中并未得到反映，因此在进行财务分析时，必须要考虑到公司是否有巨额的法律担保责任。

③租赁活动。公司在生产经营活动中，可以通过财产租赁的方式解决急需的设备。通常财产租赁有融资租赁和经营租赁两种形式。采用融资租赁方式，租入的固定资产作为公司的固定资产入账，租赁费用作为公司的长期负债入账，这在计算前面有关的财务比率中

都已经计算在内。但是，经营租赁的资产，其租赁费用并未包含在负债之中，如果经营租赁的业务量较大、期限较长或者具有经常性，则其租金虽然不包含在负债之中，但对公司的偿债能力也会产生较大的影响。

2. 公司营运能力分析

公司的营运能力反映了公司资金的周转状况，对其进行分析，可以了解公司的营业状况及经营管理水平。公司的资金周转状况与供、产、销各个经营环节密切相关，在供、产、销各环节中，销售有着特殊的意义。可以通过产品销售情况与公司资金占用量来分析公司的资金周转状况、评价公司的营运能力。评价公司营运能力常用的财务比率有存货周转率、应收账款周转率、流动资产周转率等。

（1）存货周转率。存货周转率也称存货利用率，是公司一定时期的销售成本与平均存货的比率。其计算公式为：

$$存货周转率 = \frac{销售成本}{平均存货}$$

$$平均存货 = \frac{期初存货余额 + 期末存货余额}{2}$$

存货周转率说明了一定时期内公司存货周转的次数，可以用来测定公司存货的变现速度，衡量公司的销售能力及存货是否过量。在正常情况下，如果公司经营顺利，存货周转率越高，说明存货周转越快，公司的销售能力越强，营运资金占用在存货上越少。但是，存货周转率过高，也可能说明公司管理方面存在一些问题，如存货水平低，甚至经常缺货，或者采购次数过于频繁、批量太小等。存货周转率过低，常常是由于库存管理不力、销售状况不好造成存货积压，说明公司在产品销售方面存在一定的问题，但也可能是公司调整了经营方针，因某种原因增大库存的结果。

存货周转状况也可以用存货周转天数来表示，其计算公式为：

$$存货周转天数 = \frac{360}{存货周转率} = \frac{平均存货 \times 360}{销售成本}$$

（2）应收账款周转率。应收账款周转率是公司一定时期赊销收入净额与应收账款平均余额的比率，它反映了公司应收账款的周转速度。其计算公式为：

$$应收账款周转率 = \frac{赊销收入净额}{应收账款平均余额}$$

$$应收账款平均余额 = \frac{期初应收账款 + 期末应收账款}{2}$$

应收账款周转率是评价应收账款流动性大小的一个重要财务比率，它反映了公司在一个会计年度内应收账款的周转次数，可以用来分析公司应收账款的变现速度和管理效率。这一比率越高，说明公司催收账款的速度越快，可以减少坏账损失，而且资产的流动性强，公司的短期偿债能力也会增强。但是，如果应收账款周转率过高，可能是公司奉行了比较严格的信用政策、信用标准和付款条件过于苛刻的结果。这样会限制公司销售量的扩大，从而影响公司的盈利水平。这种情况往往表现为存货周转率同时偏低。如果公司的应收账款周转率低，说明公司催收账款的效率太低，或者信用政策十分宽松，这样会影响公司资金利用率和资金的正常周转。

（3）流动资产周转率。流动资产周转率是销售收入与流动资产平均余额的比率，它反映的是全部流动资产的利用效率。其计算公式为：

$$流动资产周转率=\frac{销售收入}{流动资产平均余额}$$

$$流动资产平均余额=\frac{期初流动资产+期末流动资产}{2}$$

流动资产周转率表明在一个会计年度内公司流动资产周转的次数，它反映了流动资产周转的速度。该指标越高，说明公司流动资产的利用率越高。但是，究竟流动资产周转率为多少才算好，并没有一个确定的标准。通常分析流动资产周转率应比较公司历年的数据并结合行业特点。

3. 公司获利能力分析

获利能力是指公司赚取利润的能力。获利能力分析是公司财务分析的重要组成部分，也是评价公司经营管理水平的重要依据。对公司获利能力进行分析，一般只分析公司正常经营活动的获利能力，不涉及非正常的经营活动。评价公司获利能力的财务比率主要有资产报酬率、股东权益报酬率、销售毛利率、销售净利率等；对于股份有限公司，还应分析每股利润、每股现金流量、每股股利、股利发放率、每股净资产、市盈率等。

（1）资产报酬率。资产报酬率也称资产收益率、资产利润率或投资报酬率，是公司在一定时期内的净利润与资产平均总额的比率。其计算公式为：

$$资产报酬率=\frac{净利润}{资产平均总额}\times100\%$$

资产报酬率主要用来衡量公司利用资产获取利润的能力，它反映了公司总资产的利用效率。这一比率越高，说明公司的获利能力越强。

（2）股东权益报酬率。股东权益报酬率也称净资产收益率、净值报酬率或所有者权益报酬率，它是一定时期公司的净利润与股东权益平均总额的比率。其计算公式为：

$$股东权益报酬率=\frac{净利润}{股东权益平均总额}\times100\%$$

$$股东权益平均总额=\frac{期初股东权益+期末股东权益}{2}$$

股东权益报酬率反映了公司股东获取投资报酬的高低。该比率越高，说明公司的获利能力越强。

（3）销售毛利率。销售毛利率是毛利占销售净值的百分比，通常称为毛利率。其中毛利是销售净收入与产品成本的差，也就是销售收入扣除费（员工工资、手续费等）、税、利的剩余部分。其计算公式为：

$$销售毛利率=\frac{营业收入-营业成本}{营业收入}\times100\%$$

销售毛利率表示每一元销售收入扣除销售成本后，有多少钱可以用于各项期间费用和形成盈利。销售毛利率是企业销售净利率的最初基础，没有足够大的毛利率便不能盈利。

（4）销售净利率。销售净利率是公司净利润与销售收入净额的比率，其计算公式为：

$$销售净利率=\frac{净利润}{销售收入净额}\times100\%$$

销售净利率说明了公司净利润占销售收入的比例，它可以评价公司通过销售赚取利润的能力。销售净利率表明公司每元销售收入可实现的净利润是多少。该比率越高，说明公司通过扩大销售获取收益的能力越强。评价公司的销售净利率时，应比较公司历年的指标，从而判断公司销售净利率的变化趋势。但是，销售净利率受行业特点影响较大，因此，还应该结合不同行业的具体情况进行分析。

（5）每股利润。每股利润也称每股收益或每股盈余，是股份制公司税后利润分析的一个重要指标。每股利润是税后净利润扣除优先股股利后的余额，除以发行在外的普通股平均股数。其计算公式为：

$$每股利润=\frac{净利润-优先股股利}{发行在外的普通股平均股数}$$

每股利润反映股份制公司获利能力的大小。每股利润越高，说明股份制公司的获利能力越强。

（6）每股现金流量。每股现金流量是经营活动现金净流量扣除优先股股利后的余额，除以发行在外的普通股平均股数。其计算公式为：

$$每股现金流量=\frac{经营活动现金净流量-优先股股利}{发行在外的普通股平均股数}$$

每股现金流量越高，说明公司越有能力支付现金股利。

（7）每股股利。每股股利是普通股分配的现金股利总额扣除优先股股利后的余额，除以发行在外的普通股股数。它反映了普通股获得现金股利的多少。其计算公式为：

$$每股股利=\frac{现金股利总额-优先股股利}{发行在外的普通股股数}$$

每股股利的高低，不仅取决于公司获利能力的强弱，还取决于公司的股利政策和现金是否充裕。

（8）股利发放率。股利发放率也称股利支付率，是普通股每股股利与每股利润的比率。它表明股份制公司的净收益中有多少用于股利的分派。其计算公式为：

$$股利发放率=\frac{每股股利}{每股利润}\times100\%$$

股利发放率主要取决于公司的股利政策，一般而言，如果一个公司的现金量比较充裕，并且目前没有更好的投资项目，则可能倾向于发放现金股利；如果公司有投资项目，则可能少发股利，而将资金用于投资。

（9）每股净资产。每股净资产也称每股账面价值，是指股东权益总额除以发行在外的股票数量。其计算公式为：

$$每股净资产=\frac{股东权益总额}{发行在外的股票股数}$$

每股净资产并没有一个确定的标准，但是，投资者可以通过比较分析公司历年的每股净资产的变动趋势，来了解公司的发展趋势和获利能力。

（10）市盈率。市盈率也称价值盈余比率或价值与收益比率，是指普通股每股市价与每股利润的比率。其计算公式为：

$$市盈率=\frac{每股市价}{每股利润}$$

市盈率是反映股份制公司获利能力的一个重要财务比率，这一比率是投资者作出投资决策的重要参考因素之一。一般说来，市盈率高，说明投资者对该公司的发展前景看好，愿意以比较高的价格购买该公司股票，所以一些成长性较好的高科技公司股票的市盈率通常要高一些。但是也应注意，如果某种股票的市盈率过高，则意味着这种股票具有较高的投资风险。

思 考 题

1. 经济周期有哪几个阶段？理性的投资者应该在经济周期运行到何种阶段时介入和退出证券市场？为什么？

2. 央行提高存贷款利率属于何种经济政策？这种政策会对证券市场产生哪些影响？

3. 行业的生命周期可分为哪几个阶段？

4. 分析上市公司偿债能力的指标有哪些？

5. 分析上市公司营运能力的指标有哪些？

练 习 题

一 单项选择题

1. 基本分析是（　　）介入证券市场的重要分析方法。
   A. 快速盈利　　　　B. 掌握趋势　　　　C. 战略性　　　　D. 战术性

2. 通常，基本分析方法忽略了（　　）。
   A. 未来趋势　　　　　　　　　　B. 引起价格短期波动的因素
   C. 决定价格的因素　　　　　　　D. 影响价格的长期因素

3. 要对未来宏观经济的表现进行正确分析和准确预测，就需从（　　）的评估入手。
   A. 公司的基本面　　　　　　　　B. 市场价格趋势
   C. 利润表现　　　　　　　　　　D. 整体经济状况

4. 宏观经济运行具有周期性规律，总是重复着（　　）四个阶段。
   A. 萧条、复苏、繁荣和衰退
   B. 萧条、复苏、高涨和衰退
   C. 萧条、复苏、繁荣和危机
   D. 低估、复苏、繁荣和危机

5. 当宏观经济处于萧条阶段时，由于（　　），证券市场的价格变动总的趋势是向下调整的。
   A. 市场结构发生根本改变　　　　　B. 企业的盈利状况普遍不佳
   C. 宏观环境和公司品质下滑　　　　D. 经济增长回落

6. 下列说法中不准确和不完整的是（　　）。
   A. 股价上升趋势在经济出现过度繁荣或危机迹象时到达顶点

B. 通货膨胀具有刺激证券市场尤其是股票市场价格上涨的作用

C. 在进行宏观经济运行状况分析时，需要对通货膨胀率是否过度作出客观的评价和判断

D. 利率水平的高低反映了资金使用的成本

7. 下列说法错误的是（　　）。

A. 在经济衰退时，投资者持有固定收益证券品种就会因为利率下降而获利

B. 在经济衰退时，投资者的资产组合偏向于那些对宏观经济条件不敏感的行业公司股票

C. 在经济衰退时，投资者适宜于选择防御型操作

D. 在经济衰退时，投资者宜选择机械制造设备类公司股票

8. 紧缩的财政政策是指（　　）。

A. 减税　　　　　　　　　　　　B. 增加财政支出

C. 增加国债发行　　　　　　　　D. 增加财政补贴

9. 紧缩的货币政策是指（　　）。

A. 降低再贴现率　　　　　　　　B. 买进国债

C. 降低存款准备金率　　　　　　D. 卖出短期央行票据

10. 实现国际收支平衡的一个关键因素是（　　）。

A. 国际资本流动稳定　　　　　　B. 货币管制

C. 汇率稳定　　　　　　　　　　D. 大力推动出口

二 多项选择题

1. 基本分析方法主要从以下（　　）方面展开。

A. 宏观经济政治分析　　　　　　B. 市场趋势分析

C. 行业分析　　　　　　　　　　D. 公司分析

2. 基本分析认为，影响证券品质的因素主要有（　　）方面。

A. 政治形势是否稳定、经济环境是否繁荣

B. 投资者风险收益偏好特征

C. 各经济部门的景气状况

D. 证券发行公司的经营状况

3. 宏观经济运行状况分析的主要内容是（　　）。

A. 当前宏观经济运行于经济周期的哪一阶段

B. 当前的通货膨胀状况

C. 当前的利率水平状况

D. 财政收支状况

4. 以下属于宏观经济运行状况分析的主要经济指标的是（　　）。

A. 失业率　　　　　　　　　　　B. 税收

C. 汇率　　　　　　　　　　　　D. 固定资产投资规模

5. 有利于刺激证券市场价格上扬的政策措施有（　　）。

A. 增加财政补贴　　　　　　　　B. 降低存款准备金率

　　C. 公开市场买进国债　　　　　　　　D. 卖出短期票据

三 判断题

　　1. 通货膨胀具有刺激证券市场尤其是股票市场价格上涨的作用。（　　）

　　2. 利率水平的高低反映了资金使用成本。当利率呈现上升趋势时，往往意味着投资者的机会成本会上升，将引起证券市场价格走低。（　　）

　　3. 市场利率是金融管理当局调控资金供求的一种重要工具。（　　）

　　4. 增税、减少或取消财政补贴等均不利于证券市场活跃。（　　）

　　5. 央行在公开市场买进国债和短期票据不利于证券市场保持良好走势。（　　）

案例分析

海利得（002206）基本面的分析

一、公司概况

　　海利得公司是全国最大的涤纶工业长丝和灯箱布制造企业之一，是国家火炬计划重点高新技术企业，2006 年涤纶工业长丝行业市场销售额位居全国第一。公司目前从事的主要业务为涤纶工业长丝、灯箱布、PVC 膜和土工布的研究开发、生产、销售，以及网布的研究开发和生产。2007 年 9 月，公司涤纶工业长丝产品被国家质检总局授予"中国名牌产品"称号。

　　海利得公司属于化工行业，截至 2007 年末，公司总股本 12 500 万股，流通股 2 560 万股，流通市值达 86 900.89 万元，每股净资产 3.13 元，净资产收益率为 16.27%，总资产负债率为 64.46%。

二、涤纶工业长丝行业分析

　　涤纶工业长丝是化学纤维的一种，属于化学纤维中的合成纤维。通常也可称为聚酯工业长丝。涤纶工业长丝依据其性能可分为两大类：一是普通丝（或称标准丝、高强丝）；二是差别化丝，具体包括高模低收缩丝、低收缩丝、超低收缩丝、耐磨丝、抗芯吸丝、活化丝、有色丝等。

　　（1）涤纶工业长丝产能向中国转移。20 世纪 90 年代初，世界涤纶工业长丝产量的大部分份额集中在北美、西欧和东亚地区，其中东亚地区以日本、韩国为代表。到本世纪初期，中国的崛起打破了该格局。目前世界其他产区产量份额在逐步降低，而中国涤纶工业长丝产量份额突飞猛进，世界涤纶工业长丝的生产重心在向中国转移。2006 年，世界涤纶工业长丝的总产能为 130 万吨，中国以占世界产能 32% 的份额位居榜首。

　　（2）差别化涤纶工业长丝是发展亮点。从产品结构来看，以原美国霍尼韦尔、英威达及韩国晓星为代表的一批大型跨国企业掌握着适合各种用途的特殊的、高端差别化涤纶工业长丝的核心生产技术；以海利得、上海石化为代表的国内领先企业在普通产品和主流差别化产品（如高模低收缩涤纶工业长丝）的品质方面与国际企业相差无几，甚至在某些产品上还优于一些国际企业；其他为数众多的国内企业产品主要集中在普通产品领域，短时间内尚不具备进入差别化产品领域的实力。

经过几年的快速发展，我国涤纶工业长丝总量已能完全满足国内需求，大部分普通纤维已出现过剩，然而差别化纤维需求增长依然很快。国内差别化长丝产品需求以前主要依赖进口，近几年国内企业随着技术实力的逐步提高，开始逐步向这一领域渗透。随着国内差别化纤维品质的不断提高，出口增长非常迅速。所以差别化纤维，尤其是高档差别化纤维，销售状况完全不同于普通纤维：产品供不应求，盈利能力较强，预计产品毛利率可达到25%～30%。

三、公司经营分析

（1）海利得公司是涤纶工业长丝龙头。公司涤纶工业长丝产能达44 320吨，全球排名第八，国内排名第二；灯箱布产能达8 000万平方米，国内排名第二，具备了明显的规模优势。同时，公司涤纶工业长丝及灯箱布产品的品质明显高于行业平均水平，已成为国内这两类产品领域最有影响力的企业之一。

2006年，公司涤纶工业长丝及灯箱布产品的市场占有率分别达到了4.68%和1.11%，且近几年保持相对稳定。其中，涤纶工业长丝2006年销售量为国内第二名，销售额为国内第一名。与国内市场相比，公司这两类产品的国外市场开拓更是取得了不俗的业绩，近三年公司这两类产品的出口比例均远远高于行业平均水平。

（2）差别化带来高毛利。公司产品坚持差别化战略，产品品质高于国内同行业，所以价格也高于行业平均水平。公司差别化重点产品高模低收缩丝、耐磨丝、有色丝等产品，在国内基本上没有竞争对手，在市场上拥有一定的定价权。随着公司差别化产品比例的不断提高，平均销售价格也相对提高，导致涤纶工业长丝产品毛利走高。

四、风险提示

（1）原材料价格波动风险。公司涤纶工业长丝生产所用主要原材料是聚酯切片，约占生产成本的70%；灯箱布生产的主要原材料是PVC膜和网布，两者占生产成本的比例约为65%和25%，原材料成本占营业成本的比例较大。而聚酯、PVC膜和网布均为石油制品，其价格随原油价格的波动存在一定的波动，因此，公司存在因主要原材料价格波动而导致的经营业绩波动风险。

（2）出口退税风险。公司出口产品退税率由2004年的13%调低至目前的11%，出口退税率的下调对公司盈利产生一定的影响，特别是随着公司出口业务的逐年增长，出口退税率的下调直接影响产品销售毛利率。如按出口销售额占营业收入60%的比例计算，出口退税率每下调2%，将使公司销售毛利率下降1.2%。

（3）市场销售风险。募投项目投产后公司将新增差别化丝产能39 320吨，较目前30 000吨的产能扩张明显。相对于公司现有的产销规模，产能扩张将对公司的市场开拓能力提出更高的要求。

五、盈利预测及估值

海利得属于化工行业的化学纤维子行业，主营业务为涤纶工业长丝和灯箱布，目前国内还没有完全相似的上市公司。在主营业务规模、产品性质、产业构成和成长性上较为接近的中小板化工上市公司有红宝丽、诺普信、宏达新材、宏达经编、联合化工等。参考可比中小板化工上市公司的估值情况，平均市盈率为 35～38 倍，我们认为海利得作为差别化涤纶工业长丝行业龙头，长期高速增长可期，可以给予一定的估值溢价，给予目标价 51.00 元。

分析：通过对海利得（002206）基本面的分析来确认目标价格，使用这种分析方法对浦发银行（600000）基本面进行分析，并确定其目标价格。

第九章 证券投资技术分析·

了解证券投资技术分析的含义、理论假设、要素及种类，掌握证券投资技术分析的方法及注意事项等内容，掌握道氏理论、K线理论、趋势分析法、形态理论、波浪理论的分析方法及应用。

案例导入

2001年上证指数技术分析

上证指数自2001年1月8日下跌后，至2001年2月22日在1893点探底回升。2月21日，股市收出长阴线；2月22日是一根带上下影线的十字星，表示底部获得支撑；2月23日收出一根大阳线，实体已收推到21日长阴之内，并收复大部分失地。该形态为典型的早晨之星形态。早晨之星的含义是黑暗已经过去，曙光已经来临，多空力量对比已开始发生转变，一轮上升行情将要展开。事实上，上证指数随后确实开始一路上涨。

分析：股票技术分析对于投资者能起到哪些作用？

一个成熟的投资者，不仅要善于进行证券投资的分析，而且还应具备进行分析的技术手段。证券市场投资分析的方法很多，但大致可分为基本分析和技术分析两大类。前者对长期投资者来说相当重要，但对短期交易的人们来说，其作用非常有限。而技术分析则对短期投资者有积极作用，证券投资技术分析的主要理论有道氏理论、K线理论、切线理论、形态理论和波浪理论及其应用等。

第一节 证券投资技术分析概述

一、证券投资技术分析的含义和特点

证券投资技术分析（以下简称"技术分析"）是以证券市场过去的轨迹为基础，预测

证券价格未来变动趋势的一种分析方法。这种方法建立在一定的假设条件之上，并以证券的价格、成交量和证券价格变动的时间跨度为分析的三要素，来着手进行证券投资时机的把握，它更侧重的是证券外在价格的市场表现。

证券投资技术分析的特点是通过分析证券市场过去和现在行为的特征，运用数学和逻辑的方法，归纳和总结出证券价格运行的一些典型规律，并据此预测证券市场未来的价格变化趋势。技术分析一般不探究证券价格变化的原因，只分析价格变化的表象。技术分析者也认为证券价格是由供求关系所决定的，它的基本观点是：所有证券的实际供需量及其背后起引导作用的种种因素，包括证券市场上每个人对未来的希望、担心、恐惧等，都集中反映在证券的价格和交易量上。通过研究和判断证券价格与交易量，就可以对证券价格的未来走势进行预测，从而实现理性投资。

二、证券投资技术分析的理论假设

1. 市场行为包含了一切信息

该假设是技术分析的前提和基础。没有这个前提，技术分析的结果就完全不可信。这里的市场行为是指证券市场上的各种证券交易的信息，包括交易价格、交易量、交易时间、交易空间，以及它们的变化。这个假设认为影响证券价格的因素无论是内在的还是外在的，都会体现在证券市场行为的变化上，也就是说，证券价格的变化总是市场各种各样信息的总汇。作为证券投资人，没有必要去过度关注影响证券价格的具体因素，只要分析这些市场行为，即证券价格或交易量的变化，就能掌握所有的信息。这个假设还认为，市场上所有的各类信息都会体现在市场上的证券价格和交易量的变化上。

2. 价格沿趋势移动

这一假设认为证券价格的变动是按一定规律进行的，证券价格有保持原来方向的惯性，而证券价格的运动方向是由市场供求关系所决定的。技术分析方法认为供求关系是一种理性和非理性力量的综合，证券价格运动反映了一定时期内供求关系的变化。供求关系一旦确立，证券价格的变动趋势就会一直持续下去。只要供求关系不发生彻底的改变，证券价格走势就不会发生反转。该假设从市场中广泛存在的供求关系出发，揭示了技术分析最根本、最核心的因素，正是由于这一条，技术分析者们才花费大量心血"按图索骥"，试图找出证券价格的变动规律。实际上技术分析的第二个理论假设，是建立在投资者都是趋势论者的基础上的，即技术分析者都相信证券的价格运动是按照一定的规则趋势来运行的。只有认可了证券价格有规律可循，进行技术分析才是有意义的。

3. 历史会重演

这一假设建立在对投资者心理分析的基础上，即当市场出现和过去相同或相似的情况时，投资者会根据过去的成功经验或者失败的教训来作出目前的投资选择，市场行为和证券价格走势的历史会重演。这一假设是进行技术分析的重要前提，市场运动在图表上留下的运动轨迹常常有惊人的相似之处。可以说，技术分析的理论就是人们对过去股票价格的变动规律进行归纳总结的结果。这个假设更多的是从心理因素方面来考虑的，毕竟最终在市场上进行买卖操作的是人，会受到心理因素的制约。一旦遇到与过去某一时期相同或相似的情况，就应该与过去的结果进行比较。过去的结果是已知的，这个已知的结果应该是现在对未来进行预测的参考。

三、证券投资技术分析的要素

技术分析的分析内容一般主要包括成交价格、成交量、时间背景以及价格运行的空间，通常所说的价、量、时、空构成了技术分析的重要因素。

1. 成交价格

关注成交价格主要应当关注价格及其运行的趋势。价格是最能够直接反映市场供求状况的指标。技术分析中，分析得最多、最普遍的内容就是成交价格。成交价格的变动是投资人获得资本利得收益的来源，在投资中的收入收益（股息红利收益）既定的条件下，成交价格的变化及趋势，就成为投资人最关注的焦点，当然也就是技术分析中的焦点内容。

2. 成交量

投资者可以用个股或大盘的成交量来研究和判断市场的状态。一般而言，股票市场上的许多技术指标，包括成交价格都有可能是主力或庄家通过一定的手法来操纵形成的，但成交量往往反映了市场真实的情况。因为成交量的产生是需要一定的交易成本的。因此，一般认为，成交量的增减是市场交投变化的实际反映。

3. 时间背景

时间在技术分析中指的是完成某个过程所经过的时间长短，通常指一个波段或一个升降周期所经过的时间。在任何一个证券市场中，证券价格的波动都有一定的时间周期特征，而且因市场的性质不同，不同的国家或地域会有不同的表现。

4. 价格运行的空间

这里的"空间"通常指价格升降所能够达到的程度，即价格变化有可能上升或下降到什么程度，它反映了一个市场上价格运行变化的能量大小。如果受到某因素或是突发性事件的影响，股票内在价值发生了根本性的变化，或是股票市场的供求关系在短期内发生了实质性的转变，股价就会出现大幅度的飙升或暴跌。由于短时间内聚集的能量巨大，股价上升或下降的空间就会很大，价格的运行空间就会被打开。否则，证券价格的运行会限制在一定的波动区间。价格的波动范围在一定的时间段内反映出了价格运行的空间。

四、证券投资技术分析的方法及注意事项

（一）证券投资技术分析的方法

技术分析的方法有许多种，从不同角度对证券市场的行为进行分析，寻找和发现其中不直接显露的实质性内容，是进行证券投资技术分析最基本的出发点。目前投资市场上最常见的技术分析方法有技术指标法、切线法、形态法、K线分析法、波浪理论五大类。

1. 技术指标法

技术指标法主要通过考察市场行为的各个方面，建立一个数学模型，给出数学上的计算公式，得到一个体现证券市场的某个方面内在实质的数字，这个数字叫做指标值。指标值的具体数值和相互间的关系直接反映证券市场所处的状态，为操作行为提供指导方向。指标反映的东西大多是无法从行情报表中直接看到的。目前，证券市场上的各种技术指标

很多，如相对强弱指标（RSI）、随机指标（KD）、趋向指标（DMI）、平滑异同移动平均线（MACD）、能量潮（OBV）、心理线（PSY）、乖离率（BIAS）等，这些都是很著名的技术指标，在证券市场应用中长盛不衰。而且，随着时间的推移，新的技术指标还在不断涌现。

2. 切线法

切线法是按一定方法和原则在由股票价格的数据所绘制的图表中画出一些直线，然后根据这些直线的情况推测股票价格的未来趋势的方法。这些直线称为切线。切线主要是起支撑和压力的作用。支撑线和压力线的往后延伸位置对价格趋势起一定的制约作用。切线的画法是最为重要的，画得好坏直接影响预测的结果。目前，画切线的方法有很多种，主要有趋势线、通道线等，此外还有黄金分割线、甘氏线、角度线等。

3. 形态法

形态法是根据价格图表中过去一段时间走过的轨迹形态来预测股票价格未来趋势的方法。由技术分析的第一条假设可知，市场行为包括一切信息。价格走过的形态是市场行为的重要部分，是证券市场对各种信息感受之后的具体表现，用价格图的轨迹或者说形态来推测股票将来的价格是有道理的。从价格轨迹的形态中，可以推测出证券市场处在一个什么样的大环境之中，由此对以后的投资给予一定的指导。主要的形态有 M 头、W 底、头肩顶、头肩底等十几种。

4. K 线分析法

K 线分析法是通过制图手段，将证券市场行为具体体现在一系列的图表上，其研究手法是侧重若干天的 K 线组合情况，推测证券市场多空双方力量的对比，进而判断证券市场多空双方谁占优势，优势是暂时的还是决定性的。K 线图是进行各种技术分析最重要的图表。人们经过不断总结经验，发现了一些对股票买卖有指导意义的组合，而且，新的研究结果正不断地被发现、被运用。

5. 波浪理论

波浪理论是较为典型的股价循环周期理论的具体化，它把股价的上下变动和不同时期的持续上涨、下跌看成是波浪的上下起伏。波浪的起伏遵循自然界的规律，股票的价格运动也遵循波浪起伏的规律。波浪理论与别的技术分析流派最大的区别就是能提前很长的时间预计到行情的"底"和"顶"。但是，波浪理论又是公认的较难掌握的技术分析方法。

以上五类技术分析方法从不同的角度理解和考察股票市场，有的注重长线，有的注重短线；有的注重价格的相对位置，有的注重价格的绝对位置；有的注重时间，有的注重价格。

（二）应用证券投资技术分析方法的注意事项

技术分析方法的确能够帮助投资人正确地选择和研判证券投资的时机，作出正确的投资抉择。但技术分析是有其理论前提和局限性的，在投资人运用技术分析方法进行投资分析时，应特别注意对以下几个方面内容的把握：

（1）技术分析必须与基本分析相结合，不能单纯运用技术分析一种方法来进行行情趋势的研判；

（2）注意采用多种技术分析方法进行综合研判，切忌片面地使用某一种技术分析手段分析的结果；

（3）技术分析的结论要通过自己的不断修正，并经实践验证后才能放心地使用；

（4）决定技术分析结论的是人，不能过分依赖技术分析。

第二节　证券投资技术图表分析

一、道氏理论

技术分析方法由美国人查尔斯·亨利·道首创，并由后人逐渐补充发展。其主要观点有：股票价格决定于市场的供求关系，而与它本身的价值无关，影响股票价格的因素有理性的，也有非理性的，但都已经反映在股票价格的变动上；股票市场的变化存在一定的周期性，这种周期变化的时间和形态是有一定规律的；尽管股票市场存在着短期的波动，但在一定时期内，股价的这种变化会存在一种主要趋势；股票价格的变动趋势可以从图表走势、交易资料与数据运算中发现它的征兆；股票价格变动的历史会一再重演，而投资者也会一再重蹈覆辙。

1. 道氏理论的基本要点

根据道氏理论，股票价格运动有三种趋势，其中最主要的是股票的基本趋势，即股价广泛或全面性上升或下降的变动情形。这种变动持续的时间通常为一年或一年以上，股价总升（降）的幅度超过20％。对投资者来说，基本趋势持续上升就形成了多头市场，持续下降就形成了空头市场。股价运动的第二种趋势称为股价的次级趋势。因为次级趋势经常与基本趋势的运动方向相反，并对其产生一定的牵制作用，因此也称为股价的修正趋势。这种趋势持续的时间从三周至数月不等，其股价上升或下降的幅度一般为股价基本趋势的1/3或2/3。股价运动的第三种趋势称为短期趋势，反映了股价在几天之内的变动情况。修正趋势通常由三个或三个以上的短期趋势所组成。

在三种趋势中，长期投资者最关心的是股价的基本趋势，其目的是尽可能地在多头市场上买入股票，而在空头市场形成前及时地卖出股票。投机者则对股价的修正趋势比较感兴趣。他们的目的是想从中获取短期的利润。短期趋势的重要性较小，且易受人为操纵，因而不便作为趋势分析的对象。人们一般无法操纵股价的基本趋势和修正趋势，只有国家的财政部门才有可能进行有限的调节。

2. 道氏理论的缺陷

（1）道氏理论的主要目标是探讨股市的基本趋势。一旦基本趋势确立，道氏理论假设这种趋势会一路持续，直到趋势遇到外来因素破坏而改变为止。它有如物理学里牛顿定律所说，所有物体移动时都会以直线发展，除非有额外因素力量加诸其上。但有一点要注意的是，道氏理论只推断股市的大势所趋，却不能推断大趋势里面的升幅或者跌幅将会达到什么程度。

（2）道氏理论每次都要有两种指数互相确认，这样做就慢了半拍，容易错过最好的入货和出货机会。

（3）道氏理论对选股没有帮助。

（4）道氏理论注重长期趋势，对中期趋势，特别是在不知是牛市还是熊市的情况下，不能给投资者以明确启示。

二、K 线理论

1. K 线图

K 线图是一种常见的制图分析法。K 线又称日本线，起源于 200 多年前日本江户时代的米市。这种图形类似于蜡烛状，因而也称为蜡烛线。K 线理论是技术分析的一个重要流派，而 K 线理论的依据就是 K 线图。绘制 K 线图，最重要的是把握四个重要的证券交易价格，即开盘价、收盘价、最高价和最低价。K 线分析是将一段时间的 K 线按时间顺序进行排列，形成一张记录了股票的历史走势的 K 线图表。投资者通过对这张 K 线图表中的单根 K 线的分析，或是典型的 K 线组合的判断，或是 K 线的趋势形态预测，可以判断股市的未来价格变动趋势。K 线图的基本图形示意图如图 9-1 所示。

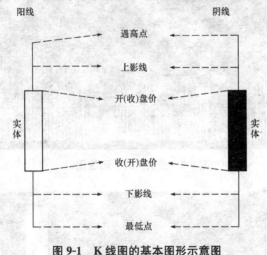

图 9-1　K 线图的基本图形示意图

一般情况下，K 线图的运用多与成交量相配合，分析图分上下两个部分，上半部分是棒形图，表示价格变动的情况；下半部分是对应的成交量。K 线图的横坐标时间可以用日、周或月来表示。K 线图的主要特点是以棒体的分布反映证券价格的走势，它不仅能反映一般线形图反映的全部内容，而且还能反映每日证券成交的价格差。

2. K 线分析

K 线分析是技术分析中最常使用的一种分析工具。通常 K 线分析可以从单根 K 线、典型 K 线组合和 K 线的组合形态来进行。以下主要介绍单根 K 线的基本形态。

单根 K 线的分析主要从阴阳、实体大小和影线长短三个方面进行。从单独一根 K 线对多空双方优势进行衡量，主要依靠实体的阴阳长度和影线的长度。上影线越长，下影线越短，阴线实体越长，越有利于空方占优；上影线越短，下影线越长，阳线实体越长，越有利于多方占优；上影线长于下影线，有利于空方；反之，有利于多方。

单根 K 线的基本形态可概括为下列六大类。

（1）光头光脚的大阳线和大阴线。这是没有上下影线的 K 线。当阳线收盘价或阴线开盘价正好与最高价相等、阳线开盘价或阴线收盘价正好与最低价相等时，就会出现这种 K

线。光头光脚大阳线（图 9-2）表示，从开盘起，买方就积极进攻，中间也可能出现买方与卖方的斗争，买方始终占优势，使价格一路上扬，直至收盘，表现出强烈的涨势。光头光脚大阴线（图 9-3）表示，从一开始，卖方就占优势，握有股票者不限价疯狂抛出，造成恐慌心理。市场呈一面倒，直到收盘价格始终下跌，表现出强烈的跌势。

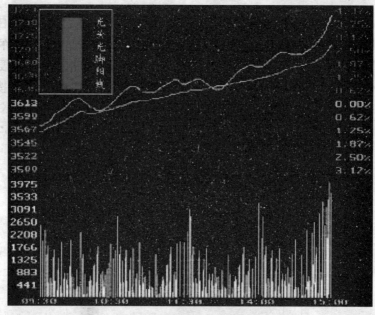

图 9-2　光头光脚大阳线图示

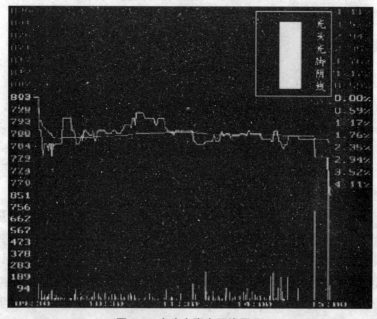

图 9-3　光头光脚大阴线图示

（2）光脚阳线和光脚阴线。这是没有下影线的 K 线。当开盘价正好与最低价相等或收盘价正好与最低价相等时，就会出现这种 K 线。

光脚阳线（图 9-4）是表示上升势头很强，但在高价位处多空双方有分歧，或一种（上影阳线）表示多方上攻受阻回落。光脚阳线的出现，如果阳线实体越长，说明多方上攻力度越大，反之，则有见顶的可能。

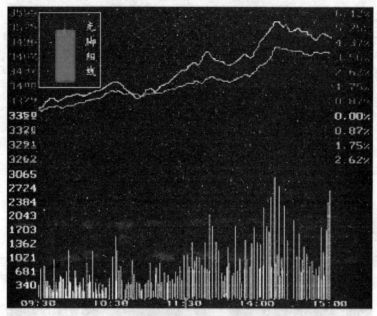

图 9-4 光脚阳线图示

光脚阴线（图 9-5）的含义与光脚阳线相反，表示股价虽有反弹，但上档抛压沉重。空方趁势打压使股价以阴线报收。所以，光脚阴线的实体越大，则表明空方的势力越强，打压的动能越大，后市看淡的可能性越大。

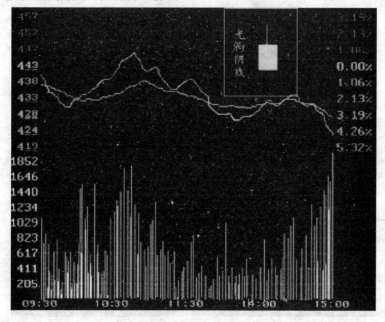

图 9-5 光脚阴线图示

（3）光头阳线和光头阴线。这种 K 线没有上影线。当开盘价与最高价相同或收盘价与最高价相同时，就会出现这种 K 线。光头阳线（图 9-6）是一种带下影线的红实体。最高价与收盘价相同，表示开盘后，出现先跌后涨，总体看来，买方力量较大，但实体部分与下影线长短不同，买方与卖方力量对比不同。光头阴线（图 9-7）是一种带下影线的黑实体，属下跌抵抗型的 K 线。表示开盘价是最高价。开盘卖方力量就特别大，价位一直下跌，但在低价位上遇到买方的支撑。后市可能会反弹。实体部分与下影线的长短不同也反映了买方与卖方力量对比不同。

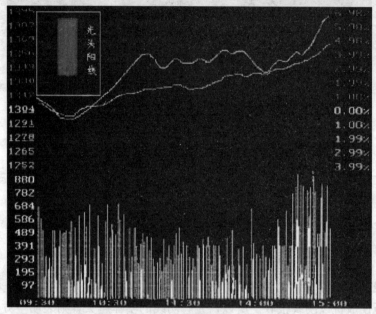

图 9-6　光头阳线图示

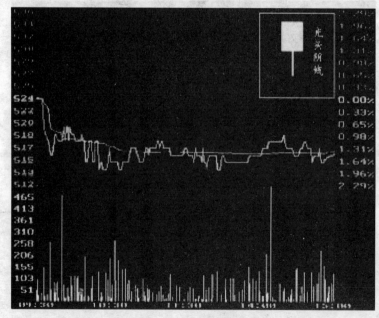

图 9-7　光头阴线图示

（4）十字星（图9-8）。当收盘价与开盘价相同时，就会出现这种 K 线。它的特点是没有实体，表示在交易中，股价出现高于或低于开盘价成交，但收盘价与开盘价相等。买方与卖方几乎势均力敌。其中，上影线越长，表示卖压越重；下影线越长，表示买方旺盛。上下影线看似等长的十字线，可称为转机线，在高价位或低价位，意味着出现反转。

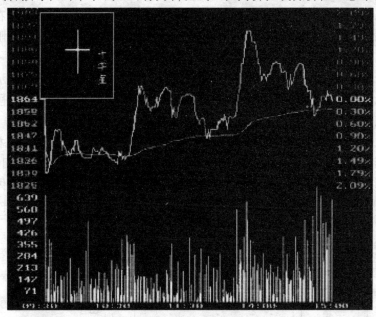

图9-8　十字星图示

（5）T 字形和倒 T 字形。在十字星的基础上，如果再加上光头和光脚的条件，就会出现这两种 K 线。它们没有实体，而且没有上影线或者下影线，形状像英文字母 T。T 字形又称多胜线，开盘价与收盘价相同，当日交易以开盘价以下之价位成交，又以当日最高价（即开盘价）收盘。卖方虽强，但买方实力更大，局势对买方有利，如在低价区，行情将会回升。

倒 T 字形又称空胜线，开盘价与收盘价相同。当日交易都在开盘价以上之价位成交，并以当日最低价（即开盘价）收盘。表示买方虽强，但卖方更强，买方无力再挺升，总体看卖方稍占优势，如在高价区，行情可能会下跌。

（6）一字形。这是一种非常特别的形状，它的四个价格即开盘价、收盘价、最高价、最低价在同一价位。当数据来源只有收盘价时或开盘后直接达到涨跌停板时会出现此类 K线。在发行一个事先定好价格的股票时，也会遇到这种情况。它同十字星和 T 字形 K 线一样，没有实体。没有实体就无法区别是阴线还是阳线。此类情形只出现于交易非常冷清，全日交易只有一档价位成交。冷门股此类情形较易发生。若是在上涨趋势中出现，为买进；反之，为卖出。

3. 典型 K 线组合分析

K 线图谱中蕴涵着丰富的东方哲学思想，以阴阳之变表现出了多空双方"势"的相互转换。多条 K 线的组合图谱才可能更详尽地表述多空双方一段时间内"势"的转化。另外，K 线图谱要结合成交量和移动平均线共同使用。成交量是多空双方搏杀过程中能量损耗的表述，移动平均线则是双方进攻与退守的一道道防线。这种图形组合是东方哲学与西方统计学的完美结合。

K线组合形态有许多种，下面简要介绍其中八种典型组合图形。

(1) 希望之星和黄昏之星。

①希望之星，也称早晨之星，为买进信号。它由三根K线组成：第一天在下跌过程中已形成一根阴线，第二天呈缺口下跌，K线实体较短，构成星的主体部分，阳线和阴线均可，上下影线也不重要，关键是第三天必须是阳线，且其长度至少要升至第一根阴线实体的二分之一处，若包容第一根阴线就更是明确无误的买进信号，如图 9-9 所示。必须注意的是，希望之星预示着市场已见底，因此在其出现之前应该股价已经下跌一段时间，否则不能视为买进信号。

②黄昏之星的出现，意味着股价将回落，为卖出信号。黄昏之星也由三根K线组成，第一天股价继续上升，拉出一根阳线，第二天则波动较小，仅形成一根小阳线或小阴线，为星的主体部分，重要的是第三天拉出一根阴线并至少下跌到第一天阳线实体的二分之一处，如图 9-10 所示。必须注意的是，黄昏之星的出现只有当股价已上升了较大幅度后才为卖出信号，若股价下跌时出现黄昏之星则无参考价值。

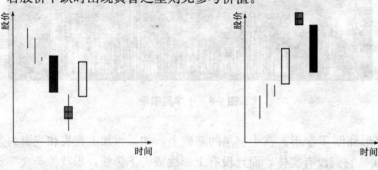

图 9-9　希望之星图示　　　　　　图 9-10　黄昏之星图示

(2) 十字星。当股价已上涨（跌）数日并到达较高（低）价位时，若出现一个带上、下影线且上影线较长的十字线时，往往说明股价已涨（降）得很高（低），欲振乏力，股价将要下跌（上升），为卖（买）出（入）信号。十字星是早晨之星、黄昏之星的特例。无实体早晨之星如图 9-11 所示。无实体黄昏之星又称南方十字星，如图 9-12 所示。

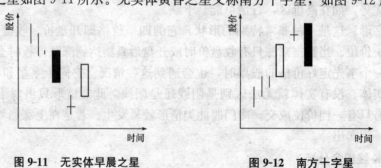

图 9-11　无实体早晨之星　　　　　图 9-12　南方十字星

(3) 射击之星和倒锤线。

①射击之星是一个实体较小的阳线或阴线，其上影线较长，至少是实体的 3 倍。表明

开盘价较低，在开市后被买方将股价炒得较高，但最终又被卖方压回开盘价附近，因此，下影线短到可以认为不存在。它常出现于市场的顶部，预示着股价将反转，为卖出信号，如图 9-13 所示。必须注意的是，只有在股价已出现较大的升幅后，射击之星才为正确的卖出信号。

②倒锤线的形态特点是，小实体在价格区域的较低部分形成，一般不要求有缺口，只要在一个趋势之后下降就可以。上影线的长度一般大于实体的 2 倍长，下影线短到可以认为不存在，如图 9-14 所示。对于倒锤线，当市场以跳空向下开盘时，已经有了下降趋势。如果当天上冲失败了，市场最后收盘在较低的位置。如果第二天开盘高于倒锤线实体，潜在的反转将引起对空头头寸的覆盖，它也是支持上升的。相似的倒锤线可能很容易成为上面讨论的早晨之星的中间一天。

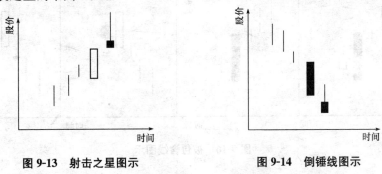

图 9-13　射击之星图示　　　　　图 9-14　倒锤线图示

（4）包含线与被包含线。这两种图形形成之前，股价运行趋势已经确立了相当长一段时间。

①包含线又称鲸吞形，是指第二天的 K 线实体完全包含了前一日的实体，前一日的实体反映了股价前期趋势。若前一日是阴线，则是下降趋势；若是阳线则是上涨趋势。包含线的颜色应与前一日的颜色相反。熊市包含线，表明上升趋势处在只有小成交量配合的小阳线实体发生的地方，第二天，以新的更高的价格开盘，之后是迅速地卖出狂潮。卖出狂潮被大成交量支持，最后以比前一天更低的价格收盘。从情绪上讲，上升的趋势已破坏，如果第二天的价格仍保持在较低位置，那么上升趋势的小反转已形成。牛市包含线与之正好相反，表明下降趋势得到了逆转。如图 9-15 所示。

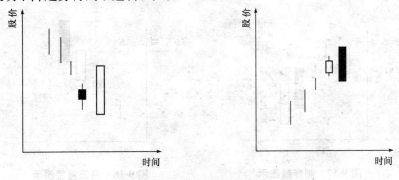

图 9-15　包含线图示

②被包含线又称孕育形，是指前一日 K 线实体的颜色是反映市场趋势的颜色，长实体

之后是小实体，它的实体完全被前一日长实体所包含，小实体的颜色与长实体的颜色相反，如图 9-16 所示。牛市被包含线表示一个下降趋势已经展开了相当时日，一根伴随成交量出现的长阴线出现了，它维持了熊市的含义。第二天，价格高开，动摇了空头。这一天的成交量如果超过前一日，就强烈证明了建议覆盖空头头寸，第三日趋势反转须得到确认。熊市被包含线与之正好相反，表示一个上升趋势已经展开了相当时日，一根伴随成交量出现的长阳线出现了，它维持了牛市的含义。第二天，价格低开，动摇了多头。这一天的成交量如果超过前一日，就强烈证明了建议覆盖多头头寸，第三日趋势反转须得到确认。这种组合的特殊形态是十字胎，即第二天的实体为十字星，这种形态的反转意义更强烈。

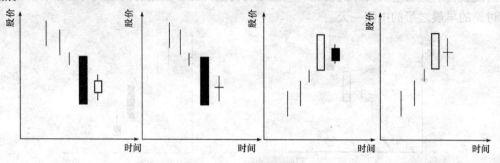

图 9-16　被包含线图示

（5）刺穿线与乌云盖顶。

①刺穿线与乌云盖顶是对称的图形，是分别发生在下降与上升市场的两根 K 线组合形态。刺穿线发生在下降趋势中，在形态上第一天是反映继续下降的长阴实体。第二天市场反弹了，是阳线实体，开盘价低于前一日的最低价，收盘价在第一天的实体内，但高于第一天的乌云盖顶阴线实体中点，体现出价格反转的趋势。刺穿线的两根 K 线应该都是长实体线，如图 9-17 所示。

②乌云盖顶与刺穿线正好相对，发生在价格上升的趋势中，在形态上第一天是反映继续上涨的长阳实体。第二天市场回落了，是阴线实体，开盘价高于前一日阴线的最高价，收盘价在第一天的实体内，但低于第一天的阳线实体中点，体现出价格反转的趋势，如图 9-18 所示。

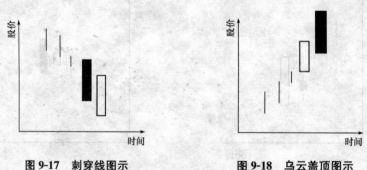

图 9-17　刺穿线图示　　　　　图 9-18　乌云盖顶图示

（6）三白兵与三乌鸦。三白兵与三乌鸦都是股价运动趋势反转的一个形态。

①三白兵是发生在股价下降趋势末期的一种形态。表明股价经过一段时间的下跌，在

近日出现了连续三根的长阳线，每天出现了更高的收盘价，且每日开盘价都在前一日的K线实体的中点以上，而连续三日每日收盘价是当天的最高价或接近最高价，如图9-19所示。三白兵是股价止跌上涨的信号。但必须指出的是，三白兵的形态必须是在价格下降趋势的末端才有指示意义，如果是在上升趋势进行到了一定时期之后出现，则有可能是下跌的信号了。

②三乌鸦与三白兵相对，一般是指股价在上涨的末期出现的，是看跌的图形组合。三乌鸦的确立，必须是出现了连续三根的长阴线，每天收盘价出现了新低，且每日的开盘价在前一日实体之内，每日收盘价在当天的最低价或接近最低价。表明市场在经历一段时间的上涨之后，价格已有了一定的高度，出现了第一根长阴线，说明趋势走向了下降的一面，后边连续的阴线是卖方获利了结，引起市场进一步下跌的结果，如图9-20所示。

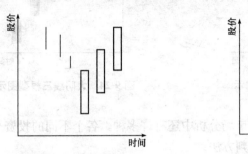

图9-19 三白兵图示　　　　　图9-20 三乌鸦图示

（7）上升三法与下降三法。

①上升三法提示的是买进信号。当股价上涨一段时间后，出现一根大阳线，紧接其后连续出现三根小阴（阳）线，这些小阴（阳）线沿与当前的趋势相反的方向或高或低地排列，并保持在前一根大阳线的最高和最低价之内，这表明股价正在蓄势待发，其后还将上涨，若随后又出现一根大阳线则更说明了这一点，如图9-21所示。股民应当利用这段行情回挡的机会低价进货，待股价上涨后再抛出。

②下降三法则是卖出信号。若行情持续下跌，先是出现一条大阴线，隔天却又连现三根小阳（阴）线，这一般并不说明股价已经反转，而是下跌趋势的暂时调整，若接下来又出现一根大阴线，则说明股价将继续下跌，投资者应及早卖出，如图9-22所示。

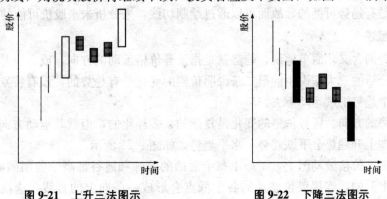

图9-21 上升三法图示　　　　　图9-22 下降三法图示

（8）大阳线三根型与大阴线三根型。当股价出现连续三次向上跳空上涨时，说明买方势道已尽,是很强烈的卖出信号。典型的大阳线三根型,要求连续三日出现光头光脚阳线,次日的 K 线开盘价都高于前日的收盘价。买方虽然全力推进股价上涨,但在三次向上跳空之后,其力量已消耗殆尽,卖方会趁机入市,股价必将下降,如图 9-23 所示。反之,当股价出现连续三次跳空下降,说明卖方势道已尽,是很强烈的买进信号。卖方虽然全力使股价下跌,但在三次向下跳空之后,其力量已消耗殆尽,买方趁机入市,股价必将反弹,如图 9-24 所示。

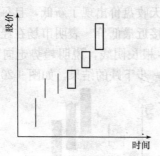

图 9-23　大阳线三根型图示

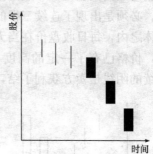

图 9-24　大阴线三根型图示

K 线的典型组合在实际的证券市场分析中还有许多种,各个不同的投资分析师还在不断地创新研究出多种不同的组合研判方法。

第三节　其他证券投资技术分析方法

除了上述的 K 线理论、道氏理论以外,证券投资技术分析还有许多其他方法,如趋势分析法(切线理论)、形态理论、波浪理论等。

一、趋势分析法

趋势分析法属切线理论。在证券市场中,有顺应潮流的问题,"要顺势而为,不逆势而动"已成为市场的共识,只有掌握了趋势分析的方法,才能做到这一点。一般切线派认为股价波动是有趋势可循的,故而可以通过绘制切线,来分析未来股价可能的走势。

1. 趋势概述

(1) 趋势的含义。简单地说,趋势就是指证券价格运动的方向,或者说是市场运动的方向。技术分析的三大假设中的第二条说明价格的变化是有趋势的,没有特别的理由,价格将沿着这个趋势继续运动下去。

(2) 趋势的方向。证券价格的变化是复杂的、多样化的,但就其运动方向来看,不外乎有三种,即上升趋势、下跌趋势、水平趋势,如图 9-25 所示。

如果在证券价格波动图上,图形中每个后面的波峰和波谷都高于前面的波峰和波谷,则趋势就是上升的,连接股价波动的各个低点会形成一条向上的直线,这就是上升趋势线。从上升趋势线看,股价连续上升,虽然其间会出现股价回落的情况,但往往都只触及或接近此趋势线便掉头反转回升。反之,如果图形中每个后面的波峰和波谷都低于前面的波峰和波谷，则趋势就是下降的，连接股价波动的各个高点会形成一条向下的直线，这就是下降趋势线。从下降趋势线看，股价持续下降，虽然其间会出现股价反弹的情况，但往往都只触及或接近此趋势线便掉头反转下降。如图 9-26 所示。

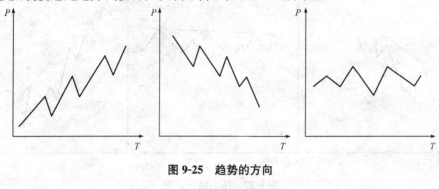

图 9-25　趋势的方向

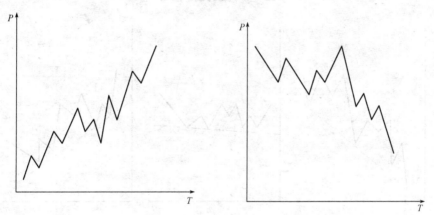

图 9-26　大趋势中包含小趋势

如果图形中每个后面的波峰和波谷与前面的波峰和波谷相比，没有明显的高低之分，这就是水平趋势；连接股价波动的各个低点会形成一条水平的直线，这就是水平趋势线。在水平趋势中，买卖双方处于平衡状态，大多数投资者抱着观望的态度，市场交易很不活跃，对这样的走势的预测是极为困难的。

（3）趋势的种类。从时间上划分股价变化趋势，可以分为长期趋势（主要趋势）、中期趋势（次级运动）和短期趋势（日常波动）三种。这种分析方法由美国的查尔斯·亨利·道首创，并成为道氏理论的核心内容。

2. 压力线与支撑线

（1）压力线与支撑线的含义。把股价走势中两个高点连成一条直线，技术上称为压力线，如图 9-27 所示。当股价上涨到某一价位附近时，便有投资者大量出货，使股价遇到压力而停止上涨，甚至回跌，向下调整，这就是技术分析学家常说的股价触及压力线。压力线是表示股价能否继续突破上涨或反转下调的关键线，压力线如被突破，则是进货机会；相反，把股价走势中两个低点连成一条直线，技术上称为支撑线，如图 9-28 所示。当股价下跌到某一价位时，投资者大量进货，使股价停止下跌，出现回升。这时，股价得到支持。支撑线可看作多头反攻的开始。支撑线是表示股价继续下跌或反弹向上的关键线。支撑线如被跌破，则是出货的信号。

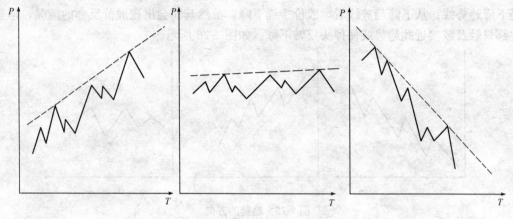

图 9-27　压力线示意图

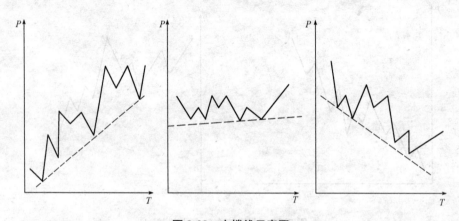

图 9-28　支撑线示意图

（2）支撑线和压力线的特点。

①如果在同一条线上的股票交易量越多，其显示的支持力或阻力就越强。

②支撑线或压力线附近交易量大，表明支持力或阻力也较强；反之，支撑线或压力线附近交易量小，表明支持力或阻力也较小。

③时间跨度越长，其支持力或阻力就可能会相应减弱，股价被突破的可能性就会增加。

需要指出的是，许多人误认为只有在上升行情中才有支撑线，在下跌行情中没有支撑线，实际上支撑线也可以出现在下跌行情阶段。把下跌行情的各个低点连接成线，就构成了下降趋势中的支撑线，表示股价在下跌过程中，一旦股价靠近该线，持有股票者就开始惜售，短线投机者抢反弹，股价受到支撑；同理，在上升过程中也有压力线，它是上升行情中各个高点的连线，表示股价上升到该线附近短线获利者就会抛出股票，使股价回落。在盘整行情时期，将高点和低点分别连线，得到近似水平的压力线和支撑线。

（3）压力线与支撑线的相互转换。压力线和支撑线是相对而言的，它们并非一成不变，随行情的变化其趋势线的性质有可能发生变化。换句话说，相同的一条趋势线，对于一波行情该线是支撑线，而对于另一波行情而言该线可能成为压力线，即压力线与支撑线可以互相转化。如图 9-29、图 9-30 所示。

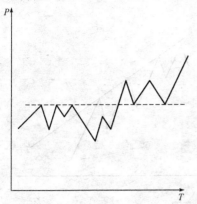
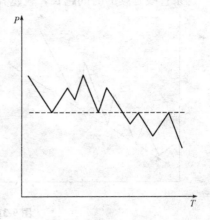

图 9-29　压力线转换为支撑线　　　　　图 9-30　支撑线转换为压力线

（4）压力线与支撑线的运用。支撑线对一定时期内的行情起着支撑作用，即股价回落到此线附近由于大量买方承接，使股价向上回升。一般而言，股价低点触及支撑线的次数越多，或者说行情下跌至支撑线后随即反弹的次数越多，则表明该支撑线对行情的支撑作用越强，该支撑线越不容易被跌破。因此，从投资研究角度分析，在没有跌破支撑线的情况下，股价回落到支撑线附近，就可以认为显示买入信号。但当行情跌破支撑线时，特别是配合了成交量的放大，则显示卖出信号。实际上，此时原有的支撑线便应成为新的一轮行情的阻力（或称压力）作用。

同理，在压力线没有被突破的情况下，当股价上升到压力线附近时，可以认为显示卖出信号，投资者可以考虑卖出股票。一旦行情冲破压力线，则表明升势有力，股市进入新的一轮上升行情，此时则显示买入信号，投资者可考虑买入股票。这里需要特别指出，行情冲破压力线，必须要配合明显的成交量增加，才可以确认显示买入信号。如果没有配合成交量的增大，买入信号不够可靠，甚至有可能是市场着手设置的"假突破"圈套。

3. 趋势线与轨道线

（1）趋势线。

①趋势线的确认。趋势线是衡量价格的趋势，由趋势线的方向可以明确地看出股价的趋势。在上升趋势中，将两个低点连成一条直线，就得到上升趋势线。在下降趋势中，将两个高点连成一条直线，就得到下降趋势线。如图 9-31 所示。

由图 9-31 可看出上升趋势线起支撑作用，下降趋势线起压力作用，也就是说，上升趋势线是支撑线的一种，下降趋势线是压力线的一种。从图上可以很容易地画出趋势线，这并不意味着趋势线已经被掌握了。要得到一条真正起作用的趋势线，要经过多方面的验证才能最终确认，不符合条件的一般应予以删除。首先，必须确定有趋势存在。也就是说，在上升趋势中，必须确认出两个依次上升的低点；在下降趋势中，必须确认两个依次下降的高点，才能确认趋势的存在，连接两个点的直线才有可能成为趋势线。其次，画出直线后，还应得到第三个点的验证才能确认这条趋势线是有效的。一般来说，所画出的直线被触及的次数越多，其作为趋势线的有效性越被得到确认，用它进行预测越准确有效。

另外，这条直线延续的时间越长，就越具有有效性。

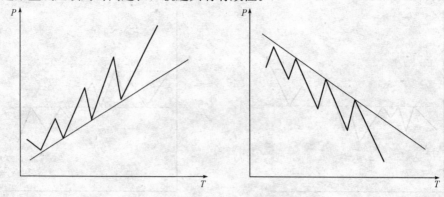

图 9-31 趋势线示意图

②趋势线的作用。一条趋势线一经认可，下一步就是要使用这条趋势线来对股价进行预测。一般来说，趋势线有两种作用：对股价今后的变动起约束作用，使股价总保持在这条趋势线的上方（上升趋势线）或下方（下降趋势线）。实际上，就是起到支撑或压力作用。

趋势线被突破后，就说明股价下一步的走势将要反转方向。越重要越有效的趋势线被突破，其转势的信号越强烈。被突破的趋势线原来所起的支撑和压力作用，现在将相互交换角色。即原来是支撑线的，现在将起压力作用；原来是压力线的，现在将起支撑作用。如图 9-32 所示。

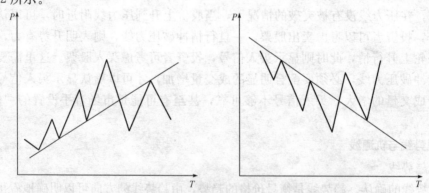

图 9-32 趋势线被突破后的相反作用

③趋势线的突破。应用趋势线最为关键的问题是：怎么才算对趋势线的突破？这个问题本质上是对支撑和压力的突破问题的进一步延伸。同样，没有一个截然醒目的数字告诉人们，这里面包含很多的人为因素，或者说是主观成分。这里只提供几个判断是否有效的参考意见，以便在具体判断中进行考虑。

a. 收盘价突破趋势线比日内最高最低价突破趋势线重要。

b. 穿越趋势线后，离趋势线越远，突破越有效。可以根据各只股票的具体情况，自己制定一个界限，一般是用突破的幅度，如 3％、5％、10％等。

c. 穿越趋势线后，在趋势线的另一方停留的时间越长，突破越有效。很显然，只在趋势线的另一方停留了一天，肯定不能算突破。至于多少天才算，这又是一个人为的选择问题，一般至少应该是两天以上。

（2）轨道线。

①轨道线的画法。轨道线又称通道线或管道线，是基于趋势线的一种方法。在已经得到趋势线后，通过第一个波峰和波谷可以作出这条趋势线的平行线，这两条平行线就是轨道线。如图 9-33 和图 9-34 中的虚线所示。

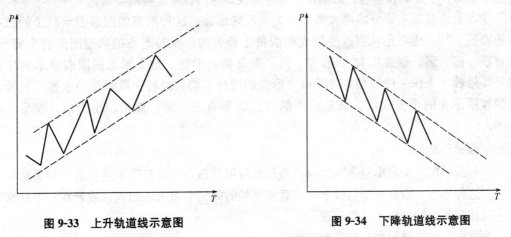

图 9-33　上升轨道线示意图　　　　　　　图 9-34　下降轨道线示意图

两条平行线组成一个轨道，这就是常说的上升和下降轨道。如图 9-33、图 9-34 所示。轨道的作用是限制股价的变动范围。一个轨道一旦得到确认，那么价格将在这个通道里变动。

②轨道线的突破。与突破趋势线不同，对轨道线的突破并不是趋势反向的开始，而是趋势加速的开始，即原来的趋势线的斜率将会增加，趋势线的方向将会更加陡峭，如图 9-35所示。

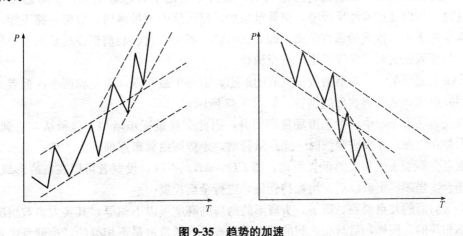

图 9-35　趋势的加速

轨道线和趋势线是相互合作的一对。很显然，先有趋势线，后有轨道线。趋势线比轨道线重要得多。趋势线可以独立存在，而轨道线则不能。

二、形态理论

形态理论是根据股价走势的具体形态，来进行未来股价变动分析的一种技术分析方法。在股价走势各个不同的走势趋势及其阶段中，由于技术走势及市场情况的特殊变化，会出现各种各样的技术走势的形态。尽管这些形态各有特征，并且种类繁多，但经过技术分析学家的长年分析和整理，归纳出了一些有规律性的技术走势的类型。

技术走势形态主要分成两大类。一类是反转形态。这种形态的图形表示股价的原有走势将要逆转，也就是将要改变原先的股价走势方向。反转形态的典型图形有头肩形、双重顶（底）形、圆弧形和 V 形等。另一类是调整形态。这类形态的图表显示股价走势将要停顿下来作一些休整，并不改变原先的股价走势，经过一段时间的盘整，股价可能继续沿原先的走势发展。调整形态的典型图形有三角形、旗形、小旗形、楔形、菱形等。

1. 反转形态

（1）头肩形。头肩形是表示股价走势已经发展到顶点，并且将要逆转的一种最常见的形态。这种形态一般在一个持续上升一段相当长时间的牛市末期出现，或者在一个持续下降一段相当长时间的熊市末期出现。

头肩形分头肩顶形和头肩底形两种。

①头肩顶形是一个典型的股价见顶形态，由一个最高点（头）和两个次高点（左肩和右肩）组成，如图 9-36 所示。在头肩顶形中，由两个峰底连成的支撑线被称为颈线。颈线一旦被跌破，而且回抽无力再超过颈线，头肩顶形反转形态便形成。

在头肩顶形的图形中，交易量从左肩到右肩，一直呈下降趋势。尤其是右肩形成后，交易量会有明显的下降，显示市场主力开始退出，股市买气减弱；当颈线跌破后，交易量增加，空方打压坚决，股票抛售力量大增，股价主要的上升趋势结束，下降趋势正式形成。这时，当出现技术性反弹时，交易量减少，显示反弹力量薄弱，股市一路下泻，下降幅度至少等于头到颈线的垂直距离，即 $CD=AB$。投资者可在右肩形成后卖出手中持有的股票。当颈线跌破时，继续卖出，直至清仓。

②头肩底形是一个典型的股价见底的形态，由一个最低点（头）和两个次低点（左肩和右肩）组成，是头肩顶形的倒转，如图 9-37 所示。

在头肩底形图形中，由于市场见底回升，因此交易量逐步增加，显示从左肩到右肩，多头力量在增强；在突破颈线时，交易量骤增，走势则由熊市逐渐转为牛市；而未来的上升幅度至少等于头到颈线的垂直距离，即 $CD=AB$。所以，投资者可以在右肩形成以后，进行建仓。当颈线突破以后，增加持仓量，进行全面投资。

③头肩形的几点说明。第一，头肩形的两肩的高度可以不相等，其实大多数情况下它们是不相等的。同样，肩与头之间的两个低点或高点通常也是不相等的，也就是说颈线多数情况下不是水平的，而是倾斜的直线。

第二，头肩形有许多种变形体——复合的头肩形。这种形态的肩和头有可能是两个或多个高点或低点，局部形状像后面所要介绍的双重顶或双重底。如果站在更广阔的位置上看，把相距较近的两个高点或低点看成是一个，就可以认为是局部的双重顶或双重底，是更大范围的头肩形。对头肩形适用的规律同样适用于复合的头肩形。此外，头和肩的起伏不大，复合的头肩形有时可能与后面谈到的圆弧形相似。

第三，在成交量方面，头肩顶形和头肩底形有区别。左肩、右肩、头这三者相比，头肩顶形右肩的成交量一定是最少的。左肩与头相比，成交量没有结论，但一般倾向认为左肩的成交量大于头部的成交量。头肩底在突破颈线后，要求有较大的成交量，头肩顶形则没有这个要求。

第四，头肩形形成的过程所花费的时间越长，价格在此过程中的起伏就越大，将来突破颈线后，价格反转的潜在力量就越大，对头肩形适用的规律越可信。

第五，颈线被突破后，价格可能不是一直朝突破的方向走下去，而是有一定的回头，也即反扑。但这种反扑会遭到颈线的控制。反扑到颈线是"逃命"或"建仓"的时机。突破颈线后的反扑更容易发生在头肩底形形态中，由于颈线位置不好把握，所以只有在特别的情况下，才能利用反扑的技术。

第六，头肩形有时是持续整理形态而不是反转突破形态。如果头肩形作为持续整理形态，形成头肩形的时间一般则较短。

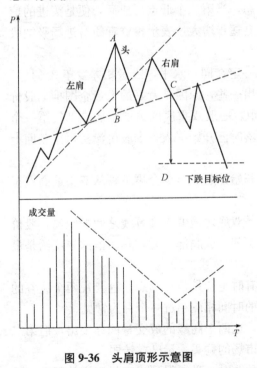

图 9-36　头肩顶形示意图　　　　图 9-37　头肩底形示意图

（2）双重顶和双重底（图 9-38）。

①形态分析。双重顶图形的主要特点是两个最高点的高度相等，有时候股价在跌破颈线后出现回抽现象而产生平台，然后下降趋势才告形成，如图 9-38 所示。双顶形有时会继续延长而变成三顶形或多顶形，这表示下降的阻力较大，但一旦突破颈线下降，则显示多头退出市场，买家减少，股价的移动轨迹就像 M 字，这就是双重顶，又称 M 头走势，股价下降的幅度可能会较大。双重顶也是股市见顶的一种形态。当第二个高点形成后，即是卖出的信号，颈线的突破是卖出的强烈信号。

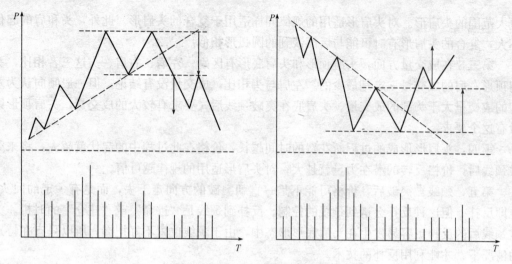

图 9-38 双重顶和双重底示意图

与双重顶相对，双重底是市场见底的一种形态，当第二个低点形成后，便是买进的信号，颈线的突破是买进的强烈信号，因此交易量会逐步增大，表示投资者纷纷进场吸纳股票。双重底的进一步延伸会形成三底形。

②要点提示。第一，双头的两个最高点并不一定在同一水平，二者相差少于3%是可接受的。通常来说，第二个头可能较第一个头高出一些，原因是看好的力量企图推动股价继续再升，可是却没法使股价上升超逾3%的差距。一般双重底的第二个底点都较第一个底点稍高，原因是先知先觉的投资者在第二次回落时已开始买入，令股价没法再次跌回上次的低点。

第二，双头最少跌幅的量度方法，是由颈线开始计起，至少会再下跌从双头最高点至颈线之间的差价距离。

第三，双底最少涨幅的量度方法也是一样，是双底之最低点和颈线之间的距离，股价于突破颈线后至少会上涨相当长度。形成第一个头部（或底部）时，其回落的幅度约是最高点的10%～20%（底部回升的幅度也是相当）。

第四，双重顶（底）不一定都是反转信号，有时也会是整理形态，这要视两个波谷的时间差决定，通常两个高点（或两个低点）形成的时间相隔超过一个月为常见。

第五，双头的两个高峰都有明显的高成交量，这两个高峰的成交量同样突出，但第二个头部的成交量较第一个头部显著减少，反映出市场的购买力量已在转弱。

双底第二个底部成交量十分低沉，但在突破颈线时，必须得到成交量激增的配合方可确认。双头跌破颈线时，不需成交量的上升也应该信赖。

第六，突破颈线后，常会出现短暂的反方向移动，称之为反抽。双底只要反抽不低于颈线（双头之反抽则不能高于颈线），形态依然有效。

第七，一般来说，双头或双底的升跌幅度都较量度出来的最少升（跌）幅大。

（3）圆弧形。

①圆弧形的基本形状。圆弧形又称碟形、圆形或碗形，这里的曲线并不是数学意义上的圆，也不是抛物线，而仅仅是一条曲线。这种图形有两种基本形式：圆弧顶和圆弧

底（图 9-39）。圆弧顶是市场见顶的一种走势形态。在市场见顶时，股价走势越来越疲软，上升趋势越来越弱，并且有缓慢下降的现象。在演变成快速下降走势之前，会有一个平台出现，股票交易量由大变小，再由小变大。相对地，圆弧底一般也会有平台出现，交易量的变化也是由大变小，再由小变大。在突破阻力线上升之时，是投资者建仓的良机。

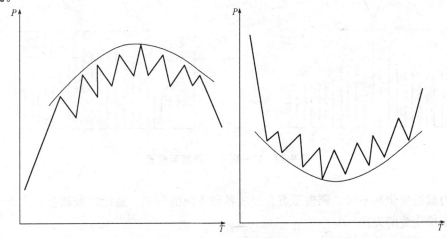

图 9-39 圆弧顶与圆弧底示意图

②圆弧形的形成。圆弧形在实际的技术分析中出现的机会并不多，但这种机会一旦出现则是绝好的机会。圆弧形反转的价格的高度和深度是不可测的，这种机会的出现一般与机构大户炒作有关。这些人手中有足够的"筹码"或资金，一下出手太快，往往价格下落或拉升得过快，手中的"货"不能完全出手或不足以完成"建仓"，故而只有一点点地往外抛或往里吸货。由于机构主力的"筹码"足，资金雄厚，因此一般投资人只能被动接受。

在识别圆弧形时，成交量是十分重要的一个指标。无论是圆弧顶还是圆弧底，在其形成过程中，成交量都是两头大、中间少。越靠近顶或底时成交量越少。圆弧底在达到底部或顶部时，成交量可能突然放大一下，之后恢复小成交量，但在突破后的一段时间内都有相当大的成交量。形成圆弧形所花的时间越长，今后反转的力量就越强，越值得相信其形态。

圆弧一旦被突破，其上升或下跌的空间是无法估量的，上升或下跌的过程往往是垂直式的。突破后，价格也会有反扑，但幅度上根本回不到原来的圆弧边缘的价位，所以对突破后的反扑，就可采取与其他形态不同的操作策略。

（4）V 形反转。V 形是表示股价走势在上升趋势或下降趋势的转势形态中变化幅度较大、速度较快的一种形态，它出现在市场动荡之中，底或顶只出现一次，如图 9-40 所示。这种形态一般在狂升或暴跌的股市中才会出现。V 形反转形态是较难把握的一种走势发展形态。一般 V 形反转事先没有征兆，基本上都是由某些消息引起的，但这些消息是人们不可能预先知道的。

2. 调整形态

股价走势在上升或下降过程中，有时需要休整一下，在图形上就形成了调整形态。由

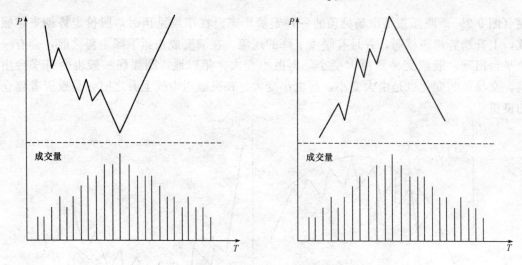

图 9-40 V形顶和 V形底示意图

于技术力量的变化和不同，调整形态会形成各种不同的形态。然而这种调整形态并没有改变原先股价走势的方向。

（1）三角形。通常情况下，三角形态属于持续整理形态。三角形的调整形态共分四种：对称三角形、上升三角形、下降三角形和倒置三角形。

①对称三角形表示在股价盘整中买卖双方的力量均衡，交易量由大到小；当股价按其原有趋势继续发展时，交易量会增加。如图 9-41 所示。

②上升三角形表示在股价盘整中买方的力量不断增强，交易量由大到小；当股价突破阻力线向上时，交易量增加，后市展望良好。这种图形是显示买进的信号，如图 9-42 所示。

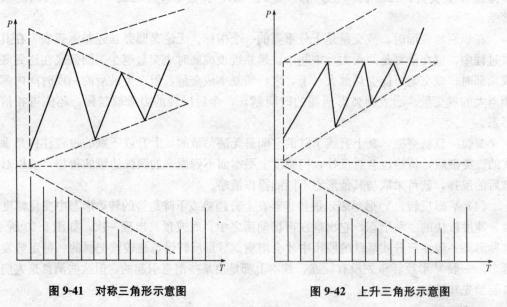

图 9-41 对称三角形示意图　　　　　图 9-42 上升三角形示意图

③下降三角形表示在股价盘整中卖方的力量在不断增强，交易量由大到小；当股价突

破支撑线向下时，交易量增加，后市展望不乐观。这种图形是显示卖出清仓的图形，如图 9-43 所示。

④倒置三角形表示股价盘整走势极不稳定，其交易量不断下降，而股价波动幅度逐渐增大，后市走势不能确定，如图 9-44 所示。

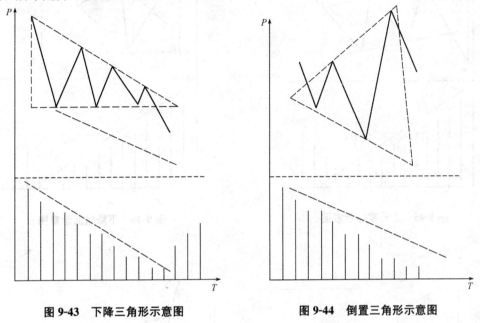

图 9-43 下降三角形示意图　　　　图 9-44 倒置三角形示意图

(2) 旗形。在股价走势中，出现小幅度的方向相反的调整形态，类似于长方形，称为旗形。旗形有上升旗形和下降旗形两种。

①上升旗形是一种在股价上升的走势中出现向下调整的长方形，表示交易量由大变小，股价突破阻力线后，交易量大增；上升幅度是原突破点到旗杆最高点的垂直距离，即 $CD=AB$。上升旗形是后市展望良好的一种调整形态，因而当股价突破阻力线向上时，是买进的信号，如图 9-45 所示。

②下降旗形是一种在股价下降的走势中出现向上调整的长方形，表示交易量由大变小，股价突破支撑线以后，交易量大增；下降幅度是原突破点到旗杆最低点的垂直距离，即 $CD=AB$。下降旗形是后市展望不佳的一种调整形态，因而当股价突破支撑线向下时，是卖出的信号，如图 9-46 所示。

(3) 小旗形。在股价走势中，出现狭小的三角形整理的形态，称为小旗形。小旗形有上升小旗形和下降小旗形两种。

①上升小旗形是表示股价盘整后向上突破的形态，其上升的幅度等于旗杆的长度，即 $CD=AB$，交易量由大到小，股价突破阻力线时，交易量大增。上升小旗形是表示可以进货的盘整形态，如图 9-47 所示。

②下降小旗形是表示股价盘整后向下突破的形态，其下降的幅度等于旗杆的长度，即 $CD=AB$，交易量由大到小，股价突破支撑线后，交易量大增。下降小旗形是表示可以出货的盘整形态，如图 9-48 所示。

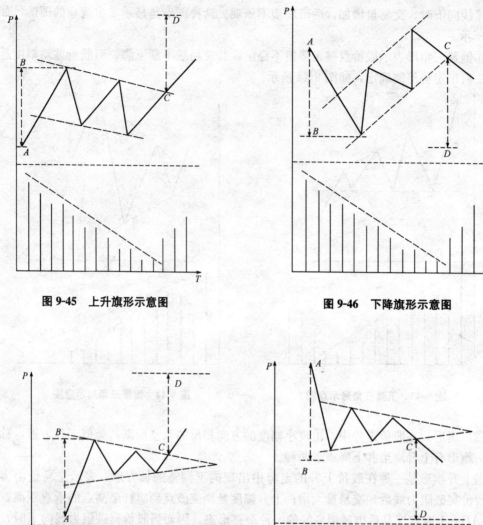

图 9-45　上升旗形示意图

图 9-46　下降旗形示意图

图 9-47　上升小旗形示意图

图 9-48　下降小旗形示意图

（4）楔形和菱形。

①楔形。在股价走势中，出现一种类似楔形的整理形态，其外形类似既不对称也没有直角的三角形。楔形也可分成上升楔形和下降楔形两种。下降楔形是在股价上升走势中常出现的调整形态。这种形态展示后市走势良好，是一种表示可以买进的图形，如图9-49所示。上升楔形是在股价下降走势中常出现的一种调整形态，这种图形展示后市走势不乐观，是一种表示可以卖出的图形，如图9-50所示。

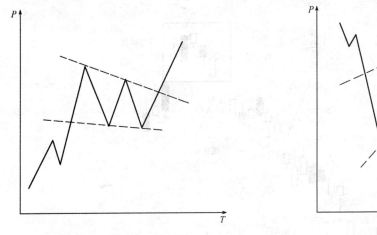

图 9-49 下降楔形示意图

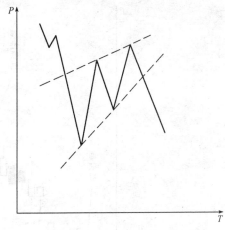

图 9-50 上升楔形示意图

②菱形。菱形也称钻石形，这是由两个类似于对称三角形合并组成的一种调整形态。这是显示股价在调整期间变化很大、市场走势不稳定，因而后市展望不确定的一种图形调整形态。菱形的测算功能是以菱形的最宽处的高度为形态高度的。今后下跌的深度从突破点算起，至少有一个形态的高度，如图 9-51 所示。

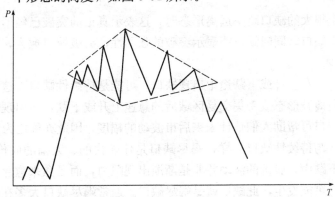

图 9-51 菱形（钻石形）示意图

3. 缺口与岛形反转

（1）形态分析。缺口是指股价在快速大幅变动中有一段价格没有任何交易，显示在股价趋势图上是一个真空区域，这个区域称为"缺口"，通常又称为跳空。当股价出现缺口，经过几天，甚至更长时间的变动，然后反转过来，回到原来缺口的价位时，称为缺口的封闭，又称补空。缺口分析示意图如图 9-52 所示。

缺口分普通缺口、突破缺口、持续性缺口与竭尽缺口 4 种。从缺口发生的部位、大小可以预测走势的强弱，确定是突破还是已到趋势尽头，它是研判各种形态时最有力的辅助材料。

①普通缺口。这类缺口通常在密集的交易区域中出现，因此许多需要较长时间形成的整理或转向形态如三角形、矩形等都可能有这类缺口形成。

②突破缺口。突破缺口是当一个密集的反转或整理形态完成后突破盘局时产生的缺

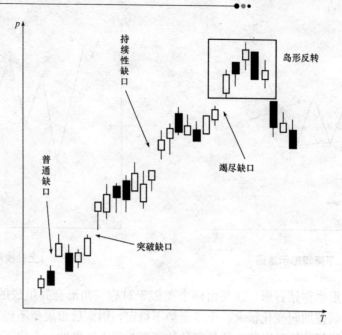

图 9-52　缺口分析示意图

口。当股价以一个很大的缺口跳空远离形态时，这表示真正的突破已经形成了。因为错误的移动很少会产生缺口，同时缺口能显示突破的强劲性，突破缺口愈大，表示未来的变动愈强烈。

③持续性缺口。在上升或下跌途中出现缺口，可能是持续性缺口。这种缺口不会和突破缺口混淆，任何离开形态或密集交易区域后的急速上升或下跌，所出现的缺口大多是持续性缺口。这种缺口可帮助人们估计未来后市波动的幅度，因此亦称之为量度性缺口。

④竭尽缺口。与持续性缺口一样，竭尽缺口是伴随快的、大幅的股价波动而出现的。在急速的上升或下跌中，股价的波动并非是渐渐出现阻力，而是愈来愈急。这时价格的跳升（或跳位下跌）可能发生，此缺口就是竭尽缺口。通常竭尽缺口大多在恐慌性抛售或消耗性上升的末段出现。

（2）市场含义。

①普通缺口并无特别的分析意义，一般在几个交易日内便会完全填补，它只能帮助人们辨认清楚某种形态的形成。

②突破缺口的分析意义较大，经常在重要的转向形态如头肩式的突破时出现，这种缺口可帮助人们辨认突破信号的真伪。如果股价突破支撑线或阻力线后以一个很大的缺口跳离形态，可见突破十分强而有力，很少有错误发生。形成突破缺口的原因是其水平的阻力经过时间的争持后，供给的力量完全被吸收，短暂时间缺乏货源，买进的投资者被迫要以更高价求货。抑或是其水平的支持经过一段时间的供给后，购买力完全被消耗，沽出的须以更低价才能找到买家，因此便形成缺口。

③持续性缺口的技术性分析意义最大，它通常是在股价突破后远离形态至下一个反转或整理形态的中途出现，因此持续性缺口能大约地预测股价未来可能移动的距离，所以又称为量度缺口。其量度的方法是从突破点开始到持续性缺口始点的垂直距离，就是未来股

价将会达到的高度。或者可以说，股价未来所走的距离和过去已走的距离一样。

④竭尽缺口的出现，表示股价的趋势将暂告一段落。若在上升途中出现，即表示即将下跌；若在下跌趋势中出现，就表示即将回升。

在缺口发生的当天或后一天若成交量特别大，而且趋势的未来似乎无法随成交量而有大幅的变动时，这就可能是竭尽缺口，假如在缺口出现的后一天其收盘价停在缺口之边缘形成了一天行情的反转时，就更可确定这是竭尽缺口。竭尽缺口很少是突破前一形态大幅度变动过程中的第一个缺口，绝大部分的情形是其前面至少会再现一个持续性缺口。

持续性缺口是股价大幅变动中途产生的，因而不会于短时期内封闭，但是竭尽缺口是变动即将到达终点的最后现象，所以多在2～5天的短期内被封闭。

(3) 要点提示。

①一般缺口都会被填补。因为缺口是一段没有成交量的真空区域，反映出投资者当时的冲动行为，当其情绪平静下来时，投资者认识到过去行为有些过分，于是缺口便告补回。其实并非所有类型的缺口都会被填补，其中突破缺口、持续性缺口未必会被马上填补；只有竭尽缺口和普通缺口才可能在短期内补回，所以缺口被填补与否对分析者观察后市的帮助不大。

②突破缺口出现后会不会马上被填补，可以从成交量的变化中观察出来。如果突破缺口出现之前有大量成交，而缺口出现后成交量相对减少，那么迅速填补缺口的机会只是五五之比；但假如缺口形成之后成交大量增加，股价在继续移动远离形态时仍保持十分大量的成交，那么缺口短期被填补的可能性便会很小。就算出现后抽，也会在缺口以外。

③股价在突破其区域时急速上升，成交量在初期量大，然后在上升中不断减少，当股价停止原来的趋势时成交量又迅速增加，这是好淡双方激烈争持的结果，其中一方得到压倒性胜利之后，便形成一个巨大的缺口，这时候成交量又开始减少。这就是持续性缺口形成时成交量的变化情形。

④竭尽缺口通常是形成缺口的一天成交量最高（但也有可能在成交量最高的翌日出现），接着成交量减少，显示市场购买力（或沽售力）已经消耗殆尽，于是股价很快便告回落（或回升）。

⑤在一次上升或下跌的过程中，缺口出现愈多，显示其趋势愈快接近终结。例如，当升市出现第三个缺口时，暗示升市即将终结；当第四个缺口出现时，短期下跌的可能性更大。

(4) 岛形反转。基于缺口理论的岛形形态，属强烈的反转信号，其力度要超过突破缺口与一般的反转形态，根据所处位置的不同，可分为上岛形反转与下岛形反转。上岛形是在市场持续上升一段时间后，有一日忽然呈现缺口性上升，接着价格位于高位徘徊争执，但很快又以缺口形式下跌，两边的缺口大约在同一价格区域，使高位争执的区域在图表上看来像一个岛屿，两边的缺口令这岛屿孤立于海洋之上。有时候两边缺口所形成的"岛形"只由一个交易日造成，成交量在形成"岛形反转"期间会十分巨大。同样，价格在下跌时形成的"岛形反转"形状也一样。

形成原因：上岛形往往在市场一片看好股价时出现，投资者想买入股票但又没法在预期价格上买进，而平缓的升势又使投资者按捺不住高价买进，于是出现上涨缺口。可是价格却没有因其跳升而继续向上，高位阻力明显呈现，经过一段时间的争执后，价格终于无法在高位支持，而出现缺口性下跌形成"岛形反转"，开始一轮跌势。而下岛形反转正好与之相反。岛形经常在长期或中期性趋势的顶部或底部出现。当上升过程中，岛形明显形成后，这是一个沽出信号；若下跌过程中出现，则是一个买入信号。

三、波浪理论

波浪理论又称艾略特波浪理论，是技术分析大师 R. E. Elliot 20 世纪 30 年代所发明的一种价格趋势分析工具。它是一套完全靠观察得来的规律，可用以分析股市指数、价格的走势。它也是世界股市分析运用最多而又最难于理解和精通的分析工具。1978 年，柯林斯发表的《Wave Theory》使该理论广为流传。

艾略特认为，不管是股票还是商品价格的波动，都与波浪一样，周而复始，具有相当程度的规律性，展现出周期性循环的特点，任何波动均有迹可循。因此，投资者可以根据这些规律性的波动预测价格未来的走势，在买卖策略上实施运用。

1. 波浪理论的基本特点

（1）股价的上升和下跌将会交替进行。

（2）主浪和调整浪是价格波动两个最基本的形态，主浪（即与大市走向一致的波浪）可以再分割成五个小浪，一般用第 1 浪、第 2 浪、第 3 浪、第 4 浪、第 5 浪来表示；调整浪也可以划分成三个小浪，通常用 A 浪、B 浪、C 浪表示。

（3）在上述八个波浪（五上三落）完毕之后，一个循环即告完成，走势将进入下一个八波浪循环。

（4）时间的长短不会改变波浪的形态，因为市场仍会依照其基本形态发展。波浪可以拉长，也可以缩短，但其基本形态永恒不变。

总之，波浪理论可以用"八浪循环"来概括。

2. 波浪理论的主要内容

（1）一个完整的上升或下降的股价运动周期由八个浪组成，其中五个是主浪，三个是调整浪。

（2）多个波浪可合并为一个高层次的浪，一个波浪也可细分成时间更短、层次更低的若干小浪，这就是"浪中有浪"。

（3）波浪的细分与合并是按一定规则的，第 3 浪非最短浪，第 4 浪的底不可以低于第 1 浪的顶。

（4）完整周期的波浪的数目与弗波纳奇数列有密切关系。

（5）所有的浪由两部分组成——主浪和调整浪，即任何一浪要么是主浪，要么是调整浪。

3. 波浪的形态

究竟如何来划分上升五浪和下跌三浪呢？一般说来，八个浪各有不同的表现和特性。

（1）第 1 浪。

①几乎半数以上的第 1 浪，是属于营造底部形态的第一部分，第 1 浪是循环的开始，由于这段行情的上升出现在空头市场跌势后的反弹和反转，买方力量并不强大，加上空头

继续存在卖压，因此，在此类第1浪上升之后出现第2浪调整回落时，其回档的幅度往往很深。

②另外半数的第1浪，出现在长期盘整完成之后。在这类第1浪中，其行情上升幅度较大，从经验来看，第1浪的涨幅通常是五浪中最短的行情。

（2）第2浪。这1浪是下跌浪，由于市场人士误以为熊市尚未结束，其调整下跌的幅度相当大，几乎"吃掉"第1浪的升幅。当行情在此浪中跌至接近底部（第1浪起点）时，市场出现惜售心理，抛售压力逐渐衰竭，成交量也逐渐缩小时，第2浪调整才会宣告结束。在此浪中经常出现图表中的转向形态，如头底、双底等。

（3）第3浪。第3浪的涨势往往是最大、最有爆发力的上升浪，这段行情持续的时间与幅度经常是最长的，市场投资者信心恢复，成交量大幅上升，常出现传统图表中的突破信号，如裂口跳升等。这段行情走势非常激烈，一些图形上的关卡非常轻易地被穿破，尤其在突破第1浪的高点时是最强烈的买进信号，由于第3浪涨势激烈，经常出现"延长波浪"的现象。

（4）第4浪。第4浪是行情大幅劲升后的调整浪，通常以较复杂的形态出现，经常出现"倾斜三角形"的走势，但第4浪的底点不会低于第1浪的顶点。

（5）第5浪。在股市中第5浪的涨势通常小于第3浪，且经常出现失败的情况。在第5浪中，二、三类股票通常是市场内的主导力量，其涨幅常常大于一类股（绩优蓝筹股、大型股），即投资人士常说的"鸡犬升天"，此期市场情绪表现相当乐观。

（6）A浪。在A浪中，市场投资人士大多数认为上升行情尚未逆转，此时仅为一个暂时的回档现象。实际上，A浪的下跌在第5浪中通常已有警告信号，如成交量与价格走势背离或技术指标上的背离等，但由于此时市场仍较为乐观，A浪有时出现平势调整或者"之"字形态运行。

（7）B浪。B浪表现经常是成交量不大，一般而言是多头的逃命线，然而由于是一段上升行情，很容易让投资者误以为是另一波段的涨势，形成"多头陷阱"，令许多人在此期惨遭套牢。

（8）C浪。C浪是一段破坏力较强的下跌浪，跌势较为强劲，跌幅大，持续的时间较长久，而且出现全面性下跌。

从以上分析看来，波浪理论似乎颇为简单和容易运用。但实际上，由于其每一个上升（下跌）的完整过程中均包含一个八浪循环，大循环中有小循环，小循环中又有更小的循环，即大浪中有小浪，小浪中有细浪，因此，使数浪变得相当繁杂和难于把握；再加上其推动浪和调整浪经常出现延伸浪等变化形态和复杂形态，使得对浪的准确划分更难，这两点构成了波浪理论实际运用的最大难点。

4. 波浪之间的比例

波浪理论推测股市的升幅和跌幅采取黄金分割率和神秘数字去计算。一个上升浪可以是上一次高点的1.618，另一个高点又再乘以1.618，以此类推。另外，下跌浪也是这样，一般常见的回吐幅度比率有0.236（0.382×0.618）、0.382、0.5、0.618等。

5. 波浪理论的要点

（1）一个完整的循环包括八个波浪，五上三落。

（2）波浪可合并为高一级的浪，亦可以再分割为低一级的小浪。

（3）跟随主流行走的波浪可以分割为低一级的五个小浪。

（4）第1、3、5三个推动浪中，第3浪不可以是最短的一个波浪。

（5）假如三个推动浪中的任何一个浪成为延伸浪，其余两个波浪的运行时间及幅度会趋于一致。

（6）调整浪通常以三个浪的形态运行。

（7）黄金分割率奇异数字组合是波浪理论的数据基础。

（8）经常遇见的回吐比率为0.382、0.5及0.618。

（9）第4浪的底不可以低于第1浪的顶。

（10）波浪理论包括形态、比率及时间三部分，其重要性以排列先后为序。

（11）波浪理论主要反映群众心理。越多人参与的市场，其准确性越高。

思 考 题

1. 证券投资技术分析的要素有哪些？
2. 道氏理论的基本要点是什么？
3. 压力线与支撑线的含义分别是什么？如何判断压力与支撑？
4. 证券投资技术分析的方法主要有哪些？

案例分析

中信证券技术分析

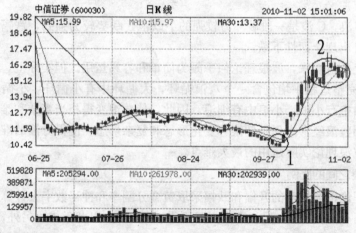

基本面分析：

中信证券三季度收入45.16亿元（环比增长17.54%），净利润15.66亿元（环比增长9.51%），每股收益0.14元。前三季度营业收入124.21亿元（同比下降18.4%），净利润46.21亿元（同比增长6.6%）。期末净资产674.22亿元，较年中增长 5.71%。

分析：

（1）图中 1 位置出现了什么样的图形，5 日、10 日、30 日均线与成交量出现了哪些变化？

（2）图中 2 位置已经出现了什么样的图形，5 日、10 日均线与成交量出现了哪些变化？

参 考 文 献

[1] 中国证券业协会. 证券市场基础知识 [M]. 北京：中国财政经济出版社，2009.

[2] 中国证券业协会. 证券交易 [M]. 北京：中国财政经济出版社，2009.

[3] 中国证券业协会. 证券发行与承销 [M]. 北京：中国财政经济出版社，2009.

[4] 霍文文. 证券投资学 [M]. 北京：高等教育出版社，2000.

[5] 洪伟力. 证券监管：理论与实践 [M]. 上海：上海财经大学出版社，2000.

[6] 陈保华. 证券投资原理 [M]. 上海：上海财经大学出版社，2003.

[7] 中国期货业协会. 期货市场教程 [M]. 北京：中国财政经济出版社，2009.

[8] 本顿·E. 盖普. 投资经济学 [M]. 北京：上海译文出版社，1991.

[9] （美）罗伯特·爱德华. 股市趋势技术分析 [M]. 北京：东方出版社，1999.

[10] 中国证券业协会. 证券投资基金 [M]. 北京：中国财政经济出版社，2009.

[11] 中国证券业协会. 证券投资分析 [M]. 北京：中国财政经济出版社，2009.

[12] 邢天才. 证券投资理论与实务 [M]. 北京：中国人民大学出版社，2008.

[13] 张强. 证券基础 [M]. 北京：中国财政经济出版社，2005.

[14] 金德环. 当代中国证券市场 [M]. 上海：上海财经大学出版社，1999.

[15] 吴晓求. 证券投资学 [M]. 北京：中国人民大学出版社，2004.

[16] 杨大楷. 证券投资学 [M]. 上海：上海财经大学出版社，2000.

[17] 严太华. 证券投资概论 [M]. 重庆：重庆大学出版社，2000.

[18] 王益. 证券投资基金研究文集 [M]. 北京：中国金融出版社，1999.

[19] 戴国强. 基金管理学 [M]. 上海：上海三联书店，1996.

[20] 孙秀钧. 证券投资学 [M]. 大连：东北财经大学出版社，2008.

[21] 赵锡军. 证券投资学 [M]. 北京：中国人民大学出版社，2008.

[22] 李光. 证券投资理论与实务 [M]. 北京：中国电力出版社，2010.

[23] 吴晓求，季冬生. 证券投资学 [M]. 北京：中国金融出版社，2004.

[24] 孔爱国. 现代投资学 [M]. 上海：上海人民出版社，2003.

[25] 任映国，徐洪才. 投资银行学 [M]. 北京：经济科学出版社，2005.